선암여고 탐정단

방과 후의
미스터리

선암여고 탐정단
방과 후의
미스터리

박하익

황금가지

선암여자고등학교 1학년 2학기 중간고사
제0교시 미스터리 영역(추리 II)

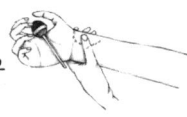

사랑하는 멋쟁이 아버지께

문제 1

신종 변태가 이동한 자취의 방정식을 구하고
그에 접하는 돌멩이를 날려라

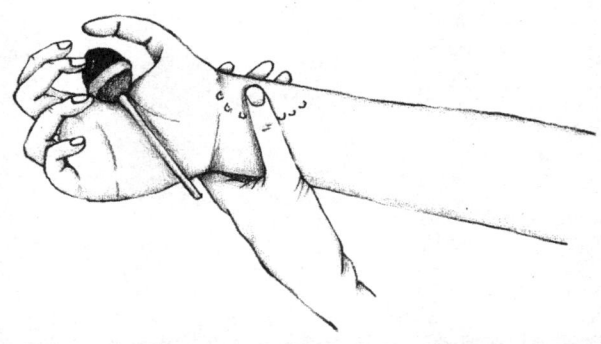

유달리 교복 리본이 말끔하게 묶인 아침이었다. 붉은색 레이온 리본 끈으로 두 개의 나선을 만들고 빙그르르 서로 교차시켜 매듭을 짓는 단순한 행위가 우연의 은총으로 완벽하게 맞아떨어졌다. 중학교 때부터 교복 셔츠에 리본을 매어 왔지만 이번만큼 정밀한 대칭을 이루며 완성된 적은 없었다.

'불길하다. 불길해.'

채율은 셔츠 칼라 사이에 달린 리본을 노려보았다. 핀으로 꽂게 되어 있는 기성품 리본처럼 흠을 찾을 수 없었다. 외고 시험을 치르던 날이 기억났다. 그날도 리본은 오늘처럼 환상적으로 묶였고, 떨어진 학생들 중 1등이라는 우수한 성적으로 낙방했다.

복도식 아파트 통로 밖으로 나오니 황금빛 권층운이 하늘을 가득 메우고 있었다. 샛노란 햇살이 그녀가 신은 단화를 조약돌처럼 반

짝이게 만들었다. 아파트 단지는 부녀회에서 주최하는 자선 바자회
로 시끌시끌했다. 이곳저곳에 천막이 서고 음식 냄새도 코를 찔렀
다. 하지만 채율은 한 번도 한눈을 팔지 않았다. 새벽까지 풀었던 수
학 문제의 좌표, 아침을 먹으면서 읽었던 영자 신문의 표제가 떠올
라 머리가 부산했다.

　지하철역으로 가려면 아파트 정문으로 가는 게 더 가까웠지만 그
녀는 언제나 샛길로 다녔다. 단지를 휘돌고 있는 산책로, 여러 갈림
길 중에서도 방음벽 쪽으로 난 길. 고층 건물 덕에 드리워진 조밀한
그늘과 음습한 습기가 호젓한 분위기를 만들어 주는 오솔길이었다.

　"저기요."

　고무나무 틈 사이에 웬 남자가 쪼그려 앉아 있었다. 플라스틱 안
대로 한쪽 눈을 가리고서 곤란한 표정으로 물었다.

　"제가 길을 잘못 든 모양인데, 고운눈 안과가 어디 있죠?"

　안과라면 정문 쪽이었다. 몸을 틀어 방향을 가리키려는 찰나. 엄
청난 완력이 그녀를 잡아 뒤로 끌고 갔다. 입이 틀어막혀 소리도 지
를 수 없었다. 팔을 휘저었지만 잡히는 것은 방음벽에 줄지어 나 있
는 능소화뿐. 당근색 꽃잎들이 손가락 사이에서 짓이겨졌다. 남자는
그녀의 오른 팔목에 송곳니를 박아 넣었다.

　화살 같은 통증이 의식을 꿰뚫고 지나갔다.

　'무는 남자다!'

　요즘 한창 출몰한다던 변태였다. 바바리맨과 달리 소녀들을 붙잡
아 팔목을 깨무는 남자. 변장술이 뛰어나서 아직 누구도 진짜 얼굴
을 보지 못했다.

남자의 땀 냄새. 스킨 냄새. 까끌까끌한 턱. 치한의 쾌감 어린 신음을 견딜 수 없었다. 채율은 몸부림을 치며 셔츠 깃을 휘어잡았다. 푸른색 히비스커스가 그려진 알로하셔츠가 찢어졌다. 셔츠 깃 사이로 검은 곡선들이 낚시 바늘처럼 구부러져 엉켜 있었다.

'트라이벌 타투…….'

치한은 반항하는 채율을 다시 한 번 결박하고는 만족할 때까지 여린 살결을 탐닉했다. 매미들의 숨죽인 울음소리가 관음증 환자처럼 음란하게 전해져 왔다. 시간이 흐르자, 욕구를 채운 남자는 소녀에게서 떨어져 나갔다. 그리고 주저앉은 소녀의 턱을 잡고 가방에서 꺼낸 막대 사탕을 물려 주었다. 소문대로였다.

남자가 도망치는 걸 보면서도 아무 것도 할 수 없었다. 수학 문제와 영자 신문은 머릿속에서 사라진 지 오래였다.

빈집처럼 텅 빈 그녀의 두개골 안으로 땅의 열기와 흙냄새, 달려나가는 차들의 소음의 감각만이 난폭하게 뛰어들어 왔다. 입안에서는 목캔디처럼 맵고 알싸한 세이지 맛 사탕이 여전히 자신의 존재를 주장하고 있었다. 살에 닿던 남자의 혀처럼 뜨겁고 눅눅했다. 구역질을 하며 막대를 집어 던졌다. 사탕은 울타리를 맞고 튀어나와 정확하게 반으로 쪼개졌다.

물린 상처에서 피가 나고 있었다. 몸이 덜덜 떨려 왔다.

'경찰서를 가야 하나?'

잠깐 그런 생각이 들었지만 이내 고개를 저었다. 강간을 당한 것도 아니었다. 맞은 것도 아니었다. 물렸을 뿐이었다. 파출소 문을 열고 들어가서 "저, 지금 어떤 아저씨한테 물렸어요."라고 말한다 한들, 남자를 잡을 수 있을 것 같지 않았다. 아파트 단지 CCTV에 남자의 모습이 찍혔을지도 모르겠지만, 아마 경찰은 한두 번 순찰을 돌다가 말 터였다. 더구나 하계 보충 수업이 시작되는 날이었다. 서류상으로는 95%가 희망한 하계 보충 수업. 출석은 수행평가와 직결됐다.

비틀거리며 단지 밖으로 나와 택시를 잡았다. 차 안에서 대충 지혈을 하고, 손수건으로 묶었다. 한 손으로만 작업을 하다 보니 시간이 오래 걸렸다. 어느덧 창밖으로 같은 교복을 입은 개미들이 하나둘 보이기 시작했다.

방학식을 했던 것이 불과 일주일 전이건만, 다들 줄줄이 경사진 등굣길을 올라가고 있었다.

'선암여자고등학교'라 새겨진 화강석 교문 옆에서 복장 단속을 하고 있는 선도부원들이 보였다. 복장 불량으로 적발된 학생들이 오리걸음으로 운동장 끝에 세워진 자견탑까지 행진하고 있었다. 자견탑은 교목인 가시나무를 형상화한 청동 조각물이었다.

누군가에게 전화를 걸고픈 마음이 간절했다. 방금 전 있었던 일을 털어놓고 상담하고 싶었다. 그러나 마땅한 사람이 떠오르지 않았다. 아버지는 출근했고, 어머니와 오빠는 미국에서 살고 있었다. 중학교때 친했던 친구들은 증권 캠프니, 전경련 캠프에 참석하느라고 통화가 되지 않았다.

고등학교에서 만난 아이들과는…….

드르륵.

교실 문소리에 급우 몇이 뒤를 돌아보았다. 눈이 마주쳤지만 그뿐, 데면데면 고개를 돌렸다.

고등학교에서 만난 아이들과는 1학기 내내 인사도 하지 않고 살아 왔다. 곧 미국으로 유학을 갈 예정이었기에 2류 학교 아이들과 교제하느라 시간을 낭비하고 싶지 않았다.

가방을 책상 옆 고리에 걸고 핸드폰을 꺼냈다. 최신형 스마트폰이라 영어 듣기 파일을 재생시키거나 과외 선생님의 강의를 녹음하는 데에도 아주 유용했다. 이어폰에서 흘러나오는 MOT의 '서울은 흐림'을 들으며 호흡을 진정시켰다.

1교시는 영어였다. 독해 문제집을 선정해서 돌아가며 읽고 해석하는 방식으로 수업이 진행되었다. 중 3 때 이미 토플 250대를 넘긴 채율에게는 고문이나 다름없었다. 2교시 수학도 문제집이었다. 명색이 학교 수업인지라 2학기 선행 학습을 할 수도 없는 노릇이니 선생은 주구장창 1학기 내용을 복습하기 바빴다. 상위권 아이들은 집중력을 잃었고, 하위권 아이들은 어차피 모르는 내용이라 떠들기만 했다.

고장 난 에어컨에서는 미지근한 바람이 나오고 있었다. 팔은 계속 욱신거렸다. 창밖에는 온몸의 가시를 세운 자귀탑이 외롭게 서 있었다.

보충 수업만 아니었다면 지금쯤 중학교 때 친구들과 함께 캠프에 참석하고 있을 거였다. 특히 방송국에서 개최하는 UN 상임국 모의회의는 고교생들이 영어로 UN 회의를 진행하는 알찬 프로그램이었다. 상처는 시간이 갈수록 쓰려려 왔다.

'소독해야 할 텐데……'

손수건을 들춰 보니 검푸른 멍이 치흔을 따라 말발굽 모양으로 올라와 있었다. 뒷자리에 앉아 있는 내신 9등급이 어깨를 쳤다.

"안채율! 너 무는 남자한테 당했냐?"

목소리가 컸다. 순식간에 교실이 소란해졌다. 무는 남자? 우리반 애가? 진짜?

"그게 무슨 소리야? 무는 남자라니?"

본인 수업에 스스로 지쳐 가던 수학이 물었다. 아이들은 변종 치한의 정의와, 특징에 대해 침을 튀겨 가며 보고했다. 피해자는 입도 뻥긋할 필요가 없었다. 슬그머니 양해를 구하고 양호실로 올라갔다.

* * *

"1학년 7반 안채율, 2학년 1반 마슬기, 3반 서민지, 4반 신보람, 은진경, 3학년 3반 도현정, 5반 오소정, 11반 유하현. 지금 호명된 학생들은 수업이 끝난 후 1학년 7반 교실로 오기 바랍니다. 다시 말합니다. 1학년 7반 안채율…….."

제자가 무는 남자에게 습격을 받았다는 비보를 듣고 담임은 양호실에 들이닥쳤다. 대책 위원회를 구성하겠다며 호들갑을 떨더니, 종례 시간에 바로 방송이 나왔다.

채율의 담임 정동수는 선암여고 교원들 가운데서 가장 젊고 미혼이었지만 제일 인기가 없는 사람이었다. 여자 마음을 모르고 귀찮을 정도로 매사를 참견했다.

"내일 하면 안 돼요? 저 오늘 과외 가야 하는데…….."

"금방 끝나. 걱정하지 마."

동수는 피해자들이 들어올 때마다 인쇄된 종이를 나누어 주었다.

기습당한 상황을 육하원칙에 맞춰 작성하라는 것이었다. 학생들은 5분 만에 대충 종이를 채워 넣고는 "됐죠?"라고 말하며 교실을 떠나갔다. 마지막에 남은 운영 위원회 회장 딸은 친구를 기다리며 영어 단어를 외우고 있었고, 아버지가 유명 중견 가수인 여학생은 핸드폰으로 문자를 보내며 시간을 보냈다.

"최대한 자세하게 써."

아무리 닦달해도 소용없었다. 채율만 담임을 위해 최선을 다하고 있었다. 마지막 종이를 받은 동수가 말했다.

"참, 교장실에 한번 가 봐라. 부르시더라."

"저를요?"

선암여고 교장 이여주는 채율의 어머니 오유진의 은사였다. 채율이 외고 입시에 떨어지던 날, 유진은 곧바로 고교 교장으로 있는 스승에게 연락했다.

"입시 때문에 스트레스 받는 걸 더 이상은 못 보겠어요. 고등학교는 편하게 다녔으면 해요."

그럴 듯하게 포장했지만 사실 성적 받기 수월한 학군으로 주소지를 옮겨 내신을 잡으려는 속셈이었다. 채율이 옆에서 우거지상을 쓰고 있었던 것도 효력을 발휘했다. 입학 선서를 하던 날 이 교장은 채율을 따로 불러 격려했다.

"기죽지 마. 젊은 애가 그렇게 기가 죽어 있으면 어떡하니?"

지난주에 있었던 학부모를 위한 강연회에서는 일부러 유진을 초빙해 채율의 기를 살려 주었다. 교장은 채율이 아이들 사이에서 따돌림을 받을까 봐 걱정하고 있었다. 상대방을 조심스럽게 배려해 주는 마음 씀씀이가 좋았다. 일제 강점기 때 활동했던 김활란 박사처럼 옷차림도 수수했다. 어머니에게 들은 이야기로는 선암학원 재단 이사장 세력과 유일하게 대적할 수 있는 인물이라고 했다.

교장실 문을 두드려 보았지만 응답이 없었다. 마침 화장실에서 나오던 학년 주임에게 물어보니 사립 중고교 교장회에 출장을 갔다고 했다.

"요즘 도내에서 벌어진 학교 폭력 사건 때문에 바쁘시거든. 급한 일이면 직접 연락드려 보렴."

주임 선생에게 받은 번호로 전화를 했지만 연결은 되지 않았다. 시네마 천국의 테마곡이 흐르는 컬러링을 세 번 정도 듣다가 포기했다. 중앙 현관에 놓인 괘종시계는 벌써 3시를 가리키고 있었다. 일주일에 두 번 있는 100만 원짜리 수학 과외에 늦지 않으려면 서둘러야 했다.

* * *

21세기 신종 변태의 팬층은 두터웠다. 그의 존재에 대해 의문을 품은 여인네들이 학년을 불문하고 포진하고 있었다. 어떤 의미에서는 무는 남자보다 성가신 존재들이었다. 변태가 인육을 즐기는 살인귀인지, 피를 빠는 흡혈귀인지, 미소녀들을 좋아하는 로리타 증후군인지 똑같은 질문으로 채율을 귀찮게 했다. 대부분 무시하거나 침묵하면 화를 내면서 떨어져 나갔다. 물론 전혀 통하지 않는 부류도 있었다.

"3반에 무는 남자 잡으려고 작당한 애들이 있대. 걔네들이 네 뒷조사하고 다니더라? 하도 귀찮게 굴기에 너희 어머니가 쓰신 책이랑 오빠에 대해서만 말해 줬어. 잘못한 거 아니지? 그거 비밀도 아니잖아?"

반장 해니가 귀띔해 줬을 때부터 이상스레 불길했다. 놈들이 직접 찾아온 것은 보충이 시작되고 나흘이 지난 목요일 쉬는 시간이었다.

"자네가 천재 안채율인가?"

수학 문제를 풀다가 고개를 들었는데 검은 테 셀룰로이드 안경을 쓴 아이가 서 있었다. 4차원적 눈빛. 레고 스타일의 단발머리는 너무 완벽하게 다듬어져서 티타늄 헬멧을 쓴 것 같았다. 본능적인 직감이 그녀에게 경고했다.

피해.

"다시 묻겠네. 자네가 천재 안채율인가."

명찰도 있고, 책상 위에 놓인 수학 문제집 옆면에도 안채율이라고 큼지막하게 적혀 있는데도 굳이 질문을 던지고 있었다. 마지못해 고개를 끄덕였다.

"얘들아, 맞댄다."

곧이어 3명의 소녀들이 우르르 들어섰다. 이곳이 정녕 여학교인지 의심하게 만드는 남자 소녀, 독방에서 10년 수련한 듯 시커먼 오라를 풍기는 폐인, 복학생 분위기를 풍기는 성숙한 아가씨. 레고 머리부터 차례대로 자기소개를 시작했다.

"만나서 반가워. 우리는 선암여고 미스터리 탐정단이야. 나는 대장 윤미도."

"행동대장 최성윤이야."

"감식반 김하재……."

"비서실장 이예희라고 해."

악수를 청하는 네 개의 손을 채율은 망연자실하게 바라보았다. 장난을 치는 건지, 진심인지 구별하기가 모호했다.

예희라는 아이가 갑자기 얼굴을 들이밀었다. 똑같은 교복을 입고도 은행원 유니폼 같은 분위기를 풍기는 애였다.

"천재들은 어떻게 생겼나 굉장히 궁금했는데, 흐응. 그냥 보통 사람 같은데?"

"그냥 보통 사람이니까."

"하지만 너희 오빠 벌써 박사라면서? 미국 캘리포니아 대학에서 공부한다고 너희 엄마가 그랬잖아. 강연에서 말이야."

"그러게. 쌍둥이들은 유전자가 같은 거 아냐?"

과학 시간에 뭘 배웠는지 행동대장이라는 녀석이 말을 보탰다.

성별이 다른 쌍둥이는 이란성이고 이란성은 유전자가 다른 보통형제나 다름없다는 상식을 말할까 하다가 관두었다. 과학 선생님이 말해 준 걸 잊은 아이라면 동급생이 말해 준다 한들 다시 잊을 게 뻔했다.

사람들은 단지 쌍둥이라는 이유로 채율에게 14K 정도의 천재성이 도금되어 있을 거라 여겼다. 그러나 천재는 오빠였다. 어머니 오유진이 쓴 베스트셀러 『천재는 이렇게 만든다』라는 책에서도 천재는 채율의 오빠 안채준이었다. 채율은 책상 위에 올려 둔 핸드폰 이어폰을 귀에 쑤셔 넣었다. '관심 없으니까 꺼져'라는 의미의 보디랭

귀지를 온몸으로 발산하며. 그러나 아이들은 집요했다.

"탐정단에 들어와. 함께 무는 남자를 잡자."

채율이 돌하르방 같은 표정으로 미동도 하지 않자 아이들은 당황한 눈치였다. 행동대장이 앞으로 나왔다. 휙 소리와 함께 오른발이 책상 바로 옆을 스치고 지나갔다. 폭력으로 불량서클 가입을 강요하는 건가 하는 생각도 잠시, 너부데데한 얼굴이 해죽 웃었다. 벙어리 삼룡이를 연상시키는 얼굴이었다.

"너 무는 남자에게 당했잖아. 내가 복수해 줄게."

채율은 다시 고개를 숙였다. 이번에는 예희라는 아이가 말했다.

"다른 피해자가 나올 수 있어. 너 같은 일을 다른 애들이 겪는다고 생각해 봐. 그래도 좋아?"

채율은 고개조차 들지 않았다. 미도가 하재를 향해 눈짓을 했다. 소녀는 거식증을 앓고 있는 사람처럼 가냘픈 손목으로 열심히 가방 안을 뒤적거렸다. 연습장처럼 스프링 제본된 책이 돌돌 말린 채 안에서 나왔다. 미도는 하재에게서 책을 받아들고 오만하게 말했다.

"공짜로 가입하라는 건 아니야."

반투명한 플라스틱 표지 밑으로 '레오니드 안드레예프'의 이름이 적혀 있었다. 희곡 「뺨 맞는 남자」와 첫 단편 소설 「가난과 부」가 수록되었다고 표시되어 있었다.

"너 안드레예프를 좋아하지?"

"내가?"

"발뺌하지 마. 다 조사했으니까!"

내지르는 소리에 주변 아이들의 이목이 이쪽으로 쏠렸다. 미도는 품에서 전자 사전을 꺼냈다. 그러고는 동영상을 하나 보여 주었다. 익숙한 장면이 재생되었다. 예전 채준이 출현했던 4부작 다큐멘터리 영상 중 한 편이었다. 촬영 때문에 급하게 구입한 율마와 관음죽을 배경으로 거실 소파에 앉은 채율의 어머니, 오유진이 웃고 있었다.

"채준이는 수학에 재능을 가지고 있지만 채율이는 러시아 언어와 문학에 관심이 많아요. 전부터 도스토옙스키나 막심 고리키에 푹 빠져 살더니, 얼마 전에는 안드레예프의 「인간의 삶」을 감명 깊게 읽었다더라고요. 전문 번역가가 되어서 안드레예프의 작품을 번역하는 게 딸의 꿈이에요. 이번에 외고에 합격하면 좀 더 꿈에 가까워지겠죠."
"조숙한 따님을 두셨네요."
"저는 그렇게 생각 안 해요. 그냥 또래 아이들이 아이돌을 좋아하는 거나 마찬가지죠. 대상은 좀 다르지만. 얼마 전에는 러시아 어 사전을 사서는……."

기억이 났다. 안드레예프. 1년 전 방송용 멘트로 어머니가 주어섬긴, 아들에 비해 잘난 것 없는 딸을 변호하기 위해 지어낸 거짓말이었다.
"아직 한국에 번역되지 않은 작품도 이 안에 들어 있어. 구하기가 얼마나 힘들었는지 알아?"
대장의 말을 듣고 다들 고개를 끄덕끄덕 했다.
채율은 조심스럽게 책장을 넘겨 보았다. 직역한 듯 문장이 투박했다. 비전문가에 의한 번역임을 짐작하게 했다. 주변을 둘러보니 교실에 있는 모든 아이들이 이쪽을 힐끔거리고 있었다.

여기서 부정했다가는 어머니를 거짓말쟁이로 만들게 될 터였다. 며칠 전 선암여고 수백 명의 학부모들을 모아 놓고 강연한 전문가를. 망설임을 긍정으로 받아들였는지 미도는 신입 대원의 어깨를 팡팡 두드렸다.

"이거 말고도 읽고 싶은 작품이 있다면 말만 해. 얼마든지 훔쳐다 줄 테니까."

입술 사이로 보이는 덧니가 성취감으로 반짝이고 있었다. '훔친다'라는 말의 어감이 몹시 거슬렸지만 차마 묻지 못했다.

다음 날, 학교에 와 보니 책상 위에 선암여고 미스터리 탐정단의 정식 대원증이 놓여 있었다. 가운데 부분에는 출석부에 붙어 있는 증명사진이 떡하니 박혀 있고, 이름 앞에는 고문이라는 직책까지 인쇄되어 있었다. 재질은 호사스럽게도 아크릴이었다. 어제 처음 만나기 전 이미 제작을 의뢰했다는 뜻이었다. 괘씸한 마음에 탈출을 시도했지만 실패했다. 보충 수업이 끝나기가 무섭게 찾아온 탐정단이 교실 문 앞에서 기다리고 있었다. 녀석들은 제갈공명을 모시러 온 유비, 관우, 장비를 자처하며 천재 소녀를 연행해 갔다.

선암여고 서편에 자리 잡은 자견관(自見館)이 그들의 아지트였다. 자견관은 붉은 벽돌과 스테인드글라스, 우뚝 솟은 3곳의 종탑이 유럽 성당을 연상시키는 다목적 강당이었다. 1층은 급식실, 2층은 체육관 겸 강당이었고, 학교 건물과 구름다리로 연결되어 있는 3층에는 음악실과 무용실, 전산실, 각종 동아리실, 등사실이 위치해 있었다. 햇볕도 잘 들지 않는 3층 연극부실 조그마한 창고에 들어가자마자 딸각 문부터 잠갔다. 먼지 냄새와 곰팡내가 현기증을 유발하는 장소였다. 아이들은 신입대원이 생긴 것을 축하하며 깔깔깔 웃었다.

"……지금은 여고생들을 물고 돌아다닐 뿐이지만 나중에 무슨 짓을 벌일 줄 알아? 강간범이나 연쇄살인범도 첫 징후는 사소한 법이야. 우리가 어떻게든 놈을 잡아 교화해야 해. 미래에 생길지 모를 희생자들을 구하기 위해서."

대장은 새로 들어온 신입대원을 격려했다. 미도의 오른팔 최성윤도 환영의 표시로 급식 시간에 꿍쳐 두었던 만쥬를 내밀었다.

"공부? 걱정하지 마. 무는 남자를 잡아서 경찰에 넘기면 표창을 해 줄 거야. 그러면 대학교 입학 때 가산점을 받아. 졸업할 때 공로상도 받고. 오르지도 않는 수능 등급을 위해 아등바등하는 것보다 무는 남자를 잡는 게 훨씬 장래에 도움이 되는 길이란 말씀이야. 왜 무서워? 아무 걱정하지 마. 그 변태 자식. 나의 맞수히(무에타이에서 올려치기) 한 방이면 끝이야. 끝."

연예인 지망생 예희도 싱긋 웃으며 덧붙였다.

"공로상도 공로상이지만 매스컴을 탈지도 몰라. 연약한 여고생들이 힘을 합쳐 변태를 잡는다면 「세상에 이런 일이」에서 취재를 오지 않겠어? 너하고 나 정도의 미모라면 충분히 시청자들을 사로잡을 수 있을 거야. 그러면 기획사들이 여기저기서 연락을 해 올 테고, 개중에 좋은 조건을 골라 계약하면 되지. 올 여름에 무는 남자를 잡으면 내년 봄에는 앨범을 취입할 수 있어."

예희는 연극부에도 가입이 되어 있어 창고 열쇠를 받을 수 있었다고 했다.

구석에 앉아 뭔가 끄적이고 있던 김하재는 한마디 하라는 강요에 못 이겨 입을 열었다.

"우리랑 있으면 친구 걱정은 안 해도 돼. 너희 반에서 놀아 주는 아이가 없다고 들었어. 부끄러워하지 마. 나도 그런 처지였거든. 다 같이 사이좋게 지내자."

자세히 보니 하재의 노트 위에는 기하학적 도형이 가득 그려져 있었다. 자폐증 전조 증상처럼 보였다.

눈물이 나올 것 같은 감정을 억누르며 채율은 주위를 둘러보았다. 연극부가 사용하는 다양한 가발, 화려한 의상들이 가득 수납되어 있었다. 무엇보다 채율의 눈길을 사로잡은 것은 선반 위에 차곡차곡 꽂혀 있는 100여 개의 서류철이었다. 견출지에 분류 기호까지 넣어 색깔별로 놓여 있었다. 한 개를 시험 삼아 펼쳐 보았다.

'얘네들 이런 짓까지 하는 거야?'

그것은 선암여고 전교생의 신상 기록이었다. 학생기록부처럼 공적인 내용이 아니라, 사적인 내용이 적나라하게 담긴 파일이었다. 주민 등록 번호, 키, 몸무게, 혈액형, 주소, 전화번호, 성격, 성적, 친구 관계, 가족 관계, 심지어 연애 관계까지. 선생님들의 파벌을 정리한 바인더도 있었다.

"고문님, 지금 중요한 건 이거예요."

탐정단 비서실장이 손가락을 까닥였다.

그녀가 가리킨 초록색 파일에는 지금까지 무는 남자가 출현한 장소와 시간, 변장 모습 등등이 정리되어 있었다.

무는 남자는 1학기 기말고사가 끝난 7월 5일부터 보충 수업이 시

작된 8월 2일까지, 한 주에 2번꼴로 출몰했다. 등하교 시간. 피해자
가 혼자 있을 때를 노렸다. 기말고사가 끝난 이후부터는 단축 수업
을 했고, 보충 수업 때도 오전만 공부를 했던 걸 감안하면 무는 남자
는 대학생이거나 확실한 직업이 없는 백수일 확률이 높았다.

특이한 점이 있다면 무는 남자가 선암여고 학생들만 노린다는 거
였다. 근방에 있는 세원여상이나 형주고, 선암중, 명봉고 아이들 중
에 피해를 입은 학생은 한 명도 없었다. 세원여상과는 도로 하나를
두고 연접해 있는데도 그러했다.

'제법인데?'

놀라웠다. 첫인상과 달리 진지한 탐정단인 모양이었다. 하지만 곧
생각을 철회했다.

'아니지. 이런 일에 최선을 다하니까, 바보들인 거야.'

채율의 생각을 증명이라도 하듯 '3차 무는 남자 프로파일링 보고
서'에는 이렇게 적혀 있었다.

무는 남자가 우리 학교 학생에게만 집착하는 것도 무리는 아니다.

우리가 제일 예쁘니까.

토요일마다 우리 학교를 기웃거리는 남학생들의 수를 생각해 보라.

아마 무는 남자는 학창 시절 우리 학교 여학생을 짝사랑한 사람이 아
닐까.

그때 마음을 전하지 못한 게 한이 되어…….

보고자는 이예희. 무서울 정도로 첫인상에 부합하는 통찰이었다.

브레인스토밍 회의가 시작되자 소설에 가까운 이야기들이 장르를 불문하고 튀어나왔다. 논리적인 근거와 실질적인 증거를 가뿐히 젖힌 여러 잡설 가운데 최고봉은 하재의 이야기였다.

"오소정 선배랑 멘티(멘터에게서 상담이나 조언을 받는 사람)인 애가 우리 반이거든."

마치 괴담을 풀어 놓을 때처럼 천천히 목소리를 낮춰 말하는 폼이, 꼭 라디오 드라마를 듣는 것처럼 실감났다.

"걔 말이, 그때 소정 선배는 여드름 흉터 없애는 시술을 받은 직후라 물을 댈 수 없었대. 여름이니까 하루라도 씻지 않으면 냄새가 나잖아. 땀 냄새가 나는 불결한 몸을 물다니 이상하지 않아? 내가 무는 남자였다면 악취를 맡자마자 바로 놔 줬을 거야. 그러나 무는 남자는 오만상을 찌푸리면서도 유진 언니를 놓지 않았대.

또 주목해야 할 건 습격 받은 순서야. 서민지, 유하현, 은진경, 도예희, 오소정, 마슬기, 신보람, 안채율. 성(姓) 이니셜은 각각 S, U, E, D, O, M, S, A지. 이 글자들에 흐르는 사악한 기운이 느껴지지 않니?"

"아이, 씨! 감질나잖아. 얼른 이야기 해 봐."

못 참겠다는 듯 성윤이 테이블을 쳤다.

"글자들을 거꾸로 읽어 봐."

"아스모데우스(Asmodeus)?"

하재는 목을 움츠렸다. 볼드모트의 이름을 들은 헤르미온느처럼 몸서리를 치며. 순식간에 자견관이 호그와트 기숙사로 변했다. 25억을 들였는데도 줄줄 빗물이 새는 강당 천장이 그럴싸한 분위기를 연출해 주었다.

"아스모데우스는 외경 토비트 서에 나오는 정욕의 악마야. 인간 여자를 탐하는 악마지. 무는 남자는 흑마술사가 분명해. 아스모데우스를 소환하기 위해 순결한 여학생의 피가 필요했던 거야. 아이들이 피해를 입은 지역을 지도에 표시해 보면……."

하재는 가방에서 다이어리를 꺼냈다. 손으로 직접 그린 듯한 화려한 문양이 다닥다닥 붙어 있었다. 나중에 알고 보니 만다라(밀교에서 발달한 상징의 형식을 그림으로 나타낸 불화)에 기초한 테셀레이션(동일한 모양을 이용해 틈이나 포개짐 없이 평면이나 공간을 완전하게 덮는 것)이었다. 하재는 다이어리에 붙은 지도를 펼치더니 지도 위에 피해자별로 하나씩 엑스 자 표시를 했다. 사건 장소들이 명쾌하게 한붓그리기로 그려졌다. 뒤집혀진 오망성이었다. 별을 한 번에 이어그리기한 도형인 오망성은 신성에 의한 만물의 조화를 상징하지만, 그 오망성이 뒤집혔으니 악마를 상징하는 셈이었다.

"앞으로 희생자는 두 명이 더 나올 거야. 오망성에는 총 열 개의 점이 있는데 아직 두 군데가 남았으니까. 아마 장소는 이곳과 이곳이 되겠지."

서글프게도 이 클럽 안에서는 채율도 하나의 캐릭터로 통용되었다. 한번 매트릭스가 조직되고 나니 등장할 수순이나 대사가 정해져 버렸다. 의견을 나누다 말고 대원들은 채점을 기대하는 눈빛으로 채율 쪽을 흘끔거렸다.

바보들을 깨우쳐 주기 위해 고문이 나설 때였다.

"유씨는 영어로 쓸 때 U가 아니라 Y로 시작해. 아니면, 아예 류 (Ryu)라고 쓰고……. 그리고 성(姓)은 시간 순서대로 나열하고, 장소는 시간하고는 상관없이 무작위하게 이으면 어떡해? 고의로 원하는 도형이 나오도록 연결한 거나 마찬가지잖아. 봐, 이렇게 이으면 별이 아니라 그냥 나무 목(木)자가 나오지? 피해 장소들에 점을 찍을 때는 가능한 세밀한 지도를 쓰도록 해. 축척이 작은 지도를 쓰면 형태가 왜곡되어 버리니까."

어느 날은 채율이 직접 소견 발표를 하기도 했다. 아이들이 요구하는 건 진실이 아니라 재미였으므로 기대에 부응하기는 쉬웠다.

"내 생각에 그 사람 병이야. 정신병 말고 에이즈. 예전에 제천에서 활동했던 에이즈 택시 기사 기억나? 세상에 대한 원망에 사무쳐서 애꿎은 사람들에게 병을 옮기고 다녔잖아. 물론 에이즈는 물린다고 해서 걸리는 병은 아냐. 하지만 피를 통해서는 감염되지.

무는 남자의 목적이 병을 옮기는 거였다면, 자기 입안에 상처를 내고 출혈이 있는 상태로 아이들을 물었을 확률이 커. 피해를 입은 학생들도 피가 날 만큼 세게 물렸고. 무는 정도라면 피해자들이 경찰에 신고하기도 애매하고, 설령 신고한다고 해도 경찰은 몇 번 순찰 돌다 말 거야. 전염자 입장에서는 강간보다 안전하게 목적을 달성할 수 있지.

에이즈는 잠복 기간이 길어. 발병할 때쯤이면 피해자들은 대학생이나 사회인이 되어 있을걸. 설마 성관계 경험도 없었던 고등학교 때 병을 얻었으리라고는 생각지 못할 테니, 감염 경로 추적에 걸릴 우려도 없고.

여학생들만 노린 이유? 체력이 약해 제압하기 쉽잖아. 순결무구한 것일수록 더럽히는 쾌감도 크고."

다들 감명 받은 얼굴로 박수를 쳤다.

간단한 회의가 끝난 후에는 현장 조사를 위해 사건 장소를 방문했다. 결론보다 답을 탐색하는 과정을 중요하게 생각하는 리더의 가치관에 따라 가는 도중에 떡볶이 가게가 있으면 들렀고, 돈이 있으면 영화를 봤다. 때로는 목적을 망각한 채 맥도널드부터 향하기도 했다.

헤어질 때면 미도는 일당을 주는 고용주처럼 거들먹거리며 안드레예프 작품을 한 장씩 찢어 내밀었다.

채율은 핸드폰으로 미도의 사진을 찍어 집에 있는 다트 판 중앙에 붙여 두었다.

사진은 하루가 다르게 너덜너덜해졌다. 눈에는 구멍이 뚫리고 코부분은 형체를 알 수 없을 만큼 뭉개졌다. 빙글빙글 웃고 있는 녀석의 사진을 보고 있노라면 집중력이 향상되어 아무렇게나 던져도 명중이 되었다. 엠씨스퀘어가 따로 없었다.

속이 시원해질 때까지 다트를 던지고 책상 위에 앉으면 미국에서 전화가 걸려 왔다. 어머니 오유진으로부터 걸려 온 전화였다. 유진은 매일 같이 딸에게 전화를 걸어 학습 진도 상황을 체크했다. 한국에 있을 때와 마찬가지였다.

무슨 바람인지 목소리가 부드러운 날도 있었다.

"딸, 요즘 잘 지내? 특별한 일은 없었어?"

갑작스런 가식에 반항심이 출렁였다.

"특별한 일? 아빠가 요즘 주말마다 외박하시네. 와이셔츠에서도 향수 냄새가 나고."

"뭐?"

잠깐 흔들리던 어머니는 금세 이성을 찾았다.

"아빠 이야기 말고, 너 말이야. 네 이야기나 해 봐. 너 며칠 전에⋯⋯."

채율은 입술을 질끈 깨물었다. 목표물을 잘못 설정했다. 엄마의 남자는 아빠가 아니었다. 아들 안채준이었다. 오빠에게 여자 친구가 생겼다고 하면 대번에 화제가 바뀌었을 거였다. 짜증이 치밀었다.

"맞다. 과외 선생님한테는 왜 관두라고 그랬어?"

"과외 선생? 아⋯⋯. 알아보니까 그 선생 실력이⋯⋯."

"족집게로 유명한 사람이라고 할 땐 언제고? 오빠한테는 기천만 원도 안 아깝고, 딸한테는 100만 원도 아까워?"

"무슨 말을 그렇게 하니? 알았어. 과외 계속 시켜주면 되잖아."

전화는 곧 끊겼고, 이번에는 어머니의 사주를 받은 채준에게서 전화가 걸려왔다. 무슨 꿍꿍이인지는 모르겠지만 채준은 동생에게는 관심이 없이 줄곧 자기 이야기만 했다. 요즘 박사 논문이 잘 안 된다며 하소연을 하고, 인종 차별에 관해 목소리를 높였다. 하지만 언제나 마지막은 걸그룹 슈가걸즈 이야기였다. 요즘 나온 신곡의 한국 반응은 어떠냐는 둥, 화보집을 보내 달라는 둥. 콘서트 티켓을 구해 달라는 둥. 정말로 멤버 누구가 그룹 내에서 따돌림을 당하냐는 둥.

"공부하러 갔으면 공부나 해. 어떻게 한국에 사는 나보다 연예인 얘기를 더 잘 알아?"

"참. 넌 어떻게 지냈냐."

그제야 마지못해 동생의 신변을 물어 왔다.

채율은 그동안 있었던 일을 털어놓았다. 무는 남자에게 당했던 일부터, 탐정단이라는 아이들에게 시달리고 있는 일까지.

"머리 좀 굴려 봐. 나 어떻게 하면 얘네들한테서 벗어날 수 있을까? 완전 거머리들 같아."

하지만 질문에 대한 답은 돌아오지 않았다. 천재는 염려스런 목소리로 말했다.

"너희 학교 애들 조심해야겠다."

"왜? 정말로 그 변태, 에이즈에 걸렸을까 봐?"

"너 지하철 타기 전에 물렸지? 생각해 봐. 우리 집은 선암여고가 있는 학군도 아니잖아. 그놈은 일부러 널 찾아와서 물었던 거라고. 다른 피해자들도 학교가 아니라, 집이나 학원 근처에서 습격을 당했다며? 무는 남자는 피해자들을 사전에 알고 선별을 했어. 여덟 명이나 물렸는데 목격자가 한 명도 없다는 거, 너무 부자연스럽잖아."

채준은 주장했다.

무는 남자는 피해자들의 집이나 등굣길을 미리 알고 있었다. 목표물이 인적이 없는 곳을 지날 때를 노려 덮친 것이다.

모두 의도된 범행이다.

천재는 진지한 목소리로 마지막 질문을 던졌다.

"근데 탐정단이라는 애들, 예쁘냐?"

* * *

딱히 명문고 진학에 욕심이 있었던 것은 아니었다. 단지 태어나면서 한쪽으로 무게 중심이 쏠린 집안의 축을 아주 조금이나마 자신에게 끌어오고 싶었을 뿐이었다. 명문고에 진학하면 천재 오빠를 칭찬하던 사람들도 한두 번 쯤 "따님도 대단하시군요." 하고 감탄하게 될 거라고. 밥풀 한 톨 같은 인정을 받기 위해 채율은 목숨을 걸고 공부를 했다. 잠도 제대로 자지 못하고 밥도 잘 먹지 못했다. 시험 당일에는 신경성 위염이 도져 기절 직전까지 갔다.

인터넷으로 수험 번호를 입력하고 합격자 조회를 기다릴 때는 단두대에 머리를 들이민 심정이었다. 합격자 명단에 없다는 안내 화면을 본 순간, 그녀의 영혼은 댕강 동강이 났다.

인간이라면 누구나 가슴 속에서 품고 있는 원초적인 믿음. 그래도 나 자신은 특별하며 열심히 한다면 꼭 좋은 결과를 얻게 될 거라는, 근거는 없지만 인간을 행복하게 만드는 기본적인 낙천주의도 함께 숨을 거뒀다.

나는 남들과 다르지 않다.

나는 특별한 인간이 아니다.

∴나는 별 것 아니다.

현관문을 열기까지 많은 용기가 필요했다. 그럴 줄 알았어. 냉정하게 말할 엄마, 애한테 그렇게까지 할 건 뭐냐 소리칠 아빠, 또 시작이냐는 듯 방으로 들어가 버릴 잘난 오빠. 크리스마스를 맞아 미국에서 한국으로 잠깐 돌아온 어머니에게 보란 듯이 합격 통지표를 내던지고 싶었건만.

"어, 일찍 왔네. 오늘 아침에 말했지? 오늘 엄마랑 아빠 부부 동반 모임 있다고. 저녁은 니들끼리 해결해."

라임색 원피스에 진주 귀걸이, 화사하게 다듬어진 머리를 한 어머니는 채율에게 돈을 쥐여 주고 서둘러 현관 신발장을 열었다. 모공이 보이지 않을 정도로 깔끔한 피부 위에는 나이의 흔적도, 외출의 기분을 망칠 만한 한 점의 우울함도 찾을 수 없었다. 혹시나 인터넷으로 합격자를 조회하고 일부러 밝은 체하나 생각될 정도로 행복한 모습이었다. 집 안을 둘러보니 아버지 안홍민은 이미 지하 주차장에 내려간 듯했고, 거실 소파 위에는 오빠 채준이 누워 키에르케고르의 저작을 《펜트하우스》나 되는 양 게걸스럽게 읽고 있다.

"오늘 시험 본 거 결과 나왔어."

구두를 신던 어머니의 행동이 멈칫 했다. 말을 할 필요도 없었다. 열다섯 해 자식을 키워 온 머리 좋은 오유진 여사는 딸이 풍겨 내는 공기만으로 결과를 짐작했다. 그녀는 늘씬하고 긴 팔을 벌려 딸을 껴안았다.

"걱정하지 마. 상처 받지 마. 괜찮아. 다 잘될 거야."

하굣길 내내 참고 있었던 채율의 슬픔이 와락 터져 나왔다. 유진은 더욱 세게 딸을 껴안았다.

유진은 원래 처음부터 딸이 명문외고에 지원을 하는 것을 못마땅해 했었다. 딸을 위해서가 아니라 혹시 실패해서 자기 명성에 먹칠을 하게 될까 염려해서였다. 그랬던 터라 채율은 어머니의 예상치 못한 포옹에 무너지고 말았다. 고마웠다. 처음으로 어머니의 따스한 사랑을 느끼는 것 같았다.

그날 밤 모임에서 돌아온 유진은 딸의 방으로 들어가 준비해 놓은 서류 뭉치를 보여 주었다.

"처음에는 외국인을 위한 어학 코스에 다니게 될 테지만, 몇 개월 안 가서 정규 수업을 들을 수 있을 거야."

학교 팸플릿에는 수영장과 승마 코스 사진이 나와 있었고, 영어로 빼곡히 설명이 적혀 있었다. 순간 무슨 말을 듣고 있는지 이해가 되지 않았다. 한참만에야 채율은 그것이 자신의 유학 준비라는 것을, 이미 모든 준비가 완료되어 있었다는 걸 알 수 있었다. 어머니의 계획은 한 가지만 빼고 완벽했다. 대기자가 많아 입학을 하기 위해서는 1년을 기다려야 한다는 것.

"차라리 잘된 거야. 지금 곧바로 유학을 갔다가는 다들 도피 유학이라고 생각할 거 아니니. 마침 너는 한 살 어리게 학교 들어갔으니까, 손해 볼 것도 없어. 그냥 편하게 1년만 한국에서 학교 다니면서 성적이나 잘 받아 놓으렴. 전교 1등 정도만 유지해 준다면 엄마도 체면은 차릴 수 있을 테니까. 부탁해, 딸."

고마워해야 할지 화를 내야 할지, 판단이 서지 않았다. 고등학교에 떨어진 충격이 너무 커서 어머니가 제시하는 대안은 너무도 든든하게 여겨졌다. 함께 공부한 친구들은 모두 외고 진학에 성공했다. 한국에서 고등학교를 다니기 수치스러웠다. 채율은 학교 팸플릿을 꼼꼼히 살펴보았다. 프레피 룩을 단정하게 입은 금발 소녀와 갈색 머리 소년이 채율에게 인사하듯 웃고 있었다. 찬찬히 방 안을 둘러보니, 책상과 책상에 빼곡히 꽂힌 문제집과 참고서가 눈에 들어왔다. 벽에 붙여 놓은 유치한 글귀가 보였다.

할 수 있다.

내년이면 나는 ○○외고생.

채율은 가만히 팔을 들어 텅 빈 두 손을 바라보았다. 몸의 윤곽이
사라져 희미해진 착각이 들었다.

그동안 무슨 노력을 했든지 상관없이 이미 미래는 결정되어 있
었다.

말할 수 없는 허전함이 가슴에 가득했다. 알맹이가 빠져나간 껍데
기만 남아 있는 느낌. 집으로 돌아오기 전까지 느꼈던 괴로움과 불
안, 실망은 어머니를 만나고 난 후 말끔히 사라져 버렸다. 하지만 지
금은 도대체 무슨 감정을 가져야 하는 건지, 자신의 마음이 어떤지
도 알 수 없었다.

사춘기가 되고부터 그녀에게는 한 가지 꿈이 있었다.

언젠가 이 지옥의 끝에 이르는 날, 어머니에게 결별을 고할 거라
고. 외고에 입학하고, 서울대에 입학하고, 박사 학위를 따고 4년제
대학 교수가 되고 나면, 보란 듯 가족과 절연할 거라고.

전화 연락도 하지 않고, 주소도 알려 주지 않고, 완전한 남처럼 집
을 떠날 생각이었다. 어머니 얼굴에 합격증을 내던지고 영원히 집을
뛰쳐나오는 것. 그것은 마치 판타지처럼 아찔한 그녀의 꿈이었다.

채율은 팸플릿을 물끄러미 바라보다 몸을 일으켜 책상 서랍을 열
었다. 안에는 지금껏 용돈을 모아 놓은 통장이 있었다.

'이대로 있다가는 엄마한테 완전히 먹혀 버릴 거야.'

안채율이라는 존재는 지구상에서 사라지게 될지도 모른다는 생

각에 본능적인 위기감이 들었다.

'도망쳐야 해.'

채율은 통장을 움켜쥐었다. 생각보다 빨리 꿈을 이루게 되리라는 예감이 들었다. 어쩌면 1년 뒤, 오유진 여사의 얼굴에 성적표를 내던지고 이 감옥을 탈출할 수 있을지도 몰랐다.

* * *

개학 후에도 탐정단 아이들은 채율을 가만 놔두지 않았다. 채율에게 전해들은 채준의 의견, 즉 '의도되고 계획적인 범행'이라는 말에 흥분해서는 학교의 운명이 자기들 어깨에 달린 것처럼 행동했다. 무는 남자가 에이즈 환자라는 미신을 열심히 전파해 나가면서 하루 종일 수사라는 걸 계속했다. 그러나 채율은 더 이상 아이들에게 장단을 맞춰 줄 여유가 없었다. 녀석들이 뭐라 말하든 쪽 대본을 과감히 외면하고 공부에 매진했다.

그러던 어느 날이었다. 수학 문제를 풀고 있는 중에 핸드폰이 울렸다. 미도가 보낸 메시지가 와 있었다.

집합! 새로운 피해자 출현. 무는 남자 맨얼굴을 봤대!

벌레가 스멀스멀 몸을 기어가는 듯했다.

'맨얼굴을 봤다고?'

도형의 방정식 그래프를 그려 놓은 연습장 위로 트라이벌 타투가 어른댔다. 손톱처럼 날카로운 갈퀴들이 그녀의 눈을 할퀴었다.

'그래, 이번이 마지막이다. 진짜 마지막.'

채율은 책을 덮고 학교로 향했다. 자견관 창고 안에는 이끼와 버섯처럼 음습한 놈들이 진즉에 도착해 있었다.

"오……! 고문님, 오랜만이야. 어서 이쪽에 앉아."

아이들 틈에 낯선 아이가 앉아 있었다. 9월이 되어 성윤이네 반에 전학 온 학생이라고 했다. 구불거리는 곱슬머리가 인상적인 아이였다. 소개받은 이름은 윤정희. 하재와 마주앉아 몽타주 작성에 열심이었다. 오른쪽 팔목에 낙인처럼 선명한 연보라색 이빨 자국이 두드러져 보였다.

"눈이 더 컸어. 쌍꺼풀도 이렇게 진하지 않았고. 입술은 조금 더 얇게."

"이런 느낌?"

슥슥. 하재가 연필을 잡고 있었다. 지우개와 연필이 지나갈 때마다 스케치북 위에 사람의 얼굴이 조금씩 드러났다. 아마추어라 진행이 더뎠다.

'이럴 줄 알았으면 문제집을 그대로 가져오는 건데.'

채율은 속으로 불평하며 의자에 앉았다. 괜히 급한 마음에 택시를 타고 온 게 후회되었다. 테이블 위에는 연극부의 소품인 의상이 수선 중인 채로 놓여 있었다. 예희가 낡고 오래된 싱거 재봉틀로 단추를 달고 있었다. 재단된 원단 사이로 연극 대본이 눈에 띄었다. 낯익은 스프링 제본 방식이었다.

「존경하는 엘레나 선생님」이란 제목 밑에 '류드밀라 라쥬몹스까야'라는 복잡한 러시아 작가 이름이 박혀 있었다.

"이게 뭐야?"

한창 단추와 씨름 중이던 예희가 대수롭지 않게 대답했다.

"연극부 과제. 달마다 선생님이 정해 준 희곡을 읽고 토론하거든. 이번 달은 그 작품이야."

그러고 보니 지난 8월, 처음 이 창고에 들어왔을 때도 테이블 위에 극본이 놓여 있었다. 지이선이 쓴 「모범생들」. 중학교 때 관람했던 작품이라 기억에 있었다.

"다른 건 없어?"

"예전 것들은 재미없을걸. 「햄릿」, 「샐러리맨의 죽음」, 「리어왕」 이런 거야."

전부 채율이 읽어 본 것들이었다. 결국 엘레나 선생님을 집어 들었다.

마지막 줄을 다 읽었을 때쯤 하재가 연필을 내려놓았다. 그러고는 스케치북을 뒤집어 작품을 공개했다. 그림 속에 드러난 무는 남자는 깜짝 놀랄 만큼.

"오올, 잘생겼다!"

성윤이 감탄했다. 마지막 피해자도 몽롱한 눈빛으로 고개를 끄덕였다.

"응. 거기다 귀엽기까지 했어. 비스트 양요섭처럼."

다들 몽타주를 돌려보며 고개를 끄덕거렸다. 채율도 공감했다. 무는 남자는 성인 여성에게 접근할 능력이나 매력이 없어서 미성년을 추행했을 거라고 생각했었다. 외모가 전부는 아닐 테지만, 이 정도 얼굴이면 눈먼 여자들이 꽤 달라붙지 않았을까.

물렸을 때는 영혼의 속팬티까지 더럽혀진 기분이 들더니만 수려한 이목구비를 보니 반감이 조금 덜해졌다.

미도는 엄숙한 표정으로 좌중을 돌아보았다.

"제군, 이제 드디어 우리가 나설 때가 되었소. 현상 수배 전단을 만들어 놈을 잡을 때까지 널리 배포합시다."

대장의 말에 수석 비서와 행동대원이 하이파이브를 했다. 지금껏 몽타주를 그린 하재도 이마에 맺힌 땀을 닦으며 배시시 웃고 있었다. 아차 싶은 기분에 채율은 두 눈을 질끈 감았다. 도저히 "이쯤에서 집으로 돌아갈게."라고 말할 수 있는 상황이 아니었다.

등사실에 잠입한 아이들은 윤전기 사용법을 몰라 한참 동안 애를 먹었다. 보다 못한 채율이 버튼 몇 번 눌러 주고 제판해 주었다. 모두들 고문의 손재주에 감탄하며 박수를 쳤다.

'내가 무슨 짓을 한 거야. 이 녀석들을 돕다니.'

입술을 깨물며 후회했지만 때는 늦었다. 수배 전단은 이미 덜컹덜컹 소리를 내며 등사되고 있었다.

전단이 800부 가량 완성되었을 무렵이었다. 종이를 새로 끼우려고 멈춘 사이 복도에서 발소리가 들려왔다. 예희가 힐끗 바깥을 쳐다보더니 사색이 된 얼굴로 형광등을 껐다.

"쉿, 우리 선배들이야."

축제 연습을 끝마치고 연극부원들이 올라오는 모양이었다.

채율은 미소 지었다. 연극부는 선암여고에서 가장 드센 학생들만 모인 집단이었다. 특히 연극부 부장 김상은은 소품 창고에 기생하고 있는 탐정단원들을 눈엣가시처럼 여기고 있었다. 이런 불량스런 짓을 도모하고 있는 걸 알면 옳다구나 빌미를 잡아 내쫓고야 말 터였다.

발걸음이 점점 가까워오고 있었다. 방금 전 연습에 대해 평가하는 연극부원들의 말소리가 들려왔다. 담당 하연준 선생도 무심한 목소리로 그녀들의 연기를 촌평하고 있었다. 탐정단원들은 좀비들이 지나가기를 기다리는 인간들처럼 숨을 멈추고 벽에 붙어 있었다. 등사실 문의 둥근 창으로 복도의 불빛이 새어들고 있었다.

'하나, 둘, 셋.'

불빛 가운데 사람 그림자가 일렁이기 시작했다. 채율은 남몰래 다리를 뻗어 요즘 무용 시간에 배우고 있는 바트망 탕뒤(Battement Tendu) 동작으로 구석에 놓여 있던 플라스틱 빗자루들을 툭 건드렸다. 복도를 청소할 때 사용하는 커다란 빗자루들은 힘없이 쓰러지면서 폐지를 담아 두는 양철 상자를 연달아 때렸다. 밤이라 그 소리는 아주 크게 들렸다.

"이게 무슨 소리지?"

"등사실에서 들린 건가?"

뚜벅뚜벅 발걸음 소리가 지척에서 들려왔다. 채율은 무신론자였지만 그 순간만큼은 간절하게 기도했다. 김상은 부장이 안을 들여다보기를, 그리하여 폭주하고 있는 어린양들을 발견하고 수배 전단지를 갈기갈기 찢어 주기를, 이왕이면 원본까지 모두.

"뭐가 있어?"

기웃거리는 사람의 그림자가 바닥에 비쳤다. 채율은 성윤에게 입이 틀어막힌 채로 구석에 구겨져 있어야 했다. 그림자에는 눈이 달려 있지 않았지만 마치 눈이 달려 있는 것만 같은 기분이 들었다.

시간이 멈춘 것 같은 몇 분이 지나고 하연준 선생이 느닷없이 연극부 선배들에게 간식에 관해 묻는 소리가 들렸다. 연극부 부원들은 환성을 지르며 복도를 지나갔다.

이후 사흘 동안 채율은 수배 전단 배포에 차출되어야 했다. 저녁 시간마다 학교 개구멍을 빠져나가 매일 100장씩, 곳곳을 돌아다니며 전단지를 붙였다. 나흘째 되는 날에는 참다못해 어떤 아파트 단지 구석에 있는 소각용 드럼통에 전단을 던져 넣고 불을 질러 버렸다. 회색 재생용지는 순식간에 화르르 타 버렸다.

미도의 핸드폰은 쉴 새 없이 울렸다. 57번의 장난 전화와 22번의 항의 전화(주로 아파트 경비 아저씨들이 걸어온 전화였다.), 18번의 음란 전화와 12번의 보이스 피싱까지.

그럴 듯한 제보 전화가 걸려온 것은 2학기 중간고사를 2주일 남겨 놓은 금요일이었다.

선암여고에서 서북 방향으로 3km 남짓 떨어져 있는 편의점 아르바이트생이 제보한 내용이었다. 아르바이트생은 채율만 알고 있었던 인상착의, 즉 무는 남자 어깨에 있던 트라이벌 타투에 대해서도 알고 있었다. 그녀는 거래하듯 물었다.

"내가 정보를 제공하면 너희는 뭘 줄 건데?"

미도는 회심의 미소를 지으며 카키색 교복 카디건에서 뭔가를 꺼냈다. 명함이었다. '무는 남자 특별 수사대 대장'이라는 직책이 인쇄되어 있었다. 미도는 싱긋 웃으며 명함을 뒤집었다. 미니홈피 주소가 적혀 있었다.

"일촌 신청을 해 주세요. 도토리 300개를 보내 드리겠습니다. 그 정도면 홈피를 단장하고 배경 음악까지 살 수 있죠."

아르바이트생의 눈동자가 커졌다. 금방이라도 미도를 두들겨 팰 눈빛이었다. 미도가 주춤했다.

"트위터나 페이스북을 하시나요? 팔로워 다섯 명을 한 번에 늘리고 싶지 않으세요?"

"꺼져."

"……언니, 저희 학생이에요오. 가진 건 도토리밖에 없어요. 요즘 물가가 많이 올라 부모님이 힘들어 하세요. 우리 오빠도 학비 벌려고 학원 알바 뛴다고요."

결국 피곤에 지친 고학생은 두 손을 들었다.

거래된 도토리는 400개.

아르바이트생이 어서 나가라는 의미로 삼각 김밥 몇 개를 집어 주었다. 기약 없는 잠복근무가 시작되었지만 이번만큼은 채율도 토를 달지 않았다.

정말로 무는 남자를 잡을 수 있을지도 모른다는 기대감이 가슴을 두근거리게 했다.

근처에 주차된 5톤 트럭 뒤에 옹기종기 모여 앉았다.

교문 감시가 가장 해이한 저녁 급식 시간에 나오는 바람에 다들 식사를 거른 상황이었다. 비록 판매 시한이 다 된 삼각 김밥이었지만 조각 케이크보다 달콤하게 목구멍을 지나갔다.

차가 지나갈 때마다 헤드라이트가 비췄다.

덕분에 채율은 아이들의 얼굴을 제대로 바라볼 수 있었다.

금방 수확한 방울토마토처럼 탱글탱글 생기발랄한 얼굴들. 행복하고 평범한 이목구비들이 눈앞에 있었다. 무대 위에서 핀업 조명을 쏘는 것처럼 한 사람 한 사람의 얼굴이 분명하게 보였다.

'왜 무는 남자는 여고생들을 노렸을까? 대체 왜?'

김밥을 베어 물며 채율은 생각했다. 아이들의 몸을 노린 것이었다면 손목만을 물고 사라지지는 않았을 것 같았다.

채율은 찬찬히 그날 일을 생각해 보았다.

무감각한 얼굴로 죽은 사람처럼 아파트를 나오는 자신의 뒷모습. 즐거운 일도 없고, 행복한 일도 없는 소녀는 마치 석고상처럼 창백하다. 시점이 분리되면서 수풀 속 풍경이 보인다. 숨을 죽이고 소녀가 다가오길 기다리는 사람이 있다.

마음속에서 채율은 수풀 속에 있는 사람에게로 다가간다. 어딘지 모르게 익숙한 뒷모습이다. 잘 보니 남자가 아니다. 하얀색 재킷과 에이라인 스커트. 아나운서처럼 잘 세팅된 머리칼. 수풀 속에 웅크리고 있는 사람은 마치 채율처럼 보인다. 아니, 그녀의 미래다. 소녀의 발자국 소리가 들리자 미래가 일어선다. 그리고 개처럼 달려들어 팔을 물어뜯는다.

정신 차려!

갑자기 들려온 자동차 크랙션 소리에 채율은 현실로 돌아왔다. 탐정단 아이들이 김밥을 모두 먹어치우고 수다를 떨고 있었다.

"이번에 나온 신유정 앨범 재킷 봤어? 눈썹 깡그리 밀어 버린 사진. 걔 왜 그러냐?"

"나도 봤어. 외계인 같더라."

"기획사에서 시키니까, 어쩔 수 없나 보지."

아이돌 가수에 대한 품평으로 시작된 이야기는 선생님들에 대한 험담으로 이어졌다. 위장병과 입 냄새, 불륜에 대한 의혹, 은밀한 가정사. 아이들의 이야기는 자세하고도 정확했다. 감탄이 절로 나올 정도였다.

"혹시 너희들 나에 대해서도 조사한 건 아니겠지? 소품실에 있던 그 파일들 말이야."

대화에 끼어들기 위해 무심코 물었던 질문이었다. 갑자기 아이들의 표정이 어색해졌다. 수다의 흐름이 뚝 끊기고 서로 눈짓을 주고받기 바빴다. 화제는 교묘하게 드라마 이야기로 바뀌었지만 흐트러진 공기를 놓칠 채율이 아니었다.

무언가 있었다.

때마침 핸드폰 벨이 울렸다. 미도는 살았다는 표정으로 문자를 확인했다. 아르바이트생이 보낸 문자였다.

왔어. 지금 들어온 트레이닝 복 입은 남자야.

모두의 시선이 편의점으로 향했다. 유리문 안쪽에서 나이키 트레이닝 복을 입은 남자가 계산 중이었다. 남자는 아르바이트생이 잔돈을 꺼내 주기도 전에 담배 포장을 뜯고 한 개비를 입에 물었다. 뱀처럼 구불거리는 트라이벌 타투가 검은색 민소매 티 아래 부분적으로 드러나 보였다.

"맞아?"

성윤의 채근에 채율은 조심스럽게 고개를 끄덕였다.

미도가 아이들을 불러 모았다.

"상대는 남자야. 우리가 수적으로 앞서기는 하지만, 제압하는 건 현실적으로 무리야. 자칫 다칠 수도 있고, 잡는다고 해도 발뺌을 하

면 우리 입장만 곤란해져. 지금부터는 각자 따로 흩어져서 미행하면
서 남자의 집을 알아내자. 알았지?"

"약속이 있거나, 다른 곳에 가는 거면?"

"집에 갈 확률이 높아. 지금 입고 있는 옷을 봐. 머리카락도 부스
스하지?"

무리들 가운데 왜 미도가 대장인지 이해할 수 있었다. 평상시에는
종잡을 수 없는 4차원 몽상가 같다가도 중요한 순간에는 안전하고
현실적인 명령을 내렸다. 채율과 눈이 마주친 미도가 갑자기 얼굴을
붉혔다.

"너, 그렇게 노골적으로 감탄하지 마. 민망하잖아."

"아니거든."

남자가 편의점에서 나오는 모습이 보였다. 아이들은 한 명 한 명
시간을 두고 남자를 따라갔다. 미도가 제일 먼저 앞서 나가고, 예희
는 그 뒤를 따라 하재와 팔짱을 끼고 나섰다. 이야기를 나누는 척하
는 모습이 자연스러웠다. 성윤은 신참 채율에게 잘 보고 배우라는
식으로 어깨를 툭 치고 골목을 나갔다. 길가에 놓여 있던 생활 정보
지를 소품으로 집어 들고는 걸어가면서 읽는 척했다. 구닥다리 방법
이었다. 채율도 합류했다. 귀에는 이어폰을 꽂고 음악을 듣는 척 거
리를 걷기 시작했다.

밤길을 산책해 보기는 오래간만이었다. 수묵화처럼 어두운 하늘
과 붉은 달. 이틀 전 가을 태풍이 지나 공기가 청량해져 있었다. 쌀
쌀해진 날씨 속에 군데군데 쌓인 낙엽들을 밟으며 인도를 지났다.

길가에는 학원들이 난립해 있었다. 어학원, 논술 학원, 수학 전문

학원, 키즈 영어, 독서실, 음악 학원, 특목고 전문 학원, 영재 교육원, 미국 입시 전문 학원……. 빌딩 층층이 색색 간판으로 반짝였다.

건물 입구마다 들어오고 나가는 학원 승합차들로 가득했다. 주위를 둘러보니 교복을 입은 학생들 천지였다. 들킬까 봐 긴장할 필요는 없을 것 같았다. 수많은 아이들 사이를 요리조리 피해 무는 남자를 따라갔다. 도로를 건너려는 찰나.

"학생! 거기 뭐하는 거야!!"

경적 소리가 귀청을 때렸다. 키즈 영어 승합차였다. 초등학생 아이들을 잔뜩 싣고 가던 운전사가 신경질적으로 소리를 질렀다. 무는 남자를 보며 걷다 보니 옆을 확인하지 못했다. 재빨리 "죄송합니다." 사과를 하고 건너편을 바라보았다.

심장이 얼어붙는 것만 같았다. 그가 채율을 쳐다보고 있었다. 평범한 눈길이 아니었다. 레이저처럼 똑바른 시선으로 무엇인가를 확인하듯 살피고 있었다. 채율은 반사적으로 고개를 돌렸다.

그 즉시 실수했다는 생각이 스쳐 지나갔다. 무심한 얼굴로 반응하지 말았어야 했다.

"잡아아!"

휘슬처럼 미도의 고함 소리가 그녀를 깨웠다. 남자는 어느덧 저만치 뛰어가고 있었다. 남자는 아침마다 2시간 동안 꾸준히 헬스를 하는 사람처럼 날랬다. 아이들도 달리기 시작했다. 온 힘을 다해, 사력을 다해. 체력장을 할 때보다 더 힘차게. 그리고 마치 영화에서 나올 법한 추격신이…… 펼쳐지기에는 여고생들의 체력이 형편없었다. 하루 종일 앉아서 공부하고 빵 사러 갈 때만 매점을 향해 질주하는 게 전부인 그녀들은 골목을 꺾을 때마다 나가 떨어졌다. 채율도 마찬가지였다.

심장이 터질 것 같았다. 이 이상 달렸다가는 죽을지도 모른다는 생각이 들었다. 낙오된 채율의 옆으로 성윤이 무서운 속도로 스쳐지나갔다. 머리카락이 흩날릴 정도로 빠른 속도였다. 행동대장이라는 별칭이 괜히 붙은 게 아니었다.

하지만 남자는 도로를 건너고 있었다. 무단횡단을 시도하는 성윤의 앞을 여러 대의 승합차들이 가로막았다.

'아아……, 안 돼!'

속이 타들어 갔다. 여름 내내 곰팡내 가득한 창고에 갇혀 회의를 했다. 시험 전 피 같은 시간을 전단지 붙이는 데 소모했다. 이대로 무는 남자를 놓쳤다가는 억울해서 잠을 못 이룰 것 같았다.

다급해진 채율은 주변을 두리번거렸다. 인도 옆 가로수 밑에 놓인 주먹만 한 자갈이 보였다. 채율은 있는 힘껏 돌멩이를 내던졌다. 매일 밤 미도 사진에 다트를 던지며 훈련한 성과가 있었다.

돌은 거의 직선으로 날아 남자의 뒤통수에 퍽 하고 꽂혔다.

"잡았어? 정말로 잡은 거야?"

"야호!"

뒤따라오던 미도와 하재가 어깨를 둘렀다. 채율은 얼떨떨하게 길 건너편을 바라보았다. 승합차들 틈 사이로 빠져나간 성윤이 쓰러진 남자에게 다가서는 게 보였다. 성윤은 조심스럽게 쓰러진 남자를 발로 건드렸다. 그러고는 흠칫거리며 뒤로 물러섰다. 주위의 소음과 경적 소리 때문에 손을 내두르는 성윤의 말은 들리지 않았다. 그러

나 그녀의 당황한 표정, 입 모양만은 확실히 보였다. 행동대장은 외
치고 있었다.

"주······ 죽었어."

* * *

인생이 끝났다. 체온은 영하로 떨어졌고 시야는 어두워졌다.

"거 봐라. 엄마 말 틀린 거 하나 없지? 친구는 잘 가려서 사귀어야
하는 거야."

엄마의 비아냥거리는 소리가 귓전을 스쳤다.

* * *

정신을 잃은 채율을 붙잡은 것은 미도였다. 사태 파악을 위해 예
희가 서둘러 도로를 건넜다. 탐정단 비서실장은 쓰러져 있는 남자를
이리저리 살펴보더니 성윤의 뒷통수를 후려쳤다.

뒤따라온 하재가 오른팔을 잡아 주었다. 아이들의 부축을 받아 무
중력 상태의 허공을 걸어 횡단보도를 건넜다. 보도에 쓰러진 남자의
가슴팍은 안정적인 호흡으로 오르락내리락하고 있었다.

'죽은 게 아니야. 살아 있어.'

채율은 미도와 하재에게 기대고 있던 팔을 슬그머니 뺐다.

다행히 행인들은 이쪽을 별로 바라보지 않고 있었다. 무슨 일이
있나 하고 쳐다보았던 사람들도 여고생들이 남자에게 다가가는 모

습을 보고는 고개를 돌렸다.

예희에게 맞은 후에도 성윤은 여전히 흔들리는 모습이었다. 지문이 묻었을지도 모른다며 바닥에 떨어진 돌멩이를 찾아 재킷 주머니에 넣었다.

"뇌진탕이나, 기억상실증에 걸렸을 수도 있어. 바보가 되었을지도 모른다고. 도망치자. 응. 도망쳐."

한없이 떨리는 목소리였다. 무는 남자를 만나면 멋지게 복수해 주겠다느니 큰소리를 쳤던 그녀가.

미도는 그 와중에 남자의 바지춤을 뒤지고 있었다. 남자의 주머니에서 포장도 뜯지 않은 에세 라이트 한 갑과 라이터, 1000원 두 장과 500원 동전 하나가 나왔다. 집에서 게임이나 하다가 휘적휘적 담배를 사러 나온 모양이었다. 신분증이 들어 있는 지갑도, 가족에게 연락할 만한 핸드폰도 없었다. 심각한 부상을 입었을지도 모르는 사람을 버려 두고 갈 수는 없었다. 미도는 핸드폰을 들어 119에 신고했다.

"여기 K사거리 근처 뚜레쥬르 제과점 맞은편인데요. 어떤 아저씨가 쓰러져 있어요. 머리에서 약간 피가 나는 것 같고요. 아뇨. 모르는 아저씬데요. 네, 농협 옆이에요."

예희가 119와 함께 구급차를 타고, 나머지 단원들은 택시를 타고 병원으로 향했다.

아이들이 도착하자 간호사는 난감한 표정을 지었다.

"어른이 있어야 하는데……."

도움을 받을 만한 사람은 한 사람밖에 없었다. 사건의 추이를 알고, 일을 수습해 줄 수 있는 사람. 선생의 혼이 죽지 않은 신출내기.

정동수 선생은 정확히 30분 뒤, 병원 로비에 나타났다. 자다가 왔는지 머리가 까치집이 되어 있었다.

"바로 저놈이야? 확실해?"

진단 결과 가벼운 뇌진탕 판정을 받았다. 곧 의식을 차릴 테니 걱정하지 말라고도 했다. 다행히 회복실에는 다른 환자가 없었다. 동수의 도움을 받아 남자를 눕혀 놓고 정신이 돌아오길 기다렸다. 병원에 온 지 한 시간쯤 지났을 때였다.

남자가 천천히 눈을 떴다.

* * *

"드디어 만났군요. 무는 남자 씨."

먼저 입을 연 것은 미도였다. 그녀는 카리스마 넘치는 분위기로 옆 침대에 앉아 남자를 쏘아보았다. 용기를 회복한 성윤과 아이들도 남자를 노려보았다. 동수도 주먹을 부르쥐고 험악하게 인상을 썼다. 건방지게 나왔다가는 본때를 보여 주겠다는 의지의 표현이었다.

하지만 채율은 남자가 일단 살아 준 것만으로도 한없이 고마웠다. 그에게 밥이라도 한 끼 사 주고 싶었다.

미도는 침대에서 내려와 손가락 총으로 남자의 얼굴을 쏘았다.

"우리들은 선암여고 미스터리 탐정단. 선암여고 1000명 여학생들을 대신해 당신을 체포합니다!"

"무는 남자라고?"

얼떨떨한 표정으로 아이들을 보고 있던 상대는 갑자기 큭 웃음을 터트렸다. 혼란스럽던 초점이 또렷해지고 당황하던 빛이 사라졌다. 그의 변모에 놀란 쪽은 탐정단 아이들이었다. 그는 동수를 보고 손짓했다.

"애들 내보내고 어른들끼리 이야기 합시다. 어른들끼리."

"그냥 여기서 이야기해."

남자의 당당한 태도에 놀란 동수가 말했다.

"애들이 놀랄지도 모르는데?"

무는 남자는 동수의 재킷에 들어 있던 핸드폰을 잡아챘다. 그러고는 허락도 구하지 않고 버튼을 눌러 전화를 걸었다. 화가 난 동수는 그의 손에서 핸드폰을 빼앗았다. 남자는 능글맞게 웃으며 화면을 보라는 신호를 했다. 컬러링은 시네마천국 테마곡. 번호를 본 동수의 낯빛이 급변했다.

"애들아, 너희 잠깐만 나가 있을래?"

어딘지 비굴한 표정이었다.

* * *

10월이 되자 단풍이 아이섀도처럼 은은히 교정을 물들였다. 교실 창밖 모감주나무도 노랗게 색이 변했다. 선선해진 날씨에 철새들도 남쪽으로 날아갔다.

하루하루 중간고사가 다가오고 있었지만 집중할 수 없었다. 공부하려고 책을 펴면 설명하기 힘든 감정이 올라와 자꾸만 부대꼈다.

해결되지 않은 그날 일 때문이었다.

아이들이 병실에 다시 들어갔을 때 무는 남자는 사라지고 없었다. 열린 창문에는 커튼이 펄럭이고 있었다.

동수는 아이들을 외면한 채 말했다.

"미안하다."

몸싸움에 졌다는 변명이었다. 그러고는 도망치듯 사라져 버렸다.

다음 날 미도와 성윤이 교무실로 직접 찾아갔지만 문전박대 당했다. 시험 문제 출제 기간이라고 적힌 종이가 축귀 부적처럼 교무실 문에 붙어 있었다.

동수는 담당인 국사 수업에도 들어오지 않았다. 해당 학급 반장을 시켜 자율 학습을 시켰다. 이미 시험 범위까지 진도가 다 나간 상태라 아무도 불평하지 않았다. 담임 반에도 코빼기도 비추지 않았다. 점심시간이든, 쉬는 시간이든 자주 교실에 들러 아이들을 체크하던 평상시와는 전혀 다른 모습이었다. 조회나 종례도 반장을 통해 이루어졌다.

"분명 숨기는 게 있어."

다들 이를 갈면서도 어떻게 할 수가 없었다. 중간고사가 코앞이었다. 미도는 어깨를 축 늘어뜨리고 대원들에게 말했다.

"일단 시험부터 끝내고 그 다음에……."

교복 카디건 속에 들어 있는 핸드폰이 무겁게 느껴졌다. 해산하는 대원들을 보면서도 채율은 차마 입을 열 수 없었다. 손가락 끝에 닿는 이어폰의 스펀지 부분이 오늘따라 까슬까슬하게 느껴졌다.

'비밀을 아는 건 나뿐이야.'

가슴 위에 돌을 얹고 있는 것처럼 답답했다. 범인을 잡기 위해 지금까지 아이들과 함께 행동을 했지만 이제부터는 달랐다.

그날. 무는 남자를 사로잡았던 날.

채율은 병실을 나서면서 일부러 교복 카디건을 벗어 두고 나갔다. 녹음 기능이 켜진 핸드폰을 카디건 주머니 안에 넣어둔 채였다.

아이들이 나가고 난 뒤 동수는 무는 남자가 눌러 놓은 번호로 제3자와 통화를 했다. 몇 번을 들어도 분명 호칭은 '교장 선생님'이었다. 통화를 마친 동수는 무는 남자에게 질문을 퍼부었다. 실망과 분노가 뒤섞인 격한 반응이었다.

그에 반해 무는 남자의 목소리는 침착하고 차분했다. 얄미울 정도였다.

"나는 인터넷으로 고용된 사람이라 아무 것도 몰라요. 애들 물기만 하면 돈을 준다는데 거절할 사람이 있나요. 더구나 요즘 같은 불경기에……

변태 같지도 않아요. 변태라면 가슴이나 엉덩이를 물라고 했겠죠. 뭣보다 무는 순서는 바뀌어도 상관없지만, 요일은 반드시 지키라고 했어요. 예를 들자면, 방금 나간 애들 중에 섞여 있던 애. 머리 길고, 예쁘장한 애 있잖아요. 새침하고 까탈스러운 분위기에……. 걔는 월요일 아니면 목요일에 덮치게 되어 있던 아이였죠. 요일에 집착하는 변태 보셨어요? 정신병자라면 또 몰라.

처음 시작할 때는 착수금 조로 30만원 받았고요. 그후로는 한 명당 20만원씩……. 200만원 조금 넘게 받은 셈이네요. 돈 보낼 때 퀵서비스를 써서 얼굴도 몰라요. 애들 정보는 의뢰받을 때 한꺼번에 받았고요.

······처음에는 쇠고랑 찰까 봐 꺼림칙했죠. 헌데 딱 한 번 그쪽이
랑 전화 통화가 된 적이 있었어요. 들킬 걱정은 하지 말라면서 안심
을 시켜 주던데요? 걔네들 절대로 경찰에 신고할 수 없는 애들이니
까 염려 말라고. 혹시라도 잡히면 아까 그 번호로 전화를 걸라고 했
었어요. 그 사람이 모든 걸 해결해 줄 거라나?

나도 머리가 있는데 번호 받자마자 조사해 봤죠. 선암여고 교장
이여주······. 이게 무슨 뜻일까요?"

무는 남자의 이야기에 따르면 범죄를 사주한 진짜 무는 남자는
따로 있다는 이야기였다. 그리고 진짜 무는 남자의 목적은 추행이
아니었다.

"걔네들 절대로 경찰에 신고할 수 없는 애들이니까 염려 말라고······."

구간 반복 재생으로 무는 남자의 말을 들어보았다. 역시 피해자들
에게 뭔가 캥기는 구석이 있다는 식으로밖에는 들리지 않다. 탐정
단 아이들에게 음원을 들려 주지 못했던 이유도 바로 이 부분 때문
이었다.

'신고할 수 없는 아이들이라니. 대체 무슨 뜻일까? 난 단지 귀찮
았을 뿐인데. 하지만 왜 다른 선배들은 잠자코 있었지? 왜 한 명도
경찰에 신고하지 않았을까?'

채율은 미간을 찌푸렸다. 담임이 피해자들을 소집했을 때, 교실을
떠돌던 애매한 분위기. 그때는 선배들이 담임을 신뢰하지 못하는 모

양이라고 여겼다. 그러나 다른 이유가 있을지도 몰랐다.

'도대체 뭐지? 혹시 나도 모르는 사이에 연루되었던 걸까?'

보이지 않은 거미줄이 온몸을 칭칭 감고 있는 것처럼 기분이 불쾌하고 답답했다.

지구를 돌리는 힘이 악(惡)이든 부조리든 상관하지 않고 열여섯 해를 살아왔다. 옆집에 강도가 들든, 같은 반 애들이 동급생을 왕따시키든 중요한 건 참고서 속 문제들이었다. 그렇게 악착같이 공부해야 인간다운 삶을 살 줄 알았다. 그런데 이건 뭔가 싶었다. 정신을 차려 보니 손목에는 시퍼런 이빨 자국이 남아 있고, 알지도 못하는 일에 휘말려 자아를 모독당하고 있었다.

'대체 무는 남자는 누굴까. 무엇을 노리는 걸까?'

참고서에 인쇄된 문제와는 차원이 다른 난이도의 문제가 눈앞에 있었다. 샤프펜슬이 검지 위에서 춤을 췄다.

'이건 내 문제다. 나만이 풀 수 있는 문제.'

어린 시절 채율의 오빠는 새로운 문제를 만나면 방문을 걸어 잠근 채 깊은 생각에 잠기곤 했다. 침식까지 망각하는 무서운 집중력이었다.

이번만큼은 채율도 문제에 집중했다.

해답에 도달한 것은 중간고사 전날이었다. 채율은 진짜 무는 남자를 만나기 위해 자견관으로 향했다. 달빛에 젖은 자견관 종탑이 은빛으로 빛나고 있었다.

어둠에 감싸인 학교는 수도원처럼 고요했다. 시험 전야. 학교에 남은 대부분의 학생들은 스트레스와 긴장을 참아 가며 고문당하듯 공부하고 있었다. 지식을 우겨넣느라 주위에서 벌어지는 일들을 돌아볼 여력이 없었다.

진짜 무는 남자는 연극부 별실, 철제 책상에 앉아 있었다. 아이들이 제출한 연구 과제를 훑어보고 있었다. 스탠드 조명에 비추인 콧날이 놀랄 만큼 이사장과 닮아 있었다. 등 뒤에 있는 책장에는 수백 권의 대본들이 차곡차곡 정리되어 있었다. 아이러니하게도 탐정단 아이들은 무는 남자의 거처에서 안드레예프를 도둑질했다.

남자는 갑자기 나타난 채율을 보고도 놀라지 않았다. 무슨 일이냐고도 묻지 않았다. 그는 마치 기다렸다는 듯 자리에 앉으라는 손짓을 했다.

그의 어깨 너머로 벽을 장식하고 있는 액자들이 눈에 들어왔다. 학교의 곳곳을 찍은 흑백 사진이었다. 아랫부분에는 찍은 연도가 적혀 있었다. 사진 속의 학교는 지금과 거의 다를 바가 없었다. 똑같은 건물에 똑같은 선생님, 똑같은 교복을 입은 학생들. 교단 선진화니 뭐니 해 가며 많은 기자재들을 들여왔지만 전체 풍경은 신기할 정도로 변화가 없었다. 학교는 시간이 정지된 공간인지도 몰랐다. 3년이라는 수형 생활을 견딘 학생들이 떠나고 나면 또 다른 학생들이 입학하고, 환경 미화, 체육 대회, 수학여행 같은 똑같은 교과 과정이 농사처럼 반복되는 곳.

사진들은 최근으로 올수록 훌륭해졌다. 가장 최근의 사진은 4년 전의 것으로, 한 여학생을 찍은 사진이었다. 그 사진만큼은 마치 그림처럼 아름다웠다. 하복을 입은 소녀가 담쟁이 넝쿨 아래서 자기 팔에 있는 흉터를 굽어보고 있었는데, 그 위로 흔들리는 나무 그림자가 비춰서 여름 햇살이 작은 진주들처럼 춤을 추는 것만 같았다. 자세히 보니 사진 밑에 서명도 있었다. 전문가의 사진인 모양이었다.

하연준은 채율의 시선이 사진에 머물러 있는 것을 보고 웃었다.

"그거 조카가 찍어 준 사진이야. 마음에 드니? 줄까?"

"아니요."

"제법 유명한 아이야. 너랑 닮기도 했고."

그래도 채율이 거절하자 연준은 품속에서 벽돌색 종이 상자를 꺼냈다. 담뱃갑 같은 상자 안에서 알사탕을 꺼내 입에 넣었다.

"내가 요즘 금연 중이라서……."

느물느물 웃으며 이쪽을 보았다. 책상에 올려 놓은 상자를 보니 역시 세이지 향이었다. 이곳까지 오면서도 빗나가길 바랐던 추측이 맞아 떨어지고 말았다.

시시각각으로 변하는 채율의 얼굴빛을 읽으며 무는 남자는 즐거워했다.

"나한테 고맙지? 잘못했으면 너도 범죄자가 될 뻔했잖아."

채율은 고개를 떨어뜨렸다.

가짜 무는 남자가 언급했던 월요일과 목요일은 채율이 수학 과외 수업을 받는 날이었다. 몽타주 작성에 참여한 전학생에게 물어보니 같은 과외 교사에게 과외를 받고 있었다.

며칠 전 과외 시간. 채율은 스팸 문자가 과외 교사의 핸드폰에 전송되도록 미리 예약해 놓았다. 사전에 아버지더러 선생님에게 작은 선물을 드리라고 부탁해 놓았다.

대리 운전. 대출. 도박 바카라. 5분 차이로 도착하는 문자를 확인하기 위해서 과외 선생은 수시로 핸드폰에 비밀번호를 입력했다. 과외가 끝났을 때 아버지는 그를 거실로 불러 선물을 전했다.

그 사이 채율은 아까 봐 둔 비밀번호를 입력해 과외 선생의 핸드폰 잠금장치를 풀었다. 핸드폰 속 전화번호부에는 그동안 무는 남자에게 피해를 입은 학생 전원의 이름과 번호, 이여주 교장의 연락처까지 저장되어 있었다. 피해자들은 모두 같은 사람이 가르치고 있던 아이들이었다.

"언제부터 아셨어요? 교장 선생님이 시험지를 유출해서 학부모들에게 넘기고 있다는 걸."

"정년이 훌쩍 넘은 등사실 노인네를 해고하지도 않고 싸고돌 때부터. 교장 바뀐 후로 운영위 회장 따님이 성적이 쭉 오르기도 했고 말이야. 여기서 오래 썩다 보면 감이 와. 금방."

등사실 기사가 준 시험지를 교장은 과외 선생에게 넘기고 과외 선생은 부교재 형식으로 문제를 가공해 학생들과 수업을 했다. 그 과정에서 학부모와 교장 사이에 목돈이 오고갔음은 물론이었다.

"등사실 노인네, 내가 알아냈는데도 놀라지 않더군. 자길 해고하면 폭로할 테니 알아서 하라나? 이사장 아들인 내가 경찰에 신고하지 않을 걸 아는 거지. 그렇다고 교장을 내쫓을 수도 없어. 학교에 관해 너무 많이 알고 있어서 정년 때까지는 데리고 있어야 하거든. 짜증나게시리."

"그래서 무는 남자를 만들어 내신 거예요? 학교 사람이 아닌, 외부인이 시험지 유출을 알고 있는 것처럼 위장하기 위해서?"

여학생들을 물고 사라지는 변태와 학교 선생님을 연결시킬 수 있는 이는 많지 않을 거였다. 일부러 교사답지 않은 응징 방법을 선택했다.

연준은 웃음을 터트렸다. 중년에 접어든 사람이었지만, 조금도 나이들어 보이지 않는 사람이었다. 그는 어린 아이처럼 키득대며 이 교장을 골탕 먹인 이야기를 털어놓았다.

"과외가 있는 날마다 사람을 시켜 학생들을 물게 했지. 변태가 계속해서 자기가 가르치는 학생들만 물어 대니 과외 선생도 교장에게 이야기하지 않을 수 없었을 거야. 바로 그때쯤 해서 나는 이 교장한테 협박 메일을 발송했지. 이 교장 아주 난리를 친 모양이야. 평생 쌓아 온 명예가 단번에 무너질 상황에 놓였으니 가만있을 수 있었겠어? 정확히 3000만 원 뜯어냈어. 인건비로 든 210만 원을 제외하면 2790만 원 정도 남긴 거지. 괜찮지?"

교장은 학부모들에게 사정을 이야기하고 무는 남자를 신고하지 못하게 했다. 시험지 유출은 당연히 중단되었고 과외도 끝났다.

연준은 묻지도 않은 사실까지 쉴 새 없이 떠들어 댔다. 채율의 담임 정동수가 계약직으로 계속 임용되기 위해 누구와 누구에게 돈을 바쳤는지 액수까지 구체적으로 설명했다. 교장이 비리에 연루된 걸 알면서도 이러지도 저러지도 못하는 불쌍한 인물이라고 했다.

현실은 포르노처럼 적나라했다. 열여섯 살이 감당하기에는 너무 버거웠다.

특히 어머니에 대한 배신감은 컸다. 미국에 있으면서도 원격조종하듯 딸을 움직였던 어머니. 단 한 번도 딸을 믿지 않았던 어머니.

무는 남자가 습격하지 않았다면 채율은 아무런 의심 없이 어머니가 소개한 과외를 받고 전교 1등을 했을 것이다. 게다가 어머니는 중간에 과외 선생님을 바꾸려고 했다. 무는 남자 소동으로 시험지 공급이 중단되었기 때문이었다. 시험지 유출에 대해 분명히 알고 있었다.

또 한 번 어머니의 꼭두각시가 될 뻔했다.

"묻고 싶은 게 있어요. 왜 일부러 힌트를 주신 거죠? 저 대본들이 아니었다면 선생님이 무는 남자라는 걸 맞추지 못했을 거예요."

손가락으로 책상을 가리키며 채율이 물었다. 책상 오른편 바닥에는 제본된 대본이 산처럼 쌓여 있었다. 연구 과제로 나눠주었던 대본들이었다.

「존경하는 엘레나 선생님」은 시험 전날 수학 시험지를 달라고 학생들이 선생님을 찾아가 협박하는 내용이었다.

「모범생들」도 컨닝을 시도하는 학생들에 관련된 내용이었다.

예희에게 물어보니 1학기만 해도 연극부 연구 과제는 「햄릿」, 「인형의 집」, 「샐러리맨의 죽음」과 같이 고등학생다운 고전이었다. 그러던 것이 무는 남자가 출현한 후 현대극으로 바뀐 거였다. 모두 부정 시험을 다룬 작품들이었다.

하연준이 조용히 미소 지었다. 물어뜯은 상처를 바라보는 것처럼 유쾌한 눈빛이었다.

"난 항상 진정한 교사가 되고 싶었거든."

"진정한 교사요?"

"무는 남자를 잡겠다고 설치는 아이들이 생겼단 얘길 듣고 뿌듯했어. 이 학교에는 멍청이들만 다닌다고 생각했는데. 그래도 쓸 만한 놈들이 있잖아? 선생으로서 나는 생각했지. 저 아이들 중 누구라도 진실에 도달한다면 아주 멋진 상을 주어야겠다고 말이야."

연준은 책상 서랍을 열어 묵직한 크라프트 봉투 하나를 꺼냈다. 그러고는 채율에게 봉투를 안겨 주었다. 무는 남자가 입안에 사탕을 우겨 넣었을 때처럼 강제적이었다.

봉투 안에는 시험지가 들어 있었다. 당장 내일 치를 중간고사 시험지였다. 한 과목도 빠짐없이 깨끗하게 출력되어 있었다.

"이번뿐만 아니야. 네가 졸업하는 마지막 학년 마지막 시험까지 모든 시험지를 제공하지. 내신은 물론이고 모의고사 시험지까지. 등 사실 노인네도 2년 후면 임기가 끝나는 교장보다야 나를 따르는 게 훨씬 이득이라는 걸 알고 있을 거야."

"그럼 선생님도 교장 선생님하고 똑같아지잖아요. 이럴 거면 뭐 하러 무는 남자를 만들어 냈어요? 왜 선배들을 물었냐고요?"

"그 아이들하고 비교하지 마. 넌 자기가 살아 있다는 걸 증명한 유일한 아이야. 변칙을 누릴 자격이 있어."

한없이 다정한 손길로 연준은 채율의 교복 칼라를 정돈해 주었다. 투명하지만 방사능처럼 유독한 시선. 그가 최면을 걸듯 나직한 목소리로 다시 속삭였다.

"인생의 해답 하나 가르쳐 줄까? 지금까지 네가 배운 건 다 가짜였어. 앞으로 배울 것도 모두 다 쓰레기지. 순위나 석차는 네 가능성을 묶어 두기 위해 고안된 정신적인 족쇄에 불과해.

전교 2등도 실패자 취급하는 이 미친 시스템 속에서 한 명쯤 사람답게 키우고 싶다. 그것이 선생으로서 내가 가진 유일한 소망이야.

인간으로 살아.

패배자도, 공부하는 기계도 되지 마.

쓸데없는 죄책감도 갖지 말고. 네 머리로 생각하고, 그 생각 외에는 믿지 마. 아무 것도. 그 누구도.'

정신을 차려 보니 연극부실 밖에 혼자 서 있었다.

가을 밤 풀벌레 우는 소리가 멀찍이 들려왔다. 가슴에는 혼자서 답을 찾아야만 하는 문제가 들려 있었다.

사지선다형 문제였다.

1번. 시험지를 가지고 경찰서에 가서 지금까지 있었던 모든 일들을 털어놓는다. 무는 남자에게서도 어머니에게서도 해방될 수 있는 방법이었다. 기회는 지금밖에 없었다. 내일 시험이 되면 이 증거물의 가치는 사라지고 말 테니까. 하지만 1번을 택할 경우 어머니가 경찰 조사를 받아야 했다.

'2번을 택할까?'

하연준의 말대로 하면 3년 내내 편하게 살 수 있었다. 무시당할 일도 없고, 속상해할 일도 없었다. 남는 시간에 원하는 책도 마음껏 보고, 영화나 예술 작품도 마음껏 감상할 수 있을 터였다. 다른 아이들과 즐겁게 어울릴 수도, 평범한 여고생처럼 떡볶이를 먹고, 콘서트도 보러 가고, 장난치고 수다를 떨 수도 있었다.

그 순간 한 가지 깨달음이 심장을 울렸다. 한 명 한 명 탐정단 아이들이 떠올랐다.

'그래. 그 아이들과 어울리는 건 재미있었어.'

귀찮기는 했지만 지루하지는 않았다. 살아 있다는 기분이 들었다.

입시 실패 후 처음으로.

3번도 존재했다. 이번만 연준이 준 시험지로 전교 1등을 하고 어머니를 조롱하는 것. 연말 어머니가 귀국했을 때 그녀의 얼굴에 성적표를 내던지면 어떨까 싶었다. 미국 유학을 준비해 놓은 어머니에게 부정 시험을 치렀다는 사실을 고백하면 무슨 표정을 지을까 궁금했다.

그러나 곧 채율은 고개를 가로저었다. 진짜 실력으로 이뤄낸 것이 아닌 이상 기만밖에 되지 않았다.

그렇다면 4번. 시험지를 구석에 처박아 두고 아무 일도 없었던 것처럼 열심히 공부해서 시험을 치르는 방법이 있었다. 가장 현실적이고 모범 답안 같아 보이는 답안이었다.

'하지만 과연 이게 정답일까?'

구름다리 너머 학교 건물이 보였다. 휘황한 형광등 아래 아이들은 창백한 안색으로 공부에 열중하고 있었다. 쉴 틈 없이 빡빡한 생활.

'언제까지 저런 생활을 반복해야 할까? 대입 때까지?'

대학에 가면 취업이라고 하는 전투가 기다리고, 취업을 하고 나면 결혼, 결혼을 하고 나면 승진, 쫓겨나지 않기 위해 아등바등 몸부림치는 싸움이 뫼비우스의 띠처럼 끝없이 이어질 게 틀림없었다.

조금이라도 헛발을 디뎠다가는 아찔한 낭떠러지 밑으로 추락하고 말 싸움.

낙오한 인생이 어떤지 보여 주는 경고판들은 학교 곳곳에도 살아 움직이고 있었다. 정식 선생님들과 똑같은 시간을 일하고도 월급을 달리 받는 임시직 교사들이나, 교장보다 많은 나이에도 화장실 청소

같은 허드렛일을 하도록 고용된 노인들.

채율의 눈에 그들은 마치 젊었을 때 시간을 허투루 보냈다간 어떤 결말을 맞게 되는지 경고해 주기 위해 일부러 고용된 존재들처럼 보였다.

채율은 쌍둥이 오빠를 생각했다. 채준은 처음 미국에 갔을 때 지독한 향수병에 시달렸다. 그는 자신이 두고 온 한국 친구들과, 학교생활을 끊임없이 그리워했다. 채준은 천재였지만 미국행 티켓을 손을 넣는 대가로 무엇을 포기해야 할지 계산하지 못했다.

인생은 수학 문제처럼 명료한 게 아니었기에.

'대체 뭘 선택해야 하지?'

채율은 한숨을 내쉬었다.

중간고사 하루 전날, 중간고사 시험지를 들고 있었다.

비밀 파일과 골분 항아리의 연립 방정식을 풀고
사라진 핑크 토끼의 좌표를 구하여라

종소리가 울려 퍼지고 있었다. 선선한 미명의 어스름을 누비던 종소리는 바람처럼 날아 운동장을 가로질러오는 소녀의 코트 속을 헤집고 사라졌다. 멀리 자견관 종탑이 보였다. 채율은 발걸음을 재촉했다.

학교 후문을 지나면 자견관 남쪽 입구에 닿는 오솔길이 나왔다. 오솔길 끝에 있는 장미 덩굴시렁을 통과하면 새벽 연습을 하는 관악부들이 다니는 오래된 철제문이 있었다. 그럴싸한 노커가 달려 있지만 사실은 미닫이인 철제문은 몇몇 학생들만 알고 있는 자견관의 24시간 개방 출입구였다.

관악부 연습은 아직 시작되지 않았는지 자견관은 완벽한 정적에 싸여 있었다. 로마네스크 양식으로 지어져 창문이 작고 내부가 컴컴한 편이었다. 몇 줄기의 햇살만이 틈새로 비치며 어둠을 분할하고 있었다.

종소리가 끝나기 전에 3층 연극부 소품실에 도착할 수 있었다. 복도에 놓인 아스타 화분을 들어 올렸다. 화분 받침 속에는 미도가 복사해 놓은 소품실 열쇠가 있었다.

정체되어 있던 공기 특유의 큼큼함과 함께 문이 열렸다.

연극부인 예희는 새벽 연습이 있어 등교 시간이 이른 편이었다. 채율은 시간을 확인하고 서둘러 파일을 찾기 시작했다.

1학년 관련한 파일을 모두 살펴보았지만 원하는 정보는 나오지 않았다. 관악부 학생들이 악기를 튜닝하는 소리가 들려왔다. 본격적인 관악부의 연주 소리가 들려올 때쯤에는 콧등에 땀까지 송공송골 맺혔다. 소품실 내벽 저편으로 등교한 연극부 선배들이 두런두런 떠드는 소리도 들려왔다.

7시 30분이 다 되어서야 겨우 목적한 자료를 찾을 수 있었다. 안채율 데이터는 파랑색 아프로켄 가발 뒤, 두터운 가죽 바인더에 숨겨져 있었다.

채율은 한숨을 크게 내쉬며 의자에 걸터앉았다. 안도와 함께 실소가 터져 나왔다. 이러고 있는 자신이 우스꽝스러웠다.

'내가 새벽 댓바람부터 지금 뭘 하고 있담? 걔네들이 날 어떻게 생각하든 그게 무슨 상관이야? 공부하기 싫어서 안달이 난 바보들일 뿐인데. 시간 죽이려고 다른 사람들 뒷조사나 하고 다니는.'

그러나 너무도 궁금했다. 그 아이들이 대체 무어라 기록해 놓았는지. 동급생의 입에 발린 말이나 어른들의 일방적인 평가가 아닌, 성적에 기준하지도 않고, 학적부에 기록되지 않는 그 무엇들. 지난번 무는 남자를 미행하면서 파일에 관해 물었을 때 대원들 사이에 떠돌던 묘한 분위기의 원인도 알고 싶었다.

'그 녀석들은 왜 나를 탐정단에 끌어들인 걸까.'

똑같이 무는 남자에게 당했지만 탐정단 아이들은 전학생 윤정희에게는 입부 제안도 하지 않았다. 파일에 기록된 내용을 읽으면 모든 의문이 풀릴 터였다.

바인더를 펼친 채율은 눈을 의심했다. 파일 안에는 그녀가 좋아하는 반찬, 음악, 작가부터 시작해서 부모님의 직업과 거처, 중학교 때 친했던 아이들의 명단과 그 전화번호까지 수집되어 있었다. 예상했던 것 이상으로 탐정단의 정보력은 엄청났다. 채율의 것은 다른 파일들과는 비교도 되지 않을 정도로 항목이 많았다. 간간히 잘못 조사된 것도 있었지만 57페이지에 육박하는 대기록이었다. 저승에 가면 사람의 전생애를 기록한 책이 있다고 하던데 그것을 미리 보는 듯 기분이었다.

하지만 그녀가 찾는 것은 이런 지엽적인 내용이 아니었다. 채율이 탐정단에 가입되어야만 했던 이유, 그리고 자신에 대한 진실한 평론을 읽고 싶었다. 채율은 바인더의 마지막 페이지를 펼쳤다.

"뭐…… 뭐라고?"

뛰어난 통찰력으로 그녀의 존재를 아우르며 미래를 지시해 주는 위대한 평가 따위는 없었다. 단순한 한 줄 촌평이 있을 뿐이었다.

채율은 테이블 위에 엎어졌다. 1교시 수업종이 칠 시간이 가까워 오고 있었지만 일어날 의욕이 생기질 않았다.

살며시 소품실 문이 열렸다.

"저기요."

누군가 문을 열고 기침을 했지만 채율은 알아채지 못했다. 관악부에서 쾅쾅 대며 연주하는 라데츠키 행진곡 소리가 너무 컸다.

아침부터 탐정단 사무실을 찾은 손님은 잠시 고개를 갸웃했다. 긴 머리에 호리호리한 체구. 스치듯 보았던 탐정단 멤버 중 한 사람이 테이블에 이마를 박고 잠을 자고 있었다. 의뢰도 할 겸, 잠도 깨워 줄 겸 손님은 채율의 어깨에 손을 얹었다.

"저기……."

갑자기 어깨 위에서 사람의 손길이 느껴졌다. 지난번 하재가 이야기 해 준 자견관 괴담이 진짜였던가 하는 생각에 채율은 벼락 같이 놀랐다. 무는 남자에게 당한 이후로 작은 기척에도 과민반응을 보이게 된 채율은 비명을 지르며 의자에서 튀어 올랐다. 가죽 바인더가 그녀의 팔에 맞고 바닥에 떨어졌다.

"아악."

발등을 찍힌 손님은 소리를 지르며 뒤로 깡충깡충 뛰었다. 뒤에 서 있던 의상 수납용 2단 행거는 마침 바퀴가 빠져 있었고 작은 충격에 넘어지기 일쑤였다. 행거가 쓰러지면서 채율이 바인더를 찾느라 선반 위에 대충 빼놓은 탐정단 파일을 덮쳤다. 아슬아슬하게 쌓여 있던 100여 개가 넘는 파일들이 도미노처럼 무너지며 방문자를 향해 떨어졌다. 비명 소리도 들리지 않는 생매장이었다.

＊ ＊ ＊

"수험번호가 합격자 명단에 없습니다."

돌이켜보면 모든 불운의 시작은 그 말부터였다. 전화기를 통해 들었던 불합격 통보. 그것은 저주의 주문처럼 채율의 인생을 불운의 구렁텅이로 밀어 넣었다.

내키지 않는 마음으로 시작한 고교 생활에서 무는 남자에게 습격을 당했고, 선암여고 탐정단이라는 질 나쁜 클럽과 엮여 버렸다. 수사 과정에서 어머니가 뒷돈을 주고 시험지를 샀다는 걸 알게 되었고, 범인의 회유책에 말려 중간고사 시험지까지 받아들었다. 어렵게 유혹을 떨쳐 버렸지만 아직도 탐정단에서 벗어나지 못했다. 무는 남자 사건을 재수사하겠다며 윤미도와 그 떨거지들이 벼르고 있는 탓이었다.

그러나 그 모든 불운은 오늘을 위한 서막에 불과했다.

채율은 입을 굳게 다물고 청소를 했다. BB크림을 덕지덕지 발라 희멀건한 예희가 잔소리를 해 댔다.

"시누이 좋아하네. 누구 마음대로?"

잔소리에 응수하는 비아냥거림을 예희가 들었다. 파일을 선반 위에 올려 놓던 하재도, 대걸레로 바닥 먼지를 닦던 성윤도 뒤를 돌아봤다. 세 사람 사이에 현란한 눈짓이 오갔다.

그랬다. 채율이 살아온 열여섯 인생을 기록해 놓은 그랜드 파일의 마지막은 그 어떤 미스터리 소설보다도 소름끼치는 반전으로 결론 내려져 있었다.

73

미래의 시누이. 유후~♥

'미국으로 보내 버려 비로소 자유를 찾았다고 생각했는데, 도대체 그 인간의 자장은 어디까지란 말이냐.'

채율은 손에 쥐고 있던 걸레를 양동이에 던져 넣었다.

"누구야? 누가 내 미래의 올케지?"

다들 딴 짓을 하며 모른 척했다.

오전 수업 내내 채율은 여러 가지 가능성을 생각해 보았다. 채준과 하재, 채준과 예희, 채준과 성윤. 그리고 채준과 미······. 상상하는 것만으로 입맛을 잃게 만드는 기괴한 조합들이 머릿속에서 애정 행각을 벌이며 그녀의 뉴런을 쇼크사시켰다.

소품실 안에는 머쓱한 침묵이 감돌았다. 모두들 시선을 회피하고 있었다. 성윤은 머리를 긁적였고, 하재는 암막 커튼 뒤로 몸을 숨겼다. 예희도 어깨를 으쓱할 뿐 잘못한 게 없다는 눈빛이었다. 불길한 예감이 스타킹 밑에서부터 키득거리며 올라왔다. 최악의 가정이 맞아떨어지려고 하고 있었다.

"아, 아직 청소가 되지 않았나 보네요. 들어오세요."

내부에 흐르는 무안한 공기를 밀어내며 미도가 들어왔다. 왼쪽 팔에 깁스를 한 의뢰인을 데리고서였다. 새벽에 벌어진 불운한 소동의 결과였다.

의뢰인은 채율에게 까닥 목례를 했다. 그리고 소품실을 난장판으로 만들어 버려 유감이라는 미소를 지었다. 2학년 3반 반장 박세유. 채율도 세유를 본 적이 있었다. 학년 초 성적 우수자를 위한 기숙사 설명회에서 세유가 마이크를 잡고 기숙사 소개를 했다. 쌍꺼풀 없이 커다란 눈에 긴 목. 귓불에 겨우 닿은 짧은 머리칼. 설명할 수는 없지만 굉장히 어른스러운 인상을 주는 사람이었다. 예희가 외모만 겉늙어 보이는 것과 달리, 세유는 정신 연령 자체가 높아 보였다. 작년에도 사생이었다면, 분명 모범생일 터였다.

미도가 의자를 내주며 앉기를 권했다. 세유가 앉자, 멤버들도 착석했다. 채율도 떨떠름한 얼굴로 따라 앉았다. 예희는 연극부 선배들이 화장품을 보관하기 위해 사용하는 미니 냉장고에서 식혜 캔을 꺼냈다.

"무슨 급한 일이 있으셔서 새벽부터 찾아오신 거예요?"

"의뢰를 하려고. 내가 얼마 전에 인형을 하나 도둑맞았거든. 핸드폰에 달고 다니는 인형인데……."

말이 끝나기도 전에 성윤이 머리 위로 두 팔을 교차시켰다. 절대 안 돼. 예희도 아이라인을 만들 듯 눈에 힘을 꾹 주며 대장을 바라보았다. 굳이 아이들이 그런 의사 표현을 하지 않아도 미도도 거절할 심산이었을 것이다.

"지금 저희가 워낙 중요한 수사를 진행하고 있어서요. 죄송하지만 안 되겠는데요."

대장은 중간고사 전부터 진행된 무는 남자 체포 작전에 대해 언급했다. 바로 눈앞에서 범인을 놓쳐 버린 대목에 이르러서는 눈물도 찔끔거렸다.

"그건 언제 끝나는데? 그 수사 끝나고 내 핸드폰 고리 찾아 주면 안 되는 거야?"

"아, 그거 끝나면 '메일 발송자'를 찾아야 해요."

"메일 발송자?"

"그게 뭐냐면 말이죠. 아, 이 얘기 하면 안 되는 건데. 선배님이시니까, 특별히 말씀드릴게요."

이번 학기 선암여고생들은 중간고사를 2번 치르는 전무한 공포를 겪었다. 학생들이 알 수 없는 어떤 일로 재시험이 결정되었기 때문이었다. 탐정단은 재시험의 원인이 의문의 메일 발송자에게 있다는 정황을 포착했다. 보건 교사가 자리를 비운 틈을 타 양호실 컴퓨터를 뒤진 최성윤 대원의 쾌거였다. 교사용 메신저에는 놀라운 내용이 담겨 있었다. 중간고사가 치러지던 당일, 교감 선생님의 핸드폰으로 시험지 유출 사실을 고발하는 메일이 날아들었다는 것이었다. 의문의 메일 발송자는 재시험을 요구하며 요구가 관철되지 않을 시 내부 비리를 언론에 공개하겠다고 밝혔다. 첨부파일에는 유출된 시험지를 찍은 이미지들까지 담겨 있었다고 했다. 탐정단은 그의 정체를 밝히는 일에 군침을 흘리고 있었다.

이야기를 들은 세유는 식혜 캔을 내려놓았다. 나긋나긋 웃는 얼굴이었지만 눈은 웃고 있지 않았다.

"일단 내 핸드폰 인형부터 찾아."

"네?"

"무는 남자나, 메일 발송자가 너희와 무슨 상관이야. 오지랖 넓게 남의 일에 신경 쓰는 거잖아. 하지만 내 인형은 너희가 찾아 줘야지. 도의적인 책임이 있으니까."

"도의적인 책임이라뇨?"

세유는 상큼한 미소를 지으며 부러진 팔을 들어 보였다.

"요즘 학원 폭력 문제로 많이 시끄럽더라. 교감 선생님이 이런 일에 예민하신 건 알지?"

협박도 세련되고, 매너도 깔끔했다. 첫인상대로였다. 미도는 울 것 같은 표정으로 채율을 바라보았다. 너 때문이야 하고 힐난하는 얼굴이었다.

채율은 웃었다. 탐정단이 무는 남자를 찾든 메일 발송자를 찾든, 곤란하기는 매한가지였던 그녀에게 서광이 비치고 있었다. 이 학교에 들어온 이후 모든 것이 불운 아니면, 불행이었지만 좋은 일도 있는 거였다.

"핸드폰 고리라니 별거 아니잖아. 해 드려. 찾자고, 그거."

반성의 기미라고는 눈 씻고 찾아봐도 없는 버르장머리 없는 대원을 노려보며 미도가 외쳤다.

"그게 무슨 소리야. 이제 조금만 하면 무는 남자를 잡을 수 있는 마당에……."

"왜냐니. 니가 그랬잖아요. 사건이 크든 작든, 우리의 도움을 필요로 하는 학우가 있다면 나서 주어야 한다. 그것이 선암이고 탐정단의 설립 이유다. 말하고 행동이 달라서야 쓰겠어? 혹시, 큰 사건만 해결하면서 명성을 얻고 싶은 거야? 그래서 우리 오빠한테 잘 보이려고?"

사우나에서 버티다 튀어나온 사람처럼 미도의 얼굴이 벌게졌다.

"너, 어떻게."

채율은 바인더가 숨겨져 있던 아프로켄 가발 쪽을 흘깃거렸다. 미

도는 바로 앞에 의뢰인이 있다는 사실도 잊었는지 울 것 같은 얼굴
을 했다. 변명을 하려던 얼굴이 갑자기 비굴하게 변했다.

"조…… 좋아, 그럼 박 선배의 인형을 찾아 주겠어. 대신 네 오빠
소개시켜 줘."

"뭐?"

"그렇잖아. 이분 팔 부러뜨린 건 너야, 너."

세유도 당연하다는 얼굴로 채율을 바라보았다.

미도의 청을 거절하면 무는 남자 사건 또는 중간고사 재시험 사
건을 수사할 테고, 받아들이면 미국에 있는 피붙이를 소개시켜 주어
야 했다. 채율은 소중하지 않은 쪽을 희생시키기로 했다.

"좋아. 오빠 전화번호만 알려 주면 되는 거지?"

고등학생이 국제 전화비를 감당할 수 있을 리가 만무했다. 친해지
는 건 무리였다.

미도는 만면에 미소를 지으며 세유를 바라보았다.

"알겠습니다. 박세유 선배님. 까짓 핸드폰 인형 찾아 드리죠. 자세
히 이야기 해 주세요."

세유는 잠시 망설이다 이야기를 시작했다.

* * *

그날은 비가 내렸다. 예보관이 경고했던 대로 태풍은 위력적이었
다. 차창을 후려치는 빗방울 소리를 들으며 세유는 그냥 집에 있을
걸 하고 후회했다. 얼마 남지 않은 중간고사를 준비하겠다고 집을

나섰다가 이 꼴이었다. 요즘 들어 머리가 멍해져서 잘 집중이 되지 않았다. 집에 있으면 딴 생각만 하다가 시간을 흘려보내곤 했다. 학원에 와 보니 아이들은 나와 있지 않았고, 강사들도 태반이 결근이었다.

"나중에 보강해 줄 테니까, 오늘은 일찍 돌아가자."

원장 선생님이 말했다. 집에서도 돌아오라는 전화가 계속 걸려 왔다. 원장은 출석한 3명의 학생들에게 문화 상품권을 주고 승용차에 태워 일일이 집 앞까지 데려다주었다.

창밖 거리에는 생활 정보지들이 바람에 흩날리고 있었다. 라디오에서는 서울의 물난리 상황을 전달하는 방송이 나왔다. 세유가 사는 아파트 단지는 지대가 높아 피해가 없었다. 아파트 동 입구에서 내려 뛰기 시작했다. 우산을 펼 엄두도 낼 수 없을 정도로 바람이 거셌다. 화단의 나무들이 바람에 몸을 떨고 있었다. 가지들이 부러지는 소리도 들렸다. 연두색 아식스 트레이닝복은 흠뻑 젖어 묵직해졌다. 이러다 가방 속 노트와 책들까지 젖는 게 아닐까 싶던 순간.

"박세유……. 세유 학생!"

누군가 이름을 불렀다. 우렁우렁하는 천둥 속에서 간신히 들은 목소리였다. 뒤를 돌아보니 완전히 젖은 아줌마가 서 있었다. 오랫동안 빗속에 있었는지 입술이 새파랬다.

"저요?"

"선암여고 박세유 학생 맞지? 2학년 3반."

"맞는데요."

"핸드폰. 핸드폰 좀 볼 수 있을까?"

울 것 같은 여자의 표정에 세유는 순순히 가방에서 전화를 꺼내 넘겨주었다. 혹시 같은 반 급우의 어머니일지도 모른다는 생각도 들었다. 뭔가 긴급한 사정이라도 있는 것 같았다. 구불구불 파마기가 있는 커트에 속옷이 보일 정도로 젖어 버린 새하얀 튜닉과 청바지. 사시나무처럼 떨고 있는 여자는 나쁜 사람 같지가 않았다.

그러나 여자는 핸드폰을 건네받고 완전히 돌변해 버렸다. 매달려 있던 인형을 망설임도 없이 잡아 뜯었다. 우르릉 쾅. 번개에 비친 여자는 웃고 있었다. 환희에 찬, 어떻게 보면 안도하는 듯한 얼굴. 정신병자가 아닐까 하는 생각에 뒷걸음질 쳤다. 여자는 그대로 인형을 들고 빗길 속으로 사라졌다.

"정말 이…… 상한…… 사건이야. 그렇지?"

숨을 몰아쉬며 미도가 말했다.

저녁 급식 시간이 되면 운동장을 도는 학생들이 있었다. 사관학교 지망생들이나 다이어트 중인 학생들이었다. 미도와 탐정단 아이들도 그 틈에 끼었다. 이제 곧 남자 친구가 생길 대장을 위해 모두 함께 체지방을 불사르기로 한 거였다. 예외가 있다면 조회대 아래서 세유와 함께 인형 강도의 몽타주를 작성하고 있는 하재뿐이었다. 벌써 다섯 바퀴째였다. 도장 찍는 인주처럼 얼굴이 새빨갛게 변했는데도 미도는 달리기를 멈추지 않았다. 나무늘보의 취침 동영상만큼이나 지루하고 빤한 고교 생활에 로맨스가 등장하자 다들 화색이 돌았다. 예희는 벌써부터 미도의 옷을 고르느라 인터넷을 뒤졌고, 성윤은 헬스 트레이너를 자청하며 운동 계획을 짰다. 하재는 이 사랑이 이루어지도록 간곡한 치성을 올렸다.

'그래 봤자 안 돼. 만날 일도 없잖아.'

채율은 코웃음을 쳤다. 어젯밤 미국에 있는 채준에게 물어 보니 역시 떨떠름했다.

"알잖아. 나 바빠. 논문도 써야 하고."

"괜찮아. 몇 번 전화 통화를 하다가 싫으면 거절해도 돼."

"네 입장이 곤란해지지 않겠어?"

"저언혀."

"그렇다면 뭐."

숨을 헐떡이며 달리는 미도의 옆모습을 바라보며 채율은 고개를 설레설레 저었다. 오르지 못할 나무를 넘보다니. 채율의 오빠 채준은 좋은 머리만큼이나 사람을 살살 홀리는 매력이 있어서 만나는 여자들마다 그에게 흠뻑 빠지곤 했다. 연상연하 막론하고 심지어 아줌마들까지 채준의 열렬한 팬이었다. 이 여자 저 여자에게 좋아한다는 고백을 듣다 보니 하늘 끝까지 눈이 높아져서 이제는 웬만한 미모 아니면 거들떠보지도 않았다. 그의 야망은 잘나가는 아이돌 그룹의 멤버와 연애하는 것이었다.

운동장을 모두 돌고 난 후에 탐정단은 천천히 걸어 조회대로 갔다. 몽타주를 완성한 하재가 씨익 웃으며 핸드폰을 들어 보였다. 예희가 물었다.

"근데 언니. 그 인형은 어디서 산 거예요? 모양은 어땠어요?"

세유는 카디건을 뒤적거려 작은 사진을 던져 주었다. 앞면에는 핸드폰 인형이 있었고, 그 뒷장에는 인형에 대한 정보가 정리되어 있었다.

색상: 핑크.

모양: 토끼 봉제 인형.

크기: 대략 10×10(cm) 정도?

특이사항:

1. 사진에서는 잘 보이지 않지만, 토끼의 오른쪽 가죽 발바닥에 '레스레레베일레스'라는 알파벳이 박혀 있었음. 정확한 스펠은 기억나지 않음.

2. 인형의 배를 누르면 잔잔한 멜로디가 흘러나옴.

구입처: 선물로 받은 거라 모름. 해외 사이트.

"인형을 해외에서 샀다고요?"

성윤이 눈을 휘둥그렇게 뜨고 물었다. 세유는 고개를 저었다.

"생일 선물로 옷을 받았는데, 그 옷이 해외 사이트에서 파는 거였어. 인형은 옷이랑 같이 사은품으로 들어 있었어. 평범한 인형이었는데 조금 손을 봐서 핸드폰 고리로 만든 거야."

"그럼 옷에 붙은 태그를 보면 되겠네. 거기 구입처가 나와 있을 거 아녜요. 같은 걸 사면 끝나는 문제 아닌가요."

예희의 지적을 듣고 세유의 얼굴이 미묘하게 변했다.

"그럴 수 있는 거라면 너희를 찾아오지도 않았지. 살 수 없는 거야. 그 사이트에서 이벤트로 딱 100개만 만들어서 돌린 거였으니까. 재질도 유기농 면에, 유기농 솜이었고, 천연 염색이 되어 있었어. 그리고 옷은…… 버렸어. 준 사람하고 안 좋게 헤어졌거든."

"남자였어요?"

82

예희의 목소리가 커졌다. 다들 놀란 얼굴이었다. 채율도 마찬가지였다. 얌전한 고양이가 부뚜막에 먼저 올라간다던 말이 떠올랐다. 세유가 힘없이 웃었다.

"왜? 범생이는 연애하면 안 돼?"

"그게 아니라……. 남자 친구분은 잘생긴 분이셨어요? 언니 눈이 높을 것 같거든요."

"사람을 잘생겨서 좋아하는 건 아니지. 네 생각은 어때?"

미도를 가리키며 세유가 물었다. 미도가 팔짱을 끼고 채율에게 들으라는 듯 크게 말했다.

"절대 잘생겨서 좋아하는 건 아니죠."

채율이 반박했다.

"우리 오빠 잘생겼잖아, 그 정도면."

"그건 장점의 하나일 뿐이지. 내가 그분을 마음에 품게 된 이유는 아니야."

대체 그 이유가 뭐냐고 묻고 싶었지만 예희가 기회를 가로챘다.

"어쩌다가 헤어지셨어요?"

저녁 급식 시간이 끝났음을 알리는 예비 종소리가 운동장에 울려 퍼졌다. 세유가 자견관 종탑을 바라보고 다시 고개를 돌렸다.

"너무 진지해지는 바람에. 솔직히 우리 같은 고교생들이 하는 사랑은 모의고사잖아. 실전이 아니야. 될 수도 없고. 서로 부담만 될 뿐이지."

성윤은 세유의 결론이 마음에 들지 않는다는 듯 한쪽 볼을 부풀렸다.

"하지만 어떻게 적당히 할 수 있죠? 사랑인데요. 사랑은 적당히 할 수 없어요."

"그래, 그게 문제였어."

기숙사생인 세유는 거기까지 말하고 학교 뒤편에 있는 기숙사 선암관으로 향했다. 의뢰인이 떠난 뒤 탐정단 아이들은 운동장에 쭈그려 앉아 수사 방향을 토론했다.

확실히 특이한 사건이었다. 핸드폰 인형을 강탈하는 강도라니. 강도가 지었다던 웃음의 의미도 미스터리했다.

미도는 땅에 떨어져 있던 나뭇가지를 짚어 글자를 썼다. 수사선은 세 가지로 좁혀졌다.

• 의뢰인의 전 남자 친구와 만나 볼 것.

　인형 구입처, 이왕이면 두 사람이 헤어진 경위도 조사!!

• 경찰에 비슷한 사건이 발생한 적이 없는지 물어 볼 것.

• '레스레레베일레스'의 의미를 알아낼 것.

경찰을 만나 정보를 알아내는 것은 어른들을 잘 상대하는 예희가 하기로 했고 그녀의 조수로 하재가 따라붙었다. 수수께끼의 문자, 레스레레베일레스의 의미를 밝혀내는 일은 탐정단 내에서 가장 학구적인 채율에게 할당되었다. 전 남자 친구를 알아내고, 그와 만나는 것은 미도와 성윤이 함께하기로 했다.

"하지만 수사의 기본은 의뢰인이야. 누가 의뢰인의 근황을 조사했으면 좋겠는데……."

미도는 눈을 가늘게 뜨더니 채율을 가리켰다.

"그러고 보니 우리 안 교수, 한 번도 누군가를 감시해 본 적이 없지? 이번 기회에 실습해 보도록 해."

옆에서 듣고 있던 예희가 한마디 했다.

"어머, 채율이한테 이래라 저래라 하면 어떡해? 미래의 시누이한테 밉보이면 시집살이 한다, 너."

미도의 얼굴에 홍조가 돌았다. 다들 웃는 중에도 채율은 웃지 않았다. 웃음이 나오지 않았다.

* * *

누군가 미도에게 왜 그렇게 많은 사람에 대한 방대한 데이터를 수집하느냐고 묻는다면 그저 아주 간단한 대답이 돌아올 것이다. "궁금하니까요." 그녀에게 있어 진정한 미스터리는 세상을 시끄럽게 하는 범죄가 아닌 보통 사람들의 사소한 비밀들이었다.

왜 그 사람이 그런 행동을 할 수밖에 없었을까. 언제나 그런 의문을 가슴에 품고 사는 미도였던 만큼 이번 사건은 그녀의 구미에 맞았다. 채준의 전화번호가 아니었더라도 언젠 조사하려고 했을 거였다.

'돈도 아니고, 귀중품도 아닌, 인형 강탈 사건이라…….'

무언가 흥미진진한 비밀이 숨겨져 있을 거라는 확신이 들었다. 그래서 미도는 모처럼 맞은 개교기념일도 반납하다시피하고 세유의 남자 친구 창현을 만나기 위해 나섰다. 주소를 알아내는 것은 어렵지 않았다. 세유의 지인으로부터 두 사람이 성당을 함께 다니면서 사귀게 되었다는 이야기를 들었고, 직접 성당에 전화를 걸어 주소를 알아냈다.

"왔어. 왔어."

버스정류장에서 잠복하고 있던 성윤이 헐레벌떡 뛰어왔다. 성윤과 미도는 재빨리 빌라와 맨션 사이로 난 골목길에 몸을 숨겼다. 좁은 길일수록 미행이 노출되지 않도록 조심해야 했다.

이윽고 골목 어귀에 키가 크고 제법 덩치가 있는 남학생이 나타났다. 창현은 교복 차림이었다. 전체적으로 어르기 쉬운 순한 곰 같은 인상을 주는 사람이었다. 쌍꺼풀이 진한 큰 눈이 멀리서 보기에도 퍽 깊었다. 첫눈에 반할 만한 상대는 아니지만 볼수록 여자들의 마음을 아련하게 하는, 모성 본능을 자극하는 타입이었다. 성윤과 미도는 그림자처럼 창현의 뒤를 쫓았다.

창현의 발걸음은 2층집에서 멈추었다. 경사로에 지어져 담벼락이 사다리꼴처럼 보이는 집이었다. 담장 너머로 느티나무가 우거져 있었다.

창현이 안으로 들어가고 난 후 두 사람은 천천히 집에 접근했다. 문패에 새겨진 이름은 고미자(高美子). 남자 이름이 아닌 걸 보니, 편모 가정인 모양이었다.

초인종을 눌렀다.

"누구세요?"

스피커를 통해 남자 목소리가 들려왔다.

"안녕하세요? 저기 세유 선배 아시죠? 선배 일로 좀 여쭙고 싶은 게 있어서."

"세유요? 걔가 왜요? 볼일 없어요."

갑자기 어투가 바뀌었다. 분노가 담긴 말투였다.

"그러니까 인형에 관한 건데. 인형을 잃어 버려서. 구입한 곳이 어
딘지만이라도."

미도가 버벅 대는 사이 인터폰이 끊겼다. 안 좋게 헤어졌다는 말
이 사실인 듯했다. 무안해진 성윤이 담벼락을 발로 찼다. 250mm의
발자국이 스탬프처럼 벽면에 찍혔다.

"아니, 이렇게 헤어질 거면 왜 사귀었대?"

"그러게 말이야."

미도는 성윤의 마음을 짐작하며 어깨를 두드렸다. 성윤의 부모님
은 성윤이 초등학교 5학년 때 이혼하셨다. 아버지의 불륜이 원인이
었다. 그 뒤로 어머니와 살다가 어머니가 재혼하게 되면서 일찌감치
분가한 대학생 오빠와 둘이 살고 있었다. 성윤은 더 이상 남자를 믿
지 않았다.

미도는 가까이 다가가 문패의 마모 정도와 더께를 유심히 살폈다.
창현이네 가족은 이곳에서 오래 산 모양이었다. 이웃을 탐문하면 창
현에 관련한 정보를 얻을 수 있을지 모른다 싶었다.

마침 비탈길 위에 있는 슈퍼가 보였다.

"캔 커피 한잔 어때?"

"속 탄다. 아이스크림."

슈퍼에서는 10년은 얼려 두었을 법한 아이스크림들을 반값으로
팔고 있었다. 두 사람은 그중에서도 가장 단단해 보이는 스크류바를

집어 들고 가위바위보를 했다. 성윤의 패배였다.

"에이, 씨, 왜 만날 나만 지냐."

투덜거리며 계산을 하는 친구를 뒤로 하고 미도는 바깥으로 나왔다. 사람들은 대부분 가위바위보를 할 때 처음에 내는 것이 정해져 있었다. 미도는 성윤이 언제나 가위를 먼저 낸다는 걸 알고 있었다. 돌처럼 딱딱한 아이스크림도 공짜로 먹으니 맛있었다.

빛바랜 슈퍼 차양 밑에 놓인 평상 위로 동네 주민인 듯한 할아버지가 앉아 있었다. 등산조끼를 입고, 손에는 지팡이를 짚은 채 꾸벅꾸벅 졸고 있었다.

"할아버지, 저기 느티나무 집 있잖아요. 거기 사는 최창현이라고 아세요? 고미자 아줌마 아들요."

"창현이? 걔가 왜?"

개개풀어진 눈에 초점이 돌았다. 미도는 헤헤거리며 방금 전에 산 수정과를 할아버지 앞에 놓아 드렸다. 성윤도 평상 위에 걸터앉았다. 두 사람은 할아버지를 보며 질문을 던졌다. 창현이 어떤 학생인지, 여자 친구는 있는지. 할아버지의 표정이 갑자기 일그러졌다.

"이런 잡것들. 벌써부터 남학생 꽁무니나 따라다니냐?"

노인의 입에서 생각지도 못한 꾸지람이 터져 나왔다. 훈계의 열기를 이기지 못한 스크류바가 피를 흘리며 녹아내렸다. 성윤이 반사적으로 혀를 댔다.

"이런 모자란 것들. 어른이 이야기하는데 뭘 주섬주섬 먹고 난리여. 학교에서 선생이 그렇게 가르치드냐? 어른 공경하는 법을 그딴식으로 배웠어야? 우라질……. 어딜 봐! 이것들아. 어이구. 말만 한 기집년들이."

설교는 한참 동안 이어졌다. 미도는 걱정스런 마음에 곁눈질을 했다. 아니나 다를까. 성윤의 귀가 빨개지고 있었다. 점점 화가 나고 있다는 뜻이었다. 성윤은 화가 나면 앞뒤 가릴 것 없이 달려드는 다혈질이었다. 지금이라도 노인의 입을 틀어막고 안전한 곳으로 대피시키고 싶었다. 그러나 어리석은 노인은 팔까지 걷어붙이고, 본격적으로 욕을 퍼부을 태세였다. 미도는 곧이어 벌어질 사태를 예상하고 뒤로 물러섰다. 결국 화가 난 성윤이 폭발했다.

"어어억!!"

성윤이 소리를 내지르며 뒤로 넘어갔다. 사지가 뒤틀리고, 눈자위가 뒤집혔다. 전신을 부들부들 떨면서도 자기가 바닥에 떨어뜨린 아이스크림은 살짝 피했다. 미도는 경련하는 성윤을 붙잡고 재빨리 가방에서 손수건을 꺼내 입에 물렸다.

"할아버지, 왜 이러셔요? 저희가 뭘 잘못한 게 있다고!"

미도가 훌쩍이며 울었다. 지루한 얼굴로 카운터를 보던 슈퍼 아줌마도 뛰어나오고 세발자전거를 타고 가던 아이들도 페달을 멈췄다. 할아버지의 손에 들린 지팡이는 행인들에게 폭력에 관한 상상을 부추겼다. 노인은 급격히 위축되었다. 골목 저편에서 연보라색 스카프를 두른 아줌마 한 명이 기겁을 하고 뛰어왔다. 할아버지의 입에서 어멈이라는 말이 나오는 것으로 보아 며느리인 모양이었다. 구급차를 부르려고 핸드폰을 드는 것을 미도가 재빨리 물리쳤다.

"병원보다는 얼른 단 거부터 먹여야 할 것 같은데."

미도의 말을 들은 아줌마가 슈퍼로 들어가 사탕을 집어 왔다. 미도는 사탕을 뿌리치고 직접 슈퍼로 들어가 드림 카카오 72%와 초코 우유를 집어 왔다. 그리고 도움을 받아 평상으로 옮긴 성윤의 입에 물려 주었다. 성윤은 초코렛 한 움큼을 안정제처럼 비장하게 섭취하더니 평상 위에 널브러졌다.

노인과 아줌마가 옆에 앉아 진심으로 여고생의 안부를 걱정했다. 미도도 그 옆에서 친구를 걱정하는 척하며 당초의 목적을 실행했다.

"제가 명봉고 한재룡 선생님 조카거든요. 삼촌이 그러시더라고요, 창현이가 요즘 이상하다고. 따돌림을 당하고 있는 것 같다고 걱정하셔서요. 그래서 이웃 분들께 여쭈러 온 거였어요. 오해를 하셨다면 죄송합니다."

아줌마는 고개를 갸웃했다.

"아, 그래서 그랬나."

"왜요?"

"아니, 창현이 엄마랑 창현이랑 사이가 안 좋아져서 말이야. 예전에는 애인처럼 사이가 좋은 모자지간이었는데, 요즘은 서로 말도 안 하는 모양이더라고. 친구들한테 돈이라도 뺏겨서 그런가."

"그러고 보니 나도 바람결에 들은 것 같네. 창현이가 집에 들어가면 방문도 걸어 잠그고 나오질 않는다더라."

홈쇼핑 방송을 보며 카운터에 앉아 있던 슈퍼 아줌마가 아는 체를 했다. 두 사람은 미도와 성윤이 당한 재액(災厄)을 보상해 줘야겠다고 생각했는지 창현에 관한 것이라면 무엇이든 이야기해 주었다.

창현 모자가 살고 있는 집은 돌아가신 아버지가 남겨 준 유산이었다. 창현은 태어난 후로 줄곧 동네를 떠나지 않고 살았다. 가정 형편이 어렵다보니 또래들보다 조숙하게 자랐다. 공부도 곧잘 한 데다가, 방학마다 아르바이트를 한 돈으로 저축도 열심히 해서 어지간한 대학생보다 재산이 많았다.

"동네 사람들 다 걔를 안쓰럽게 생각했어. 모범생이기는 해도 애가 그늘지고 우울한 기색이 있고 그랬거든. 어렸을 때도 일 나간 제 엄마 기다리면서, 매일같이 동네 어귀에 하염없이 앉아 있는 거야. 애가 그러고 있으면 보는 사람이 얼마나 심란한데. 내가 슈퍼를 하니까, 불러다가 과자도 주고 음료수도 하면서 신경을 써 줬는데, 도통 쓸쓸한 기색이 가시질 않더라고."

"동물이라도 키웠으면 좋았을 텐데요. 외로운 애들한테는 개가 최고인데."

미도의 말에 할아버지의 며느리가 설레설레 저었다. 창현이 어렸을 때 떠돌이 개를 엄마 몰래 집으로 들였다가 크게 물린 적이 있었다고 했다. 그 뒤로 개와 고양이라면 질색하게 되었다고 했다.

"제 딴에는 외로워서 그랬겠지만."

스카프 아줌마가 혀를 끌끌 찼다.

"여자 친구를 사귀지는 않았어요?"

"그런 것까지는 모르지."

성윤의 옆에 놓아 둔 초콜렛은 점점 양이 줄고 있었다. 조는 척 딴청을 부리던 할아버지가 끼어들었다.

"거, 그 집에 귀신 붙어 가지고 푸닥거리를 한 일두 있었잖냐."

"에이, 아버님, 그건 학교에서 따돌림 당하는 거하곤 상관없는 일이잖아요."

91

"왜 상관이 읎써? 귀신 해코지에 사람 사이도 멀어지는 거여."

미도는 미간을 찌푸렸다.

'푸닥거리를 했다고? 창현 오빠랑 세유 언니는 성당에서 만났다고 들었는데……. 어머니랑 종교가 서로 다른가?'

미도는 이야기를 해 달라고 졸랐다. 스카프 아줌마가 자세하게 설명해 주었다.

창현이네 집 1층은 언제나 전세를 놓았다. 이번 여름에도 자식들을 출가시킨 아들 내외와 늙은 시어머니가 있는 세 가족이 이사를 왔다. 낮이면 부부는 모두 가게를 보러 나가고, 늙은 어머니는 근처 경로당에서 노인들과 시간을 보냈다. 태풍이 상륙하던 날. 할머니 혼자 집에 있는데 이상한 소리가 들려왔다. 지하실에서부터 들려오는 소리였다. 어린 아이가 엄마, 엄마 살려줘 하며 흐느끼고 있었다. 들창이 바람에 덜컥이듯이 잠겨 있는 지하실 문이 탁탁거렸다. 겁이 난 할머니는 위층에 있던 주인집 아들을 불러 확인해 달라고 했다. 창현이 가 봤지만 지하실에는 아무 것도 없었다. 그러나 노인은 하루 종일 어린 아이의 울음소리, 살려 달라는 흐느낌 소리를 분명히 들었다. 태풍 때문에 자정이 넘어서야 돌아온 아들 내외는 방 안에서 오들오들 떨며 겁에 질려 있는 어머니를 보았다. 늙은 어머니는 이 집에서는 죽어도 못살겠다며 난리를 쳤다.

"할머니를 달래려고 푸닥거리를 벌였어. 사실 창현이 엄마가 워낙 그런 걸 싫어해서 딱 잘라 안 된다 거절을 했거든. 그런데 그 부부가 몰래 굿을 벌인 거야. 주인 없을 때 저질러 버리면 끝이라고 생각한 거지."

부부는 주인네 가족이 집을 비운 사이, 무당을 불러 들였다. 징소리와 북소리가 동네를 떠들썩하게 감쌌다. 창현이네 엄마와 친한 통장 아줌마가 전화로 고자질을 했다. 미자는 회사 일도 내팽개치고 득달같이 집으로 돌아왔다. 미자가 대문을 열고 들어섰을 때 무당은 춤을 끝내고 원풀이를 시작한 참이었다.

"엄마…….엄마……. 나 좀 살려 줘. 나 좀 살려 줘어."

무당 입에서 어린애 목소리가 터져 나왔다. 정면에서 그 말을 들은 미자는 안색이 새파랗게 변하더니 거품을 물고 혼절했다.

세입자 가족은 사흘도 못 되어 복비까지 지불하고 집을 나갔다.

동네 사람들 사이에서는 흉흉한 소문이 떠돌았다. 미자에게 애인이 생겨 임신을 했는데, 그게 들통이 날까 봐 아기를 지웠다는 것이었다. 스카프 아줌마는 고개를 설레설레 저었다.

"남편 없이 산다고 업수이 보는 거지. 창현이네 엄마 자궁에 혹이 생겨서 빈궁마마 된 게 몇 년 전인데. 뚫린 입이라고."

"굿판이 섰던 게 언제였죠?"

"태풍 지나고 일주일 뒤였나?"

초콜렛 통은 어느새 다 비워져 있었고, 우유도 빈 곽이 되어 바람이 불 때마다 덜걱거렸다. 성윤은 평상 위에서 꼼짝 않고 누워 있었다. 눈동자가 움직이는 규칙적인 속도로 볼 때 깊은 잠에 빠진 듯했다. 떠나기 전 미도는 하재가 그린 몽타주를 아줌마들에게 보여 주었다. 아줌마들은 고개를 갸웃했다. 본 적이 없는 사람이라고 했다.

* * *

멜로디는 벚꽃 잎처럼 나풀거리며 음악실 안을 채워나갔다. 생음악을 듣는 것은 오랜만이었다. 채율은 장의자에 앉아 노곤해진 몸을 기댔다. 눈이 저절로 감겼다. 핸드폰의 녹음 버튼이 깜박이며 선율을 기록해 주었다.

정말 바쁜 하루였다. 쉴 새 없이 2학년 교실을 기웃거려야 했다. 미도가 넘겨 준 미행 매뉴얼과 양호실과 상담실용 위조 입실증이 도움이 되었다. 교무실 칠판에 적힌 2학년 3반 시간표를 기준으로 체육 수업일 경우에는 운동장, 제2 외국어처럼 선택 과목일 경우에는 이동 수업 교실을 미리 조사해 일본어 수업을 받는 세유를 훔쳐보았다. 매 교시마다 화장실을 간다는 핑계를 대는 게 조금 민망했지만 어쩔 수 없었다. 4교시에는 아예 양호실 입실증을 교과담임에게 제출하고, 1학년보다 점심시간이 빠른 2학년생들 틈에 끼여 밥을 먹었다. 6교시도 상담실 입실증을 활용하여 도서실에서 작문 수업을 받는 세유를 관찰할 수 있었다.

세유는 수업 시간에도 모범적이고, 급우들과 잘 지내는 학생이었다. 그러나 어딘가 모르게 사람들과 동떨어져 있는 느낌도 들었다. 친구들과 어울리는 게 아니라, 동생들이 노는 모습을 지켜보고 있는 분위기였다. 즐거워 보이는 얼굴 이면에는 웃지 않는 눈이 있었다.

특이한 점은 또 있었다. 물욕이 없는 건지, 미련이 없는 건지, 친구들에게 선물을 흔쾌히 주곤 했다. 고가의 샤프펜슬이나, 큐빗이 잔뜩 박힌 머리핀, 사진작가 하라온의 사진집도 선선히 넘겨주었다.

사람들과 어울리기 위해 뇌물을 쓰는 것 같지는 않았다.

세유네 반 교실 칠판을 보니, 30번대 학생들의 방과 후 상담이 있다는 공지가 적혀 있었다. 시험이 끝나고 성적이 나오면 으레 있는 행사였다. 신상에 관한 정보를 건질 수 있는 기회였다.

상담은 2층 교무실 유혜정 선생의 자리에서 이루어졌다. 채율은 유혜정의 자리 옆에 놓인 화분 밑에 녹음 기능을 켜둔 핸드폰을 숨겨두었다. 상담을 끝마친 세유가 교무실을 나온 후에 다시 들어가 핸드폰을 찾아왔다. 녹음된 데이터는 대략 7분 정도의 분량이었다.

"내가 이번에 네 점수 보고 얼마나 놀랐는지 몰라. 이게 대체 어떻게 된 거니? 왜 자꾸 떨어지는 거야? 진급할 때는 우리 반 1등으로 들어왔잖니. 근데 2학년 내내 이게 뭐야? 선생님 참는데도 한계가 있어."

선생님의 타이르는 목소리가 대화의 대부분을 차지했다. 분위기로 봐서는 성적이 많이 떨어진 모양이었다. 시험지 유출 사건과 무는 남자 리스트가 떠올랐지만 곧 머릿속에서 지워 버렸다. 세유는 무는 남자의 피해를 입지 않았고, 과외 선생님의 핸드폰에서 보았던 학생들 리스트에도 그녀의 이름은 없었다. 무엇보다 세유의 성적은 1학기 때부터 떨어졌다고 했다. 무는 남자의 출몰 시기와 일치하지 않았다.

"제가 너무 태만했나 봐요. 그전에는 조금만 공부해도 좋은 성적을 받아서, 다들 열심히 하고 있다는 걸 간과했어요. 죄송해요. 선생님. 더 열심히 할게요."

선생님의 심각한 어조와 다르게 세유의 응대는 깔끔했다. 미안한 기색을 드러내 보이면서도 명랑함을 잃지 않았다. 예의를 갖추고 상황에 맞게 처신하면서도 속을 드러내 보이지 않았다.

'왜 저렇게 주변 사람들과 거리를 두고 생활하는 거지?'

하루라는 짧은 시간 동안 세유를 관찰하면서 들었던 가장 큰 의문이었다. 채율도 1학기 내내 가급적 동급생들과 어울리지 않았기에 세유의 행동이 눈에 빤하게 읽혔다.

녹음 파일을 듣고 난 후 서둘러 2학년 3반 교실로 올라갔다. 세유는 상담을 마치고 집으로 가기 위해 계단을 내려오고 있었다. 채율은 그녀에게 반갑게 인사했다.

"선배님! 안 그래도 지금 만나러 가던 중이었어요."

"아, 그랬어?"

채율은 인형의 발에 새겨져 있던 레스레레베일레스에 대해서 물었다. 세유는 자신이 하루 종일 후배의 시야에 있었다는 사실은 전혀 눈치 채지 못했다.

"철자를 알지 못하니까, 그게 브랜드 명인지, 사이트 주소인지, 캐릭터의 이름인지 알 수가 없더라고요."

"브랜드 이름은 아니었던 것 같아. 원피스를 받았을 때 토끼 인형에 수놓아진 글자와 다르다는 걸 확인했던 기억이 나거든. 둘은 분명이 달랐어. 상표는 기억이 나지 않지만."

"인형을 누르면 노래가 흘러나왔다고 했죠? 그게 어떤 노래였는지 기억나세요?"

"모르는 노래였는데……. 혹시 듣고 싶니?"

"들을 수 있어요?"

"따라와, 쳐 줄게. 멜로디를 외우고 있거든. 하루도 빠지지 않고 들었으니까."

그렇게 세유를 따라 음악실에 오게 되었다. 부분 깁스가 불편한 모양이었지만, 세유는 곧 자연스럽게 연주를 선보였다. 악보를 따라 갈 뿐인 또래의 소녀들과 달리 그녀의 연주는 자유와 깊이가 있었다. 처음에는 주제를 겨우 복원하는 듯했지만 다음 반복에서는 훨씬 풍부한 음률로 악곡의 원맛을 살려냈다. 원래 좋은 멜로디였는지, 연주가 훌륭한 것인지 분간하는 게 무의미했다. 마음이 정화되는, 편안한 선율이었다. 가벼워졌다.

음악이 끝났을 때 채율은 아쉽게 눈을 떴다. 건반에서 손을 뗀 세유가 음악실 창을 바라보고 있었다. 강당의 작은 창문 틈으로 담쟁이 넝쿨의 잎사귀가 저녁 바람에 흔들리고 있었다. 영원이라고 해도 좋을 정도의 하염없는 시선으로 세유는 그 작은 잎사귀를 바라보았다.

"녹음은 다 된 거지? 난 그럼 가 볼게."

세유는 시선도 마주치지 않고 도망치듯 밖으로 나갔다. 잠깐이었지만 채율은 보았다. 세유의 눈가에는 눈물이 맺혀 있었다. 그녀가 나가고 난 후에도 채율은 한참 동안 음률의 잔향을 느끼며 앉아 있었다.

* * *

어느덧 홍인지문이었다. 마을버스 안에 있던 중국인 관광객들이 시끌벅적거리며 내렸다. 그들이 내뱉는 요란한 자모음에 정신을 차릴 수 없었던 하재는 하마터면 정류장을 놓칠 뻔했다. 예희는 하재의 스웨터를 잡아끌다시피 버스에서 뛰어내렸다. 발이 인도에 닿자, 양력을 받은 플레어스커트가 낙하산 모양으로 살짝 부풀었다.

"아, 공기 좋다."

매연 속에서 한껏 기지개를 켜는 예희의 모습은 한라산을 정복한 등산인처럼 가뿐했다. 그에 비해 따라 내리는 하재는 얼굴을 잔뜩 찌푸리고 있었다. 머리도 지끈지끈하고 눈도 퉁퉁 부은 상태였다. 밤새도록 미스터리 소설을 읽다가 새벽녘에야 잠이 들었는데 예희가 찾아와 아침 댓바람부터 초인종을 울려 댔다.

"내가 문자 보냈잖아."

당당하게 이야기하는 예희의 말을 듣고 확인해 보니 정말로 문자가 와 있었다.

아침에 나랑 동대문 가자.

착신 시간은 오전 5:32.

'내가 가겠다고 대답한 것도 아니잖아.'

울대까지 올라온 말을 차마 하지 못했다. 주섬주섬 옷을 챙겨 입고 밖으로 나왔다. 예희는 하재를 부른 이유를 설명했다.

"너, 우리가 인형을 찾을 수 있을 거라고 생각해?"

"아니야?"

"어떻게 찾아. 정신병자가 훔쳐 간 걸. 이 넓은 서울 바닥에서 지갑도 아니고, 인형을 가져 간 사람을 무슨 수로 찾겠어. 이 사건 해결 못해. 천하의 미도라도 불가능한 사건이 있는 거야."

"그런 거야?"

시무룩해지는 하재의 손을 예희가 잡았다. 머리에는 허리까지 내려오는 갈색 웨이브 반 가발을 쓰고, 쉬폰 원피스 위로 라이더 재킷을 걸친 예희의 자태는 누가 봐도 20대 중반의 아가씨처럼 보였다. 산호색 립글로스와 브라운 펄 아이섀도의 조화가 눈부셨다.

"그러니까 우리가 대장을 도와야 해. 비밀리에."

예희는 손가락으로 자재 시장 방향을 가리켰다.

손가락에 담긴 어둡고 사악한 함의를 깨달은 하재는 몸을 움찔했다. 예희는 연극부에서 의상과 소품 수선을 담당할 정도로 손재주가 좋은 아이였다.

"하지만 내가 어떻게?"

"이 일은 나 혼자만으로는 성공하지 못해. 제품은 내가 생산할 수 있지만, 제품 설명서는 네가 작성을 해야 한다는 말이야. 썰나뭐오를 써 줘. 내 머리로는 애들을 속여 넘길 만한 줄거리를 못 만들어 내. 하지만 넌 할 수 있잖아. 너라면."

사실 예희는 머리가 나쁘지 않았다. 아니, 오히려 감이 꽤 좋은 편에 속했다. 그녀는 주변 사람들을 굴려 자신의 목적을 이루는 법을 잘 알고 있었다. 그녀는 하재가 그럴싸한 이야기를 잘 만들어 낸다는 것, 그리고 어떤 허무맹랑한 이야기라도 진짜처럼 받아들이게 만드는 감정 동화 능력의 소유자라는 것을 알고 있었다. 더불어 자존감이 낮아, 칭찬에 약하다는 것도. 하재는 자신을 믿어 주는 사람을 위해서라면 물불을 가리지 않았다.

핏기 없는 양 볼에 발그레 홍조가 돌았다. 하재는 조심스럽게 고개를 끄덕였다.

* * *

　주말 내내 채율은 세유가 연주해 준 피아노 음원과 토끼 인형 사진을 각종 인터넷 사이트에 올리면서 보냈다. 쇼핑몰, 지식인, 포털 사이트, 회원 수가 많은 카페 등. '이 음악을 아시는 분이 계신가요?', '이 토끼 인형을 보신 분이 계신가요?', '레스레레베일레스라는 말 들어보셨어요?'라는 내용의 단순한 게시글을 올리는 것인데도 토요일 전부와 일요일 오전을 모두 사용해야 했다. 글을 올리려 할 때마다 회원 가입을 해야 하고, 원하는 게시판에 올리기까지 승급을 해야 했다. 글을 올리고 난 뒤엔 답변을 달아 준 사람이 없는지 수시로 사이트에 접속해 확인했다. 이 모든 노력에도 레스레레베일레스의 수수께끼는 풀리지 않았다. 이탈리아 어나, 그리스 어 또는 판타지 소설에 나올 법한 단어 같다는 게 대체적인 반응이었다. 음원 파일을 올린 대중음악 동호회에서도, 클래식이나, 월드 뮤직 애호가들의 동호회에서도 알 수 없는 음악이라는 답변만 달렸다. 월요일 오전까지 글을 올렸던 사이트를 모두 돌아가며 체크해 봤지만 시원하게 답변해 주는 사람은 없었다. 답답한 마음에 미국에 있는 채준까지 끌어들였다. 하지만 학사 일정이 바쁜지 좀처럼 전화도 받지 않고 메일 확인도 하지 않았다. 주말이 끝나고 학교에 등교하는 그녀의 마음은 더없이 우울했다. 이틀 내내 아무런 소득 없이 시간만 보낸 것이다.

　"고문님, 우리가 해냈어! 인형을 찾았다고!"

　소품실 문을 열자마자 성윤이 환성을 지르며 채율을 반겼다.

백열등 불빛 아래 테이블에는 정말로 세유가 넘겨 준 사진과 똑같은 핑크색 토끼 인형이 놓여 있었다. 배 부분에 있는 길쭉한 바느질 자국만 빼면 어느 모로 보나 똑같았다.

"이거…… 어떻게 찾았어?"

"기다려. 하재가 세유 선배를 데리러 갔거든."

예희가 의기양양한 얼굴로 어깨를 쭉 펴며 말했다. 요즘 걸그룹들이 많이 하는 짚단 머리로 앞머리를 땋은 모습이 퍽 잘 어울렸다. 곧이어 세유 선배가 들어왔다. 선배는 테이블 위에 놓여 있는 인형을 본 순간 마치 전류라도 감전된 사람처럼 멍청히 서 있었다. 그리고 마치 소중한 것을 되찾은 사람처럼 두 팔 벌려 인형을 감싸 안았다. 예희가 설명을 시작했다.

"마약 사건이었어요. 이번 일. 경찰서에 가서 물어보니 요즘 해외 사이트에서 특송 우편을 통해 마약 거래를 하는 일이 있었다더라고요. 아이들 완구나 찰흙 안에 숨겨서 밀반입을 시도했대요. 마약 구매자들이 옷가지나 장신구를 구매하면, 딜러는 사은품으로 마약 토끼 인형을 끼워 넣어 주었던 거죠. 그런데 그 와중에서 딜러의 착오로 일반 소비자의 보통 토끼 인형하고, 마약 구매자의 물건이 섞였던 모양이에요."

"내 인형 안에, 마약이 들어 있었다고?"

"사이트에서 한정판 사은품으로 주었다는 말도 거짓말이었대요. 언니가 겪은 일과 비슷한 일을 일곱 사람인가가 더 겪었고요. 성북동에서 여섯 살짜리 꼬마에게 인형을 빼앗으려던 사람이 경찰에 잡혔는데……"

예희는 고백했다. 엄밀히 말해 자신이 찾아온 인형은 세유가 빼앗긴 그 인형은 아니라고. 마약이 나온 인형은 증거품이라 얻는 게 불가능했다. 대신 마약이 들어 있지 않았던 일반 인형 가운데서 하나를 얻은 것이다. 찾은 인형은 경찰 수색 때문에 속이 갈려 있었다.

"솜도 빠져나간 인형을 드릴 수는 없고 해서 그 부분만 수선했어요. 소리는 나지 않을 거예요. 인형 안에 멜로디 칩이 없었거든요."

예희의 설명과 되찾아온 인형, 그리고 출력한 신문 기사를 번갈아 바라보며 세유는 쓴 웃음을 지었다. A4용지에는 해외 사이트에서 완구 안에 마약을 넣어 배송한 일당들을 검거했다는 기사가 나와 있었다. 하지만 어디에도 토끼 인형 이야기는 없었다.

미도는 이야기를 듣고 적이 만족스런 웃음을 지었다. 이렇게 사건이 빨리 해결된 것도 기뻤고, 이번 사건이 마약 사건이라는 무시무시한 강력 범죄와 연결되어 있었다는 사실도 마음을 흡족하게 했다. 무엇보다 부상으로 주어질 그 어떤 것이 그녀를 설레게 했다.

욕망으로 가득 찬 미도의 뜨거운 눈동자가 채율의 전신을 훑었다. 마음 같아서야 저 토끼는 그 토끼가 아니니 무효라고 외치고 싶었다. 하지만 경찰서까지 가서 토끼 인형을 달라고 주말 내내 사정했을 예희를 보니 말이 나오질 않았다.

채율은 미도가 내민 다이어리 위에 오빠 채준의 핸드폰 번호를 휘갈겨 썼다. 아이들은 마치 미도와 채준이 맺어지기라도 한 것처럼 박수를 쳤다.

행복한 무리들 틈새에서 정작 인형을 찾은 세유만이 서글픈 얼굴로 서 있었다. 원하는 인형을 찾았는데도 좋아하는 기색은 없었다.

오히려 무언가에 실망한 얼굴이었다. 보기에 따라서는 체념한 표정 같기도 했다. 채율의 시선을 느낀 그녀는 진심을 감추고 환히 웃어 보였다.

"고마워. 얘들아. 정말로 인형을 찾아줄 줄은 몰랐어."

그녀는 지갑을 꺼내더니 작은 성의라며 5만원을 주었다.

"아이, 언니. 뭘 이런 걸 다."

당연히 거절할 줄 알았는데 미도가 재빨리 지폐를 집어 품에 넣었다. 다른 녀석들도 입을 헤벌쭉 벌린 채 웃고 있었다. 적응이 되지 않았다.

세유가 나간 후, 미도는 채준의 전화번호가 적힌 다이어리를 들고 테이블 위에 뛰어 올라가 선언했다.

"이제 무는 남자 수사를 재개한다! 잽싸게 끝내고 재시험 사건도 수사하는 거야!"

"오오오오!"

아이들의 기세가 하늘을 찔렀다. 채율은 속으로 눈물을 삼켰다. 이제 두 가지 선택밖에는 남지 않았다. 무는 남자의 진실을 탐정단 아이들에게 모두 털어놓든지, 아니면 고 투 아메리카 하든지.

이틀 동안 탐정단 아이들이 정동수 선생님을 쥐 잡듯이 쫓아다니는 것을 보며 채율은 고민했다. 타이레놀을 비타민처럼 섭취해도 두통은 가실 줄을 몰랐다. 하연준 선생님이 시험지를 넘겨주었을 때도 이렇게까지 염려되지는 않았다.

그러나 그녀의 고민은 갑작스럽게 해결되었다. 어느 날 저녁 무심코 뉴스를 틀었다가.

* * *

여고생이 성적을 비관해 투신한 사고가 있었습니다.

어제 저녁 6시쯤 시내 모 고교 2학년생 박 모 양이 아파트 베란다에서 뛰어내렸습니다. 다행히 박 양은 건물에서 작업 중이던 인테리어 업체의 차량 위로 떨어져 목숨을 건질 수 있었습니다. 평소 학급에서 반장을 맡아 할 정도로 성실한 학생이었던 박 양은 최근 떨어진 성적으로 고민해 왔다고 합니다.

"이상하더라고요. 시험이 끝나고 나서, 갑자기 자기 물건들을 애들한테 나눠주는 거예요."

"자존심이 강해서 잘 내색은 하지 않았지만 충격이 컸을 겁니다. 이번 성적이 너무 안 나와서."

박 양은 인근 주민의 신고를 받고 출동한 119 구급대원에 의해 긴급히 병원으로 옮겨졌으나 현재 의식 불명 상태입니다.

* * *

어스름이 사방에 가득히 깔려 있었다.

제일 먼저 목적지에 도착한 건 채율이었다. 발을 동동 구르며 아이들이 도착할 때까지 서 있었다. 편의점에서 산 따끈한 캔 커피를 손에 쥐고 있는데도 추위가 가시지 않았다. 어느덧 겨울이 성큼 다가와 있었다. 후 하고 입김을 부니 하얀 숨결이 대기 중에 부서졌다.

생각해 보니 세유를 처음 만났던 날도 이렇게 사방에 푸른 기운

104

이 감돌았다. 지난 며칠 동안 세유의 자살 미수로 전교가 시끄러웠다. 그녀가 어떻게 기적처럼 목숨을 건졌는지, 왜 유서조차 남기지 않았는지, 떨어지는 순간에도 손에 쥐고 있었다던 토끼 인형은 무엇을 뜻하는지. 다들 그녀가 불러일으킨 미스터리가 궁금한 모양이었다. 교사들도 모범생이 그런 일을 저질렀다는 사실에 대해 충격을 받은 것 같았다.

"담임하고 상담 교사만 들볶는다고 될 일이야 이게? 아까 교감샘 너무 하시데."

"아까 얼마나 가슴 졸였는지 몰라요. 혜정 샘이 회의 시간 내내 연준 샘만 노려봤잖아요."

"그래도 이번 일은 그 사람하고 관련이 없는 것 같던데요. 세유는 하 선생하고 친하지 않잖아요."

"단정하긴 일러요. 걔가 갑작스레 왜 그런 짓을 해? 누가 부추기지 않았다면."

"그렇죠? 저는 누가 등을 떠민 게 아닐까 생각해요. 유서가 없었다는 게."

일이 있어 교무실에 들릴 때면, 그런 대화를 엿들을 수 있었다.

마음이 무거웠다. 지난 주 채율은 세유를 관찰했었다. 만약 자신이 세유의 자살 징후를 포착했다면 비극은 일어나지 않았을지도 모른다. 다리가 부러지고, 성대 신경이 상해서 말까지 못하게 되었다는 이야기를 듣고서는 더더욱 책임감을 느꼈다.

이제야 레스레레베일레스의 의미를 알게 된 것도 원통했다.

어젯밤 미국으로부터 전화가 걸려왔다. 미도와 처음으로 통화를 했다며 들뜬 목소리로 채준이 보고를 했다.

"걔 정말 재미있는 아이더라. 아는 것도 많고 목소리도 여성스럽고. 말도 잘하던데?"

"그……랬어?"

"간만에 정말 즐거운 시간이었어. 스트레스가 확 풀리더라니깐."

채율은 놀랐다. 채준이 여자를 칭찬하면서 외모가 아닌 것을 언급하기는 처음이었다. 채준은 그 뒤로도 한참 동안 미도에 관한 이야기를 하다가 생각났다는 듯 한마디 던졌다.

"참, 그래서 나도 네가 부탁한 걸 조사해 봤어."

채준이 학교에서 친하게 지내는 일본인 음악 신동이 있다고 했다. 어떤 음악이라도 한 번 들으면 모두 기억하는 슈퍼 메모리를 자랑하는 친구였다. 그에게 음원 파일을 들려주니 마레의 비올라 곡, 레 를루바유(Les Relevailles)라는 대답을 들을 수 있었다. 인형의 발에 찍혀 있었다던 수수께끼의 문자 레스레레베일레스도 '레 를루바유'를 철자대로 읽은 것에 불과했다. 제2 외국어로 일본어를 선택한 세유는 프랑스 어의 독법을 알지 못했다.

"처음 들었을 때부터 미사곡 같다는 생각은 했거든. 예상대로 기도식에 쓰이던 음악이래. 아기를 낳은 여성의 순산 감사 기도식에 말이야."

"순산 감사 기도식?"

채준은 메일로 원곡 파일을 보내 주었다. 비올라로 듣는 곡조는 세유가 연주하던 피아노 연주만큼이나 섬려했다.

컴퓨터를 켠 김에 지난 주말에 게시해 놓은 글도 확인해 보았다.

주부를 대상으로 한 해외 사이트 공동 구매 카페에서 인형의 소재를 안다고 댓글을 달아 준 사람이 있었다.

'빛나엄마'라는 닉네임을 쓰는 사람이었다. 그 사람이 알려 준 정보에 의하면 토끼 인형은 올해 늦봄 프랑스의 유명 의류 사이트 마망 라뺑(Maman lapin)에서 사은품으로 나누어 준 물품이었다. 예희에게 들은 마약 사건이 떠올랐다. 마망 라뺑 사이트가 마약 밀매의 온상이었던 것일까. 구글을 통해 접속해 보니 사이트는 버젓이 영업을 계속하고 있었다. 채율을 놀라게 한 것은 그것만이 아니었다.

'이건?'

프랑스 어는 못하지만 한눈에 보기에도 사이트가 취급하는 의류의 특수성을 알 수 있었다. 진열된 옷들은 전부 임부복이었다.

"그 사이트에서 이벤트로 딱 100개만 만들어서 돌린 거였으니까. 재질도 유기농 면에, 유기농 솜이었고, 천연 염색이 되어 있었어."

세유가 했던 말이 귓전을 스쳤다.

유기농 면에 유기농 솜. 천연 염색. 정성스럽게 만들어진 이유가 있었다. 그 인형은 갓 태어날 아기들을 위한 인형이었던 것이다. 인형을 물기도 빨기도 하는 젖먹이들을 위해서.

자정이 넘은 시간이었지만 채율은 서둘러 카카오톡으로 탐정단 아이들에게 이 소식을 전했다.

예희는 자고 있는지 답이 없었지만, 미도와 성윤에게서는 응답이 있었다. 소심한 하재는 몇 번 추궁받자 예희의 꾀임에 넘어가 가짜 인형을 만들었노라 실토를 했다. 이제 와서 번호를 뱉어 내라고 할 수도 없는 노릇이고 기가 찼다.

미도는 곤란함을 무마하려고 칭찬을 남발했다.

오, 역시 우리 시누이야. 끈기가 남다르다니까.

채율은 아이들에게 중요한 사실을 지적했다.

이상한 건 또 있어. 아줌마 도둑이 처음부터 핸드폰 좀 보자며 접근했담서? 그 사람은 인형이 핸드폰에 달려 있다는 걸 미리 알고 있었어. 원래 그 인형은 핸드폰에 거는 인형이 아니었잖아. 세유 선배가 손봐서 달고 다닌 거지. 누군가 세유 선배를 잘 아는 사람이 도둑에게 이 사실을 알려준 게 틀림없어.

하지만 누가?

성윤이 질문했다. 미도의 답변이 곧바로 떴다.

최창현. 세유 선배의 전 남자 친구가 아닐까? 옷과 인형도 그 사람이 선물한 거잖아.

하재가 조심스럽게 말을 보탰다.

저번에 우리가 인형을 돌려 준 날, 세유 언니 좀 실망한 눈치 아니었어? 혹시 내심 이번 일이 전 남자 친구랑 연관되어 있다고 생각했던 게 아닐까? 그 사람이 배후 조종을 해서 인형을 가져 간 거라고. 그걸 확인받고 싶어서 우리를 찾아온 거 아냐? 마음으로 아직도 그 사람을……

성윤이 반대했다.

내 생각은 달라. 세유 선배는 자살하려고 했잖아. 왜 자살하려고 했겠어? 헤어진 충격 때문이 아니었겠어? 남자가 여자를 책임지려고 하지 않았던 거지. 버림받은 충격에 자살하려고 한 거고.

하지만 인형하고, 임부복을 선물 받았다고 했잖아. 임신한 사실에 부담을 느꼈다면 그런 선물을 왜 해?

좋아. 그럼 정말로 남자 친구가 인형을 강탈하려고 했다고 치자. 왜 그런 짓을 해? 그리고 사이코 도둑 아줌마는 누구야? 뭐 하러 폭풍우까지 뚫고 와서 인형을 훔쳐 가느냔 말이야.

하재와 성윤이 싸울 듯 격렬하게 토론했다. 결국 미도가 중재에 나섰다.

일단 당사자를 만나서 물어보지 뭐. 여자 친구였던 사람이 자살 소동을 벌였다는 이야기를 들으면 가만히 듣고만 있지는 않을 거야. 최창현을 덮치자고. 내가 주소를 알려 줄게.

혹시 타깃이 이동할 것을 우려해 아침부터 모이기로 한 것인데 제시간에 도착한 건 채율밖에 없었다. 열기를 빼앗긴 커피는 미적지근해진 지 오래였다. 채율은 다시 한 번 미도의 번호를 눌렀다. 통화는 되었지만 아직도 출발하지 못했다고 대답했다. 운전을 해 주기로 한 성윤의 오빠의 차가 고장이라고 했다.

철컥. 집 대문이 열렸다. 채율은 재빨리 맞은편 다세대 주택 담벼락 뒤로 몸을 숨겼다. 다세대 주택의 현관 유리문으로 반대편 정경이 비쳤다. 채율과 비슷한 또래로 보이는 남학생이 집을 나왔다. 채율은 창현을 유심히 바라보았다.

'여자 친구를 임신시키고, 결국 버리기까지 한 남자는 저렇게 생겼구나.'

검정 바지에 검정 코트. 비니와 단화, 가방까지 검은색 일색인 소년이었다. 키가 크고 푸근한 체격, 쌍꺼풀이 진 큰 눈. 창현은 비탈길을 내려가기 시작했다. 채율은 긴급히 미도에게 문자를 보냈다.

그 사람 지금 집 바깥으로 나왔어. 어딘가 갈 모양이야. 지금 나 혼자 있는데 어떻게 해? 세유 선배 상태를 말해서 병원으로 데려가?

안 돼. 일단 따라가.

지난번에는 나보고 세유 선배 감시를 하라더니, 이제는 미행까지 하라는 말이야? 못 해. 그냥 직접 이야기 할래.

안 된다니까.

미도는 단호했다.

어째서?

넌 상대방이 거절을 하면 아 그러시군요, 할 성격이란 말이야. 애원하거나 매달리거나 애교 부려서라도 끌고 올 인재가 못 된다고.

할 말이 없었다. 미도의 말이 맞았다.

채율은 창현의 뒤를 쫓기 시작했다. 지난번 무는 남자를 미행할 때 실수를 한 적이 있어서 이번에는 극도로 신경을 곤두세웠다. 다행히 창현은 자신을 쫓는 미행자가 있을 거라고는 꿈에도 생각하지 못하고 앞만 보며 걸어갔다. 채율은 실시간으로 아이들에게 위치를 전송했다.

연신내 역에서 6호선

합정에서 2호선으로 환승

당산역에서 하차

창현은 생각보다 장거리로 움직였다. 마침내 시동이 걸려 출발한 미도들은 정체 시간대에 걸려 따라잡지 못하고 있었다.

당산에서 내린 창현은 근처 천원샵으로 향했다. 그곳에서 조화와 작은 인형 몇 개를 샀다. 그러고는 다시 버스 정류장으로 돌아가 좌석 버스에 올랐다.

"학생입니다."

버스 카드를 찍는 소리에 혹시라도 창현이 돌아볼까 걱정되었지만 다행히 그런 일은 없었다. 목적지를 짐작조차 할 수 없는 상황이었다. 미도들도 어지간히 당황한 모양이었다. 채율에게 이동 경로를 문자로 전송 받을 때마다 절망하고 있었다.

교외의 차창 풍경을 넋 놓고 보다가 정신을 차려보니 종점이었다. 깜빡 잠이 들었던 모양이었다. 채율은 버스 기사의 채근을 들으며 차에서 내렸다. 다행히 택시 승강장에서 택시를 잡고 있는 창현을 발견할 수 있었다. 그는 막 차에 오르려는 참이었다. 채율은 숨이 턱까지 갈 정도로 뛰었다. 그러고는 다음 차에 타려던 손님을 밀치고 대신 올라탔다.

"앞에 가는 택시 좀 따라가 주세요."

여고생의 손에 밀려난 아저씨가 욕지기를 하는 소리가 들렸지만 어쩔 수 없었다. 미터기는 무서운 속도로 올라갔다.

'이럴 줄 알았으면 차라리 밤에 찾아가는 건데. 지금이라도 잡아서 말을 걸어 볼까?'

하지만 집에서부터 따라왔다는 걸 설명하기가 애매했다. 아이들이 올 때까지 무작정 따라가는 수밖에는 없었다. 다행히 아이들과의 거리도 점점 좁혀지고 있었다.

택시가 멈춰 선 곳은 어느 시설 앞이었다.

나무 외장의 2층 건물. 체리목 성냥갑을 연상시키는 단정한 외관의 건물이었다. 주위를 둘러싼 울타리 안으로는 잘 관리된 조경이 일품이었다. '펫헤븐'이라는 아크릴 간판 밑에 애완동물 추모관이라는 작은 글자가 보였다. 주차장에 이미 많은 차들이 서 있었다.

애완동물들을 위한 추모관에 와 보는 것은 처음이었다. 신문이나, 방송으로 들은 적은 있지만 생각했던 것보다 규모가 컸다.

사람을 위한 추모관 못지않은 정성으로 지어져 있었다. 1층 입구에 마련된 제단만 해도 야청빛 반투명한 유리벽에 금박 프레임이 엄숙하게 마감되어 있었다. 유리 너머로 화장(火葬) 시설이 보였다. 막 화장을 끝낸 애완동물의 주인 가족들이 모여 골분 채취 과정을 지켜보고 있었다. 직장인 정도로 보이는 남자가 서글픈 표정으로 액자를 안고 있었다. 사진 속에는 캐러멜 빛 부드러운 털을 가진 고양이가 의젓하게 정면을 바라보고 있었다. 주인 가족들은 유리벽을 어루만지며 울먹였다. 사랑을 많이 받은 고양이인 모양이었다.

창현을 놓칠까 봐 서둘러 계단으로 올라갔다. 추모관 2층에는 안치단으로 사용되는 원목 캐비닛이 도서관처럼 여러 개 놓여 있었다. 정사각형 안치단마다 분골함과 죽은 애완동물의 사진이 비치되어 있었다. 개와 고양이가 가장 많았고, 간혹 이구아나나, 원숭이의 사진도 보였다.

창현은 구석에 있는 분향단에 서서 묵념을 하고 있었다. 비니를 벗어 가슴에 대고 기도하듯이 눈을 감고 있었다. 사물함 모양의 안치단 안에는 다른 곳과 마찬가지로 골분 항아리가 들어 있었고, 유리구슬처럼 눈이 맑은 시베리안 허스키의 사진이 놓여 있었다.

고개를 숙인 소년의 얼굴은 깊은 슬픔에 잠겨 있었다. 문득 피아노를 연주하던 세유의 얼굴이 겹쳐 보였다. 창현은 열쇠로 안치단을 열고 다이소에서 산 조화를 올려놓았다. 무심코 안을 들여다본 채율은 소스라치게 놀랐다. 그 인형이었다. 분홍색 토끼 인형. 레 를루바유라는 글자가 써 있는 세유의 인형이 안치단 안에 버젓이 들어 있었다.

채율은 조금 더 창현 쪽으로 들어갔다. 골분 항아리 바로 옆에 안치된 날짜가 적혀 있었다. 날짜는 올해 9월 27일. 세유가 인형을 강탈당했다는 날로부터 이틀 뒤였다. 재킷 주머니 안에 들어 있던 핸드폰이 울었다. 도착을 알리는 미도의 연락이었다. 탐정단 아이들이 우르르 계단을 뛰어 오르는 소리가 들려왔다.

"어디야? 어디 있어?"

아이들의 요란한 소리를 듣고 안에 있던 참배객들이 뒤를 돌아봤다. 창현도 마찬가지로 뒤를 돌아봤다. 다섯 명의 여고생이 그를 둘러쌌다. 그의 얼굴이 굳어졌다.

"박세유 선배 아시죠? 선배가 지금 입원 중이에요. 아파트에서 떨어져서."

작은 파도가 눈동자 안에서 일었다 사라졌다.

"걔가 죽든 말든 그게 나랑 무슨 상관이지?"

차가운 응대였다. 이미 투신 사실을 알고 있었던 모양이었다. 성윤이 참지 못하고 멱살을 잡았다.

"걔는 참배할 마음이 있으면서 죽어 가는 사람 문병할 개념은 없냐? 필요할 때는 선물까지 사 주며 물고 빨고 다 하다가, 임신하니까 내동댕이치고. 나쁜 자식."

창현이 거칠게 멱살을 뿌리쳤다. 그러고는 하재를 밀치고 빠져나 갔다.

'어째서 보고만 있는 거야. 안 잡아?'

채율이 팔꿈치로 미도를 쿡쿡 찔렀다. 그러나 미도는 혼자서만 다른 세계에 가 있었다. 시선이 안치단 안에 고정되어 있었다. 그녀도 토끼 인형을 발견했던 거였다. 창현이 발걸음이 점점 멀어지고 있었다. 채율은 보다 못해 미도를 돌려세웠다. 하지만 그녀의 손은 그대로 허공을 긋고 떨어졌다. 미도가 한 발 앞으로 나아가며 안치단 유리문을 잡았기 때문이다. 하지만 열쇠로 잠긴 문은 열리지 않았다. 미도는 표정 하나 변하지 않고 너무도 자연스럽게 주머니에서 머리핀 두 개를 꺼냈다. 그녀들을 지켜보던 사람들 사이에서 "어어!" 하는 소리가 흘러나왔다. 달칵 소리와 함께 유리문이 가볍게 열렸다. 미도는 송곳니까지 보이며 싱긋 웃었다. 그러고는 당연하다는 듯 골분 항아리를 집어 들었다.

"세상에. 지금 뭐하는 거야?"

"정신 나갔군."

사람들의 손가락질을 이상하게 여긴 창현이 뒤를 돌아보았다. 관리를 보던 추모관 관계자도 고함을 지르며 달려왔다. 그러거나 말거나 미도는 항아리의 뚜껑을 열고 안을 들여다봤다. 그리고 손가락으로 내용물을 찍어 올렸다.

"얼레? 진짜 뼛가루잖아?"

손가락을 비비자 흰 가루가 스르르 떨어졌다. 창현이 미도에게 달려들었다. 성윤이 대장에게 닥친 위험을 감지하고 막아섰다. 그 순

114

간이었다. 참배객이 데리고 있던 도베르만 한 마리가 컹컹 짖었다. 창현은 깜짝 놀라 균형을 잃고 앞으로 넘어졌다. 성윤도 그에게 떠밀려 미도를 덮쳤다. 세 사람은 그대로 안치단을 향해 쓰러졌다. 우지끈.

"어어어."

햄스터와 카멜레온, 고양이와 개가 평화로운 영면을 누리던 안치단이 기우뚱 뒤로 넘어갔다. 뒤에 서 있던 안치단들도 도미노 현상을 일으키며 차례차례 함께 쓰러졌다.

한번 사랑했었던 사람들은 운명도 닮게 되는 것일까.

기시감을 맛보며 채율은 몸서리쳤다. 세유를 만나던 날과 너무도 비슷한 상황이었다.

* * *

"죄송합니다. 돈은 저희가 어떻게든 배상하겠으니."

"이봐요, 배상이 문제가 아니잖아요. 골분들이 다 섞여 버렸다고요. 모두 사랑받던 동물들입니다. 주인들이 알면 얼마나 기가 막혀 하겠어요? 추모관 이미지는요? 하필 참배객들이 많은 주말에."

"죄송합니다. 정말 죄송합니다."

성윤의 오빠 성오가 머리를 조아리며 용서를 빌었다. 정직한 유전자의 남매였다. 너부데데한 얼굴형과 튀어나온 눈. 성윤과 똑같은 이목구비에 키와 머리길이만 달랐다. 추리 문학 전문 잡지에서 등단한 신인 소설가인데, 언제나 소재가 부족해 미도를 귀찮게 구는 존재라고 했다. 그 옆에서는 전화를 받고 달려온 창현의 어머니 고미자가 난감한 얼굴로 서 있었다. 탐정단은 만신창이가 된 실내를 치웠다. 한 손에는 솔, 한 손에는 지퍼백을 들고 바닥을 샅샅이 뒤져 골분들을 담았다. 직원들은 깨진 골분 항아리들과 망가진 안치단, 부서진 바닥재의 원가를 계산했다. 자신 때문에 생긴 일인데도 미도는 조금의 뉘우침도 없이 골분을 유리에 뿌려가며 지문 채취하는 법을 일러주었다.

"안 교수. 잘 봐. 이렇게 붓 위에 가루를 살짝 찍어서 털어 낸 뒤에 사용해야 해. 마구잡이로 가루를 뿌리거나 털어 내면 지문 융선이 뭉개져 보이거든. 그러니까 아주 살며시 세심한 손길로 원을 그리듯이 터치하는 거야."

흥미로웠다.

창현은 안치단 한 구석에서 항아리를 품에 안고 웅크려 앉아 있었다. 누가 빼앗기라도 할까 눈을 부라리고 있었다. 아무도 그에게 접근할 수 없었다. 손해 배상에 관한 이야기를 마무리 짓고 나온 미자가 창현 앞에 섰다.

"가자."

창현은 골분을 가슴에 안고 고개를 저었다.

"내가 알아서 갈게."

두 사람 사이에 차가운 기류가 오갔다.

미자는 창현이 안고 있는 항아리에 대해서도 물었다. 그러나 창현은 입을 꾹 다문 채 말이 없었다. 그리고는 가방에 항아리를 넣고 펫헤븐을 나가 버렸다.

미자도 아들을 따라 나가려다가 바닥에서 골분을 정리하고 있는 여고생들을 보았다.

"너희들, 창현이가 가지고 있는 저 항아리가 뭔지 아니?"

어딘지 불안해 보이는 어조였다. 미도가 붓을 쥔 채로 엉덩이를 탁탁 털며 일어섰다.

"아줌마가 생각하는 그거 맞아요."

"뭐라고?"

"세유 선배 지금 병원에 입원해 있어요. 아파트에서 뛰어내렸거든요. 출산 예정일이었던 그날에요. 아드님이 오늘 여기 온 이유도 그거였어요. 자연의 섭리대로였다면 이번 주에 태어났을지도 모를 한 아기를 애도하기 위해서요."

마치 모든 것을 알고 있다는 투였다. 탐정단 아이들은 미도의 말을 듣고 서로를 마주 보았다.

'그랬구나.'

채율은 자신이 간과하고 있던 사실을 짚어낸 미도를 바라보았다. 붉은색 후드티를 입은 그녀의 얼굴에는 활기가 넘치고 있었다. 오빠 채준의 얼굴에서도 언제나 떠나지 않는 활력이었다. 자신의 인생을 스스로 이끌어 나가는 자에게서 뿜어져 나오는 생기.

미자는 완전히 넋이 나간 표정이었다.

"그럴 리 없어. 설마 그럴 리가."

"제가 항아리를 열어서 확인해 봤어요. 틀림없는 뼛가루였어요. 아드님이 단 한 번도 동물을 키우지 않았다는 건 확실히 알고 계시죠?"

"말도 안 되는 소리 하지 마. 창현이가 그걸 어떻게 구해? 어떻게 구할 수 있었겠냐고? 쟤는 병원이 어딘지도 몰라."

고함 소리가 쩌렁쩌렁 추도관 안을 퍼져나갔다. 자기 잘못을 지적당한 사람처럼 아주 예민한 반응이었다. 미도가 손가락을 까닥였다.

"내비게이션이 있잖아요. 요즘 내비는 이동한 경로를 저장해 두곤 하죠. 병원 위치 정도는 마음만 먹으면 어렵지 않게 알아낼 수 있다고요."

미자는 질렸다는 얼굴로 미도를 바라보았다. 미도는 그제야 꾸벅 고개를 숙이고 명함을 꺼냈다.

"안녕하세요? 저희는 선암여고 탐정단이에요. 세유 선배 부탁으로 이번 일을 조사하게 되었어요. 아줌마가 조금만 도와주신다면 저 골분 항아리에 관해서도 알아내 드리겠습니다."

* * *

꿈꾸는 여성 병원은 양재천 변에 위치해 있었다. 위로 갈수록 점점 좁아지는 나선형 구조물은 중동에 있다던 지구라트를 연상시켰다. 그네 분만이나 수중 분만 등 다양한 특수 분만 서비스를 제공하고, 질 축소술과 같은 여성 성형 쪽도 유명하다고 홈페이지에 나와 있었다.

병원 앞에 도착했지만 하재는 단호하게 고개를 저었다.

"싫어. 어제 펫헤븐에 갔을 때도 수많은 영혼의 원한을 샀잖아. 이런 곳에 들어갔다가는 태아령에 빙의되고 말 거야. 난 안 들어갈래."

결국 하재는 놔두고 네 사람만 안으로 들어갔다. 그러나 1층에는 또 하나의 막강한 함정이 도사리고 있었다. 엘리베이터 옆에 위치한 신생아실이었다. 간호사들이 아기를 안고 우유를 먹이는 장면을 본 예희와 성윤이 이성을 잃고 달라붙었다.

복숭아처럼 발그레하고 보들보들한 살덩이들. 아기들은 속싸개에 둘둘 말린 채 투명한 칸막이로 구분된 조그만 침대에 놓여 있었다. 조그마한 입을 찢어져라 벌려 하품을 하고, 배냇짓으로 해맑은 미소를 지었다. 콩깍지 안에 놓인 콩알들 같았다. 태어난 지 몇 시간도 안 된 조그마한 것들이 꼬물거리는 모습에 두 사람은 녹아내렸다.

"어쩜 좋아. 완전 귀여워."

"저 손 봤어? 아악."

채율은 마음이 불편해지는 걸 느꼈다. 이곳은 낙태 시술을 하는 병원이었다. 똑같은 의사의 손에서 한 생명은 태어나고, 한 생명은 죽임을 당하는 거였다. 신생아실이 엘리베이터 옆에 위치했다는 사실도 마음에 걸렸다. 아마도 일부러 이곳에 신생아실을 만들었을 것 같았다. 부득이한 이유로 낙태 시술을 하러 오는 사람들에게 아기들의 사랑스러운 모습을 보여 주고 마음을 돌리게 하고팠던 것이리라.

'세유 선배도 이곳에서 저 귀여운 아기들을 보았을까.'

"얘들아, 그냥 가렴. 여기서는 수술 안 해."

접수창구에 도착했을 때 간호사가 나직한 얼굴로 복화술을 하듯 말했다. 10대 소녀들이 문을 열고 들어올 때부터 그녀는 인상을 찌푸리고 있었다. 철없는 10대들은 낙태가 마치 쌍꺼풀 수술이라도 되는 양 친구들을 잔뜩 달고 와서 수술을 받고, 유난을 떨기 때문이었다. 미도가 너스레를 떨었다.

"예에? 친구한테 다 듣고 왔단 말에요. 자기가 여기서 5월 말에 수술 받았다고 했어요. 한인수 원장 선생님한테요."

"원장 선생님 방침이 바뀌었어. 이제는 안 한다고."

간호사는 단호했다. 거짓말하는 것 같지는 않았다. 채율과 미도가 눈빛을 교환했다.

"언제부터 바뀌었는데요?"

"혹시 태풍 지나간 직후 아니었어요?"

간호사가 차트를 내려놓고 고개를 들었다. 어떻게 알았느냐는 표정이었다. 빙고. 미도는 송곳니를 드러내며 싱긋 웃었다. 그리고 품속에서 하재가 작성한 몽타주를 꺼내 내밀었다.

"수술은 농담이고요. 이분 좀 만나러 왔는데, 혹시 계신가요?"

간호사들은 그림을 몽타주가 아니라, 초상화 정도로 생각한 모양이었다. 처음에는 그림 속 사람이 누구인지 알아보지 못하다가 알아챈 후에는 서로 돌려보며 감탄했다.

"어머, 정말 잘 그렸네. 원장 선생님 사모님하고 똑같아."

'원장 선생님 사모님? 왜 그녀가 인형을 빼앗았을까?'

채율은 고개를 갸웃했다. 미도에게 듣기로는 창현의 집에서 굿을 벌였고, 태풍 속에서 어린 아이의 울음소리가 들렸다고 했다.

'그것과 연관이 있는 건가?'

옆에 서 있는 미도도 채율과 같은 생각을 하고 있는 모양이었다. 시선을 옆으로 돌리고 고민하고 있었다. 채율은 웃으며 간호사들에게 말했다.

"그럼 원장 선생님께 진찰이나 받고 갈게요. 생리통이 너무 심해서요. 이름은 안채율. 주민 번호는……."

접수대에서 채율의 이름을 부르자 미도는 휘익 휘파람을 불었다. 신호를 받은 예희와 성윤까지 모두 진찰실 안으로 들어갔다. 간호사들이 말리려고 했지만 소용없었다. 당당하게 안으로 들어간 소녀들은 원장의 책상 위에 인형 사진을 올려놓았다.

한인수 원장의 낯빛이 검게 변했다.

"니들은 누구냐?"

신중하게 처신해야 했다. 낙태는 불법 시술이고, 상대는 불법을 저지른 의사였다. 얕보였다가는 진실을 이야기해 주지 않을 확률이 컸다. 어떤 식으로 행동해야 할까. 미도는 한마디로 상대의 기선을 제압했다.

"선생님, 그 언니 아파트에서 뛰어내렸어요. 아기의 출생 예정일이었던 날에요."

의사의 포커페이스가 무너졌다.

"저희는 이미 알 것 다 알고 왔어요. 언니가 임신했었고, 이곳에서 수술을 받았다는 것, 남자 친구의 어머니가 보호자를 사칭해서 수술을 시켰다는 것도. 언니 부모님은 아무 것도 모르는데 말이죠."

"나……는."

"선생님 입장만 곤란해지셨네요. 정작 잘못한 사람은 따로 있는데 말이에요."

동정 어린 시선으로 미도가 말했다. 의사는 깊게 심호흡을 하고 아이들을 바라보았다.

"그래서 너희들이 원하는 게 뭐냐? 돈이냐?"

미도가 고개를 가로저었다.

"저희가 알고 싶은 건 진실이에요. 태풍이 상륙했던 날, 무슨 일이 있었는지 듣고 싶어요. 세유 선배가 그걸 알고 싶어했거든요."

"죽은 게 아니야?"

"간신히 목숨을 건졌어요. 운이 좋았죠."

그는 눈을 감았다. 조금이나마 안심한 모양이었다. 실내에서만 일을 해서 남자의 얼굴은 창백했다. 채율은 묘한 기분을 맛보았다. 중학교 시절 논술 과외를 받으면서 낙태 동영상을 본 적이 있었다. 과외 선생이 보여 준 것은 아니고, 채율이 인터넷 서핑을 하며 관련 자료를 찾다가 보게 된 것이었다. 처음 그 영상을 보았을 때의 충격은 이루 말할 수 없었다. 손바닥만 한 크기의 아기들이 팔다리가 찢기고, 머리가 부서져 죽어 있었다. 여성의 인권을 존중해 낙태를 제한적으로나마 허용해야 한다고 글을 쓰던 그녀는 영상을 본 후 노트를 찢어 버렸다. 그리고 한 줄도 쓰지 못했다. 남자를 보고 있노라니 그때 생각이 났다. 수많은 아기들의 목숨을 끊어 놓을 때는 언제고, 세유가 그 일로 자살 시도를 했다고 하자 괴로워하고 있었다. 이율배반적으로 여겨졌다. 그가 죽인 아기들과 만 열일곱 살인 세유 사이에는 어떤 차이가 있는가. 의사가 말했다.

"비밀을 지켜 줄 수 있니? 혹시 이 일 후에 경찰에 조사를 받게 된다거나 하지 않도록."

"그런 거라면 저희를 믿으셔도 좋아요. 다른 건 몰라도 저희가 입 하나만큼은 정말 무겁거든요."

성윤이 가슴을 두드리며 말했다.

그는 바지 뒤춤에서 지갑을 꺼냈다. 그리고 가죽 지갑 속에 들어 있던 사진을 한 장 빼서 보여 줬다. 앞니가 빠진 남자 아이가 환하게 웃으며 V자를 그리고 있는 사진이었다. 머리가 구불구불했고, 인수를 닮아 눈이 위로 치켜 올라가 있었다.

"아드님인가요? 귀엽게 생겼네요."

갑자기 그가 사진을 꺼낸 이유를 다들 의아하게 생각하면서도 아이들은 사진을 순서대로 돌려보았다.

그는 마침내 입을 열었다.

"내 아들 낙원이야. 유괴를 당했었지. 그 학생의 남자 친구가 우리 낙원이를."

충격적인 고백이었다. 예희와 성윤, 채율은 귀를 의심했다. 지금 인수가 무슨 이야기를 한 건지 잘 납득이 되지 않았다. 그의 말대로라면 최창현이 범죄를 저질렀다는 뜻이었다. 안에 들어오지 못한 하재를 위해 실시간 문자로 내용을 일러주던 예희가 손가락을 멈추었다. 그러나 생각해 보면 모든 의문이 풀리는 대답이었다. 만약 창현이 의사의 아들을 납치했다면, 겁에 질린 의사와 부인은 유괴범이 시키는 대로 무슨 짓이든 했을 터였다. 창현의 집 지하실에서 났다고 하는 울음소리도 설명이 됐다. 하지만 또 다른 의문이 생겼다. 세유가 수술을 받은 건, 늦봄이라고 했다. 태풍이 불었던 날은 여름 끝자락이었다. 몇 달이나 차이가 있었다. 이 간격은 무엇을 말하는 걸까. 창현이 복수를 계획하고 실행하는 데 그만큼 망설였다는 뜻일까. 아니면 그만큼 용의주도했다는 걸까.

미도는 그저 의사를 주시하며 그가 하는 모든 이야기를 듣고 있었다. 그의 언어뿐만 아니라, 표정과 어투 같은 비언어적 메시지까지 엄청난 집중력을 기울이고 있었다. 놀란 기색은 보이지 않았다. 인수는 이야기를 계속했다.

"전화로 낙원이의 목소리를 들려주면서 그 학생은 자신이 누군지, 어디 사는 사람인지, 어째서 내 아들을 유괴해 갔는지 하나하나 밝혔어. 한 달 전부터 낙원이에게 접근해 신뢰를 얻었다고 하더군. 낙원이를 찾기 위해 놀이터나, 학교 주변, 학원 주변을 배회하고 다녔을 그 아이를 생각하면 지금도 등줄기에 식은땀이 흘러.

나는 창현 학생을 기억하고 있었어. 세유라고 했나? 그 여자아이가 수술을 받고 나서 사흘 쯤 지났을 때 직접 진료실로 찾아와서 난동을 부렸거든. 시체라도 좋으니 아기를 되돌려 달라고, 장례라도 치르게 해 달라고 말이야. 어린애 같은 소리라고 생각했어. 콘돔도 사용할 줄 모르는 놈이, 여자 친구를 불행하게 만들어 놓고 제 감정에 취해서 쇼를 하고 있다고 생각했지. 그렇지 않니? 따지고 보면 아기를 죽인 건 내가 아니야. 태어나지도 못할 생명을 잉태시킨 그 녀석이지. 덩치는 말만 해서 치솟는 성욕을 감당하지 못하다가 결국 사고를 쳤던 거라고. 나는 냉정하게 그 아이를 내쫓았어. 그런 놈들 때문에 매일 내 손에 피를 묻혀가며 벌레처럼 조그마한 아기들을 죽여야 하는 거니까. 나라고 좋아서 그런 일을 했겠니? 작은 몸을 난도질할 때 손가락 끝으로 느껴지는 그 끔찍한 감촉이 어떤지 너희는 모를 거야. 요즘도 가끔씩 꿈속에서 그 질감을 느끼며 가위에 눌리곤 해.

수화기 저편으로 낙원이의 목소리가 들렸을 때 턱이 덜덜 떨렸어.

내가 당황하자 그 학생이 묻더군. 진료실에서 난동을 부릴 때와는 판이한 어조로. 아주 침착하고 담담하게 말했어."

"뭐……라고 하던가요?"

"이제 아이를 잃은 제 심정을 이해하시겠죠."

인수는 그때가 떠오르는지 웃었다. 낄낄대고 있지만 얼굴은 일그러져 있었다.

"정말이야. 그 학생이 그렇게 말했다니까. 고등학교도 졸업 못한 애송이 주제에.

'이제 아이를 잃은 제 심정을 이해하시겠죠.'

나는 아무 말도 할 수 없었어. 머리를 둔기로 맞은 것처럼 멍하기만 했어. 그리고 아주 조용한 침묵이 이어졌어. 수화기 저편으로 그 애의 숨 쉬는 소리가 들리더라고. 천천히 들이쉬고 내쉬는 아주 차분하고 규칙적인 호흡. 그 학생의 몸에 담긴 차가운 분노를, 냉정한 복수심을 느낄 수 있을 만큼 신중한 호흡이었어. 그제야, 산부인과 의사 생활을 한 지 10년 만에 처음으로 나는 깨달았어. 10대 소년도 부성(父性)이라는 것을 가질 수 있구나. 열여덟 살도 아버지일 수 있는 거였어."

성윤이 물었다.

"왜 경찰에 신고하지 않으셨어요? 범인이 누군지 알고 있었으니까, 금방 잡을 수 있었을 거잖아요. 아드님도 훨씬 안전해질 수 있었을 거구요."

원장은 고개를 가로 저었다.

"그럴 수가 없었어. 그 학생도 내가 신고를 할 수 없다는 걸 잘 알고 있었지. 그래서 유괴라는 대담한 짓을 벌인 거야."

"이해가 안 되는데요."

채율이 대신해 부연 설명을 해 주었다.

"낙태는 불법이야. 불법 시술을 하다가 아들을 유괴당했다고 경찰에게 말할 수 없잖아. 또, 세유 선배는 보호자가 아닌 사람에게 이끌려 왔고, 수술을 받았어. 의사 면허 취소감이지."

인수는 채율의 설명을 듣고 고개를 끄덕였다. 그리고 핸드폰을 꺼냈다. 투명한 실리콘 케이스에 담긴 핸드폰이었다.

"맞는 말이야. 하지만 내가 경찰에 신고하지 못한 이유는 하나가 더 있어. 가장 결정적이고 잔인한 이유였지. 그 학생은 내 아들을 해치지 않을 거라고 했어. 본인 입으로 말을 하더라."

그는 핸드폰 속에 녹음된 그날의 전화 통화를 들려주었다. 경찰에 신고할 수는 없었지만 만약의 경우를 대비해 통화 내용을 녹음해 두었다고 했다. 파일을 재생시키자 창현의 목소리가 들려왔다. 인수의 말이 맞았다. 잔뜩 가라앉은 목소리로 협박하는 창현의 말을 듣고 있노라니 등줄기가 서늘해졌다. 전화상으로도 살기가, 정확히는 살기를 억누르기 위해 안간힘을 쓰는 의지가 전해져 왔다. 동네 사람들에게서 예의바르고, 착하다는 평판을 듣는 소년. 편부모 가정이었지만 올곧게 자란 소년. 그가 느꼈던 분노와 절망감은 그토록 큰 것이었다.

"전 지난 몇 달 간 잠을 제대로 자지 못했어요. 아이가 꿈속에서도 절 놔주지 않았어요. 아이를 잃은 아픔은, 그런 거였어요. 이 세상 누구도

126

나와 같은 아픔을 겪게 하고 싶지는 않아요. 그것이 설령 당신이라고 해도요. 저는 낙원이에게 머리카락 하나 손대지 않겠습니다. 그러니 당신도 제 요구를 들어주세요. 그렇지 않으면 저는 낙원이에게 당신이 하는 일에 알려 줄 거예요. 낙원이의 머리를 쓰다듬고, 껴안아 주던 그 손으로 매일 무슨 짓을 하며 사는지 보여 주겠다는 말입니다."

창현은 유튜브에 있는 다양한 종류의 낙태 동영상에 대해서 언급했다. 채율도 보고 구역질을 멈출 수 없었던 그 끔찍한 영상을 여덟 살 난 아이에게 보여 주겠다고 말이다. 무서울 정도로 교활한 협박이었다.

창현이 요구한 것은 3가지였다.

첫 번째는 죽은 아기의 시체를 구해 올 것.

두 번째는 세유의 핸드폰 인형을 가져 올 것.

세 번째는 더 이상 낙태 시술을 하지 말 것.

"그래서 내 아내가 빗속을 뚫고 가서 인형을 훔쳐 온 거였어. 나는 그 시간에 우리 병원에서 나온 의료 폐기물을 처리해 주는 업자를 찾아가야 했지. 그 아이가 요구하는 걸 모두 들어주고 나서야 낙원이를 만날 수 있었어."

인수의 이야기는 거기까지였다.

그는 이제 자기 차례라는 듯 아이들에게 질문하기 시작했다. 그 뒤로 무슨 일이 있었는지, 정말 창현이 말했던 대로 사람다운 장례를 치렀는지. 펫 헤븐과 그곳에서 일어난 일을 듣고 복잡한 표정을 짓더니 밖에 나갔다 들어왔다. 돌아온 그의 손에는 하얀 봉투가 들려 있었다.

그는 봉투를 미도에게 주었다.

내용물을 확인한 미도가 깜짝 놀랐다. 그것은 돈이었다. 액수도 컸다. 인수는 말했다.

"이걸 세유에게 전해 줘. 보호자를 확인하지도 않고 수술을 한 건 내 잘못이었어. 큰 실수였지. 그러나 그 일로 아파트에서 뛰어내린 건 그 아이의 잘못이야. 정신을 똑바로 차리고 살아가라고 전해 줘. 내가 안에 명함을 넣어 두었으니까 몸이 회복되는 대로 찾아가서 낙태 후 증후군 상담치료를 받으라고 해. 내 이름 이야기하면 무료로 진료 받을 수 있을 거야.

또 하나, 이건 창현 학생이 내 아들을 살려 준 것에 대한 답례이기도 해. 낙원이가 아무 일 없이 무사하게 내 품에 안겼을 때 나는 죽었다가 되살아나는 기분이었어.

그러니 제대로 된 무덤을 만들어 주라고 해. 그 골분 속에는 내 아들의 목숨도 섞여 있으니까."

"저…… 저희를 뭘 믿고."

미도가 말을 더듬거리며 물었다. 인수는 어깨를 으쓱했다.

"너희는 세유를 걱정해서 왔어. 그리고 돈이 아니라, 진실을 요구했지. 그거면 됐잖아."

학생 입장에서는 거액의 돈 봉투를 받고 탐정단은 곧바로 세유가 입원한 병원으로 찾아갔다.

세유는 거동은 물론 말도 할 수 없는 상태였다. 양쪽 다리가 부러졌고, 팔도 지난번 소품실에서 일어난 사고로 여전히 깁스를 하고 있었다. 성대도 상해서 아이들과 세유는 문자로 대화했다. 움직일 수 있는 곳이 오른쪽 엄지밖에 없는 세유와 대화할 수 있는 유일한 방법이었다.

아이들에게서 사건의 전말을 듣고 그녀는 울음을 터트렸다.

내 생각이 맞았구나. 역시 창현이가 내 인형을 가져간 거였어.

그동안 억누르고 있었던 마음의 빗장이 풀린 얼굴이었다. 산부인과 원장이 준 돈 봉투와 명함을 받고는 씁쓸한 미소를 지었다.

"상담 치료 꼭 받으세요. 언니가 치료를 받지 않으시면, 저희가 이번 일 소문내고 다닐지도 몰라요."

예희가 세유의 손을 잡고 간곡히 부탁했다. 옆에 앉아 있던 하재도 고개를 끄덕였다.

"맞아요. 정말로 소문내고 다닐 거예요."

알았어. 너희 말대로 할게. 대신 내 부탁 좀 들어줄래?

세유가 핸드폰 문자로 말을 했다.

"또요?"

이번에는 무슨 부탁을 할지 겁에 질린 성윤이 얼굴을 찌푸렸다. 빈티지 샵에서 파는 못난이 인형처럼 보이는 표정이었다. 갑자기 세유가 웃음을 터트렸다. 성대가 상해서 끅끅대는 소리밖에는 들리지 않았지만, 유쾌해 보였다.

그녀의 부탁은 두 가지였다. 첫 번째는 펫헤븐에서 일어난 사고를 인수가 준 돈으로 변상하자는 것이었고, 두 번째는 창현에게 편지를 전해 달라는 것이었다.

금요일이 되어 평소보다 일찍 수업이 끝난 탐정단은 창현이 다니는 명봉고를 찾아갔다. 여고생들이 교문 앞에 서 있는 걸 보고 남자 고등학생들 몇몇이 휘파람을 불거나, 장난기 어린 시선을 보냈다. 탐정단 아이들은 약속이나 한 것처럼 그들의 바지춤을 진득한 시선으로 응시했다. 당황한 상대는 얼굴을 붉히며 물러났다.

창현은 다른 학생들보다 훨씬 늦게 나왔다. 입을 꾹 다문 무심한 얼굴. 스탠드칼라 형태의 교복을 입고 있다는 사실을 빼면 펫헤븐에서 봤을 때와 차이가 없는 모습이었다.

그가 교문을 나오는 것을 포착하자마자 성윤은 한달음에 뛰었다.

"어어? 저 녀석 뭐하는 거야?"

예희가 소리를 질렀을 때는 이미 성윤이 그를 끌어안은 뒤였다. 갑작스런 포옹에 당황한 창현이 거칠게 저항했다. 그럴수록 성윤은 그를 강하게 감싸 안았다. 창현도 체구가 큰 편이었지만 매일 같이 건강식품을 섭취하며 규칙적인 운동을 하는 그녀를 쉽게 떨칠 수는 없었다.

"당장 놓지 못해!"

"괜찮아요. 이제는 다 이해해요. 오해해서 미안해요. 젠장."

가까이 다가가서 보니 성윤의 눈시울이 붉게 물들어 있었다. 다혈질이라는 건 알고 있었지만 이토록 감수성이 예민할 줄은 몰랐다. 성윤은 인수에게서 유괴 사건의 전모를 들었을 때도 훌쩍 대고 있었다. 유괴는 범죄였지만 창현의 마음을 알고 감동했던 거였다.

"오늘은 또 뭐야?"

성윤의 어깨 너머로 얼굴만 빼꼼 내밀고 창현은 불만스럽다는 투로 말했다. 미도가 싱긋 웃으며 봉투를 내밀었다.

"편지 배달하러 왔어요."

그는 받지 않으려고 안간힘을 썼다. 하지만 성윤이 그의 팔목을 잡고 억지로 편지를 쥐어 주었다.

"읽으시는 게 신상에 좋으실 거예요. 제가 직접 편지를 낭독하기 전에요."

성윤은 천천히 팔을 풀었다. 그는 낭패한 얼굴로 봉투를 열었다.

안녕, 창현아.

오랜만이지? 다시 네 이름을 부르는 날이 오리라고는 상상도 하지 못했어. 헤어진 이후, 널 볼 면목이 없었거든.

하지만 그날 태풍 속에서 핸드폰 인형을 빼앗겼을 때 나는 예감했어. 우리가 다시 한 번 만나게 될 거라는 걸.

네가 두리를 다시 찾기 위해 어떤 일을 벌였는지, 무슨 짓을 했는지 모두 들었어. 그건 범죄야. 하지만 넌 또 이렇게 반박을 할 테지.

그 사람들이 저지른 일도 범죄야.

네가 원망하는 사람들 중에는 산부인과 의사, 소각업자, 너희 어머니, 그리고 내가 포함되겠지. 네가 그토록 원했던 가족을 빼앗아간 사람들이니까. 네 상실감이 어땠을지 생각하면 지금도 가슴이 아파.

미안해. 난 너무 무서웠어. 내 임신 사실을 알고 놀랄 부모님이나, 선생님, 친구들을 볼 면목이 없었어. 그리고 무엇보다 아이와 함께 맞바꾸게 될 내 미래가 아쉬웠어.

나를 병원으로 데려가면서 너희 어머니는 말씀하셨어.

"이 세상에는 살인죄보다 더 큰 죄가 있어. 그건 생명죄야. 생명을 이

131

세상에 태어나게 한 죄는 사람 죽인 것보다 벌이 무거워. 그 죄를 저지르고 나면 평생 어린 것을 등에 지고 살아가야 해. 먹이고, 입히고, 재우고, 외로워하면 안아 주고 좋은 교육도 시켜 주어야 해. 어머니가 된다는 건 죄인이 된다는 거야. 어린 네가 감당하기에는 너무 큰 짐이란다."

너희 어머니는 홀로 자식을 키우며 겪었던 고충을 이야기하셨어. 너와 함께 있어 행복했지만 그만큼 힘든 나날을 보내셨던 거야.

난 겁에 질려 버렸어. 나는 아직 누군가를 책임질 만한 힘이 없어. 방정리도 제대로 못하고, 빨래도 못 하는 나야. 열여덟의 편안하고 안온한 일상을 잃어버리고 싶지 않았어.

수술을 받기로 하고 병원에 갔는데, 두리가 너무 커서 수술이 안 된다고 하더라. 유도 분만을 해야 했어. 아직 태어날 준비가 되지 않은 아기를 세상으로 쫓아내는 거지. 나는 내 몸 밖으로 빠져나오는 두리를 느낄 수 있었어. 너무 무서워서 숨조차 쉴 수가 없었어.

집으로 돌아와서 태동이 꺼진 배를 껴안고 밤새도록 울었어. 나비가 날개짓하듯 살랑살랑 움직이던 두리가 몸에서 떨어져 나가고 나니 난 빈 껍데기가 된 것 같았어.

그제야 깨달았어.

나는 이미 어머니였다는 사실을.

생명을 만들어 낸 죄인이었다는 사실을.

그날 이후 내 몸 속에 남은 빈 자궁이 나를 용서하려고 들지 않아. 웃을 수도, 행복할 수도 없었어.

눈을 감으면 네가 내 배에 손을 얹고 두리에게 태담을 해 주던 일, 결혼하기로 약속하고 너희 어머니를 함께 찾아뵈었을 때 네가 주었던 작은 손싸개, 두리의 첫 움직임을 느꼈던 문학 시간. 그 모든 것들이 밤새도록 나를 붙잡고 놓아 주지 않았어.

사람다운 장례를 치러 주고 싶다고 했지?

그렇다면 동물이 아닌 사람을 위한 장묘를 해 주어야 해. 그 장례식에는 어머니와 아버지가 함께 있어야 해. 그리고 무엇보다, 두리를 죽인 내가 직접 용서를 구해야 해.

그것이 진짜 사람다운 장례일 거야.

편지의 마지막 부분에는 성윤의 오빠 성오가 고심해서 고른 매장지가 적혀 있었다. 장례식은 이번 주 주말, 이번 사건의 진상을 아는 사람들만 함께하기로 했다.

편지를 다 읽은 창현이 고개를 끄덕였다. 감정을 알 수 없이 깊은 눈에 이슬이 맺혔다.

* * *

일요일 날씨는 화창했다. 하늘에는 구름 한 점 없었고 햇살은 따뜻했다.

묘지에는 다른 사람들도 많이 모여 있었다. 잘 조성된 잔디 위에 앉아 어떤 사람은 소주를 붓기도 하고, 어떤 사람은 돌 화병에 조화를 꽂기도 했다.

원래 매장지를 할당 받으려면 분명한 주민 등록이 필요했다. 다행히 성오가 아는 선배를 통해 수완을 발휘해 주어 좋은 곳을 알아낼 수 있었다.

장례식에 모인 사람들은 모두 여덟이었다. 탐정단 아이들과 성오, 창현과 어머니, 세유까지 모두 검은색 옷을 입었다. 장례식은 시종 조용하고, 차분하게 치러졌다. 미도가 인터넷에서 다운받은 식순을 읊으면 다들 헌화를 하거나, 묵념을 하거나 했다.

죽은 아기를 위해 세유가 선택한 장묘 방식은 수목장이었다. 목숨을 잃은 아기에게 새 생명을 주기를 바라는 마음이었다.

하관을 할 순서가 되었다. 흰 장갑을 낀 창현이 작고 깊게 파혜쳐진 구덩이 안으로 항아리를 안고 들어갔다. 그가 항아리를 조심스럽게 내려놓고 나올 수 있도록 성윤이 손을 내밀어 주었다.

"근데 항아리가 왜 그렇게 커요? 6개월 정도 된 아기였다면서요. 1kg도 안 될 때 아닌가요?"

무심코 던진 질문이었다. 성윤의 손을 잡고 나오며 창현이 담담히 대답했다.

"이 안에는 두리만 있는 게 아니거든."

두리는 세유와 창현이 가졌던 아기의 태명이었다. 항아리에 들어있는 것이 두리만이 아니라고 한다면……. 성윤이 얼굴을 찌푸렸다.

"그럼 다른 아기들도 그 안에 있어요?"

"거…… 거짓말."

창현의 폭탄선언을 듣고 놀란 것은 성윤만이 아니었다. 예상치 못한 답변에 다들 눈을 둥그렇게 떴다.

창현은 심상한 표정으로 바짓단에 묻은 흙을 털어 냈다.

"정말이야. 그 원장이 그렇게 말했어. 그날 의료 폐기물을 담는 박스에 골분을 한가득 담아 가지고 와서는 내 손을 잡고 그랬어.

미안하다. 이미 아기 시체는 화장되었다.

처리업자란 사람, 워낙 많은 산부인과에서 의료 폐기물, 사태아들을 받아서 소각하는 일을 하는 사람이었대. 그러다 생기는 잿더미는 소각장 뒤에 만들어 놓은 구멍 안에 대충 뿌려 두었고. 마음이 너무 급했던 원장은 그 구덩이 속에 뛰어들어서 뼛가루로 보이는 것들을 대충 긁어모았다고 해.

그게 저 정도였고."

하재는 거의 기절 직전이 되어 예희의 품에 안겼다. 억울하게 죽은 영혼을 위한 장례식이라는 것만으로도 영적 감수성이 예민한 그녀에게 무리한 일이었다. 그런데 알고 보니 한 명이 아니라 여러 아기들의 합동 장례식이었다. 부모도 기억하지 않고, 잉태된 기록도 없이 쓰레기처럼 버려진 아기들을 위한 장례식. 결국 하재는 울음을 터뜨렸다. 창현은 그것을 두리를 위한 눈물이라고 생각했는지 힘없이 웃었다. 그리고 한쪽에서 우두커니 서서 아들의 이야기에 귀 기울이고 있는 미자를 흘깃 바라보았다.

"엄마, 엄마는 내가 범죄자 같지? 나도 마찬가지야. 내가 생각해도 기가 막혀. 내가 무슨 정신으로 그 사람 아들을 유괴할 수 있었는지도 모르겠고, 너무 큰일을 저지른 것 같아서 앞으로 제대로 살아갈 수 있을까 걱정도 돼.

하지만 나는 그 사람 아들, 머리 털 하나 상하게 하지 않았어. 다치게 하지 않았다고. 하지만 그 사람은…… 두리를 죽였어. 수많은 두리를. 그런데도 아무도 죄인이라고 돌을 던지지 않아. 이건 정말 모순 아니야?"

미자는 대답 없이 한 아름 국화 다발을 안고 다가왔다. 그러고는 구덩이 안으로 국화 다발을 던져 넣었다.

이번에 창현의 눈길은 휠체어를 탄 세유에게 향했다. 낙태 후 증후군으로 치료를 시작했지만 아직 안심할 수는 없었다. 채율이 창현을 저지하려고 하자 세유가 팔을 저었다. 그가 말하도록 내버려 두라는 뜻이었다.

바람결에 국화꽃 향기가 이쪽으로 흘러왔다.

창현은 비로소 지금껏 가슴에만 묻어 두었던 이야기를 시작했다.

"그날 병원에 갔던 날, 나 간호사들끼리 수런대던 말을 들었어. 우리 두리…… 유도 분만으로 나온 뒤에도 한참 동안 살아 있었대. 보통은 수술에 사용되는 독한 약 때문에 죽어서 나오는데, 두리는 살아서 나온 거야."

간호사들은 두리를 의료 폐기물을 담아 두는 상자에 넣고 점심 식사를 하러 나갔다고 했다. 그런데 식사를 마치고 돌아와 보니 아기는 그때까지 상자에 담긴 채 살아 있었다. 주수로 보면 폐호흡이 되지 않는 시기였는데도 옷자란 아기는 여전히 살아 있었다.

우연히 간호사들에게 들었던 그 말이 창현의 가슴에 꽂혀 문드러졌다.

그는 악몽에 시달리기 시작했다.

꿈속에서 작고 조그마한 것이 쓰레기통 안에서 애처롭게 아빠를 기다리고 있는 모습이 보였다. 외롭게 죽어 가면서 몸을 웅크리고, 엄마 뱃속 너머로 간간히 들려오던 아빠의 목소리를 기다리고 있었다.

두리야, 사랑해. 널 행복하게 해 줄게. 그렇게 말해 주던 아빠가 반드시 나타나서 자기를 구해 줄 거라고, 안아 올려 품어 줄 거라고, 우리 아빠라면 그렇게 해 줄 거라고.

다시 장면이 바뀌고 나면 두리는 골목길에 앉아 돌아오지도 않는 아버지를 마냥 기다리던 창현으로 변해 있었다.

하염없는 그리움.

"난 용서할 수가 없었어. 누구도 용서할 수가 없었……."

창현은 더 이상 견디지 못하고 자리에 주저앉아 껙껙 울음을 터 트리기 시작했다. 그날 이후 한 번도 눈물을 흘리지 못했던 소년이 마침내 감정을 내보인 것이었다. 아들이 가슴 속에 숨겨 두었던 이야기를 듣고 놀란 미자가 그를 안아 주었지만 소용없었다. 창현은 땅에 주저앉아 몸부림치며 울었다.

울음소리가 아주 컸지만 주변을 지나던 몇몇 사람이 쳐다볼 뿐 누구도 이상하게 생각하는 사람이 없었다. 사람과 사람이 이별하는 묘지에서는 너무도 당연한 일이었다.

"근데 인형은 왜 가져 오라고 했던 거니? 헤어진 세유의 물건을 훔치면서까지."

성오가 물었다. 단편 소설을 마무리 짓느라 면도를 못해 턱 주변에 수염이 까슬했다. 성오의 질문에 대답한 것은 창현이 아니었다.

"부장품이었을 거예요. 우리 두리……. 살아 있는 동안 가진 게 아무 것도 없었거든요. 양말이나, 배냇저고리, 싸개 하나 해 보지 못했어요. 두리가 심장이 뛰는 동안 유일하게 가질 수 있었던 건 저 인형에서 나오는 음악 소리뿐이었어요. 우리가 두리에게 준 건 그 소리밖에 없어요. 두리가 이 세상에 대해 기억한다면 그 음악이 전부일 거예요."

세유가 느릿느릿 이야기했다. 성대가 상해서 쇳소리처럼 들렸지만 발음은 어렵지 않게 구분할 수 있었다.

분위기가 다시 정돈되는 것을 확인하고 미도가 양손을 흔들었다. 모두들 무덤 주위에 둥글게 섰다.

"우리는 이 자리에 두리와 두리의 친구들을 위해 모였습니다. 생명을 빼앗긴 아기들에게 용서를 구하며 새로운 생명을 주기 위해 모였습니다."

창현은 재킷 속에서 토끼 인형을 꺼냈다. 그리고 가만히 인형의 배를 눌렀다. 자장가처럼 부드럽고 고요한 음악이 흘러 나왔다. 그 음악 속에서 세유는 입을 열었다. 죽은 아기에게 용서를 구하는 말들이 흙과 함께 무덤 속으로 들어갔다. 세유의 말이 모두 끝났을 때 창현이 그녀의 팔을 잡았다. 다시 한 번 그의 눈동자에서 눈물이 흘러나왔다.

"미안해. 난 널 일부러 임신시켰어. 널 가족으로 붙잡아 두고 싶었어. 모두 내가 자초한 일이야."

"알고 있었어."

"어떻게?"

창현이 묻자 세유가 희미하게 미소 지었다.

"임신했다는 이야기를 듣고, 환하게 웃었잖아. 너."

어느덧 땅 위에는 작은 나무가 우뚝 서 있었다.

＊ ＊ ＊

장례식을 마치고 성오가 아이들을 집까지 바래다주었다. 그가 근무하는 학원 승합차를 빌려 와서 공간이 널찍했다. 성오는 사건을 해결한 미도와 탐정단을 연신 칭찬했다. 다음에는 무엇을 수사하겠느냐고 물었다. 소설의 소재를 얻으려고 하는 빤한 셈수였는데도 미도는 헤벌쭉 웃었다.

"일단 무는 남자를 잡고, 그 다음에 시험지 유출한 학생을 찾아낼 생각이에요."

"그래? 어떤 식으로? 좀 더 자세히 말해 봐."

두 사람은 주거니 받거니 하면서 신나게 이야기를 했다. 이런 만담이 일상적인 일인지 다른 아이들은 잠을 자거나 핸드폰을 만지작거리거나, 에머리보드로 손톱을 손질했다.

채율은 가만히 자신의 손을 펴 보았다. 차가 흔들리기는 했지만 손가락을 따라 도는 분홍빛 혈색이 선명히 보였다.

'내가 이 손으로 시신을 묻다니⋯⋯. 그것도 하나도 아니고 여러 구를.'

지난번에는 시험지 유출 사건, 이번에는 유괴 사건을 덮어 주게 되었다.

'차라리 깔끔하게 엄마랑 최창현을 모두 경찰에 신고해 버리고 두 발 쭉 뻗고 잠들면 안 되려나. 미스터리 영화나 추리 소설에서 보면 주인공들은 명쾌하고도 정의롭게 모든 사건을 잘만 해결하던데.'

이런 상태는 너무 힘들었다. 해결된 것도 아니고, 해결 못 한 것도 아닌 애매한 상태. 안 그래도 어려운 인생이 더 꼬여 가고 있었다.

이 아이들과 더 엮이다가는 무슨 꼴을 당하게 될지 몰랐다. 다음 번에는 연쇄 살인범에게 쫓기거나, 덜컥 납치가 될 수도 있었다. 이쯤에서 관두어야 할 것 같았다.

채율은 조수석에 앉은 미도의 어깨를 톡톡 쳤다.

성오에게 '무는 남자 사건'에 대해 떠벌리던 대장은 귀찮다는 듯 팔꿈치를 휘저었다. 채율은 그녀의 머리를 꽉 붙잡고 뒤로 꺾었다. 붕어처럼 볼살이 몰린 미도가 불쾌하다는 눈빛을 보냈다. 채율은 말했다.

"그거 나야."

미도는 미간을 찌푸렸다. 무슨 소리를 하는지 알 수가 없다는 얼굴이었다.

"무는 남자 사건하고 시험지 유출 사건은 하나였어. 학교에서 유출된 시험지로 과외 수업을 해서 불법적으로 뒷돈을 챙기는 사람이 있었거든. 무는 남자랑 나랑 힘을 합쳐서 그 일당들을 소탕했던 거야. 그러니까 내가 메일 발송자라고. 시험지 유출 고발자."

진실을 상당 부분 편집한 발언이었지만 그렇게 말할 수밖에 없었다.

끼익 하는 소리와 함께 차가 멈추어 섰다. 관성이 두 사람의 멱살을 잡고 앞으로 잡아끌었다. 급정차에 놀란 차들이 요란하게 경적을 울려 댔다. 하지만 차 안에는 얼음처럼 고요한 정적만이 흘렀다.

아주 잠시 동안만.

앞으로 흘러내린 머리카락을 쓸어 넘기며 채율은 아이들을 바라보았다. 아이들은 괴성을 질러 대기 시작했다. 인간의 소리라고는 믿을 수 없는 음역대의 소음이었다.

"거짓마알!"

"말도 안 돼. 너 때문에 우리 모두 시험을 다시 봐야 했단 말이야? 같은 탐정단 멤버 때문에? 와, 안채율 너 진짜……."

"너 바보 아니니? 시험지를 가지고 있었으면 우리한테 가지고 왔어야지. 그럼 다 함께 새로운 미래를 개척해 나갈 수도 있었을 거 아냐?"

대답할 틈을 주지 않고 질문이 쏟아졌다. 놀라기는 성오도 마찬가지였다. 그는 두꺼운 입술에 침까지 발라가며 입맛을 다셨다.

"나 이거 써도 되냐? 응? 내가 후하게 쳐 줄게. 좀 더 자세히 이야기 해 봐."

놀라움은 점차 분노로 바뀌었다. 다들 나중에 본 시험을 아주 근사하게 망쳤기 때문이었다. 그러나 채율의 성적은 시험지 유출을 고발하기 전이나 후나 변화가 없었다.

차는 다시 출발했다. 집으로 가는 동안 차 안에서는 배신자에 대한 즉결 심판이 이루어졌다. 아주 애석하게도 채율은 그만 탐정단에서 제명당하는 처지가 되고 말았다. 만장일치였다.

"안타깝네. 그동안 나름 재미있었는데……. 미안하다. 정말."

속상한 표정을 지으며 채율은 차에서 내렸다. 하차하는 그녀의 손에 성오가 슬며시 명함을 쥐어 주었다.

12인승 스타렉스 승합차가 한 개의 점이 되어 사라질 때까지 채율은 오래도록 손을 흔들어 주었다. 가을 공기가 레몬소다처럼 달콤했다.

문제 3

제시된 명제들의 참과 거짓을 구별하여 투명 미로를 미분하라

수학 학원을 마치고 집에 돌아오면 밤 11시가 넘곤 했다. 간단히 샤워하고 레몬밤 차를 끓여 들고 침대에 지친 몸을 뉘였다. 머리맡에 놓아 둔 소설책을 한 장 한 장 넘기다 보면 어느덧 스르르 잠이 들었다.

고교생인 채율이 누릴 수 있는 최고의 휴식이었다.

"율아, 전화 왔다. 준이."

채율의 아버지 안홍민이 문을 빼꼼 열고 노크를 했다. 언제나 이렇게 막 잠이 들려는 순간을 노려 기습이었다. 머리만 좋은 게 아니라 초능력도 있는 것 같았다.

"자요."

"꼭 바꿔 달라는데?"

"받고 싶지 않아요."

탐정단 아이들에게 놓여나 원래의 삶으로 돌아왔지만 평화는 회복되지 않았다. 작고 끈질긴 해충이 그녀의 생활을 좀먹고 있었다.

아버지는 불 꺼진 방문 앞에서 계속 머뭇거렸다. 천재들이 흔히 그러하듯 채준도 목표가 관철될 때까지 집요하게 시도했다.

며칠 전까지는 채율의 핸드폰으로 직접 전화를 걸어 왔다. 피곤함을 견디다 못해서 사흘 정도 착신 거절을 걸고 버텼다. 그랬더니 이제는 집으로 전화를 걸어오는 거였다.

지금 전화를 받지 않으면 전화벨은 밤새도록 울릴 터였다. 문틈으로 들어오는 불빛에는 살려 달라는 아버지의 간절한 마음이 담겨 있었다. 전화기를 빼 놓으면 될 일이지만, 그랬다가는 처절하게 응징당하리라. 한번은 아들에게 밉보였다가 중요 서류가 담긴 홍민의 컴퓨터가 장렬히 숨을 거둔 적도 있었다. 채준이 10살 때 일이지만 아버지는 그 일로 아들을 두려워하게 되었다.

착한 딸이 일어나야 했다.

"사랑하는 동생! 뭐해?"

태평양을 건너 들려오는 목소리는 언제나 하이피치였다. 보통 미도와 전화 통화를 하고 난 후 곧바로 전화를 걸기 때문에 들뜬 마음이 고스란히 드러났다. 목소리가 정말 곱다는 둥, 애교가 넘친다는 둥, 미도가 뭘 좋아하냐는 둥, 밤새도록 미도, 미도, 미도, 미도의 이야기였다.

매일이 이렇다 보니 겨우 잠이 들어도 꿈속에 미도가 나타나 헤집고 다녔다. 부은 눈으로 등교하면 이번엔 어제 통화한 오빠의 반응이 어떠했는지를 알아내려는 미도와 그녀가 보낸 첩자들을 상대해야 했다.

몸에 사리가 맺히고 있었다.

"오늘은 또 왜?"

"미도가 재미있는 이야기를 해 줬어. 지난번에 해결한 사건이라는데……. 들어 봐."

채율은 가만히 무선 전화 수화기를 침대 맡에 내려놓았다.

경험으로 볼 때 미도에 대한 칭찬이 30여 분 이어질 터였다. 라텍스 베개에 얼굴을 묻고 눈을 감았다.

'바보. 미도가 자길 진짜로 좋아하는 줄 알아.'

며칠 전 미도가 교실에 놀러 왔을 때 호기심을 누르지 못하고 물어봤다.

"우리 오빠가 왜 좋아? 혹시 예전에 만난 적 있어?"

미도는 심드렁한 얼굴로 어깨를 으쓱했다.

"아니, 다큐멘터리에서 본 게 다야."

"다큐멘터리를 봤어?"

"응, 너희 어머니가 강연 오셨을 때 보여 준 사진이 너무 멋있어서 '다시보기'로 봤지."

연예인을 동경하는 것과 비슷한 감정일까. 하지만 집요함이 스토커에 가까웠다. 미도가 수집한 안채준 파일 속에는 그의 사소한 비밀들이 빼곡히 정리되어 있었다. 쌍둥이로 태어났어도 채율은 오빠가 해파리를 무서워한다는 것, 오른발 검지 발가락 밑에 생긴 티눈으로 한창 고생을 하고 있다는 걸 몰랐다. 알 필요도 느끼지 못했다.

'도대체 어떤 경로로 어떻게 접근을 하면 그런 사소한 사실까지

알아낼 수 있는 거야?'

미도는 선언하듯 말했다.

"사람이 꼭 만나 봐야 하는 건 아니야. 요컨대 운명이라는 게 있는 거지. 난 너희 오빠 다큐멘터리를 보면서 운명을 느꼈어. 우린 결혼할 거고 애는 셋을 낳을 거야."

또래 아이들이 연예인 혹은 선생님과 결혼하겠다고 공포하는 것과는 실감의 무게가 달랐다. 미도의 말은 어쩐지 정말로 이루어질 것 같은 기분이 들었다. 미도의 탐정 수첩에 쓰여 있던 좌우명이 떠올랐다.

간절히 바라면 우주가 소원을 이루어 준다

'아무렴. 미도라면 우주를 때려눕혀서라도 자신의 소원을 쟁취하고 말 거야.'

채율은 악몽을 꾸기 시작했다. 아이 셋을 낳은 미도가 추석에 시댁에 놀러 와서 송편을 빚는 꿈이었다. 꿈속에서 미도는 송편 반죽이 묻은 손을 휘저으며 채율에게 막내둥이 기저귀를 갈아 달라고 부탁하고 있었다. 기저귀 안에서 나는 대변의 냄새까지 맡을 수 있었다. 꿈이 4D였다.

"하지만 어째서 운명인 건데? 우리 오빠가 너의 운명이 된 이유나 좀 알자."

소녀는 얼굴을 붉히며 말하려 들지 않았다. 그러나 미래의 시누이가 어르고 달래자 수줍게 입을 열었다.

"우수한 유전자를 가지고 있잖아. 내 난자들을 수정시킬 자격이 있어."

등나무 벤치 아래 바람이 불었다.

'진심이야, 얘? 그것도 아니면 열일곱의 연심이 수줍어 위악을 떠는 거야?'

한참 동안 눈앞에 앉은 158cm의 생명체를 지그시 응시하던 채율은 공포를 느꼈다.

'불쌍한 오라버니, 당신이 사랑받고 있는 게 아니야. 당신 몸뚱아리에 있는 디옥시리보 핵산들이 구애를 받고 있는 거라고.'

차마 진실을 털어놓지 못하는 이유는 채준이 미도를 좋아하기 때문이었다. 좋아해도 너무 좋아하고 있었다. 오누이로 오랜 세월을 함께 지내왔지만 이렇게까지 행복해하는 모습을 보는 건 처음이었다. 유학 생활이 그만큼 고되고 외롭기 때문인 건지, 미도가 단수가 높은 건지 알 수가 없었다. 수많은 사람들을 관찰하고 일지를 써 온 그녀에게는 열여섯 평생 공부만 한 백면서생이 심심풀이 자일리톨이었는지도 몰랐다. 간을 구미호에게 빼앗기게 되었다는 것도 알지 못한 채 헤벌레 순정을 바치고 있는 채준이 가여웠다.

'천재로 태어나지 못해 괴로운 사람이 있는가 하면 천재라서 괴로운 사람이 있는 건가. 인생이란 무서울 정도로 공평하구나.'

해탈하는 기분이었다.

"너, 왜 이야기 안 해 줬어. 나는 네가 아무 말도 안 해서 솔직히 외모가 좀 딸리는 줄 알았단 말이야. 내가 외모만 보고 좋아할까 봐 일부러 그랬던 거지? 참."

변함없이 실실거리는 채준의 수다가 귀에 들어왔다. 살며시 잠이 들었던 채율은 수화기를 잡아챘다.

"무슨 소리야?"

뉘앙스로 볼 때 둘은 서로의 사진을 교환한 듯했다. 그러나 반응이 좀 이상했다.

"시치미 뗄 것 없어. 나 오늘 미도 봤어. 홈피 들어가 봤거든."

"홈피가 있었어?"

그러고 보니 들은 기억이 있었다. 트위터도 아니고, 미투데이도 아니고, 페이스북도 아니고, 블로그도 아닌 싸이월드 미니홈피를 운영하고 있다는 이야기. 잠이 훅 달아나 버리는 것을 느끼며 채율은 오빠를 닦달했다.

남의 사생활이나 캐고 다니는 자의 사생활이란 어떤 것일지 알고 싶었다.

전화기를 내던지고 컴퓨터를 켰다. 채준이 알려 준 주소 그대로 주소창에 입력했다.

'그럼 그렇지. 뭐야. 다른 사람 홈페이지를 착각한 거잖아.'

홈페이지의 프로필 사진을 확인한 채율은 피식 웃고 말았다. 이름은 같았지만 대문 속 사진의 인물은 머리가 길었고, 자연스러운 웨이브를 가지고 있었다. 미도와 전혀 다르게 생긴 소녀였다. 안경도 쓰지 않았고, 큰 눈이 검고 예뻤다.

안타깝게도 이 소녀 덕분에 오빠의 기대치가 한껏 올라가 버린 것이었다.

채율은 혀를 차면서도 마우스를 계속해서 클릭했다. 전혀 다른 사람이었지만 사진 속 소녀는 쇼핑몰 피팅 모델처럼 깔끔하고 귀여웠다. 그러면서도 남자들이 좋아하는 청순가련형의 애달픈 분위기도 풍기고 있었다. 자꾸만 눈길이 갔다.

그러나 클릭을 계속할 때마다 익숙한 풍경들이 눈에 들어왔다. 장미 덩굴시렁, 종탑에 이르는 계단, 삐죽삐죽 자견탑, 동명이인 윤미도는 심지어 선암여고 교복을 입고 있기도 했다.

노을이 흐르는 등나무 벤치, 미도는 바람에 휘날리는 머리칼을 쓸어 넘기며 우수에 찬 미소를 짓고 있었다.

사진 밑에는 댓글들이 너풀너풀 달려 있었다.

최성윤: 자기, 이 사진 너무 잘 나왔다. 실물 그대로예요.

ㄴ 윤미도: 그런 말 말아요. 최성윤 대원. 그대가 저보다는 훨씬 아름다운걸요.

이예희: 대장님 요즘 너무 예뻐지세요. 사랑의 힘이려나.

ㄴ 윤미도: 예희씨, 놀리면 시러시러. 부끄럽단 말야.

자세히 보니 미도의 헤어스타일은 연극부 소품실에 걸려 있던 가발들의 모양과 유사했다. 만두머리, 앞머리 가발, 갈색 웨이브의 반가발. 부드럽고 풍성한 눈빛을 연출해 주는 건 다양한 서클렌즈였고, 에스닉한 원피스들은 아마도 옷가게를 하는 예희네 집에서 빌려온 듯 했다.

채율은 입을 떡 벌리고 사진들을 다시 넘겼다.

미도였다.

부서지는 아침 햇살 속에서 침대 시트에 얼굴을 묻고 있는 소녀, 욕실의 부드러운 조명 속에서 눈물을 흘리는 소녀, 커피숍에 앉아 창을 바라보는 소녀. 입을 가리고 눈만 크게 뜬 사진이나, 케이크를 앞에 놓고 코에 크림을 바른 사진, 그레이트 피레네 종 강아지를 품에 안고 미소 짓는 사진, 양손의 손가락을 사각으로 교차시키고 그 안에 큰 눈이 돋보이도록 찍은 사진 등등등. 사진에 관련된 글들도 '마음이 괜시리 아프던 날', '힘내는 거야', '어딘가 나와 영혼과 이어진 사람이 있을까요', '슬픈 꿈을 꿨어', '다시는 울지 않을 거야'.

이 정도면 콘셉트도 잡아 낼 수 있을 것 같았다.

세상의 때가 묻지 않은 유기농 소녀.

가장 무서운 사실은 이 모든 사진들이 채율이 오빠를 소개시켜 준 이후에 업로드된 사진이 아니라, 중학교 때부터 착실히 하나하나 공들여 완성되었다는 것이었다. 무서웠다. 아마존 숲에 살고 있다는 식충 식물의 유혹적인 끈끈이를 보고 있는 기분이었다.

* * *

전화벨이 울렸다. 부장 회의가 있는 날이었기 때문에 박찬표 교감의 자리는 공석이었다. 가장 근처에 앉아 있던 교무 보조 선생이 전화를 받았다.

"노진권 선생님. 전화 좀 받아 보세요. 2반 학생이라는데요?"

한참 나이스(NEIS)에 아이들 봉사 활동 기록을 입력하던 진권은 엉거주춤 일어섰다. 전화를 걸어온 것은 효조의 어머니였다. 수화기 너머로 흥분한 목소리가 들려왔다.

"천천히, 차분하게 좀 말씀해 주시겠어요?"

"지금 효조 온몸이 멍투성이예요. 학교도 다니지 않겠다고 울기만 하고. 어떻게 교실에서 이런 일이 있을 수 있죠? 어디 무서워서 딸자식 학교 보내겠어요?"

"어머니, 일단 감정을 가라앉히시고 학교로 오셔서……."

"안 그래도 지금 가고 있는 중이에요!"

두고 봐라 하는 경고가 묻어났다. 어떻게 전화를 끊었는지 모르게 수화기를 내려놓았다. 효조가 어제 청소 시간 교실에서 아이들에게 맞았다는 줄거리였다. 믿을 수가 없었다.

마침 회의를 끝낸 교감이 교무실에 들어섰다. 폭력 사건에 항의하기 위해 학부모가 오고 있다는 보고를 듣고 박 교감은 탁 소리가 날 정도로 세게 교무 수첩을 패대기쳤다.

"그 효조라는 애, 어떤 학생이오?"

"착한 아이입니다. 성적도 좋고 성실한……."

진권의 말이 끝나자마자 다른 선생들도 서둘러 말을 거들었다. CA로 십자수 반을 운영하고 있는 민경애 선생은 효조가 십자수반 반장을 맡고 있다고 했고, 1학년 부장 선생도 효조가 환경부장 일을 야무지게 한다고 칭찬했다.

"학부모한테 전화가 온 거예요? 아니면 선생님이 먼저 전화를 한 거예요?"

"학부모님이 먼저……."

"노 샘, 조회 안 들어갔어요? 결시 확인 제대로 했어야지. 담임이

153

먼저 전화를 걸었으면 모양새라도 좋았을 거 아냐."

그러고 보니 효조는 오늘 조회 시간에도 자리에 없었다. 기자재 도우미를 맡고 있는 아이라 다음 차시 교과 담임이 불러 갔나 보다고 생각했었다. 반 아이들도 효조가 오지 않았다는 이야기를 하지 않았다.

진권은 손수건을 꺼내 이마에 맺힌 땀을 닦았다. 교무 주임이 진권을 두둔했다.

"에이, 아마 계집애들끼리 조금 싸운 것 가지고 말이 와전되었나 보죠."

교감은 여전히 떨떠름한 얼굴이었다. '생활 지도의 1차적 책임은 담임에게 있다'는 평상시 말버릇이 금방이라도 입술을 비집고 나올 것만 같았다.

"학부모 오기 전에 얼른 진상을 파악해 둬요. 괜히 곤욕을 치르는 일이 없게. 요즘 학교 분위기가 왜 이래? 중간고사를 다시 치지 않나. 폭력 사건 운운하지 않나. 이휴."

진권은 도망치듯 교무실을 빠져 나왔다.

집단 폭행.

일반계 여고에서 일어날 리 없는 일이었다. 주임 선생 얘기처럼 말이 와전된 게 분명했다.

진권은 몇 년 전까지 재직했던 사립 운상고를 떠올리며 치를 떨었다. 운고는 문제아들밖에 없는 학교였다. 담배가 정석이고, 술이 개념원리였다. 무면허 운전을 하다가 사고를 내고, 반 친구와 공모해 옆집을 털고, 부탄가스를 마시다가 인사불성이 되어 연락이 오는 일이 빈번했다. 경찰서에 하도 불려다니다 보니 여청계 경찰들과 술자리도 자주 했다. 수업을 해도 듣지 않았고, 훈계를 했다가 멱살을 잡힌 적도 있었다. 딴 직업을 찾아야겠다고 고민하던 중에 전근을 왔다.

처음으로 선암여고로 부임하던 날을 영원히 잊지 못할 것이다. 복도를 걸어가는데 아이들은 목례를 했다. 수업 시간에는 모든 학생들이 교과서를 준비하고 있었다. 시시껄렁한 농담만 던져도 아이들은 깔깔 대며 웃었다. 선암여고에 부임한 뒤로 신경성 위장병과 원형 탈모가 사라졌다. 심지어 무좀도 좋아졌다. 레이스 클로스가 깔린 교탁과 르노아르의 그림이 걸린 교실, 초롱초롱한 눈빛을 가진 천사 같은 학생들. 진권의 수업은 언제나 인기 1위였다. 그는 입버릇처럼 말하곤 했다. 선암여고는 교사들의 천국이라고.

'그래, 그럴 리가 없지.'

청소 시간에 학교 내에서, 그것도 교실에서 폭력 사건이 벌어진 다는 것부터가 말이 안 됐다. 어제 지역 교육청 출장으로 청소 감독을 하지 못했던 게 마음에 걸렸지만 진권이 아니라도 옆 반 담임들은 청소 감독을 했을 테고, 소란이 일어났다면 곧바로 제지했을 거였다.

'아니야. 어제 청소 시간에는 1학년 선생님들 협의 시간을 가졌다고 했어. 청소 감독이 없었던 거야.'

오늘 메신저로 받았던 협의 내용이 기억났다.

교실 너머로 박창순 선생의 마이크 소리가 들려왔다. 반 아이들은 복도 창 너머 나타난 담임 교사를 보고 손을 흔들었다. 아이들은 매사에 인격적으로 대우해 주고, 유머가 있는 진권을 좋아했다. 네모난 얼굴에 작은 눈. 토실토실한 몸매. 귀여운 외모도 인기에 한몫했다.

교과 선생에게 양해를 구하고 안으로 들어갔다.

"딸들. 어제 청소 시간에…… 무슨 일 있었어?"

진권은 반 아이들을 딸들이라고 지칭했다. 아이들이 그를 네모파파라고 부르는 것에 대한 답례였다.

"효조랑 누구랑 싸웠니? 지금 효조네 엄마가 오고 계셔. 딸들이 이야기해 주어야 아빠도 상황을 파악할 것 같은데."

술렁이는 기운이 아이들 사이에 번졌다. 좋은 징조가 아니었다.

"효조가 다쳤대요? 자기 발로 책가방 메고 걸어 나갔는데요?"

"무슨 일이 있기는 있었구나?"

반장 은미를 지그시 바라보며 물었다. 평소 얌전하고 조용한 성격의 은미는 한참 동안 머뭇거리다 입을 열었다.

"선생님. 같은 반 친구에 대해서 나쁘게 말하는 것 같아서 별로 내키지 않는데요. 어제 의자까지 집어 던지고, 소란을 피운 건 효조였어요. 다른 애들은 어쩔 수 없이 방어하려고 빗자루 휘두르기만 했을 뿐이에요."

"샘, 저도 이렇게 멍들었어요."

"저도요."

자리에 앉아 있던 아이들 몇몇이 팔을 걷어붙였다. 효조가 던진 의자에 맞았다는 수아는 종아리와 넓적다리께에 검붉은 멍이 살짝 번져 있었다. 어림잡아도 관련된 아이들의 수는 열 명이 훨씬 넘었다. 그러나 그 미미한 피해 상황이란, 내심 실소가 나왔다. 운고에서 집단 폭력 사태가 일어났을 때와는 천지차이였다. 똑같이 열댓 명이 싸웠어도, 팔이 부러지고, 턱뼈에 금이 가고, 이빨이 모두 깨졌다. 고작 멍이라니. 역시 여자애들이었다. 별일 아닌 일에 학부모가 소란을 떨고 있었다.

"그럼 왜 아무도 선생님한테 와서 보고 안 했어?"

은미가 어깨를 으쓱했다.

"어제 선생님 출장이셨잖아요. 별일이 아니라고 생각했어요. 본인이 일방적으로 화를 내고는 집에 돌아간 거였으니까."

"효조가 아무 이유도 없이 의자를 던지지는 않았을 거 아니야?"

은미는 고개를 숙인 채 손가락을 만지작거렸다. 더 말할 것이 있지만 입을 더럽히고 싶지 않다는 의미였다. 앞자리에 앉아 있던 새연이 나섰다.

"샘. 효조요. 좀 이상해요. 샘들 대할 때랑 저희랑 있을 때랑 너무 달라요. 어제도요. 자기가 엽서인가 편지인가 잃어버렸다고 했거든요. 그러더니 6교시 끝날 때쯤 히스테리를 부리면서 책가방하고 사물함을 마구 뒤졌어요. 청소 시간에는 갑자기 소리를 지르더라고요. '니들은 어떻게 같은 반 아이가 중요한 물건을 잃어버렸다는데 그렇게 가만히 자기 일만 하고 있냐'면서 말이에요. 완전 자기중심적이지 않아요? 지가 엽서를 잃어버렸는지, 돈을 잃어버렸는지 우리가 어떻게 아냐고요."

"그래서?"

"효조가 책상을 걷어찼는데 바로 앞에 있던 은미가 넘어지는 책상에 맞았어요. 은미는 그대로 엎어졌고요. 반장이 넘어지는 걸 보

157

고 다은이가 따지니까, 머리채를 잡아채드라고요. 그걸 말리려고 다른 아이들이 달려들었는데……."

점점 적이 많아진다고 생각한 효조는 의자를 휘둘렀고, 수세에 몰리자 책가방도 놔두고 도망을 쳤다. 효조의 짝 승연이가 한마디로 정리했다.

"걔 솔직히 사이코예요."

여기저기서 맞아 맞아 소리가 들려왔다.

처음 듣는 이야기였다. 평소 진권은 효조를 착실하고 모범적인 아이라고 생각했다. 의자를 던지고, 머리채를 잡았다는 게 믿어지지 않았다. 반 아이들에게는 전혀 다른 인격을 보였단 말이었다.

일단 다은이를 데리고 교무실로 올라갔다. 구타가 아니라, 단순한 다툼이었다고 설명하기 위해서였다.

박 교감이 학부모를 달래는 소리가 복도까지 들려왔다. 다은이는 긴장한 얼굴로 몸을 움츠렸다.

"걱정하지 마. 있는 그대로 말씀드리면 돼."

효조의 어머니는 할머니라는 말이 어울릴 정도로 나이가 많은 분이었다. 윤기 없는 흰머리에 구겨진 옷을 입고 노기등등하게 앉아 있었다.

"아무도 자기한테 말을 걸지 않는다고 했어요. 눈을 마주치면 모른 척하고, 다가가면 피한다고. 왕따에 구타까지 당했는데 이대로 넘어가지는 않겠죠? 관련 학생들 모두 퇴학 처리 시켜 주세요."

진권은 효조 어머니를 보고 고개 숙여 인사했다.

따라 들어온 다은이가 인사를 하려는 찰나. 생각지도 못한 일이 일어났다.

아이의 명찰을 확인한 효조 어머니가 달려들어 뺨을 때렸다.

* * *

식당이 붐비는 것을 막기 위해 선암여고의 점심 급식은 학급별로 10분씩 간격을 두었다. 점심 종이 울리면 교실에서 대기하고 있다가 급식 도우미를 맡은 학생들이 찾아오면 줄줄이 식당으로 들어가는 시스템이었다. 급식 순서는 학기 초 제비뽑기로 정해지고, 한 달 단위로 순환되었다. 11월이 되자 채율이 속한 7반은 1학년 중 가장 마지막으로 밥을 먹게 되었다.

특식으로 나온 닭 가슴살 샌드위치와 크림 스프를 먹고 한동안 발걸음을 끊었던 연극부 소품실로 향했다. 점심시간이 10분도 남지 않은 시간이었다.

아이들은 누가 찾아왔는지도 모르고 희희낙락대고 있었다. 미도의 스마트폰으로 채준이 보낸 메일을 돌려 읽는 모양이었다. 원래 조회 시간에 핸드폰을 압수하지만, 탐정단 아이들은 사용하지 않는 구형 핸드폰을 제출하고 진짜 핸드폰은 몰래 갖고 다녔다. 유용한 기술이라 탐정단을 탈퇴한 채율도 은근슬쩍 활용하고 있었다.

그녀를 본 아이들은 불쾌하다는 표정을 지었다. 이곳은 제명된 회원 따위가 올 곳이 못 된다는 얼굴들이었다. 채율은 인쇄한 사진을 테이블 위에 내려놓았다.

"이건 상도덕에 어긋나는 거 아냐? 정직하게 자신의 외모를 공개해야지. 왜 우리 오빠를 속여?"

"속이다니?"

미도는 뭐가 잘못되었는지 모르겠다는 얼굴이었다.

"전혀 다른 사람이잖아. 포토샵을 해도 정도껏 해야지."

"뭐라고?"

마치 본인이 모욕당한 것처럼 흥분하며 성윤이 일어섰다. 그녀는 사진이 인쇄된 종이를 번쩍 들어 미도의 얼굴 옆에 놓았다.

"그게 무슨 소리야! 어딜 봐도 동일인물이잖아. 이 눈, 이 코, 이 입. 같은 사람이라고."

나란히 놓고 보니 더욱 극적으로 비교가 되었다. 사진 속 소녀는 긴 머리에 함초롬한 눈, 긴 속눈썹과 맑은 피부, 딸기 무스 케이크처럼 새콤한 입술을 가진 데 반해 미도는 두꺼운 안경, 어두운 피부톤, 꺼칠꺼칠한 입술을 가지고 있었다.

미도도 화가 난다는 듯 사진을 잡아챘다.

"그래. 맞아. 이건 순도 100% 나야. 포토샵을 했어도 필터 효과 몇 가지만 간단하게 썼어. 어딜 지웠다던가, 늘렸다거나 한 적 없다고. 난 그이를 기만하지 않았어. 나 그런 여자 아니다."

"웃기시네."

두 사람 사이에 언성이 높아지자 비서실장이 벌떡 일어섰다. 그녀는 소품실 뒤로 난 문을 가리키며 눈을 부라렸다.

'지금 선배들 회의 중이야. 조용히 하지 못해?'라는 의미의 몸짓이었다. 예희는 일촉즉발의 분쟁을 해결하기 위해 깃털처럼 가볍고 빠르게 움직였다. 소품실 벽에 걸린 가발을 내려 미도에게 씌우고,

안경을 벗겨 BB크림과 틴트, 체리글로스를 발랐다. 인조 속눈썹도 붙였다. 5분도 안 되는 짧은 시간 동안 이루어진 변신.

예희는 자신의 작품을 이리저리 만족스럽게 쳐다보고는 인쇄된 사진을 미도의 얼굴에 댔다.

'거짓말.'

채율은 입을 떡 벌렸다. 그에 반해 미도는 송곳니가 보일 정도로 의기양양한 미소를 지어 보였다. 건방진 모습까지 귀여워 보일 정도로 깜찍한 외모였다.

"잘 봤지? 내 원래 모습은 이래. 평상시에는 수사에 방해되니까 감추고 다닐 뿐이야. 이게 나의 본모습이라구. 오리지널!"

가발을 쓰고, 화장을 하고, 속눈썹을 붙인 것을 어떻게 오리지널이라고 할 수 있냐고 따지고 싶었지만 극적인 비주얼 쇼크에 의욕을 잃었다. 미도는 집게손가락을 까닥대며 연설을 시작했다.

"자고로 탐정과 여자는 변신쟁이야. 변장하지 못하는 탐정은 탐정이라 할 수 없고, 매일이 똑같은 여자는 여자가 아니야. 한문 시간에 배웠지? 일일신 우일신(日日新又日新). 헤어! 메이크업! 의상! 삼종의 신기를 모두 쓸 줄 알아야 진정한 여인이란 말씀. 자네도 너무 타고난 것에 교만하지 말고 분발하게. 중요한 건 외모가 아니야. 스타일이지."

꿈틀꿈틀. 미도는 짧은 단신으로 웨이브 춤을 추었다.

채율은 우악스런 손길로 그녀의 속눈썹을 뜯어내고, 가발을 벗겼다. 머리를 덮고 있던 흉물스러운 까만 망사가 드러났다. 갑작스런 일격에 깜짝 놀란 구미호가 입을 헤벌리고 있는 동안 탐정단 전(前)

고문은 품속에서 핸드폰을 꺼냈다.

찰칵.

셔터 소리가 과도처럼 날카롭게 허공의 복부를 찌르고 사라졌다.

"네가 우리 오빠에 대해 여러 가지 사실을 조사해 놓은 것처럼, 나 역시 우리 오빠의 행복과 안녕을 위해 너에 대한 다양한 정보를 실시간으로 제공해야겠다는 생각을 했어. 그래야 공평하잖니?"

미도는 반쯤 떨어진 속눈썹을 껌벅거렸다. 다른 아이들도 예상치 못한 행동에 놀란 듯했다. 채율은 방금 전 찍은 사진을 카메라 화면으로 확인했다. 풋. 화면에 담긴 미도의 모습은 기괴했다. 부풀어 오른 양 볼에 립글로스가 번져 인면어(人面漁)를 연상시켰다. 미도는 흥분하며 채율에게 달려들었다.

"당장 내놓지 못해!"

예희가 아무리 입을 다물라고 손짓을 해도 소용없었다. 미도는 채율을 잡기 위해 창고 안을 휘돌았다. 테이블을 중심으로 두 사람의 쫓고 쫓기는 질주가 시작되었다. 성윤까지 달리기에 동참하면서 소품실은 엉망이 되었다.

쿵쿵쿵쿵.

마침내 성윤이 채율의 교복 셔츠를 움켜잡았다. 성윤은 미도가 핸드폰을 찾아내도록 그녀를 붙잡고 팔뚝으로 목을 조였다. 채율은 성윤의 옆구리를 있는 힘껏 꼬집었다. 공룡의 울음소리가 소품실 안을 쩌렁쩌렁 울려 댔다. 예희와 하재가 달려들어 입을 틀어막았지만 소용없었다. 채율은 집게손가락을 비틀었고 울음소리는 점점 더 커졌다.

"니들."

안쪽 문이 벌컥 열렸다.

곱슬머리를 질끈 묶은 포니테일이 나타났다. 예희가 숨을 멈췄다. 무섭기로 소문난 연극부 부장 김상은이었다. 그동안 몇 번이나 쫓겨 날 뻔했지만 예희의 애교로 상황을 모면했었다.

"부…… 부장님."

굽실거리며 예희가 다가갔지만 상은은 거칠게 밀쳐냈다. 더 이상의 관용은 없다는 뜻이었다. 상은은 소품실 창고에 있는 탐정단 물건들을 들어 복도에 패대기쳤다. 부장의 행동을 보고 다른 부원들도 행동에 나섰다. 사실 그동안 연극부 내에서 탐정단을 축출해 버리자는 이야기가 여러 번 있었다. 마침내 기회를 잡은 부원들은 과감하고 무자비하게 행동했다. 경매로 넘어간 집에 들어온 법원 채권단 같았다.

"안돼애애."

미도는 복도로 내달려 나가떨어진 파일들을 품에 안았다. 주변을 지나던 학생들이 그녀의 몰골을 보고 키득댔다. 하지만 미도는 제 자식 같은 파일들을 챙기느라 바빴다. 와장창. 오래도록 아껴 온 탐정단 명패가 깨졌다. BB크림에 탁해진 눈물 줄기가 뺨 위로 흘러내렸다. 깨진 명패를 붙들고 미도는 어린애처럼 울기 시작했다. 청계천에서 쫓겨난 상인들처럼 비통하게 통곡했다.

채율은 슬그머니 핸드폰을 치마 주머니에 넣었다. 사진을 전송할 마음이 사라져 버렸다.

미안했다. 약간은.

* * *

'야단났군.'

철썩. 제자가 뺨을 맞는 순간 진권은 눈을 질끈 감았다. 다은이의 어머니는 1학년 자모회의 회장이었다. 치맛바람으로는 둘째가라면 서러운 엄마였다. 다른 학부모가 찾아와 딸의 뺨을 때렸다는 이야기를 들으면 가만있지 않을 것이었다. 아니나 다를까 점심시간이 되기도 전에 교무실로 찾아왔다.

"……방금 전에 제가 교실에 올라가서 직접 애들한테 물어봤어요. 댁의 따님 때문에 피해를 본 게 많았다고 하더군요. 친구 MP3를 빌려 가서는 돌려주지 않은 적도 있고, 옷을 바꿔 입자고 해서는 얼룩이 잔뜩 묻은 채로 돌려주기도 했고요. 실내화를 뺏어 가기도 하고 교과서를 빌려 가서는 낙서투성이로 만들기도 했다죠? 어느 날은 웃었다는 이유 하나만으로 친구 뺨을 때렸고요.

어제 싸움을 시작한 것도 효조가 갑작스레 화를 낸 게 원인이었어요. 갑자기 책상을 발로 차고 의자를 던지니까, 애들이 얼마나 무서웠겠어요?

자녀분 이야기만 듣고 화가 나신 건 이해를 합니다만, 그렇다고 애들 일에 어른이 나서서 이러는 건 보기 안 좋네요. 자초지종을 듣지도 않고 뺨까지 때리신 건 너무 하셨어요."

라운딩 도중에 온 탓에 다은이 어머니는 명품 골프웨어를 세련되게 차려 입고 있었다. 세련된 유한마담의 말투에 효조 어머니는 기가 죽었다. 오전과는 사뭇 다른 모습이었다.

"우리 효조는 그럴 애가 아네요. 그렇지? 효조야."

옆에는 진권이 집에까지 가서 데려온 효조가 앉아 있었다. 쩔쩔매는 어머니의 모습을 지켜보며 얼굴을 붉히고 있었다.

다은이 어머니는 메모를 한 장 꺼냈다.

"교과서는 우리 애 얘기고, MP3는 권다윤. 옷은 배지연이가 겪은 일이래요. 느닷없이 뺨을 맞은 것은 박수지라는 아이고요. 그리고 지금 따님이 신고 있는 실내화도 원래 화준이라는 아이 거라고 하네요. 실내화 옆면에 수정액으로 1209 학번이 남아 있는 거 보이시죠?

못 믿으시겠으면 애들 불러서 확인해 보세요. 애들 몸에 든 멍도 직접 보시고요."

사모님은 곁눈질로 선생님들이 자신의 이야기를 듣고 있음을 확인했다. 그리고 다정스레 효조 어머니의 손을 잡았다.

"어머니 입장도 이해는 해요. 친어머니가 아니시라죠? 남편 분도 지금 병원에 입원하셔서 정신 없으시다고 들었어요. 입학하고 한 번도 학교에 와 보신 적 없으시죠? 애가 반에서 몇 등이나 하는지, 누구랑 친한지도 모르실 거예요.

한번 따님 입장에서 생각해 보세요. 학교에서 친구들을 때리고 싸웠는데 무슨 낯으로 학교에 올 수 있었겠어요. 그냥 학교를 오기 싫다고 말하면 양부모님한테 혼이 나니까, 아무래도 얘기를 부풀린 모양인데……

우리 애는 정말 성실해요. 학교 성적도 좋고요. 댁의 따님이 반장 애를 때리니까 부반장으로서 어쩔 수 없이 제지했던 거예요."

"아줌마!"

가정사를 들추는 쪽으로 말이 흘러가자 효조가 자리를 박차고 일어섰다. 그러고는 교복 소매를, 치마를 걷어 보였다. 팔다리에는 빗자루의 윤곽을 그릴 수 있을 정도로 확연한 멍이 들어 있었다.

"제가 애들 MP3를 뺏었다고요? 옷을 엉망으로 만들고요? 거짓말이에요. MP3는 빌려 갔다가 잃어버린 거구. 옷은 실수였어요. 다윤이랑 지연이한테는 너무 미안해서 일주일 동안 숙제를 다 해 줬어요. 이 실내화는 제 실내화가 없어졌을 때 화준이가 자기가 쓰던 걸 준 거예요!"

"어제는 엽서인지, 편지인지도 없어졌다면서? 왜 그렇게 소지품 관리를 못하니?"

효조의 시선은 다은이 어머니가 아니라, 다은이에게 향했다.

"그러게요. 왜 제 물건들마다 없어졌을까요. 나중에 우연히 봤어요. 다윤이가 분명히 잃어버린 줄 알았던 그 MP3로 음악을 듣고 있던데요? 제 실내화는 반쯤 탄 채 소각장에서 나뒹굴고 있었고요!"

다은이는 다시 한 번 눈물을 쏟기 시작했다.

효조의 어머니에게 뺨을 맞은 이후부터 줄기차게 눈물을 보이고 있었다.

"무슨 말을 그렇게 하니? 그럼 우리가 너를 괴롭히기라도 했다는 거야?"

시간이 지날수록 곤란해지는 건 네모파파였다. 효조 어머니나, 다은이 어머니, 동료들과 교감도 한심하다는 얼굴로 쳐다보고 있었다. 담임으로서 아는 것이 하나도 없고, 상황을 어떻게 수습해야 할 줄도 모르고 있었다. 진권은 두 아이가 무슨 이야기를 하든 꿀 먹은 벙

어리처럼 앉아 있을 뿐이었다.

액면만 본다면 징계를 내릴 필요 없이 훈계 차원에서 마무리하면 될 듯했다. 어제와 같은 폭력 상황은 우발적으로 한 차례 일어났고, 관련된 아이들의 평소 품행이 단정했기 때문이었다.

그러나 분위기는 자못 심각했다. 문제아들만 모아 놓은 남자 고등학교에서는 서로 치고 박다가 이가 부러지고, 입술이 찢어졌어도 돈 물어 주고 악수하고 나면 없었던 일처럼 정리되곤 했다. 징계는 받아도 의는 상하지 않았다.

하지만 왜일까. 이번 일은 대수롭지 않은 몸싸움이 오고갔을 뿐인데 서로를 못 잡아먹어 안달이었다. 양쪽의 어머니들까지 서로 얼굴을 붉히며 앉아, 자기 딸은 착한 딸이라며 감싸는 모습도 가관이었다. 매일 같이 얼굴을 보던 학생들의 얼굴에 경멸과 증오 같은 낯선 감정이 엉기는 것도 낯설었다.

마음도 진정시킬 겸 울먹이는 효조를 데리고 상담실에 내려갔다. 개인적인 비밀을 폭로당한 효조는 얼굴이 벌겋게 달아올라 있었다. 시울을 타고 흐르는 눈물을 감추다가 더는 못 견디겠던지 상담실로 뛰어 들어갔다.

하루 종일 어떻게 수업을 했는지도 모르게 시간이 흘러갔다. 아이들에게 종례를 마친 후 진권은 곧바로 WEE 클래스 상담실로 내려갔다. WEE 클래스는 최근 설치된 학생 친화형 상담실이었다. 여러 가지 문제로 고민하는 아이들을 위해 전문 인력을 교내에 상주시켜 소통하게 한 것이었다. 점심시간에만 급식실에서 몇 번 얼굴을 본 적 있는 임용순 상담 선생이 로즈마리 차를 내주었다. 강의 중심인 삭

막한 교실과 다르게 상담실 내부는 포근하고 부드러운 분위기로 인테리어 되어 있었다. 포근한 소파와 보드게임, 아이들이 마음을 푸는데 필요한 쿠키도 상비되어 있었다.

효조는 임 선생이 직접 차에 태워 집까지 데려다주었다고 했다. 감사하다는 인사가 먼저 나왔다.

"여자애들 믿지 마세요. 여자 아이들 무서워요. 주먹 한 번 안 휘둘러도 지네들끼리 똘똘 뭉쳐서 사람 바보 만든다니까요."

용순은 고개를 설레설레 저었다. 오늘 상담한 내용을 토대로 10대 여자 아이들 사이에서 존재하는 또래 압력도 설명해 주었다. 남자아이들의 괴롭힘과 달리 여자 아이들의 따돌림은 조용하면서도 잔혹하다는 특성이 있다고.

"학교에 오면 아무도 자기한테 말을 걸지 않았대요. 없는 사람처럼 무시하고, 쳐다도 보지 않았다는 거예요. 모든 끈이 떨어진 상태가 된 거죠."

"절대 그럴 리 없습니다. 아이들이 효조를 그 정도로 따돌렸다면 금방 눈치 챘을 거예요. 저도 우리 반 수업을 들어가는데, 모둠 수업을 할 때나, 발표를 할 때면 효조는 항상 반 아이들과 잘 어울렸어요. 그 아이를 비웃거나 무시하는 애는 없었어요."

"담임 수업이니까 더 조심했겠죠. 따돌림이라는 게 따돌리는 아이나, 따돌려지는 아이나, 들키고 싶지 않은 일이니까요."

죽을 만큼 가기 싫었던 야영 때도 같은 텐트 안에서 효조만 무시당했다. 어느 날은 학교에 와 보니 책상 위에 '우리가 너를 싫어하는 36가지 이유'라는 제목이 붙은 종이가 놓여 있었다. 효조를 제외

한 서른여섯 명의 아이들이 모두 가담해 한 줄씩 악담을 쓴 거였다. 그 종이가 증거로 남아 있으면 좋겠지만, 다음 시간에 쪽지가 사라져 버렸다. 가장 악질적인 괴롭힘은 온오프방식의 따돌림이었다. 어제는 아무도 말을 걸지 않고, 오늘은 언제 그랬냐는 듯 반갑게 어울려주다가 다음 날이 되면 또 차갑게 변해 버리는 것. 이제 다들 화가 풀렸나 보다고 기대했던 효조는 더 차갑게 거절당하고 조롱받았다.

"모욕당하다 보니 분노가 쌓였겠죠. 그러다 보니 자기를 비웃는 아이의 뺨을 때리기도 하고, 일부러 교과서에 낙서를 한 거예요."

그러다보니 지금과 같은 상황이 만들어진 거였다. 가해자는 피해자 같고, 피해자는 가해자 같은 상황.

징계 없이 수습된다고 해도 이대로 놔두면 효조는 계속해서 따돌림을 당하게 될 게 분명했다. 그렇다고 징계를 하려 들면 누굴 징계해야 할는지도 알 수 없었다.

아이들이 한 일이라곤 그저 입을 다물고, 효조를 무시하는 일뿐이었다.

답답했다. 대체 교사가 할 수 있는 일이 뭐란 말인가. 애들을 모아놓고, 짐짓 분위기를 잡으며 니들이 그럴 줄은 몰랐다, 친구 따돌리지 마, 같이 놀아 등등 먹히지도 않는 훈계를 남발하는 것? 초등학생에게도 먹히지 않을 유치한 방법이었다.

"제가 대체 어떻게 해야 하죠."

"일단 증거를 확보하세요. 아니면 그런 따돌림이 있었다는 걸 자기들 입으로 실토하게 만들어야죠. 그런 후에야 케어가 들어갈 수 있어요."

그날 밤 진권은 한숨도 자지 못했다. 반 아이들의 이중성에 치가 떨려 잠을 이룰 수가 없었다. 한편으로는 여전히 믿을 수 없었다. 사실 1학년 2반은 선생님들 사이에 평판이 가장 좋은 반이었다. 환경 미화뿐만 아니라, 체육 대회에서도 1등을 했고, 시험을 봤다 하면 반 평균이 1학년 중에서 최고였다. '담임도 필요 없는 반 맡아서 좋겠다'며 동료 교사들이 질투했을 정도였다.

효조와 다은이를 비롯해 반 구성원 전부가 싹싹한 모범생이었고, 요리부 활동을 하면서 만든 피자나 쿠키를 교무실에 가져오는 미정이나, 타고난 애교로 수업에 활력을 불어 넣어 주는 소희와 은지. 봉사 활동 기록이 1학년생들 중 제일 좋은 수빈이와 명선이, 소영이까지. 한 명 한 명 떠올리면 모두가 착하고 모범적인 아이들이었다.

'역시 학교에서의 사제 관계는 가면 놀이에 불과한가.'

고등학생 정도 되면 아이들은 선생들의 마음을 알았다. 애교를 떨 때가 언제인지 죄송합니다 말하고 넘어갈 때가 언제인지 알고 경계를 넘지 않았다. 상대방을 '말이 통하는 선생님', '재미있는 선생님'이라고 생각하게 만들고는 정작 뒤에서는 신랄한 험담을 해 댔다. 학교 안에서는 밝게 인사하지만 길에서 마주치면 슬며시 피해 가는 아이들.

'난 그저 뻔한 가면 놀이 속에서 인기 있는 선생님 역할을 맡아 즐거워했던 것뿐인가?'

다음 날 진권은 반 전체의 아이들을 학생과와 상담실에 보냈다. 상담 선생님 말씀대로 따돌림이 있었다는 증거를 잡아야 했기 때문이었다. 증거를 잡지 못한다고 해도 최소한 교사로서 할 일은 해야 했다.

솔직히 상담실보다는 학생부에 기대를 걸었다. 학생부장 정우경은 진권과 친한 동료인 데다 여자아이들이라고 봐주는 법이 없는 냉혈한이었다. 취조도 노련하고, 어르고 달래기에도 능해서 가출 학생들을 기가 막히게 찾아내곤 했다.

그러나 점심시간 급식실에서 만난 우경의 표정이 좋지 않았다. 밥을 먹는 둥 마는 둥하고 함께 바깥으로 나갔다. 여학교에서는 체육 수행 평가 할 때 외에는 필요하지 않은 농구대 밑에 쪼그려 앉아 맞담배를 태웠다.

"내가 보기에는 말이야. 아무래도 상담 선생님이 과잉 반응을 보이는 것 같아."

우경이 운을 뗐다. 아이들이 적어 낸 서른여섯 장의 진술서에는 효조가 자신들을 괴롭힌 내용이 주로 적혀 있었다고 했다. 하나 같이 효조를 언제 폭발할지 모르는 편집증적인 성격으로 묘사하고 있었다.

"걔 사이코에요."

승연의 말이 메아리쳤다.

운동장에는 점심 먹은 게 살로 갈까 봐 운동하는 학생들이 많았다. 대부분 약간 통통한 학생들이었다. 여자아이들은 우경과 진권이 앉아 있는 것을 보고 손을 흔들며 아는 체를 했다. 여럿이 몰려왔다가 까르르 웃기도 했다. 우경이 욕설을 해도 소용없었다. 오히려 재미있다는 듯 즐거워했다. 남자 교원이 손에 꼽을 정도인 여고이다 보니 가능한 일이었다. 여학생들은 이상했다. 아무리 못생기고, 살이 찌고, 성격이 이상한 남자 교사라도 신기하게 그 나름의 매력을 찾아내 좋아들 했다. 덕분에 남자 교원들은 누구라도 약간 명씩 골수 팬들을 거느리고 있었다. 머리털 나고 한 번도 러브레터를 받아 본 적이 없었던 진권도 발렌타인 데이마다 넘치는 편지와 선물을 받았다. 다가오는 빼빼로 데이도 내심 기대하고 있었다. 우경과 받은 빼빼로 개수를 비교하는 것도 재미있었고 집에 돌아가서는 아내의 질투 어린 시선을 받는 것도 행복했다.

순간 아이들이 모두 고개를 들었다. 프랑스 어 교사 하연준이 테니스 코트로 걸어오고 있었다. 비사교적인 성격에 불친절한 수업 태도를 가지고 있음에도 언제나 부동의 1위 인기남이었다. 여학생들뿐만 아니라, 여자 교사들까지 그를 동경하고 있었다. 옷맵시도 근사하고, 어딘지 남다른 분위기를 풍겼다. 연극계에서도 유명한 사람이라는데 문화 예술 쪽과는 담을 쌓고 사는 진권에게는 별나라 이야기였다.

라켓을 들고 오는 모습마저 묘하게 멋스러웠다.

연준을 발견한 우경이 얼굴을 구겼다. 마치 못 볼 것을 본 사람처럼 고개를 휙 돌리더니 진권의 어깨를 철썩 때렸다.

"이유 없이 따돌려지는 사람이 어디 있겠어? 성격이 괴상하면 친구가 안 생기는 거야. 어딘가 망가진 구석이 있으니까 애든 어른이든 싫어하는 거지."

목소리를 한껏 높인 것이 누구 들으라고 하는 말 같았다. 그러나 연준은 특유의 거만한 미소를 지어 보이고는 테니스 코트 안으로 들어갔다.

우경이 말을 이었다.

"증거 같은 걸 찾을 필요도 없어. 따돌림 같은 건 없었으니까. 따돌렸던 게 아니라, 그냥 걔를 좋아하는 애들이 없었던 것뿐이야. 원래부터 밉상인 애한테 누군들 말을 걸어 주고, 놀아 주겠어? 피해 의식에 사로잡힌 효조가 제멋대로 배후가 있다고 상상했던 거야."

"하지만……."

"애들이 한 이야기를 메모해 놨어. 학생과에 보러 올라와. 그 얘기 들으면 생각이 확 바뀔걸? 정효조라는 애. 대단하더라."

예비종이 울려 퍼졌다.

우경은 담배를 돌 위에 비벼 끄고 학교 안으로 들어갔다. 5교시 수업이 없는 진권은 종이 친 뒤에도 벤치에 앉아 멍하니 앉아 있었다. 다 태운 꽁초를 하수구 틈으로 흘려 버리면서 세 대째 담배를 입에 물었다. 누군가 어깨 위에 손을 올렸다.

"노 샘! 이번 일 어떻게 하실 겁니까?"

연준이었다. 학교를 옮긴 지 몇 년이 지났지만 대화를 해 본 적은 없었다. 가까이서 보니 철회색 머리칼에 빛바랜 갈색 눈이 상당히 이지적이었다. 눈을 마주치고 있는 게 부담스러웠다. 젊은 시절에는 한국의 연극판을 들었다 놨다 할 정도로 영향력 있는 인물이었다고 들었다. 왜 지루하기 이를 데 없는 교직으로 굴러들어 왔을까.

"애들 일을 선생이 파헤치려고 하면 소용없어요. 애들 일은 애들이 가장 잘 아는 거예요."

"무슨 뜻인지?"

연준은 명함 한 장을 내밀었다.

선암여고 탐정단 대장. 직함 뒤에는 익숙한 이름이 적혀 있었다. 윤미도. 1학년 영어를 일부 담당하고 있는 진권도 아는 아이였다. 3반 담임 박창순의 골머리를 썩게 만든다는 괴짜였다. 수업 시간에는 조용한 편이라 그 진가를 알 수 없었지만 소지품 검사에서 고성능 망원경이 나왔다는 소문이나, 선생님들의 메신저를 뒤지고 다닌다는 이야기가 간간히 들려와 이름을 알게 된 아이였다.

"이게 뭡니까? 탐정단이라뇨?"

"중간고사 끝나고 나서 얼마 후에, 연극부실로 갑자기 찾아와서 유출된 시험지 운운하며 묻더라고요. 아는 게 있으면 연락을 달라고. 당돌하죠?"

진권은 표정 수습이 잘 되지 않았다. 시험지 유출에 관해 교원들 사이에서 말이 많았다. 시험 문제를 결재하는 경로는 교감, 교장, 박해오 연구 부장, 시험 관련 모든 파일을 수합하는 평가계원인 연준이었다.

결재선에서 제일 수상한 인물은 연준이라는 게 술자리의 중론이었다.

처음 이 학교에 전근 오게 되었을 때도 들은 말이 있었다. 전임자였던 아내의 고향 선배가 해 준 말이었다.

하연준 선생이랑 가까이 하지 마요. 그 선생이랑은······.

그녀는 몇 번이나 당부했었다.

……그 제자 잡아먹는 선생이랑은 절대…….

"이 녀석들 말예요. 어제 우리 연극부 소품 창고에서 쫓겨났거든. 만약 이번 사건을 해결해 주면 정식 동아리 인가를 내 주고 부실도 제공해 주겠다고 해요. 당신이 담당 교사를 맡아 주고요. 그 정도라면 목숨 걸고 전모를 밝혀 줄 거야."

농담인지 진담인지 긴가민가했다. 그리고 무엇보다 제안을 한 당사자가 꺼림칙했다. 연준은 진권의 마음을 읽었는지 피식 웃었다.

"불쌍해서요. 어제 방 빼라고 하니까 학교가 떠나가라 흐느끼는데……. 왜 전에 학교 앞에 변태가 나타나서 학생들 손목을 물고 다녔던 일 있지요?"

"무는 남자 말입니까?"

"그놈을 잡다가 두 번 다시 나타나지 못하게 만든 것도 이 녀석들이에요. 몽타주 만들어서 뿌리고, 추격전까지 벌여서 말이야. 뇌 없는 선도부 애들보다 훨씬 나아요. 이번 일도 해결하면 작은 상이라도 줘야지 싶어서. 어차피 노 샘은 밑져야 본전이잖아요?"

망설이는 진권의 손에 열쇠를 쥐어 주고 연준은 떠나갔다.

* * *

자견관의 첫 번째 종탑 바로 밑에는 지붕의 갬브럴 구조에 의해

175

생긴 작은 다락방이 있었다. 그동안 창고로 사용되어 구식 책걸상과 오르간, 캐비닛, 여분의 칠판, 사용하지 않는 컴퓨터 등등을 보관하고 있었다. 눈이 내린 것처럼 사방에 먼지가 쌓여 있었고, 원형 스테인드글라스 창에서 비껴들어 온 희붐한 빛이 다락방 전체를 감싸고 있었다.

진권은 미리 준비해 놓은 양동이와 물걸레, 빗자루와 마대자루를 아이들에게 하나씩 던져 주었다. 탐정단 아이들은 떨떠름한 얼굴로 도구들을 바라보았다.

"좀 지저분하기는 해도, 한나절이면 청소할 수 있을 거야."

"저희보고 이 쓰레기장을 정리하라는 말이세요? 샘 네 반 애들 시키세요."

예희가 툴툴 댔다.

"왜라니. 당연한 거 아냐? 니들이 청소해야지. 얘기 못 들었어?"

"무슨 얘기요?"

그때였다. 문이 열리는 소리와 함께 채율이 들어왔다. 무심코 들어오던 그녀는 미리 와 있는 탐정단 아이들을 발견하고 화들짝 놀랐다.

"넌 왜 왔냐? 제명당한 주제에."

성윤이 노려보며 말했다. 채율과 아이들 사이에 강한 긴장이 흘렀다. 진권은 깜짝 놀랐다.

"쟤 제명당했어? 난 안채율도 탐정단 회원인 줄 알고 불렀지."

힘없이 서 있던 미도가 그 말을 듣고 대걸레를 움켜잡았다. 수제비처럼 퉁퉁 부어 있던 눈에 빛이 돌아왔다.

"스승님 설마…….설마……."

그녀는 마치 천국에라도 온 듯 눈동자로 주변을 둘러보았다. 진권은 고개를 끄덕였다.

"부탁을 좀 하려고. 그걸 잘 수행하면 너희가 앞으로 여기를 사용해도……."

"여보!"

미도가 와락 달려들어 그를 껴안았다.

예상치 못한 반응에 투실투실한 그의 배가 꿀렁 요동쳤다. 벗어나려 해도 조그마한 녀석은 막강한 힘으로 그를 휘어잡았다. 다른 세 녀석들도 진권에게 매달려 그가 입고 있는 아가일 무늬 니트에 눈물 콧물을 비벼 댔다. 유기 고양이들을 입양한 기분이었다.

반면 채율만은 벌레 씹은 얼굴이었다. 무턱대고 기뻐하는 아이들과 달리 미심쩍은 표정으로 주변을 둘러보고 있었다.

"왜 그러니?"

"너무 공교로워서요."

"뭐가."

"탐정단실이 없어지자마자 곧바로 새로 이사할 곳이 생겼다는 게요. 혹시……."

천재 소년의 동생다운 예리한 지적이었다. 침을 꿀떡 삼키며 열심히 변명할 거리를 찾았다. 미도가 채율에게 으르렁댔다. 어디 감히 제명당한 회원 따위가 나서냐는 태도였다.

"의뢰라는 건, 정효조 사건을 말하시는 거죠?"

진권은 재빨리 고개를 끄덕였다. 한시바삐 본론으로 들어가야 했다. 그는 구석에 놓인 걸상 더미에서 의자를 꺼내 먼지를 닦아내고 앉았다. 아이들도 하나씩 의자를 빼 앉았다. 채율도 마지못한 얼굴로 팔짱을 끼고 앉았다. 공기에 먼지가 많았지만 아무도 신경 쓰지 않았다.

일단 지금 상황을 설명했다. 학내에서 화제가 되고 있는 사건이라 다들 이해가 빨랐다.

"……부끄러운 얘기지만 정말 아무 것도 모르겠다. 누가 가해자인지, 피해자인지. 왕따가 있었는지 아닌지조차 모르겠어. 매일 보던 아이들, 매일 가르치는 아이들이야. 부모 관계, 형제 관계, 적성, 성적까지 다 알고 있다고. 그런데도 미로에 갇힌 것처럼 답답해. 모든 게 다 훤히 보이는데 정작 짚이는 것은 아무 것도 없어. 뭐가 어떻게된 건지, 출구가 있는지도 모르겠고. 꼭…….."

하재가 말을 받았다.

"유리 미로 같다고요?"

"맞았어."

표현의 절묘함에 공감하며 진권은 고개를 끄덕였다.

미도가 다가와 그의 손을 움켜잡았다. 생크림처럼 보드랍고 작은 손이었다. 그러나 눈빛만큼은 비장했다.

"맡겨만 주십쇼. 이 한 목숨 다 바쳐 해결하겠습니다."

다락방을 나오며 진권은 생각했다.

'어쩐지 카드빚을 막기 위해 사채에 손대는 심정이야.'

178

* * *

　다음 날부터 상황은 학교 차원을 넘어서게 되었다. 일이 자기에게 불리하게 돌아간다는 것을 알고 효조는 등교 거부를 선언했다. 지역 교육청 홈페이지에 학교 폭력 고발글도 게시했다. 지난 8월 마포구 K고교생들이 급우를 죽게 만든 일로 전국이 떠들썩했던 터라 학교에 비상이 걸렸다.

　폭행 과정에서 생명의 위협을 느껴 의자까지 휘두르게 되었습니다. 가해자들은 그걸 빌미로 자기네들이 피해자라고 말합니다. 서로 입을 맞춰 증인도 되고, 피해자도 만들어 냈어요. 위선적인 아이들의 이름을 공개합니다.

　밑으로 아이들의 실명이 주르륵 거론되어 있었다.
　상황이 이렇다 보니 다은이 편에서도 가만있지 않았다. 리스트에 이름이 오른 아이들의 학부모들에게 일일이 전화를 걸어 법적인 대응을 준비하고 있었다.
　효조에게 전화를 걸어 글을 삭제하라고 사정해 보았다. 전혀 먹히지 않았다.
　"제가 왜요? 선생님, 저는 피해자예요. 그 아줌마들이 얼마나 유능한 변호사를 구하든, 판사를 매수하든 상관없어요. 인터넷만큼은 제 편이 되어줄 테니까요. 제가 당한 만큼 그 아이들에게 돌려주고 말 거예요."

179

'그건 네가 세상을 모르고 하는 이야기지.'

현실을 일러주고 싶은 마음이 혀를 간질였다.

'미안하지만 네가 당한 건 폭력이라고 하기에는 너무도 미미한 일이야. 윗사람들은 어딘가 부러지거나 망가지거나 죽지 않는 이상은 주목하지 않아. 대부분의 사람들은 다 네가 부족해서 그런 일을 당한 것처럼 생각할걸?'

그러나 차마 아이 앞에서 그렇게 말할 수가 없었다.

예전 운고에서 학생에게 멱살을 잡혔을 때만큼 출근이 두려워졌다. 아침만 되면 학년 부장, 교무 부장, 교감, 교장에게 차례로 불려가 시달려야 했다. 하지만 가장 두려운 존재는 역시 학부모였다.

학부모들은 학교 상황이나, 교사의 수업 스케줄에는 상관하지 않고 수시로 찾아왔다. 자기 편할 때 마음대로 전화를 걸어 왔고, 심지어는 집까지 찾아오는 사람도 있었다. 수업을 진행하기 힘들 지경이었다. 자녀에 대한 무한한 신뢰와 애정으로 똘똘 뭉친 그네들은 정신이 이상한 여학생을 퇴학시켜 달라며 양주와 상품권과 심지어 돈까지 들이밀었다.

애들을 모르기는 교사나, 부모나 마찬가지였다.

일주일이 순식간에 지나갔다.

저녁 급식 시간 메뉴로 오이소박이와 케이준 샐러드, 미니돈가스가 나오던 날이었다.

탐정단 놈들이 나타나 그를 둘러쌌다. 그러고는 진권을 중심으로 감히 교직원 자리에 둘러앉았다. 학부모에 시달리는 바람에 다른 교사들보다 저녁이 늦었다. 어차피 교직원 석이 텅텅 비어 있었다. 미도가 의기양양한 얼굴로 선언했다.

"왕따는 사실이었습니다."

지금은 듣고 싶지 않다는 표정을 지었지만 녀석들은 개의치 않았다. 스케치북을 펼쳐 관계 도표를 보여 주며 그동안의 수사 내용을 브리핑 했다.

정보 수집 경로: 2반 아이들과 친한 다른 반 아이들

결론: 반 아이들은 진짜로 효조를 따돌렸음

두 줄로 요약될 수 있는 이야기가 4절 스케치북 12장에 걸쳐 설명되고 있었다. 누가 누구랑 친하고, 누가 어느 학원에 다니는데 서로 허물이 없는 사이라 이런저런 얘기를 들었으며, 2반의 누구가 남자 친구로 누굴 사귀는데, 그 남자 친구의 가장 친한 친구가 중학교 동창이라 특별히 부탁해서 알아낸 정보에 의하면…… 같은 이야기가 스무 번 정도 반복되었다. 효조가 따돌림을 겪었다는 결론에 도달하기까지 탐정단이 접촉한 상대는 무려 75명이었다. 끈기만은 칭찬해 주고 싶었다.

"근데 우리 반 애들은 왜 효조를 괴롭힌 거냐. 왜?"

"증거를 찾아 달라고 하셨지, 이유를 알려 달라고 하시지는 않았잖아요."

예희가 몸을 뒤로 뺐다. 진권은 식판으로 시선을 떨어뜨렸다. 먹은 기억이 없는데 미니돈가스가 모두 사라져 있었다. 허탈했다.

"그건 그렇지. 하지만 증거를 찾아서 일을 수습한 그 다음은? 다른 아이들은 징계를 받는다고 치자. 그러면 효조는? 학교에 제대로 적응할 수 있을까? 애들은 물론 선생님들한테까지 밉보였는데?"

"어우 참. 그걸 왜 저희한테……."

성윤이 어이가 없다는 듯 말했다. 진권은 괜한 이야기를 했다는 걸 깨달았다. 그건 이 아이들이 어떻게 할 문제가 아니었다.

"그래서 증거는 찾았나?"

분위기가 묘해졌다. 스케치북을 들고 있던 하재가 난감한 얼굴로 의자에 앉았고, 예희나 성윤은 밥에 집중했다.

맞은편에 앉은 채율을 바라보았다. 평소와 달리 몹시 피곤하고 지친 얼굴이었다.

탐정단에서 제명당했다던 그녀가 왜 이 자리에 앉아 있는 것일까. 의문이 든 것도 잠시, 진권은 어느새 옆자리에 앉은 미도를 보고 깜짝 놀랐다. 녀석은 하얗고 통통한 얼굴로 해죽 웃었다.

"아무리 잘 조직된 유리 미로라도 이음새는 생기는 법. 진실은 빛과 같아서 인위적인 이음새를 만나면 난반사를 일으키죠!"

요점을 알 수 없는 말이었다.

미도는 진권의 어깨를 강하게 움켜잡았다. 뿌리치고 싶었지만 그럴 수 없었다. 교사들에게도 피하고 싶은 학생이 있었다. 어째서 3반 담임 박창순이 올해 들어 그토록 힘들어 했는지 이제는 이해할 수 있었다. 확실히 애는 좀 이상했다.

진권은 자기도 모르게 눈을 내리깔았다.

"이음새 하나! 학부모들이 진짜로 원하는 건 재판이 아니에요. 오히려 이 일 때문에 딸들 미래가 막힐까 봐 두려워하고 있는 처지죠.

이음새 둘! 효조도, 효조네 부모님도 재판을 원하지 않아요. 효조네 집은 시장에서 청과물 장사를 하는 형편이고, 현재 양아버지 병원비로 고생하고 있으니까요.

이음새 셋! 2반 아이들은 자신들의 가면이 벗겨질까 봐 전전긍긍 거짓말을 만들어 내다가 여기까지 왔어요. 그 거짓말들을 역으로 이용하는 겁니다."

촤라락.

새빨간 노트 한 권이 바람개비처럼 회전하며 식탁을 건너왔다. 형광펜과 색 볼펜으로 장식된 화려한 손 글씨가 표지에 떡하니 그려져 있었다.

더 모스트 뷰티풀 퍼펙트 토털 섬누션

* * *

사흘 뒤. 토요일 오전 10시경.

진권은 효조를 데리고 교실로 갔다. 잃어버린 엽서를 찾아 주겠다는 구실로 집에서 불러낸 것이었다. 오랜만에 보는 제자의 얼굴은 보기에 안쓰러울 정도로 수척해져 있었다.

사람은 겉만 보고 모르는 법이지만 진권은 효조가 정신적으로 문제가 있는 아이라고는 여기지 않았다. 성격이 이상해서 따돌림을 당하는 것도 아니라고 생각했다. 따돌림은 개인의 기질 문제가 아니었다. 10년 전에도 20년 전에도 정신적으로 문제가 있는 학생이나, 성격이 이상한 학생들은 얼마든지 존재했다. 하지만 그때에는 이렇게까지 반 전체가 똘똘 뭉쳐 한 학생을 징벌하거나 하지는 않았다. 어느 선에서 반드시 제동을 거는 아이들이 나왔다. 하지만 지금은 그런 아이들이 사라졌다. 모두 눈치를 보기 바빴다. 어째서인지 알 수 없었다.

교실 안에는 반 아이들은 물론, 상담 선생님과 학생부장, 교감 선생님까지 교실 뒤에 자리를 지키고 서 있었다. 반 아이들도 효조가 들어오자 깜짝 놀란 표정이었다.

네모파파는 교탁에 섰다.

"우리 학교 교칙에 관해서 너희들한테 해 둘 말이 있다. 우리 학교는 왕따에 대해서 강경한 태도를 취하고 있어. 집단적인 따돌림이 확인될 경우, 폭력의 경중을 불문하고 가해자들은 그 즉시 퇴학 처분을 받게 될 거야."

아이들의 눈빛에는 흔들림이 없었다.

진권은 심호흡을 했다. '설루션'(?) 대로 움직이고는 있지만 과연 이 방법이 통할는지 자신이 없었다.

"나는 우리 반 누군가의 제보를 통해서 이미 이번 사건의 진실을 들었어. 제보자의 말에 따르면 그날 너희들은 효조의 지갑에서 엽서를 빼내어 징검다리 건너듯 지니고 있었다고 했다. 효조가 교실을 뛰쳐나간 후 엽서는 소각장에서 처리되었다고.

여기까지는 너희들도 알던 이야기겠지. 하지만 지금부터 하는 이야기는 처음 듣는 말일 거다. 그 엽서는 효조 친부모님이 딸에게 보낸 유일한 엽서였다. 제보자는 그 내용을 읽고 마음이 흔들렸던 모

184

양이다. 그래서 소각장에 버려진 엽서를 몰래 주워 효조의 사물함 틈새에 넣어두었다."

10년 전 교사가 되고 처음으로 연구 수업을 할 때도 이렇게 떨리지는 않았다. 밤새도록 거울 앞에서 연습한 대로 손가락으로 교실 뒤 사물함을 가리켰다. 학생들이 1학년 때 개인적으로 구매해 3년 동안 사용하게 되는 철제 사물함들이었다. 진권은 아이들의 시선을 의식하며 단호한 표정으로 교실 뒤편으로 걸어갔다. 긴장한 나머지 숨이 차고 땀이 찼다.

"보다시피 비치된 모든 사물함에는 자물쇠가 채워져 있다. 효조의 사물함도 마찬가지야. 효조가 그동안 교실에 들어오지 않았다는 건 다들 알고 있지? 그날 폭력 사태가 있은 후로 저 사물함은 한 번도 열린 적이 없어. 정효조. 혹시 열쇠를 가지고 왔니?"

"아, 아니요. 가지고 오라는 말씀이 없으셔서."

"그래?"

예상했던 대로였다. 진권은 주번을 숙직실로 보냈다. 내키지 않는 얼굴로 주번 혜선이 일어나 절단기를 가져왔다. 절단기를 건네받은 진권은 바닥을 지렛대 삼아 자물쇠의 철고리를 잘랐다. 딱 소리와 함께 쇠가 분질러졌다.

"자, 그럼 안을 보겠습니다."

마치 마술쇼처럼 진행되는 증거 찾기에 아이들은 물론 선생님들까지 몰입하고 있었다. 수많은 눈길이 정사각형 사물함 안으로 빨려 들어갔다. 네모 선생의 호흡도 안정을 찾아갔다. 그는 바지춤에 넣어두었던 수술용 라텍스 장갑을 꺼내 보란 듯이 손에 꼈다. 그리고 효조의 사물함에 팔을 집어넣고 하나하나 내용물을 꺼냈다.

클린 앤 클리어 로션, 페이셜 폼, 체육복, 교과서, 문제집, 하라온의 사진집, 수건……. 사물함 안에 물건들이 하나하나 놓여졌다. 그리고 가장 안쪽에서 한 장의 엽서가 나왔다.

엽서를 쥔 손을 높이 치켜들어 누구라도 볼 수 있도록 했다. 교실이 술렁이기 시작했다. 네모파파는 효조에게 다가갔다.

"네가 잃어버린 게 이거 맞니?"

엽서를 잡으려고 하는 효조를 진권이 저지했다. 효조는 눈으로만 엽서를 확인하고 긍정했다.

"맞아요. 겉을 싸고 있던 비닐은 없어졌지만."

"비닐……? 그럼 너는 엽서를 항상 비닐에 싸고 다녔니?"

"부모님이 보내 주신 소중한 엽서니까요. 엽서 살 때 흔히 주는 투명한 봉투 있잖아요. 그걸 구해서 끼워 두었어요. 잉크가 번지면 안 되니까요."

"혹시 반 애들한테 이 엽서 보여 준 적 있었어?"

"아무한테도 보여 주지 않았어요. 누구한테 보여 주겠어요. 저한테는 숨기고픈 비밀인데요."

진권은 들었느냐는 표정으로 반 아이들을 쳐다보았다. 아이들은 서로를 쳐다보며 불안한 눈빛을 나누고 있었다. 슬금슬금 다은 쪽을 보고 있었다. 입양 사실은 생활 기록부에도 기록되지 않는 내용이었다. 학부모가 밝히지 않는다면 담임도 모르는 일인 거였다. 하지만 지난번 교무실에서 다은의 어머니는 효조가 고아임을 밝혔다. 누구에게 그런 사실을 들었을까. 상대방의 기를 죽이기 위해 던졌던 말이 오히려 죄를 고백하는 증언이 되었다. 다은이 입을 열었다.

"선생님. 그게 뭐 어쨌다는 거예요? 아마 효조가 사물함 안에 넣어둔 걸 깜박한 거겠죠. 그래놓고 잃어버린 것처럼 착각해서 우리한테 뒤집어 씌웠던 거라고요."

"맞아요."

다른 아이들도 서둘러 동의를 표했다. 진권은 교탁 아래 놓아둔 스프레이 통을 꺼냈다.

"이 스프레이 보이지? 이건 닌히드린이라고 경찰에서 잠재 지문을 감식할 때 쓰는 약품이야. 경찰 일을 하는 후배에게 부탁해서 어렵게 구한 거다. 분사한 뒤에 약간의 열을 가하면 지문이 현상되지."

진권은 잠시 사이를 두었다.

"효조야. 선생님이 이 스프레이를 엽서 위에 뿌려도 되겠니? 만약 제보자의 말이 맞으면 이 엽서를 집었던 사람들의 지문이 나타날 거고, 반 아이들의 말이 맞으면 너의 지문이 드러날 거야."

효조는 고민하는 듯했다. 하지만 이내 결심한 듯 고개를 한 번 끄덕였다.

"예. 선생님. 해 보세요."

모두의 시선이 집중된 가운데 진권은 닌히드린을 분사했다. 엽서가 축축해지자 면 헝겊 사이에 조심스레 넣었다. 그리고 미리 준비해 둔 스팀 다리미를 헝겊 위에 올려 놓고 열을 가했다.

엽서 위에 지문이 나타나기 시작했다. 한눈에 보기에도 그 지문은 여러 개의 지문이었다. 이쪽저쪽 사방 귀퉁이를 잡고 있었다는 것을 지문이 찍힌 형태로 짐작할 수 있었다.

"너희들 어제 미술 시간에 손바닥 찍기 활동을 했던 거 기억나지? 사실 그건 이번 왕따 사건을 해결하기 위해 내가 미술 선생님께 특별히 부탁했던 수업이야. 너희가 한 사람도 빠짐없이 이름을 써서 제출했던 그 과제, 지금 여기에 나타난 지문들과 비교해 볼 거다. 괜찮겠지? 너희들 말대로라면 이 지문은 모두 효조의 것일 테니 말이야."

아이들은 술렁거리기 시작했다.

진권은 눈을 질끈 감았다 떴다.

반 아이들의 십지 지문을 받은 것은 불법적인 지문 날인이었다. 그러나 다행히 아이들은 순진했다. 아무도 지적하는 학생은 없었다.

"선생님은 정말 이렇게까지는 하고 싶지 않았다. 그러나 너희들의 이야기가 너무 상충되고 상황이 극단으로 치달아 어쩔 수가 없었어. 공정한 감식을 위해서 선생님은 감식계 경찰 한 분을 초빙했다. 우리 사정에 대해서 전혀 알지 못하는 분이시다. 감식만 해 주실 거야."

진권이 전화를 걸자, 과학 감식반 조끼를 입은 한 사람이 올라왔다. 교무실에서 대기하고 있었던 모양이었다.

그는 엽서에 나타난 지문을 한참 동안 쳐다보더니, 진권이 주는 여러 과제들 가운데서 일치하는 지문을 찾아내기 시작했다.

교실 안은 전에 없던 긴장감으로 터질 듯했다. 반 아이들은 패닉 상태가 되어 있었다.

경찰이 몇 장의 과제를 뽑아 진권에게 내밀었다.

경찰이 교실을 나가고 난 뒤 진권은 추출된 과제들을 확인했다.

"증거는 이것만이 아니다."

진권은 핸드폰을 꺼냈다. 외피를 알 수 없게 검은색 종이테이프로 칭칭 감아 둔 핸드폰이었다.

"이것은 제보자가 나에게 넘겨준 핸드폰이야. 너희들이 효조를 따돌리기 위해 보냈던 문자가 들어 있지. 나는 이 문자를 보고 정말 놀랐어. 효조를 어떻게 괴롭힐지, 그 방법들이 그날그날 전송되어 있더구나.

……관련자들에게는 징계 처리가 내려질 거다."

아이들 얼굴이 흙빛이 되었다. 경악 어린 침묵이 교실 안을 떠돌았다.

교감과 상담 선생님은 경탄을 넘어 감명 받은 얼굴이었다. 학생부장의 시선은 탐욕스러울 정도로 넌히드린 스프레이에 고정되어 있었다. 명품에 매료된 쇼퍼홀릭의 눈빛이었다.

툭툭. 이 세상에서 가장 무가치한 눈물방울이 책상 위에 떨어져 내렸다. 학급 부반장이 고개를 푹 숙인 채 울고 있었다. 진권은 다은이에게 다가갔다. 그리고 어깨에 손을 올렸다.

"왜 그랬니? 너처럼 착한 아이가 왜 그런 짓을 했을까? 다은아, 말 좀 해 봐."

"선생님. 아녜요. 저는 아무 잘못도 없어요. 제가 말을 걸지 말라고 시킨 게 아녜요. 다른 애들이 바보겠어요? 제가 하라면 하고 말라면 말게? 애들도 다 효조를 재수 없다고 생각했어요. 그러니까 말을 안 섞었던 거라고요."

"효조가 재수 없었다고? 어떤 면에서?"

"애가 좀 나댔어요. 선생님들이 뭘 시키면 어떻게든 눈에 띄고 싶어서 안달을 했죠. 현주가 정우경 선생님 좋아하는 거 뻔히 알면서 기자재 도우미 하겠다고 설치고. 그거 다른 아이들도 다 하고 싶었지만 현주 땜에 참은 거였거든요.

그리고 학기 초 수학 시간에 선생님이 낸 문제를 제가 틀렸던 적이 있었어요. 그랬더니 웃는 거예요. 그것도 모자라 자진해서 문제를 풀었어요. 환경 심사 때도 장난 아니었어요. 그 많은 일을 자기 혼자 다 해 버리는 거예요. 반장이랑 부반장이랑이 괜히 있는 게 아니잖아요. 그러더니 나중에는 선생님께 찾아가서 아무도 도와주지 않았다고 눈물까지 보였죠? 우리도 도와주고 싶었어요. 하지만 쟤가 기회를 주지 않았어요."

다른 아이들도 하나 둘 입을 열기 시작했다.

"다은이 말이 맞아요. 오죽하면 저희가 쟤를 개무시했겠어요. 은근히 상대방의 약점을 공격하는데 좋아할 사람이 누가 있어요? 저한테는 피부가 시꺼멓다고 하면서 다문화라고 놀렸다고요. 자기도 그렇게 흰 편은 아니잖아요."

"제가 보이그룹을 좋아하니까, 멍청한 아이돌 좋아한다고 비웃기까지 했어요. 자기처럼 수준 있게 하라온 같은 사진작가를 좋아하라고 하면서요. 말이 돼요? 지가 뭔데?"

반 분위기를 보니 아이들은 전부가 효조를 향해 눈을 흘기고 있었다. 격렬한 미움의 소용돌이였다.

"샘, 저희는 성자가 아니에요. 매순간 착하게만 살 수는 없어요. 솔직히 짜증나고, 재수 없는 애가 있는 거라고요. 누군가를 싫어하고 좋아하는 건 개인의 자유 아니에요? 어른들도 싫은 사람은 피하고 보잖아요. 교무실에서 어떤 선생님이 따돌림 받는지 저희도 다 알고 있어요. 효조랑 있으면 얼마나 피곤한지 아세요? 어떻게든 옆에 있는 사람보다 돋보이려고 갖은 애를 쓴다고요. 저한테는 뭐라고 했는지 아세요? 반장 자격이 없다고 그랬어요."

은미가 말했다. 그동안 많이 참고 있었는지 입술이 파들파들 떨렸다. 수녀 같은 성격의 은미까지 화를 내자 진권은 충격을 받았다.

여자아이들이 이렇게 분노하는 모습을 본 적이 없었다. 입술로 표현된 미움은 날카로우면서도 유치한 형태를 가지고 있었다. 아마도 지금까지 그런 작고 상처들을 불쏘시개로 삼아 서로 험담을 하고, 미움을 확장시켰을 터였다.

진권은 상담 선생님을 바라보았다.

'어떻게 할까요?'

그러나 상담 선생님은 손바닥을 위아래로 까닥이며 계속 진행하라는 제스처를 취했다. 그녀의 얼굴에 드러난 편안한 표정이 그에게 확신을 주었다. 용기가 났다.

반 아이들이 하나하나 분노를 표현하는 동안 효조는 잠자코 듣고 있었다. 열일곱 소녀에게는 잔인할 수 있는 상황이었지만, 효조는 울음을 터트리지도 교실을 뛰쳐나가지도 않았다.

그동안 효조가 간절히 원했던 것이 바로 이런 것이었다. 9개월 가까이 아이들에게 따돌림을 당하면서 누구라도 붙들고 물어보고 싶었다. 도대체 무엇 때문에 자기에게 매정하게 대하냐고. 그러나 아이들은 착한 아이의 가면을 쓰고 그런 일이 없다는 식으로 행동했다. 누가 너를 미워하냐며 거짓으로 웃기까지 했다. 해명할 기회도,

고칠 수 있는 기회도 주지 않았다. 그리고 마침내 유리 미로가 그 형태를 드러낸 순간, 효조는 일어섰다.

"먼저 내가 과학 기자재 도우미를 채갔다고 그랬지? 너희 웃긴다. 현주가 자랑하는 건 괜찮고 내가 자랑하는 건 안 돼? 너희들 다 들었잖아. 현주가 기자재 도우미 뽑기 전에 부모님 자랑하는 거. 이번 여름 방학에 태국에 다녀왔다고, 엄마가 거기서 예쁜 원피스도 사 줬다고 으스댔잖아.

김다은, 내가 괜히 너를 비웃었을 거 같아? 내가 잘난 척한다고 치면 너는? 하루가 멀다 하고 부모님이 학교에 오고, 온갖 과외 받는다고 생색내잖아. 수학 시간? 넌 그 며칠 전 기악 시간에 나를 보고 비웃었어. 단소도 제대로 못 부냐고 키득거렸잖아. 너는 그날 바이올린으로 보란 듯이 연주했었지? 야, 너처럼 네 살 때부터 바이올린 교습을 받으면 누가 그 정도 못하겠냐?

다인이랑 아라. 내가 너희를 왜 싫어했는지 알아? 너희는 둘이 모여서 엄마 욕하잖아. 내 입장에서 늬들이 얼마나 멍청해 보이는 줄 알아? 솔까말. 죽여 버리고 싶었어. 엄마 아빠가 살아 계셔도 못 보는 사람이 옆에 있는 줄도 모르고서 가진 것에 감사할 줄도 모르는 바보들아.

반장, 너도 마찬가지야. 자격이라고? 너는 내가 왕따를 당하는 걸 뻔히 알면서도 아무런 조치도 취해 주지 않고 묵인했잖아. 항상 좋은 입장만 취하려고 하고, 불리하면 입 꾹 다물고 모른 척하기 일쑤였어. 게다가 애들한테 아쉬운 소리 듣기 싫어 질질 끌려 다니고. 착한 게 아니라, 답답한 너를 내가 어떻게 반장 자격이 있다고 그러겠어? 인정받고 싶으면 너부터 제대로 해!"

아이들을 옥죄고 있던 가식의 유리 미로가 와장창 소리를 내며 산산이 깨졌다.

효조의 지적은 날카롭고 정확했다. 교실은 충격에 휩싸였다. 잘못을 지적당한 아이들은 울상을 지었고, 다른 아이들은 단도직입적으로 말하는 태도에 경악한 얼굴이었다. 그럼에도, 효조의 발언은 힘이 있었다. 수긍할 수 있는 부분이 있었다.

'어쩌면 그런 면 때문에 애들이 싫어하는 걸지도 모르지.'

진권은 생각했다.

한차례의 충격이 사라지고 나자 아이들은 웅성거리기 시작했다. 특히 잘못을 지적당한 아이들이 스스로를 변호하기 위해 모두 함께 입을 열었다. 진권이 발언 순서를 정해 주어야 했다.

다은이가 먼저 말할 수 있는 기회를 얻었다.

"우리는 초능력자가 아냐. 네가 고아로 살았는지 어땠는지 알 수 없다고. 네 엽서랑 다이어리를 몰래 읽기 전만 해도 전혀 몰랐어. 알고 난 후에는 이미 너를 미워하는 마음이 잔뜩 쌓인 뒤였고. 그때는 오히려 널 공격할 거리를 잡았다고만 좋아하기까지 했어. 그래, 그건 결과적으로 미안하기는 해. 하지만 남들한테 네 피해 의식까지 배려 받아야겠다고 생각하지는 마. 같은 반 친구가 엄마랑 태국에 여행 갔다가 올 수도 있는 거지. 그게 어떻게 으스댄 일이 되니? 그리고 너도 은근히 양부모님께 불만이 있잖아. 네가 가진 특수한 상황 때문에, 입을 다물고 있는 것뿐이지. 너 때문에 우리까지 성직자인 양 생활해야겠어? 그럼 너도 급식 남기지 마. 나이지리아 기아들이 불쌍해서 어떻게 사니? 자기 연민 좀 적당히 해. 그리고 결정적으로 내가 널 싫어한 이유가 뭔지 알아? 네가 학기 초에 나를 공주님이라고 욕하고 다녔기 때문이었어."

눈물을 거두고 조리 있게 말하는 다은이를 보며 진권은 감탄했다. 이 아이는 정치 9단이었다. 눈물을 무기화 할 줄도 알고, 대중의 불만을 공론화해서 자기가 원망하는 상대를 공격할 줄도 알았다. 솔직히 지금까지 진권은 다은이를 효조보다 못한 아이라고 여겼다. 겉돌아도 효조가 다은이보다는 낫다고. 다른 선생님들도 비슷하게 평가했을 것이다. 효조는 과외 한번 받지 않았어도 다은이보다 성적이 좋았고, 총기가 뛰어났다. 그러나 다은이는 들인 노력과 돈만큼 성적이 나오지 않았다. 그러나 이제 진면목을 보는 듯했다. 올바른 쪽으로 사용되기만 한다면 정치력은 학업 능력보다 사회 생활에 필수적이었다. 여자라고 정치적이지 못하라는 법은 없었다.

"우리 집에서 살아 봤으면 좋겠다고? 네가 아침부터 저녁까지 내내 과외를 해야 되는 스케줄을 소화할 수 있을 것 같아? 나는 초등학교 3학년 때부터 주말마다 꽉 짠 과외 수업을 받았어. 새벽 6시부터 과외 선생님이 찾아 왔다고. 그게 얼마나 미칠 것 같은 일인지 알기나 알아?"

"덕분에 편하게 점수 받잖아. 미술에서도, 음악에서도. 너는 집에서도 공주처럼 관심 받지? 나는 집에서도 가만히 쉴 수가 없어. 집에서도 엄마를 돕고 아빠를 도와서 착한 딸이 되어야 해. 그래야만 엄마 아빠가 '쟤를 괜히 데려 왔구나' 같은 생각을 안 하실 테니까. 너희들은 그런 부담감 없지? 내가 선생님들한테 알랑거린다고? 그럼 나보고 어쩌란 말이야? 나도 누군가에게 관심 받고 싶어. 누구한테 받아? 너희들한테 받을까? 너희들은 나를 싫어하잖아. 너희들이 나를 재수 없게 생각하는 만큼 나도 너희들이 너무 얄밉고 싫어. 사랑받기 위해 죽어라고 노력하지 않아도 당연히 사랑을 주는 사람이 옆에 있잖아. 엄마 아빠한테 화를 내고 짜증낼 수도 있잖아! 그래도 되잖아!"

더 이상 효조는 말을 잇지 못했다. 핏방울처럼 왈칵 눈물이 쏟아져 나왔기 때문이다. 억누르고 있던 감정이 터져 나오자 교실 바닥에 주저앉아 엉엉 울었다. 효조가 눈물을 흘리는 것을 보는 건 처음이었다. 다른 아이들도 마찬가지인 듯했다. 당황한 기색으로 서로 눈치를 보고 있었다.

그리고 정말 바보스러운 풍경이 펼쳐졌다. 다은이가 먼저 효조에게 다가가더니 귓전에 무어라 무어라 속삭였다. 그 말을 들은 효조는 다은이를 품에 안고 울었다. 그러자 반장도 울고 반 아이들이 모두 울기 시작했다. 모두들 효조에게 다가가 서로를 포옹했다.

* * *

'잘 해결된 걸까?'

학교에서 얼마 떨어지지 않은 투다리 꼬치구이 전문점. 의자에 기대앉으며 진권은 한숨을 내쉬었다.

효조는 월요일부터 정상적으로 등교했다. 퇴학 문제로 치달았던 반 아이들의 징계 문제는 반 전체가 집단 상담을 받는 것으로 일단 락되었다.

무엇보다 반가운 일은 부모님들이 고소를 취하했다는 거였다. 엽서에 나 있던 가해자들의 지문, 핸드폰 문자를 두려워했기 때문이었다.

서로들 잘 지내는 것 같았다. 교실에 들어가면 아이들은 여느 때처럼 밝은 얼굴로 네모파파를 맞아 주었다. 수업을 열심히 듣고, 즐겁게 발표도 했다.

'정말 잘 해결된 걸까.'

겉으로 보기에는 예전으로 돌아간 것처럼 보였다. 그러나 따돌림이 한창일 때도 분위기는 지금과 꼭 같았다. 밝고 명랑하며 사이좋게 어울리는 모습.

'유리 미로는 부서진 걸까, 아니면 더 크고 투명하게 확장된 걸까? 그날의 포옹과 화해를 진심으로 받아들여야 할까? 아니면 처벌을 면하기 위한 한 편의 연극이었을까.'

만약 초등학생들이었다면 아무 일도 없었던 것처럼 서로 웃으며 어울릴 수 있었을지도 몰랐다. 그러나 녀석들은 여고생들이었다. 미성년 소녀들은 어른들처럼 의식적인 관계를 맺지도 못하고, 아이들처럼 앙금 없이 모든 인간을 포용하지도 못했다.

교실 안에서는 대체 어떤 인간관계가 만들어지고 있는 건지 진권은 문득 궁금했다.

효조에게 물어보니 "서로 말은 안 하지만 예전 같지는 않아요. 어색하긴 해도. 편해요." 하고 말했다.

'함께 어울리지는 않아도 적의는 사라졌다는 건가. 아니, 침잠되

어 버린 건지도.'

효조의 대답이 진실인지도 의심스러웠다. 체념일 수도 있었다.

수업하러 교실에 들어갈 때마다 여전히 미로는 존재하는 기분이
들고, 더 투명해진 느낌이 들었다.

"모처럼 사 주는 술인데 얼굴이 왜 그래? 꼬치구이로는 성이 차지
않는단 표정이네."

"그게 아니라."

쟁반 위에는 막대를 빼 버린 꼬치들이 각자 뒹굴고 있었다. 막대
를 들고 먹는 것이 불편하다면서 우경이 모두 뽑아 버린 참이었다.
우경이 포크로 모래집을 찍어 입안에 넣었다.

"여자들은 왜 그렇게 복잡할까. 화가 나면 화가 났다고, 분명하게
말하면 간단할 일이잖아."

결혼 12년 차. 가끔 진권이 아내와 싸울 때면 아내는 자기가 화난
원인을 확실하게 이야기해 주지 않고 맞춰 보란 식으로 나왔다. 진
권이 이리저리 헛다리를 짚으면 어째서 그런 것도 모르냐며 타박을
했다. 텔레비전에서 예쁜 여자가 나와서 감탄하고 있으면 아내는 그
탤런트는 얼굴 어디어디를 고쳤다면서 흥을 잡았다. 분노나 시기심.
여자들은 그런 감정에 왜 그렇게 취약하고 어린애처럼 구는지 알 수
가 없었다.

따지고 보면 이번 일도 마찬가지였다. 다은이나 효조가 처음부터
솔직했더라면 일이 이정도로까지 커지지 않았을 터였다.

상담 선생님은 말했다.

"여자들에게는 그런 문화가 허락되지 않았잖아요. 어렸을 때부터

여자애들은 친구와 싸워서도 안 되고, 경쟁해서도 안 된다는 식으로 양육되죠. 원래 미움이나 질투는 당연한 감정인데 그걸 억누르다 보니 음지에서 비겁하게 풀 수밖에요."

그 말대로라면 유리 미로는 사실 여자들이 스스로를 가둬 온 유리관들이 연결된 거대한 무덤 같은 것인 터였다. 영화나 드라마를 봐도 여자들도 서로 미워하고 경쟁할 수 있다는 것, 건강한 갈등을 유지하고 살아갈 수도 있다는 걸 부각하는 이야기들은 부재되어 있었다. 여자 주인공들은 대부분 모든 사람들과 두루두루 화목한 관계를 만들어 내는 캐릭터들뿐이었다.

술맛이 썼다. 자신부터가 반 아이들을 착한 아이들이라 칭하고 그 안에 가둬 두려고 하지 않았던가.

"천하의 셜록 티처도 여자들 속은 모르겠다는 건가?"

"셜록 티처요?"

"당신 별명 바뀌었어. 네모파파에서 셜록 티처로. 당신 내년에 학생부장하게 될 지도 몰라. 교감 샘이 제대로 감격한 눈치더라고. 이번 주 교무회의 때도 다른 선생들한테 노 샘 칭찬을 얼마나 많이 했는지 몰라. 대단해. 대체 그런 정보는 어떻게 알아낸 거야?"

한 잔 두 잔 얼근해진 선암여고 셜록은 교내에 존재하는 무허가, 아니 곧 정식 인가가 날 선암여고 탐정단의 존재에 대해 나불나불 떠들었다. 심지어 가방을 열어 탐정단에게 받은 빨간 노트 "더 모스트 뷰티풀 퍼펙트 토털 설루션"도 보여 주었다. 겉표지는 하재가 만들었지만, 내용은 전부 채율이 작성한 모양이었다. 인쇄한 것처럼 깔끔하고 정갈한 글씨체가 숨김없이 필자를 드러내고 있었다. 노트를 받고 몇 페이지를 넘겨 보던 우경은 경악했다.

"이거 사실이야?"

진권은 고개를 끄덕였다.

사라졌던 엽서에 대한 진실은 두 가지.

반 아이들이 엽서를 서로 옮겨가며 갖고 있다가 소각장에서 태웠다는 것과 다은이가 평소 반 아이들에게 문자를 보내 행동을 규제했다는 것.

이외는 모두 꾸며 낸 이야기였다.

"그러니까 원본 엽서는 진짜로 소각장에서 불태워졌던 거죠. 제가 제보자 운운한 이야기도 모두 허구였고요. 이놈들이 모든 게 수습된 다음에 마지막 페이지를 읽으라고 봉인해 두는 바람에 저도 '공연'이 끝난 다음에야 진짜 진상을 알게 되었어요. 놈들의 꼭두각시 노릇을 했달까."

"그럼 우리가 본 그 엽서는?"

"녀석들이 효조랑 미리 접선해서 가짜 엽서를 만들었던 거래요. 경찰관도 가짜였어요. 놈들이 인터넷으로 주문한 조끼를 걸친 제 친동생이었습니다."

"뭐어?"

"하나 더 있어요. 종이테이프를 감은 핸드폰도 사실은 탐정단 애들 거였다는 거."

"하아. 고놈들 비상하네. 비상해."

우경은 입에 침이 튀기도록 칭찬을 하면서 녀석들의 연락처를 물었다. 학내 도난 사건 같은 게 생기면 이 녀석들에게 의뢰하면 되지 않겠냐는 이야기였다.

"연락처는 무슨. 그냥 다음 주에 자견관 4층으로 가 보세요. 놈들의 사무실이 있을 겁니다. 선암여고 탐정단이라고 표찰도 붙어 있을 거예요."

"자견관에 4층이 있어?"

진권은 술잔을 내려놓고 내막을 이야기했다. 연준에게 탐정단을 소개받은 이야기, 그래서 부실을 제공하고, 동아리 인가를 내주게 되었다는 것.

이야기를 들은 우경의 표정이 심상치 않게 굳어졌다. 학교에서 뼈가 굵은 우경이 이런 표정을 지을 정도라면 역시 연준의 의도를 순수하게 받아들일 수 없는 모양이었다.

"도대체 그 사람은 정체가 뭡니까? 왜 다들 그 사람을 피하는 거예요?"

한참 동안 말이 없던 우경은 맥주잔이 다 비었을 때에야 입을 열었다.

* * *

안을 채우고 있던 비품들을 모두 옮기고 나니 다락방은 훨씬 넓어 보였다. 교실 하나 반 정도 되는 공간이었다. 캐비닛과 철제 책장들은 원래 다락방을 채우고 있던 짐들 중에서 괜찮은 것들을 골라 사용했다. 캐비닛은 금고처럼 번호판이 있어서 돌려 열게끔 되어 있었다. 미도와 하재가 청진기를 이용해 비밀번호를 간단히 알아냈다.

책장에는 미도가 애지중지하는 파일들이 차곡차곡 수납되었다. 아이들 파일은 학번을 기준으로, 교원들에 관련된 파일은 직무의 위계를 따라 정리되었다. 미도와 탐정단 아이들이 관리하는 인물들은 선암여고 직원과 학생들에게만 한정된 것이 아니었다. 탐정단의 기원은 미도와 성윤, 하재가 함께 다닌 일신중학교에서부터 시작되었기 때문에 일신중학교 출신의 학생들의 파일도 다수 정리되어 있었다. 그밖에 고객리스트와 블랙리스트, 화이트 리스트가 기타로 분류 관리되고 있었다. 화이트 리스트 1번은 채율의 오빠 안채준이었다.

탐정단실 전체에 편안한 빛을 주는 원형 스테인드글라스 창 앞에 미도의 책상이 놓였다. 예전에 교무실에서 쓰던 포마이카 책상이었다. 미도의 책상을 기준으로 'ㅠ'형태가 되도록 사이를 두고 좌우 두 개씩 대원들의 책상이 놓았다. 중앙에는 근사한 6인용 테이블이 놓였다. 기능성 가구라 침대로도 형태를 바꿀 수 있는 테이블이었다. 회비를 털어 중고시장에서 구입한 것이었다. 인체 해부도를 붙여 놓은 벽에는 구식 책상 세 개를 연결해 놓았다. 세 개의 책상은 커피포트와 탕비 도구를 올려놓는 받침대로 사용되었다. 예희네 가게에서 사용하지 않는 미니 냉장고도 탐정단실 안으로 들어왔다. 다들 신접살림을 차리는 신부처럼 행복해했다.

"사무실의 완성은 초록이들이지."

미도의 말에 따라 대장의 책상 옆에는 중앙 현관에서 훔쳐 온 벤자민 화분이 놓였다. 다른 대원들 책상 위에는 천원샵에서 사 온 작은 화분들이 하나씩 할당되었다. 홍콩야자나, 테이블 야자, 아이비 같은 것들이었다. 채율의 책상에는 다육식물 릴리시아가 놓였다.

"이번 사건에 공헌한 걸 인정해서 특별히 널 다시 받아 주기로 했다."

"이야기가 다르잖아!"

채율이 분통을 터트렸다.

정말 웃기는 놈들이었다. 자기네들끼리 정효조 사건을 수사하다가 증거도 찾지 못하고, 수습할 수 없는 지경에 빠지니까 채율을 찾아와 어깃장을 놓았다.

"너만 아니었으면 우리는 연극부 창고에서 편안하고 안락하게 지낼 수 있었을 거야. 너 때문에 노숙자 신세가 되어 버렸어. 책임져! 책임지지 않으면 3년 내내 우리 모두 널 악착같이 쫓아다닐 거야. 경우에 따라서는 네가 시험지 유출 고발자라는 걸 밝힐 수도 있어. 복수가 무엇인지를 온몸으로 느끼게 해 주겠다 이거야."

소름이 오싹 끼쳤다. 녀석들이 3년 내내 자신을 쫓아다닌다면 그때는 정말이지 선택의 여지없이 미국으로 건너가야 했다. 채율은 미술 수행 평가도 미루고 밤새도록 솔루션에 매달렸다. 수행 평가에 B를 받은 것도 억울한데, 다시 지옥으로 돌아오라고 손짓하고 있었다. 미도가 그녀를 위로했다.

"괜찮아."

"괜찮기는 뭐가!"

"괜찮잖아. 고발자. 응?"

눈물이 나올 지경이었다. 어리석었다. 탐정단을 나오고 싶은 마음에 섣부르게 약점을 잡히고 말았다. 고양이에게 생선을 맡긴 꼴이었다. 이 녀석들은 앞으로 채율의 노동력을 마구 착취할 생각인 모양이었다. 예희가 채율을 뒤에서 껴안았다.

"좋게 생각해, 자기. 자기도 우리랑 있는 게 재밌잖아. 그치?"

"과연 그럴까?"

"아니야?"

책상에 앉아 있던 하재가 상처 받은 얼굴로 고개를 들었다. 그녀의 손에는 채율에게 주기 위한 미산가 실 팔찌(색실을 꼬아 만드는 팔찌로 실이 끊어질 때까지 차면 소원이 이뤄진다고 한다)가 들려 있었다. 탐정단 아이들 전부 하재가 만들어 준 팔찌를 차고 있었다. 일종의 표식인 모양이었다. 채율이 보기에는 수갑이나 마찬가지였다.

미국의 심장 전문의 로버트 엘리엇은 말했다. 피할 수 없으면 즐겨라.

채율은 현실을 받아들이기로 했다. 짐을 옮기고 정리하는 게 번거롭기는 했지만 학교 내에서 쉴 수 있는 공간이 생긴다는 것은 환영할 만한 일이었다. 시험 때에는 여기서 머물며 공부하는 것도 좋을 듯했다.

모든 짐들이 정리되고 난 뒤 미도는 대원들에게 다락방의 열쇠를 하나씩 나눠주었다. 훈장 수여식과도 같았다. 대장은 열쇠를 나눠주며 그동안 있었던 대원들의 노고를 치하했다. 어깨를 두들겨 주기도 하고, 악수를 해 주기도 했다. 가장 끄트머리에 서 있었던 채율의 순서가 되자, 미도는 그녀를 와락 껴안았다.

"이제는 널 용서할게."

"용서받고 싶지 않다."

사무실을 옮긴 이후, 미도가 채준을 어떻게 구워삶았는지 미국에서 전화가 뚝 끊겼다. 눈치로 봐서는 둘이 여전히 관계를 지속하고 있는 사실인 모양인데, 아무도 두 사람 사이에 대해서 알려 주지 않았다.

그게 더 불안했다.

열쇠 증정식이 끝난 뒤에는 현판을 달았다. 선암여고 탐정단. 목판 위에 정자체 글자가 새겨져 있는 현판이었다.

"자자, 모두 다 여기를 봐. 하재는 좀 더 표정 밝게 하고. 그렇지. 성돌이 웃지 마."

현판 앞에서 탐정단원들은 역사적인 사진 촬영을 했다. 공식적인 느낌이 나는 포즈를 잡으라고 대장이 하도 흥분하는 바람에 상하이 임시 정부 수립 기념사진처럼 나오고 말았다.

학교가 점점 놀이터가 되고 있었다.

두 가지 독립 사건에 희생당한
검은콩 두유의 원한을 풀고 총격의 진범을 찾아라

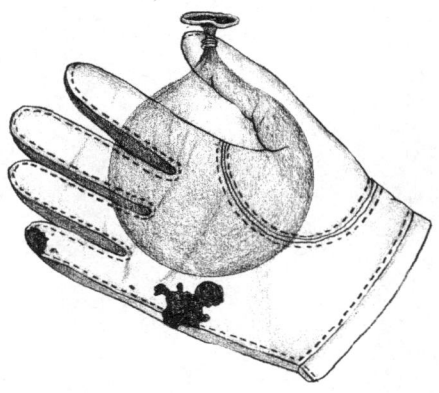

바람이 불었다. 세상 모든 것들을 얼려 버릴 기세로 부는 칼바람이었다. 오염된 대기가 말끔하게 쓸려나가 하늘은 유리알처럼 맑은 어둠을 드러냈다. 관광 온 외국인들의 모습이 간간이 보이는 인사동 골목. 하얀 대리석 계단 위에서 화랑을 올려다보는 소녀가 있었다.

고교생 사진작가 하라온 개인전.

주제 In Shot.

갤러리 외벽에는 전시를 알리는 포스터들이 다닥다닥 붙어 있었다. 검은 셔츠와 바지를 입은 포토그래퍼가 가죽 소파에 앉아 한쪽 팔에 카메라를 잡고 있는 포스터였다. 대비가 강한 흑백 인쇄였다.

초대권은 사물함 안에 들어 있었다. 덤으로 들어 있던 세이지 맛 감기 사탕 한 줌이 발송자를 알려 주었다.

채율은 입술을 잘근 깨물었다. 정말로 오고 싶지 않았다. 그러나 연준은 전능한 교사였고, 그녀는 힘없는 학생이었다. 초대권 뒷장에 간단하고 위력적인 한마디가 적혀 있었다.

불참 시 내신에 반영하겠음!

'남의 사물함을 제 맘대로 열다니 너무 한 거 아냐.'

붉은 더플코트를 입은 채율이 입김을 불며 투덜거렸다. 2학기에 접어들면서 사물함 속 물건 배치가 이따금씩 달라지곤 했다. 자물쇠를 교체해도 소용없었다. 만능키라도 있는 모양인지 연준은 자유자재로 사물함을 열고 닫았다. 다이어리와 비상용 생리대도 들어 있던 터라 기분이 아주 나빴다. 그는 수시로 채율의 사물함을 감시하고 때로는 포스트잇으로 논평까지 달아 두었다.

이런 쓰레기 같은 책들은 버려.

더 큰 문제는 그가 마음대로 가져다두는 선물들이었다. 어떤 날에는 말보로 레드와 지포라이터가 들어 있었고, 어떤 날은 캔 맥주와 기말고사 시험지 시안이 들어 있었다. 성윤이 선도부 소지품 검사가 있다고 알려 주지 않았다면 크게 낭패를 볼 뻔했다.

연준의 관심은 채율의 사물함에만 국한되지 않았다. 탐정단 사무실에도 수시로 들락거리며 사건일지를 열람했다. 미도가 작성해 놓은 교사용 관찰 일지에는 빨간 펜으로 중요 정보를 첨삭해 놓기도 했다. 미도가 감탄할 정도로 은밀한 정보였다.

"누군지 모르지만 굉장한데? 놀라운 실력이야."

미도는 '비밀의 협력자'가 누군지 밝히기 위해 수시로 테이블이나 선반 쪽 지문을 감식했지만 아직도 단서를 잡지 못했다.

"들어가자."

어느새 도착한 연준이 어깨를 두드렸다.

감색 코트에 목도리를 두른 모습이었다. 채율의 아버지와 비슷한 또래일 텐데도 풍기는 분위기는 달랐다. 걸치는 옷에 따라 사람이 달라 보였고, 나이도 직업도 쉽게 가늠할 수가 없었다. 20대처럼 젊어 보일 때가 있는가 하면 70대처럼 쇠락해 보일 때가 있다. 오늘은 폭력 조직의 숨겨진 보스 같은 느낌이었다.

실내에는 피아졸라의 「망각」이 잔잔하게 흐르고 있었다. 스피커 성능이 좋아 어디를 가도 맑고 순수한 음을 들을 수 있었다. 난방이 과해서 공기가 건조한 걸 빼면 아주 쾌적했다.

오프닝 리셉션이라서 그런지 텔레비전 카메라와 취재 나온 아나운서의 모습도 보였다. 원로들과 평론가들, 기자들도 다수 눈에 띄었다. 채율은 대부분 모르는 얼굴이었지만 연준이 하나하나 사람들을 가리키며 설명해 주었다. 사진작가들의 작품과 시세, 성격과 일화까지 줄줄이 알려 주었다. 최근의 연애담을 알려 주기도 했다.

전시된 작품들을 바라보던 채율은 놀랐다. 선암여고 교정을 배경으로 한 사진들도 있었다. 학교 건물 페인트 색깔이 약간 다른 걸 보니 최근 사진은 아닌 듯했다. 문득 연준이 사용하는 연극부 별실에 있던 사진들이 생각났다.

"그거 이 사람 작품이었어요?"

연준이 고개를 끄덕였다.

"고교생이 찍은 거라고는 상상도 못했어요."

별실에 걸린 사진들은 아주 독특한 느낌의 아우라를 가지고 있었다. 채율은 감탄하면서 갤러리를 둘러보았다. 그동안 학업에 시달리느라 문화 생활을 거의 하지 못해 내심 이런 외출이 즐거웠다.

팸플릿에는 주제에 관한 설명이 나와 있었다. 'In Shot'이란 의도하지 않고 우연히 찍힌 순간, 또는 사물을 가리키는 말이었다. 전시된 작품들은 거의가 일반적인 앵글에서 어긋난 작품들이었다. 전경보단 후경이 돋보이도록 처리되어 있었다.

팸플릿에는 수수께끼 같은 작가의 말도 담겨 있었다.

이번 전시회는 예정에 없이 긴급하게 열게 되었습니다.

오로지 한 사람을 위해서요.

부디 그 사람이 전시회의 목적을 깨달아 주길 바랍니다.

헌사 같기도 하고, 구애 같기도 한 애매한 문장이었다.

채율은 회장에 걸린 작품들을 찬찬히 감상했다.

가장 먼저 그녀의 눈에 들어온 것은 「몽유(夢遊)」라는 제목의 작품이었다.

은행나무 한 그루가 찍혀 있었다. 시골 마을 어귀인 듯했다. 허리가 구부정한 할머니가 나무 등걸에 주저앉아 오수를 즐기고 있었다. 할머니의 머리 위로 나뭇잎들이 포슬포슬 떨어져 내리고 있었다. 한가로운 사진 아랫부분과 부산한 윗부분이 부조화스러운 느낌이었다.

은행나무의 가지 사이로 샌들을 신은 종아리가 보였다. 아름다운 사진을 찍기 위해 누군가가 나무 위로 올라가 흔든 모양이었다.

그녀의 옆에서 연준도 사진을 뚫어질 듯 감상하고 있었다.

당황한 건지, 짜증을 내는 건지, 감동을 받은 건지 알 수 없는 얼굴이었다. 몸속에 감정의 계면활성제라도 돌아다니고 있는 모양이었다. 언제나 표정이 애매했다. 벌어진 입과 찌푸린 미간. 살짝 들린 윗입술. 언제나 긴장감 없이 나른하게 내려와 있던 눈꺼풀이 각성되어 있었다. 시선만큼은 사진을 베어낼 듯 날카로웠다.

제목대로라면 '꿈속에서 노닐다'는 뜻이었다. 노인이 꿈속에서 소녀로 화하여 가지를 뒤흔들다가 낙엽을 맞고 잠에서 깬다는 정도의 내용이었다.

"이거 다 우연인가요? 아니면 일부러 그렇게 생각하게끔 만든 연출인가요?"

"둘 다겠지. 10년 전부터 쌓여 온 습작들 가운데서 마구잡이로 골랐다는데. 작가의 말을 잘 읽어 봐. 예전에는 구도가 잘못되어서, 앵글이 잘못되어서 빛 조절이 잘못되어서 내던졌던 사진들을 다시 보니 전혀 새로운 의미를 발견할 수 있었다잖아. 재활용했단 말이야."

채율이 시간을 쪼개 전시회에 오게 된 건 연준의 초대 때문이었다. 초대해 놓고 정작 작가를 비평하는 건 무슨 경우일까.

"그래도 어린 나이에 이 정도 안목과 기술은 대단하잖아요. 국제사진전에서도 두 번이나 입상했고, 또 저기 모여 있는 평론가들도 인정해 주는 분위기인데…."

"상 받은 게 저 녀석 하나였겠니? 재능보다는 상업성이 중요한 바닥이야. 작가가 어리고 센스 있고, 껍데기 반반하고, 집안 좋으니 여기저기서 달려들어 난리를 피우는 거지. 전시회가 아니라, 제품 출시회라고 불러야 해. 윌리엄 이글스턴을 그럭저럭 모사해 놓고 신동은 무슨. 적당히 감각 있는 녀석 데려다 적당히 수련시키면 나올 수 있는 뻔한 수준들. 이런 놈들 때문에 진짜 재능 있는 놈들이 굶어 죽지."

"그럼 저는 왜 데려오신 거죠?"

그는 손목시계를 확인했다.

"잘 보고 있어. 내가 보여 주려고 하는 건 따로 있거든."

채율은 다시금 전시된 작품에 눈길을 던졌다. 동물 병원에 막 들어온 주인과 개. 개의 진흙 묻은 앞발. 장례식장. 영정이 올려 있는 벽면 위로 보이는 얼룩. 아이들이 졸고 있는 수학여행 버스 안. 팔에 번진 자외선 차단 크림 자국. 신생아의 시각처럼 주변적인 정황이 산만하게 부각되어 있었다.

사진에 집중하던 그녀는 불현듯 날카로운 시선을 느꼈다.

불과 서너 걸음 거리에 작가가 서 있었다.

훤칠한 키에 창백한 피부, 아몬드처럼 크고 살짝 치켜 올라간 눈이 이쪽을 향하고 있었다. 실물은 포스터보다 훨씬 강렬했다. 영화배우를 방불케 할 정도로 분명한 이목구비를 가진 인간이 이글대는 눈빛으로 그녀를 쏘아보고 있었다.

유명한 사진작가를 지척에서 본 것도 처음이고, 낯선 이에게 경멸 어린 시선을 받은 것도 처음이었다. 채율도 지지 않고 사나운 눈초리로 마주 보았다. 쾌적하던 갤러리의 공기가 젤라틴처럼 덥고 뭉근해졌다. 먼저 움직인 건 라온이었다. 그는 유연한 걸음걸이로 그녀를 향해 다가왔다. 그러고는 비스듬하게 몸을 숙여 손을 내밀었다.

"오셨네요. 숙부님."

"어, 그래, 조카."

라온의 긴 팔이 채율을 지나 연준에게 이어졌다. 진한 머스크 향이 후각을 자극했다. 두 사람은 서로 안부를 물으며 악수를 나눴다. 채율은 아주 잠깐 동안 방금 전 적의가 자신을 향한 것이 아닐지 모른다고 생각했다. 방금 전까지 연준은 작가를 혹평하고 있었다. 친족끼리 사이가 좋지 않은 일은 흔했다.

그러나 라온은 악수한 손을 거두며 다시 한 번 흘깃 그녀를 응시했다. 정확히는 노려봤다.

"이 애가 걔죠?"

"그래."

"실망인데요. 눈이 너무 낮아지셨어요. 나이 때문이신가."

"왜? 예전이 더 좋았던 것 같아?"

"물론이죠. 최상품이었으니까요. 덕분에 이번 전시회 의의는 섰어요. 초대권 보내면서도 설마 부탁을 들어주실 줄은 몰랐거든요."

"취지가 마음에 들더라고. 네가 이 정도로까지 도발적으로 나오는데 기회는 줘야지. 근데 효과가 있을까? 이번 토끼는 날 벗어나 도망칠 수 있을 거 같아?"

"본인의 자질이 증명하겠죠."

"자질이 없다면 죽어도 되고?"

"왜요? 죽이시게요?"

213

두 사람이 수수께끼 같은 말을 주고받는 동안 채율은 이런 생각을 했다.

'대체 저쪽 집안은 인간들이 다 이런 품종들일까?'

기묘하게 일그러진 시간을 들여다보고 있는 기분이 들었다. 얼굴은 닮지 않았지만 두 사람의 분위기는 비슷할 정도로 총기 어리고 거만했다. 조카가 아니라 아들이라고 하는 게 더 어울렸다.

라온은 연준의 젊은 시절이었고, 연준은 라온의 미래였다. 그러나 둘 사이는 아주 껄끄러웠다. 뿐만 아니라, 그게 무엇인지는 잘 설명할 수 없었지만 두 사람은 보통 사람들과 아주 다른 분위기를 풍겼다. 허무하고, 권태롭고, 우울한 기운. 세상 어떤 것에도 흥미가 없는.

"하 작가님!"

리포터와 카메라맨을 상대하던 남자가 라온을 불렀다. 햇볕에 그을려 검붉은 얼굴에 감홍빛 모직 재킷을 걸쳐 신라 시대 토우 같은 분위기를 풍기는 사람이었다. 라온이 연준과 함께 있는 걸 보고는 직접 다가와 정중하게 인사를 했다. 손에는 최신형 아이패드를 들고 있었다. 헤비 스모커인지 가까이 오기만 했는데도 담배 냄새가 훅 끼쳤다. 라온은 까닥 인사를 하고 매니저가 인도하는 곳으로 갔다. 갤러리 한 쪽에는 의자와 방송용 카메라, 조명기기들이 마련되어져 있었다. 간단하게 현장 인터뷰를 가질 모양이었다. 초대객들이 인터뷰를 방청할 수 있도록 카메라 뒤로 원목 의자들이 줄을 맞추어 놓여 있었다.

의자에 앉자마자 라온의 얼굴은 밝고 여유로워졌다. 자연스러운 제스처를 취하며 아나운서의 질문에 대답했다. 각계각층의 예술계

214

인사들을 인터뷰해 온 아나운서조차 어리고 도발적인 매력을 지닌 사진작가가 마음에 든 눈치였다. 시종 추파에 가까운 시선을 던지며 과하지 않은 범위에서 스킨십을 시도했다.

라온의 눈에 어렸던 증오의 감정이 무엇인지, 자신이 그러한 불쾌한 감정을 일으킬 만한 그 어떤 것을 가지고 있는지 채율은 자신의 차림새를 점검해 보았다. 평범했다. 동백꽃처럼 붉은 더플코트를 제외하면 터틀넥과 모직 H라인 스커트, 단화까지 단순하다 못해 지루한 블랙에 맞췄다. 옷차림이 비웃음의 원인이라면 회장에 있는 다른 사람들에게도 같은 반응을 보였어야 옳았다. 하지만 인터뷰를 하고 있는 라온은 너무도 유쾌한 얼굴로 친절하게 웃고 있었다. 예의는 아는 인종인 듯했다.

'대체 뭐야?'

혹시라도 그를 이전에 만난 적이 있던가 하고 기억을 더듬어 보았다. 그러나 아무리 생각해도 채율의 기억 속에 라온이라는 인물은 들어 있지 않았다. 저만큼이나 개성이 강한 인물이라면 한 번 마주친 것만으로도 분명히 각인될 것이 분명했다.

어느새 연준은 다과가 차려진 테이블에서 다른 사람과 이야기를 나누고 있었다. 볼 부분이 보톡스를 맞아 살짝 부자연스러워 보였지만 전체적으로 예술품처럼 아리따운 여자였다. 특히 가냘프고 하얀 손. 진주처럼 말끔하고 여린 손가락을 보면서 채율은 자기도 모르게 손을 움츠렸다. 가까이 다가갈수록 그들이 나누는 이야기 소리가 분명하게 들렸다.

"와 주셔서 정말 기뻐요."

"네가 와 달라고 하도 사정을 해서 온 거야. 아직도 집안에서 자기 위치를 못 잡아서 어떡해? 라온이한테도 강하게 나가는 게 좋을 거야."

미녀의 눈꺼풀이 미세하게 떨렸다. 여자는 천천히 다가오는 채율을 보고 기묘한 미소를 지었다. 짧은 순간이었지만 분명히 눈이 마주쳤다. 하지만 여자는 곧 표정을 수습하고 그녀를 스쳐 지나갔다. 제비꽃처럼 은은한 향기가 코끝에 전해져 왔다.

라온에게 종종걸음으로 다가가는 여자를 보고 채율이 물었다.

"저분은 누구예요? 작가의 누나?"

"누나는 아니고……."

연준은 갑자기 입을 다물고 오만상을 찌푸렸다. 채율의 등 뒤로 익숙한 목소리가 들려왔다.

"우오. 여기 괜찮다. 분위기가 멋진 곳이야."

"나 저 사람 텔레비전에서 본 적이 있어. 사인 받을래."

"저 음식 먹어도 되는 거야? 오오, 밀푀유도 있어."

"이런 곳 불쾌해. 한 사람의 영적 에너지로 둘러쳐져 있잖아. 어? 선생님!"

아이들이 연준과 채율을 발견하고 우르르 달려왔다. 탐정단 아이들이었다.

연준이 씁쓰레한 표정으로 반갑지 않은 제자들에게 물었다.

"여긴 또 어떻게 들어왔니? 오늘은 초대권이 있어야 들어올 수 있는데……."

"채율이가 줬어요."

연준은 이해가 안 된다는 얼굴로 채율을 봤다. 그러나 그것도 잠시 그는 더욱 씁쓰레진 표정으로 고개를 흔들었다.

"하여간, 요즘은 프린터 성능이 너무 좋다니까."

아이들은 어느덧 새로운 개척지를 찾은 바퀴벌레들처럼 화랑 안에 퍼져나갔다.

미도는 사진 속에 찍힌 범인이라도 찾는 표정으로 작품을 감상했다. 예희는 라온의 인터뷰를 볼 수 있는 객석에 앉아 감격어린 표정으로 정면을 응시했다. 한 번이라도 방송을 타기 위한 꼼수였다. 성윤은 테이블에 진열된 다과를 끊임없이 먹어 치웠다. 하재는 구석에 숨어서 작은 사이즈의 수첩에 미친 듯이 뭔가를 그려 대기 시작했다. 예의 만다라인 모양이었다. 주변에 있던 관람객들이 힐끗 거리며 하재의 그림에 관심을 보였다.

인터뷰 타임이 끝나자 카메라맨과 리포터가 철수했다. 사진을 찍고 보도 자료를 수집한 기자들도 행사장을 빠져나갔다. 회장에 남은 것은 라온의 팬들과 평론가들, 업계 관련 인사들 정도였다.

오프닝 행사가 거의 끝나가고 있었다. 채율은 마지막으로 가장 마음에 들었던 사진 작품을 다시 보려고 몸을 돌렸다. 그러나 그 순간 연준이 그녀의 팔을 잡았다. 가죽 장갑을 낀 검지로 채율이 차고 있는 손목시계를 가리켰다.

하나. 둘. 셋.

그의 손가락이 카운트다운을 하듯 펴졌다.

마술 같은 일이 벌어졌다. 연준의 세 번째 손가락이 펴지자마자 전시관 내의 불이 모두 꺼졌다. 형광 조명과 간접 조명, 음악이 나오던 스피커까지 모두 꺼져 버렸다. 정전인 모양이었다. 창이 없는 곳에서 암흑은 너무도 강렬했다. 눈이 어둠에 익숙해질 때까지 멈춰 서 있는 수밖에는 없었다.

곧 사방에서 이상한 소리들이 들려왔다. 퍽퍽. 작고 따뜻한 무언가가 그녀의 등을 때렸다. 마치 토마토에 맞은 것처럼 액체가 몸을 타고 흐르는 것이 느껴졌다. 채율은 반사적으로 몸을 움츠렸다. 볼 수는 없었지만 무언가가 허공을 날아다니고 있었다.

무언가에 맞은 사람들이 소리를 지르기 시작했다. 액자가 땅에 떨어지는 소리, 유리 깨지는 소리, 화재경보기 소리가 연이어 들려왔다. 한치 앞을 구분할 수 없는 암흑 속에서 불가해한 소음들은 눈덩이처럼 모이고 합해지며 거대해져 갔다. 공포가 밀려오기 시작했다. 그러나 하이라이트는 따로 있었다.

탕.

처음 그 소리를 들었을 때 채율은 귀를 의심했다. 삽시간에 주위가 고요해졌다. 마치 모든 사람이 어딘가로 텔레포트된 것처럼 감쪽같은 정적이 이삼 초간 계속되었다.

'이거 무슨 소리지? 영화나 드라마 속에서나 듣던 소리인데…….'

다들 어찌할 바를 모르고 멈춰서 있는 와중에 다시 한 번 소리가 들렸다.

탕.

두 번째 총성은 전시회장을 되살아나게 만들었다. 사람들은 절규하기 시작했다. 하나둘 핸드폰을 꺼내 등롱(燈籠)처럼 자기 앞을 밝히고, 출구를 찾기 위해 안간힘을 썼다. 미끄러지는 소리. 밟히는 소리. 사람들이 좌충우돌하면서 피해는 더욱 커졌다. 채율도 떠밀려 바닥에 나동그라졌다. 손바닥에 질척질척한 것이 묻는 게 느껴졌다.

다시 한 번 총성이 들렸다.

탕.

얼마 전 미국에서 있었던 총격 사건이 머릿속을 스쳐지나갔다. 사회에 적응하지 못한 남자가 쇼핑몰에 총을 가지고 가 무차별적으로 난사한 사건이었다. 오늘이 인생의 마지막 날일지도 모른다는 공포가 심장을 도려내는 듯 했다.

주마등처럼 과거가 스쳐 지나갔다. 어린 시절 채준과 함께 했던 체스 시합. 언제나 승리는 오빠의 것이었고, 화가 난 채율은 체스 판을 번쩍 들어 오빠 머리를 내리쳤다. 초등학교 5학년 때, 오빠 방에서 놀다가 책상 서랍 속에 과자를 발견했다. 채준은 눈을 크게 뜨고 물었었다.

"정말? 네 방 책상에는 과자가 없어?"

가슴을 도려내던 그 말.

오유진 여사는 언제나 아들만 편애했고, 자랑스러워했다. 딸에게는 아무 것도 기대하지도, 요구하지도 않았다.

"넌 그냥 건강하면 돼."

웃으며 말하던 어머니와 아버지.

떠오르는 추억이라는 건 전부 그런 식이었고, 그런 류였다. 채율은 주먹을 움켜쥐었다. 다른 사람들은 이런 때 가족에게 '사랑해', '고마워' 등 아름다운 메시지를 남긴다던데, 그녀는 도저히 그럴 수 없었다.

채율은 코트 속에서 핸드폰을 꺼냈다. 핸드폰 액정 화면에 비친 손가락은 피가 묻은 것처럼 붉었다. 마음이 다급해졌다. 최후의, 마지막 메시지를 남겨야 했다. 평상시에는 분당 200타가 넘는 손가락이 지금은 돌처럼 무거웠다. 언제 날아올지 모를 총탄을 피해 비장한 심경으로 자판을 눌렀다.

나 지금 죽을 것 같아. 죽는 마당이니까 진실을 말할게. 나한테 오빠는 정말 나쁜 오빠였고, 엄마는 정말 나쁜 엄마였

거기까지 입력했을 때 갑자기 불이 들어왔다. 환한 불빛이 오히려 시야를 멀게 만들었다. 채율은 눈을 질끈 감았다 떴다.

전시회장의 모습은 처참했다. 액자, 벽면, 바닥, 관람객 할 것 없이 자궁 속처럼 새빨갰다. 벽면을 장식하고 있던 리본들이 바닥에 떨어져 실핏줄처럼 징그럽게 보였다. 음식이 차려져 있던 테이블도 쓰러져 바닥에 그릇들이 나뒹굴고 있었다. 관람객들은 엉거주춤한 포즈로 서로의 얼굴을 쳐다보고 있었다.

'도대체 무슨 일이 일어난 거지?'

화분들은 모조리 깨져 있었고, 화환은 바닥에 넘어져 지지대가 부러져 있었다. 벽에 걸려 있던 작품들은 유리가 깨졌거나, 액자가 파손되고 흉측한 붉은 물이 들어 있었다. 출처를 알 수 없는 색색의 고무 조각이 바닥에 나뒹굴고 있었다.

"얘! 너 괜찮니?"

옆에 있던 아줌마가 채율의 손을 보고 소리를 쳤다. 그녀의 손은 피투성이었다. 하지만 고통은 조금도 느껴지지 않았다. 채율은 주머니에서 손수건을 꺼내 붉은 물을 닦았다. 붉은 색채가 너무 선명하고 냄새도 강했다.

'페인트잖아. 피가 아니야.'

채율은 깨달았다. 전시회장 벽면을 어지럽게 만든 건 모두 페인트였다. 하지만 갑작스런 일을 당하고 나니 판단력이 사라져 버렸다. 이 모든 소동이 오프닝 퍼포먼스에 불과할지도 몰랐다. 채율은 재빨리 작가를 찾았다. 작가의 반응을 보면 대체 무슨 일인지 금방 파악할 수 있을 터였다.

먼저 눈에 들어온 것은 제비꽃 향수의 미녀였다. 라온의 누나처럼 보였던 그녀. 무엇에 놀랐는지 입을 손으로 가리고 부들부들 떨고 있었다.

불길한 예감이 들었다.

채율은 천천히 그녀를 향해 다가갔다. 사람들이 둘러 서 있는 틈 사이로 누군가의 손목이 보였다.

핏줄이 드러난 하얗고 긴 손목. 둘째 손가락에 낀 무브먼트 링.

작가 하라온이었다. 넓적다리에서 흘러나온 피가 바닥에 번지고 있었다. 페인트 광택이 없는 진짜 피였다.

조카의 옆을 지키고 있는 것은 연준이었다. 입고 있던 셔츠의 소매를 찢어 피가 나는 부위를 동여매고 압박하고 있었다.

화랑 관계자로 보이는 대머리 청년이 119를 호출했다.

"장난이라뇨. 정말입니다. 정말로 총에 맞았어요. 오른쪽 허벅지에요. 출혈이 심합니다. 경찰은 이미 불렀어요. 네. 인사동 갤러리랑. 1층입니다. 다른 부상자들도 있을지 몰라요. 구급차 몇 대 더 보내 주세요."

총성은 진짜였다. 전시회에서 총격이 발생한 거였다. 심장 박동이 빨라지고 입이 바싹바싹 말라 왔다.

'애들은 괜찮을까?'

그제야 정신이 돌아온 채율은 주위를 두리번거리며 아이들을 찾았다. 다친 사람들이 몇몇 있었다. 어둠 속에서 깨진 유리 조각 위로 넘어진 사람, 화분이 넘어지면서 팔이 부러진 사람. 곳곳에서 신음하는 소리가 들려왔다. 그러나 아무리 둘러봐도 라온처럼 총상을 입은 사람은 없었다. 하재도, 예희도, 성윤도 무사했다.

그리고 미도는…….

미도를 찾던 채율은 눈을 크게 떴다. 미도는 넘어진 테이블을 끙끙대며 일으켜 세우고 있었다. 푸딩과 젤리, 과일타르트가 떨어져 주변이 지저분했다. 묵직한 테이블을 겨우 세운 그녀는 손을 탁탁 털고 이마에 땀을 닦았다. 그러고는 마치 뜀틀이라도 하듯 가뿐, 위로 뛰어올랐다.

"안녕하십니까! 저희는 선암여고 탐정단입니다. 경찰이 올 때까지 저희가 현장을 임시 지휘하겠습니다."

팸플릿을 메가폰처럼 둥글게 말아 쥐고 크게 외쳤다. 언제나 가지고 다니는 명함까지 일수꾼처럼 흩뿌렸다. 그녀의 손가락이 대원들을 향했다.

"이예희 대원, 현장을 촬영해! 최성윤 대원, 문을 닫아! 부득이하게 출입을 통제하겠습니다. 회장 안의 분들은 잠시만 그 자리에 그대로 계셔 주세요."

낙엽처럼 나풀나풀 떨어지는 명함들 속에서 사람들은 영문을 모르겠다는 얼굴로 서 있었다. 다들 패닉에 빠져 있었다.

당당한 미도의 태도에 압도되어 누구 하나 딴죽을 걸지 못했다. 경찰 관계자의 딸이나, 친척이려니 생각하는 모양이었다. 대장의 명령을 듣고 예희와 성윤은 잠에서 깨어난 것처럼 움직이기 시작했다. 지시대로 문을 닫고 핸드폰을 꺼내 전시회장의 현장 사진을 찍어 댔다. 지혈을 하던 연준이 채율을 보며 한마디 했다.

"저런 애들이랑 다니는 거, 부끄럽지 않니?"

채율은 한숨으로 대답을 대신했다.

구급대와 경찰은 거의 동시에 도착했다. 구급대는 피투성이가 된 라온에게 산소마스크를 연결하고 들것에 태웠다. 라온의 손이 허공을 휘저었다.

"카······메라. 내 카······."

제비꽃 향기의 미녀가 재빨리 다가가 카메라 가방을 들것 위에 올려 주었다. 그녀는 라온과 함께 입구를 통해 빠져나가려 했다. 경찰이 제지를 하자 가냘픈 손가락으로 들것을 가리켰다.

"난 보호자예요. 하라온 엄마라구요!"

화장술과 성형 의학이 아무리 발전했다고 해도 그녀는 라온의 엄마라고 하기에는 너무 젊어 보였다. 기껏해야 30대 초반 정도. 매니저가 경찰관 귀에 뭐라고 숙설거렸다. 경찰관은 이해가 된다는 표정으로 고개를 끄덕였다.

라온의 새어머니는 간단한 몸수색을 받고 나서야 아들을 따라갈 수 있었다.

경찰들은 현장에 있던 사람들의 신원을 한 사람 한 사람 확인했다. 모두가 목격자인 동시에 용의자였다. 매니저도 몸수색을 당했다.

감식요원들은 한쪽에 자리를 잡고 현장 사진을 찍고, 사람들의 지문과 유전자를 채취했다. 미세 증거를 찾아내는 폴리라이트의 불빛이 미러볼처럼 어지럽게 전시실 안을 수놓았다. 그 환상적인 실제 상황 속에서 미도는 긴밀히 대원들을 배치시켰다. 예희와 성윤은 몸수색을 하는 경찰의 옆에서 사람들의 소지품을 힐긋거렸다. 하재는 감식반 어깨 너머로 눈을 크게 뜨고 현장 견학을 했다.

수사 팀장으로 보이는 반백의 남자가 수첩을 꺼내 보이며 사람들에게 정중하게 협조를 요청했다. 미도가 그에게 악수를 청했다.

"반갑습니다. 형사님. 저는 선암여고 미스터리 탐정단 대장 윤미도라고 합니다."

"뭐? 탐정단?"

팀장은 웃기지도 않는다는 얼굴을 하며 몸을 돌렸다. 하지만 그 정도로 상처받을 미도가 아니었다. 미도는 팀장에 목에 걸린 명찰을 확인하고 상황을 브리핑하기 시작했다.

"그럼 이영광 팀장님. 저희가 목격한 상황을 말씀드리겠습니다.

먼저 정전이 된 시각은 8시 정각이었습니다. 제가 즐겨보는 수사 드라마가 있어서 항상 7시 50분에 알람을 설정해 두거든요. 2번째 스누징이 시작된 순간 정전이 일어났습니다.

2분 정도 지났을 즈음 어둠 속에서 물풍선 같은 게 터지는 소리가 들렸어요. 최소 서른 번에서 최대 육십 번 전후였습니다.

총성이 시작된 순간 저는 반사적으로 핸드폰을 꺼내 시간을 확인했습니다. 그때 시간은 8시 5분. 총성이 멈춘 것은 6분경이었습니다.

모두 세 발이었고 화약 냄새는 전혀 없었어요.

정전되기 직전 저희 이예희 수사 대원, 지금 수색 경찰 옆에 서 있는 예쁜 아가씨가 가장 피해자의 근처에 있었습니다. 당시 방향은 전시장의 서쪽 벽면으로부터 약 3미터 되는 간격, 작품「아세틸 아라크네」앞이었습니다. 저는 작품「장명등」앞에 엎드려 있었고요.

저는 어린 시절부터 이런 사건을 해결하기 위해 끊임없이 스스로를 단련시켜 왔습니다. 그런 제가 판단하기에 총성은 제 오른쪽 측면 지척에서 들려 왔습니다. 즉, 전시회장의 동북 방향인 것이죠.

불이 들어온 시간은 8시 12분이었습니다.”

목격자들 중에서 몇몇이 박수를 쳤다. 현장 경찰들도 놀란 얼굴이었다. 이영광 수사팀장은 물고 있던 담배에서 재가 떨어지는 것도 잊고 이건 뭐냐 하는 얼굴로 미도를 내려다보았다.

반면 미도는 온몸이 짜릿짜릿한 모양이었다. 어깨를 쭉 펴고 웃고 있었다. 우연히 총격 사건 현장에 온 것도 모자라 사건을 목격하고, 경찰들에게 도움을 주게 되었다. 미스터리 마니아의 판타지가 이루어진 거였다.

‘이제는 연쇄 살인범만 만나면 돼.’

미도의 불타는 눈은 그렇게 말하는 듯했다.

군중 속에 있던 사진작가 중 한 명이 미도를 두둔했다.

“학생 말이 맞아요. 육군에서 종군 기자로 근무했던 내가 듣기도 그랬으니까. 화약총이 아니라 공기총 소리 같았는데……..”

경찰관들 중 한 명이 소리를 질렀다.

“공기총 맞습니다. 모리니 CM162EL인데요?”

송풍구 안쪽에 들어 있던 권총을 감식 요원들이 발견한 모양이었다. 적외선 안경도 들어 있었다.

송풍구는 미도가 설명한 방향, 돔형 UFO를 세로로 붙여 놓은 것 같은 스피커 밑에 위치해 있었다.

수사팀장은 눈살을 찌푸렸다. 공기총이라면 화연 반응을 감지할 수 없기 때문이었다.

창구에 있던 경찰이 다급하게 들어왔다. 그의 손에는 초대권 발행 명부가 들려 있었다.

"관계자 말이 초대권이 위조되었다고 합니다. 극성팬을 막기 위해서 일일이 일련 번호를 넣었는데 똑같은 번호가 다섯 장 나왔다고 합니다."

식은땀이 흘렀다. 현장에 있던 사람들은 곧바로 경찰에게 자신이 소지한 반쪽짜리 초대권을 보여 주었다.

10분도 지나기 전에 탐정단 아이들이 축출되었다. 감탄하던 사람들의 눈빛이 순식간에 의혹으로 변질되었다.

"아녜요. 저희는 그 초대권 제대로 얻은 거예요. 친구가 준걸요."

"친구 누구?"

네 개의 팔이 일제히 채율에게 향했다. 채율은 구해 달라는 표정으로 연준을 보았다. 그는 가볍게 어깨를 으쓱했다. 그러고는 몸수색을 받고 홀홀 바깥으로 나갔다.

* * *

　하룻밤 동안 많은 일들이 일어났다.

　병원으로 실려 간 라온은 두 시간 동안 총알을 빼내는 수술을 받았다. 다행히 상처는 심각하지 않았다. 탄알은 뼈를 손상시키지 않고 오른쪽 다리 전대퇴부 근육에 박혀 있었다. 우려할 수준의 신경 손상은 일어나지 않았다. 바지 주머니에 들어 있던 핸드폰 덕분에 총탄이 감속되었던 덕분이었다. 핸드폰을 감싸고 있던 실리콘 케이스도 파편들이 체내로 파고드는 것을 막아 주었다.

　경찰들은 수술로 채취된 탄알과 현장에서 수거된 권총을 분석했고, 강선이 일치한다는 결론을 내렸다.

　그가 수술을 받고 있는 동안 채율도 경찰에 끌려가 수모를 겪어야 했다. 현장에서 별다른 실마리를 건지지 못한 형사들이 만만한 여고생에게 분풀이를 했다. 보호자도 없이 당하고만 있는 게 억울해서 채율은 입을 꽉 다물고 묵비권을 행사했다.

　송년회에 참석하고 있던 아버지는 자정이 넘어서야 서에 도착했다. 술에 얼근하게 취해 노래방에서 희나리를 열창하는 중이었던 홍민은 강력반에 불려 온 후에도 정신을 차리지 못했다.

　"댁의 따님이 살인 미수 혐의를 받게 되었는데 말이오."

　그저 멍청한 표정으로 교무실에서 진학 상담을 받고 있는 학부모처럼 예, 그런가요 대답만 반복했다. 얼이 빠진 보호자를 위해 경찰은 친절히 사건의 개요와 지금까지 이뤄진 수사 정황을 적당한 선에서 설명해 주었다. 형사의 설명을 채율은 모두 기억해 두었다.

227

그의 말에 따르면 현장에서 수거된 공기총에는 지문이나 DNA가 하나도 남아 있지 않았고, 범인이 도망쳤다고 여겨지는 송풍구에서는 모직 미세섬유와 부분 지문, 유전자가 나왔다고 했다. 경찰은 저격범이 송풍구에 숨어 있다가 적외선 안경 등을 통해 목표물을 쏘았다고 생각하는 모양이었다.

"그래서 말인데요. 유전자 감식을 위해 따님의 DNA 시료를 받아야 하거든요. 동의하십니까?"

"아…… 예. 괜찮습니다. 그럼요."

홍민이 서류에 서명하자 감식계 형사가 와서 채율의 구강 상피 세포를 추출했다.

"물론, 저희도 총 자루를 쥐었던 사람은 학생이 아닐 거라고 생각하고 있습니다. 전문가라도 권총으로 움직이는 목표물을 맞히는 건 힘들죠. 더군다나 정전된 상황 속에서는요. 다만 저희가 의심하는 것은."

형사는 책상 위에 놓인 라벨을 붙인 비닐백을 집어 들었다. 손바닥만 한 크기의 비닐 백에 작은 고무 조각들이 들어 있었다.

"현장에서 수거된 증거품이에요. 전시실을 엉망으로 만든 게 모두 이 풍선들 때문입니다. 작은 고무 풍선 안에 페인트를 넣어 던졌던 거죠. 풍선 매듭 부분만 모아 보니 정확히 54개였습니다."

페인트 풍선 50여 개. 한 사람이 전시회장 전부를 돌아다니며 던지기에는 너무 많은 양이었다.

경찰은 채율이 가짜 표를 위조해 친구들에게 넘기고, 그 친구들을 이용해 페인트 풍선을 던진 게 아니냐고 묻고 있었다.

"그러니까 저희 딸이 저격범을 도왔을 거라는……."

"따님이 화가 나면 평소 어떤 반응을 보이나요? 이번 일과 연관이 될 만한 그런 행동은 없었어요?"

질문은 끝없이 이어졌다.

경찰서를 나온 것은 새벽녘이 되어서였다. 좀 더 일찍 나올 수도 있었지만 기자들을 피하는 게 좋을 거라는 형사들의 조언이 있었다.

바람은 여전히 춥고 난폭했다. 온몸이 무겁고 피곤했다. 부녀는 서로를 의지해 가며 비틀비틀 미명에 감싸인 내리막길을 내려갔다. 전투경찰들이 보초를 서고 있는 입구가 보였다.

입구 앞에는 탐정단 아이들이 진을 치고 있었다. 집에 들어가지 않았는지 몰골이 말이 아니었다. 영하의 추위 속에 북극곰들처럼 한데 엉겨 붙어서는 새하얀 숨만 쉬고 있었다. 동상이 의심될 정도로 코는 새빨갛고, 눈자위는 거무죽죽했으며 입술은 보라색이었다. 아이들은 채율이 나오는 걸 보고는 살았다는 얼굴로 발딱 일어섰다. 옆에 있는 홍민에게 꾸벅 인사를 하고, 채율에게는 두유 한 팩을 내밀었다. 칠곡이 함유된 검은콩 두유였다.

"괜찮냐? 무섭지는 않았어?"

두부를 주면 먹지 않을 것 같아서 두유를 샀다는 부연 설명이 따라왔다. 먹지 않았다가는 몰매를 맞을 것 같아서 빨대를 꽂고 한입 빨았다.

"어쩌면 좋냐."

예희가 근심스런 얼굴로 물었다.

'많이 걱정했나 보네.'

추운 날씨였지만 체온에 데워진 두유는 따뜻했다. 채율은 살며시 웃었다. 험한 밤을 보낸 홍민이 아침을 사주겠다고 나섰다. 하지만 아이들은 손사래를 쳤다. 할 말이 있는 눈치였다. 성윤이 머뭇대다 들고 있던 핸드폰을 넘겨주었다.

"어떻게 막아 보려고 했는데. 우리 힘으로는 역부족이었다. 갑자기 소문이 삽시간에 퍼져서⋯⋯."

핸드폰 화면에는 포털 사이트의 메인 화면이 떠 있었다. 하재가 작게 손가락질을 했다.

"실시간 이슈 순위⋯⋯."

포털 사이트의 모바일 홈페이지에서는 이슈 순위가 팻말 넘어가 듯 하나씩 보였다. 찰칵찰칵. 5위 백두산 폭발 확률 4위 KJ그룹 감사 3위 안채준 동생 2위 하라온 총격 1위 테러범 여고생.

채율은 눈을 크게 떴다.

'왜 오빠 이름이 검색어에⋯⋯?'

하라온의 사고가 사람들의 주목을 끄는 건 이해가 갔다. 유명한 사람이니까. 하지만 왜 안채준의 이름이 검색어에 올랐는지는 의문이었다. 피로에 찌든 뇌세포들은 제대로 움직여 주지 않았다. 채율은 소리 내어 단어를 읽어 보았다.

"안채준 동생."

머플러에 가려진 그녀의 입 부근에서 입김이 흘러나왔다.

'오빠의 동생이라면 나잖아?'

"이게 어떻게 된 거야? 내가 왜 검색어 3위야?"

"3위가 아니라 1위야. 여기 나온 테러범 여고생이 너라고. 채율아.

230

어쩌면 좋니? 신상 털렸다."

둔기로 두개골을 가격당해도 이토록 충격적이지는 않았을 것 같았다. 부녀는 서로 얼굴을 마주보았다. 경찰서를 빠져 나와 겨우 지옥을 탈출했다고 생각했는데, 점입가경이었다.

넋이 나간 두 사람을 위해 미도가 대신 손가락으로 1위 이슈를 클릭해 주었다.

1학기 체육대회 때 찍은 채율의 사진이 대문짝만 하게 떴다. 반티로 맞춘 빨강 면 티에 시골 아줌마 같은 고무줄 바지, 양 갈래로 머리를 묶은 모습이었다. 면 티에는 '무관심이 아이를 망칩니다'라는 글자가 프린트되어 있었다. 반 전체가 똑같은 분장을 하기로 약속해서, 반강제적으로 했던 분장이었다.

SNS 메시지들은 실시간으로 증식하고 있었다.

정말이지 눈빛이 사나운 애인 듯.

얼굴은 예쁘장하네.

학교에서도 왕따라던데?

인터넷에는 그녀의 사진뿐 아니라, 학교와 학번, 심지어 가족관계까지 모조리 공개되어 있었다. 어머니가 유명 교육 저술가이며 이란성 쌍둥이 형제인 안채준 군은 열여섯 나이에 미국에서 박사 학위를 밟고 있다는 사실, 그 학교가 어디인지까지도 구체적으로 나와 있었다. 재미를 추구한다는 점에서 대중은 탐정단 아이들만큼이나 단순했다.

특이한 사건.

유명한 피해자.

이채로운 가족관계를 가진 용의자.

불과 하룻밤 사이에 말이 붙어 소설 한 편이 탄생해 버렸다.

불특정 다수 공동 저작 소설에 의하면 채율은 하라온의 스토커 안티팬이었고, 천재적인 두뇌를 이용해 불가능 범죄를 설계하였으며 경찰들조차 증거를 찾지 못해 석방한 사이코패스였다.

채율은 떨리는 손으로 핸드폰을 코트 주머니에서 꺼냈다.

부르르. 진동음과 함께 전원이 들어왔다. 부르르. 부르르. 핸드폰은 살아 있는 물고기처럼 그녀의 손에서 펄떡거렸다. 누가 보냈는지도 알 수 없는 문자와 메일이 메모리를 모두 잡아먹을 때까지 들어왔다. 끝이 없는 육두문자와 욕설의 행렬. 가위로 인형의 손발을 오려낸 사진을 포토 메일로 보낸 사람도 있었다. 메시지가 몇 백 건이나 멈추지 않고 계속 들어왔다. 전동 안마기를 손에 쥐고 있는 기분이었다.

"말도 안 돼. 어떻게 몇 시간만에 신상이 탄로가 나? 전시회에서 날 아는 사람이 누가 있었다고!"

필름을 되감은 것처럼 촤르르 눈앞에서 어젯밤 영상이 스쳐갔다.

사고가 일어난 직후 미도가 테이블에 뛰어올라 외치던 말.

"저희 선암여고 미스터리 탐정단이 현장을 지휘하겠습니다."

경찰이 온 후에도 대장은 소속을 확실히 밝혔다.

"형사님. 저는 선암여고 미스터리 탐정단 대장 윤미도라고 합니다."

채율의 손에 들려 있던 두유 팩이 섹시한 포물선을 그리며 솟구쳐 올랐다. 간신히 붙들고 있던 이성도 함께 그녀의 몸을 떠났다. 주변 사람들이 달려들었지만 소용없었다. 어리벙벙한 개미핥기를 낚아채는 독수리처럼 채율은 날렵하게 미도를 바닥에 눕히고 목을 조르기 시작했다.

불시에 급습을 당한 개미핥기는 팔을 파닥거리며 저항했다. 하지만 체력적으로나 정신적으로나 진심으로 달려드는 독수리를 이길 수 없었다. 성윤도 이번만은 대장을 구출하러 나설 엄두를 내지 못했다. 보초를 서고 있던 전투 경찰이 개입하지 않았더라면 경찰서 앞에서 살인 사건이 벌어졌을지도 몰랐다.

무장한 전경은 눈이 뒤집힌 여고생의 사지를 붙잡아 보호자가 있는 쪽으로 떠밀었다. 그러고는 쓰러져 있는 연약한 피해자를 잡고 일으켜 세웠다. 울먹이며 일어서는 미도의 등짝에는 압사한 두유 팩이 검은 피를 토해 내고 있었다.

* * *

"일단 할머니 댁으로 가자. 거기서 잠잠해질 때까지 지내면……."
"그럼 학교는요?"
"지금 학교가 문제니?"
집 앞은 이미 사람들로 붐비고 있었다. 평범하기 이를 데 없는 아파트 단지에 방송용 승합차가 돌아다니고, 기자로 보이는 사람들이 경비 아저씨와 옥신각신하는 게 보였다. 같은 나이 또래로 보이는 여자 아이들도 서성이고 있었는데 부리부리한 눈이 트와일라잇에 나오는 신생 뱀파이어들처럼 번뜩였다. 조수석 의자에 최대한 몸을 숨기며 채율은 눈을 감았다. 온몸이 피곤으로 썩어들어 좀비가 되어 버릴 것 같았다.

1시간 뒤 홍민은 난감한 표정으로 딸을 깨웠다. 아내에게 온 전화에 의하면 그쪽도 기자들 등쌀에 난리를 치르고 있다고 했다.

"기자들이 할머니 댁을 어떻게 알고?"

"일전에 준이가 4부작 다큐멘터리를 촬영할 때 거기서도 찍은 적 있었잖니. 기억 안 나?"

생각해 보니 방송에서 친가는 세 번 정도 나왔다. 전국적으로 유명한 맛집 맞은편 건물이라 눈썰미가 좋지 않은 사람이라도 위치를 알 수 있는 곳이었다. 일이 제대로 꼬이고 있었다. 그렇다고 청주에 있는 외가에 내려갈 수도 없는 상황이었다.

"학교에 가 있을게요. 학교라면 안전할 것 같아요."

"학교에 숙식을 할 데가 없잖아."

"기숙사 있잖아요. 아빠 때문에 안 들어갔던 거지. 지금이라도 전화하면 입사할 수 있어요. 고3들 때문에 지금도 열려 있고요. 친구들도 있고, 선생님들도 있으니까 든든할 거예요. 기자들도 함부로 못 들어 올걸요."

"괜찮겠어?"

채율은 고개를 끄덕였다. 거짓말이었지만 모두 거짓말은 아니었다. 홍민은 딸을 교문 앞에 내려주었다. 평상시에는 꼴 보기 싫던 학교 현관이 금괴처럼 반가웠다.

채율은 지친 몸을 이끌고 자견관 탐정단실로 올라왔다.

탐정단실에는 시험 때를 대비해 가져다놓은 편안한 트레이닝복과 세면도구 일체가 준비되어 있었다. 몸을 씻을 수 있는 따뜻한 물이 간절했지만 호사를 부릴 수 있는 처지가 아니었다. 화장실에서 대충 머리를 감고 씻은 뒤 다시 돌아와 스토브를 켰다. 성윤에게 테이블을 개조하는 법을 배워두었던 게 다행이었다. 침대를 만들어 그 위에 전기담요를 올렸다. 하재가 집에서 쓰지 않는다며 가져온 것이었다. 캐비닛에 있는 이불을 꺼내 몸을 녹였다. 따뜻한 열기가 잠을 불러왔다.

잠들기 직전 그녀는 한 통의 문자를 발송했다.

3시간 뒤 사무실로 집합!

눈을 떴을 때는 아까보다 훨씬 인간다워진 아이들이 모여 있었다. 구호물자로 컵라면과 즉석 떡볶이, 햇반을 넉넉히 가져온 탐정단이 채율이 깨기만을 기다리고 있었다. 채율이 몸을 일으키는 것을 본 미도는 움찔 어깨를 떨었다.

"야. 무슨 일이 있더라도 이번 사태 수습해. 그렇지 않으면 네가 우리 오빠의 정자를 탐내고 있다고 일러바칠 거야."

"그런!"

100퍼센트 진심이 담긴 협박에 미도는 얼굴이 하얗게 질렸다.

본격적인 회의는 식사와 동시에 개시되었다. 몸이 휴식을 취하고 나니 한결 머리가 잘 돌아가는 듯했다. 경찰에게 하지 못했던 이야기를 아이들에게 털어놓았다. 연준이 라온의 숙부라는 것. 그리고 두 사람 사이에 오가던 수수께끼 같은 말과 행동. 무엇보다 정전이 일어나기 직전 시계를 가리키며 기대하라는 표정을 지었던 연준에 대해서도.

"그럼 뭐야? 숙부가 조카에게 총을 쐈단 말이야? 왜?"

성윤이 경악하는 얼굴로 물었다.

"속단하기에는 일러. 그래서 나도 경찰에 말을 하지 않았던 거야."

일이 이렇게 되고 나니 물밀 듯 후회가 밀려왔다. 차라리 경찰에게 하연준의 수상한 점을 술술술 불어 버렸더라면 혐의는 확실히 벗었으리라.

"하지만 뭣보다 마음에 걸리는 건, 그 사람 눈빛이야. 그 사진작가가 나를 보던 눈이 좀……."

라면가락을 휘젓던 채율의 젓가락이 멈췄다. 맞은편에 앉은 미도가 자신을 뜨거운 시선으로 바라보고 있다는 걸 이제야 눈치 챘다. 부담스럽다는 면에서는 라온보다 이쪽이 더 했다. 뭐냐. 어디 한번 말해 보라는 식으로 채율은 젓가락을 까닥였다.

"한 가지만 확실히 해 줘. 너, 선생님이랑 무슨 관계야?"

"관계?"

"그 표도 그 선생님이 구해 준 거라면서? 왜 둘이 하라온 전시회에 가?"

대답할 가치도 없는 황당한 질문이었다. 무시하려는 순간, 시야가 넓어지면서 다른 아이들 표정이 보였다. 미도만이 아니었다. 다들 미묘한 분위기로 채율을 보고 있었다. 미도의 옆에 앉아 있던 예희는 아예 단도직입적으로 물었다.

"안채율, 원조 교제하니?"

순결을 의심하는 질문에 어이없는 표정을 짓던 채율은 느닷없이 피식 웃었다. 아이들은 경악했지만 본인은 조금도 개의치 않았다.

"아아……."

바로, 그거였다.

따지고 보면 모든 일의 발단은 그였다. 살인의 의혹을 받고 경찰서에 가게 된 것도, 인터넷 실시간 검색어에 오르게 된 것도 연준이 전시회 초대권을 주지 않았더라면 생기지 않았을 일이었다.

'그렇구나. 그 사람 때문이었어. 하라온이 나를 그렇게 쳐다봤던 건. 하라온은 나를 그날 처음 봤어. 그럼에도 멸시하는 시선으로 쳐다봤지. 하 샘과 나 사이의 관계를 의심했던 거야.'

모든 게 명확해졌다.

원조 교제라면 누구에게라도 분노를 살 만한 관계였다. 혹시 연준이 이전에도 제자와 부적절한 관계를 맺었던 것이 아닐까 싶었다. 그때 라온과 대화하면서 예전 운운했던 것이 떠올랐다. 연준이 제자에게 손 댄 적이 있었고, 그것을 라온이 알고 있었더라면 연준과 동행한 채율을 보고 비슷한 관계가 반복되고 있다고 생각했을 수 있었다. 더불어 연준이 그녀에게 부담스러울 정도로 잘해 주는 이유도 설명이 됐다.

"하 선생님……. 우리 연극부 담당이고, 근사한 분이기는 해. 미중년에 나이를 초월해서 섹시한 면도 있고. 솔직히 그분을 가만히 보고 있으면 그 위험한 입술에 키스하고 싶다는 생각도 들 거야. 하지만 이 언니가 보기에 그분, 건강한 정신을 가진 사람은 아니다. 위험해. 어울리지 마."

예희의 얼굴은 붉게 상기되어 있었다. 조언인지 아닌지 구분할 수 없게 만드는 표정이었다. 옆에 있던 성윤이 정색을 했다.

"그 샘이 쉑시하다고? 말도 안 돼. 내가 보기엔……."

"이봐. 성돌 씨, 누가 너처럼 신체 발육이 사춘기 미만인 어린애의 심미안에 관심을 갖겠어? 가슴이 B컵으로 자라거들랑 다시 얘기하자. 쪼끄만 게 감히 언니 앞에서 남자를 품평해?"

"뭐라고? 이 아저씨 킬러가!"

두 사람이 본격적으로 티격태격하기 직전 채율이 소리쳤다.

"절대 그런 거 아니니까 안심해."

채율은 침착한 목소리로 아이들에게 조금 전 떠올린 가능성을 이야기해 주었다. 소녀들은 사건에 대한 이야기를 듣는 것보다 동료가 불순 교제에 휘말린 게 아니라는 해명에 더 안심하는 눈치였다.

하재가 고개를 끄덕였다.

"그래서 하연준 선생님이 라온을 죽이려고 했구나. 자신의 치부가 폭로될까 봐서."

"그럼 한 사람을 위한 전시회라고 하는 건?"

"하연준이 되는 거지. 그에게 경고를 하기 위해 전시회를 열었던 거야."

"하지만 그게 어떻게 경고가 되는 건데? 난 봐도 모르겠더만."

전시회 도록을 손가락으로 두드리며 성윤이 말했다.

"뭔가 둘만이 알 수 있는 사인 같은 거였겠지."

채율의 말을 듣고 미도가 눈을 가늘게 떴다. 무언가 짚이는 것이 있는 눈치였다. 팔에 끼고 있는 도록의 귀퉁이가 몽틀몽틀 닳아 있었다.

만약 이번 사건이 정말로 하연준의 짓이라면 설령 시험지 유출 사건이 밝혀지는 한이 있어도 그를 고소해야겠다고 다짐했다. 그래야만 누명을 벗을 수 있을 테고, 앞으로 혹시 모를 그의 마수에서 벗어날 수 있을 것 같았다.

채율은 비장한 표정으로 핸드폰을 꺼냈다. 미도가 교직원 파일에서 연준의 전화번호를 넘겨주었다.

탐정단 아이들이 들을 수 있도록 스피커폰으로 통화를 했다. 유사시에 대비해 전화는 녹음 모드로 해 놓았다. 신호가 가는 동안 그녀는 물어봐야 할 것들과 피해야 할 것들에 대해서 생각했다. 그리고 원하는 것을 얻어내려면 어떻게 처신해야 할지도 고민했다.

착신음 세 번만에 전화가 연결되었다.

"실망이다. 너한테 여러모로 실망했어."

다짜고짜 꾸짖는 소리가 들렸다. 채율이 자신이 누구라고 밝히지도 않았고, 목소리도 한 번 내지 않았는데. 그러나 그의 말투는 거침없었다.

"오늘 아침에 일어나면서 내가 얼마나 설렜는지 알아? 경찰이 우리 집으로 찾아올 줄 알았단 말이다. 왜 내 이야기는 하지 않았어? 그럼 최소한 이 지경까지는 되지 않았을 거 아냐. 인터넷에 올라온 네 사진 봤다. 가관이더라."

채율의 번호를 미리 저장해 둔 모양이었다. 그러나 연준의 이런 반응은 정말 당황스러웠다. 경찰에 이야기 하지 않은 것을 빌미삼아 협상을 이끌어내려고 했는데 이런 식이라면 협박이 먹히지 않을 것 같았다. 단도직입적으로 나가야 했다.

"하라온 핸드폰 번호 좀 알려 주세요."

"왜?"

"조사 좀 해 보게요."

"경찰에 맡겨. 그냥 내 잘못인 것 같다고 하고 의심 가는 바를 쭉 이야기하렴. 그 편이 빠를 거야. 그 뒤는 내가 알아서 할게."

"이렇게 된 이상 저도 알 건 알아야겠어요. 처음부터 선생님이 절 데리고 가시지 않았다면 절대 이런 일을 당하지는……."

"초대권을 위조한 건 너야. 네가 초래한 일이잖니."

맞는 말이었다. 음소거 상태로 식은 떡볶이를 씹어 먹던 탐정단 아이들이 엄지손가락을 치켜 올렸다.

"그럼 정말로 선생님이 하라온을 총으로 쏜 거예요?"

"그럴 걸 그랬지. 그럼 빗나가는 일도 없었을 테고. 키워 준 은혜 도 모르는 놈 같으니."

뿌드득. 이를 가는 소리가 수화기 너머로 들려왔다. 무언가에 단 단히 화가 나 있는 듯 했다. 그는 뭔가 알고 있는 눈치였다.

'이제 대체 어떡해야 한담.'

이 사람을 설득하려면 어떻게 행동해야 할지 감이 잡히질 않았다. 채율이 머뭇거리고 있자 옆에 앉아 있던 자칭 행동 심리학 박사가 펜을 들었다. 미도가 도록 여백에 휘갈겨 쓴 글자를 읽고 채율은 신음했다. 통할 법한 묘안이었지만 너무도 치욕스러웠다. 미도는 숯덩 이 같은 눈썹을 들썩이며 어서 시행하라고 채근했다. 혹시 이 녀석, 여러 방법 가운데서 가장 곤란한 방법을 일러준 게 아닐까 싶었다.

다시 한 번 목을 졸라 버리고 싶은 마음이 굴뚝같아졌다. 하지만 지금은 우선. 채율은 눈을 질끈 감았다.

"잘못했어요."

"뭐라고?"

천하의 하연준도 이런 반응은 예상하지 못한 모양이었다. 잠시 수화기 저편에서 사과의 저의를 의심하는 침묵이 흘렀다. 채율은 다시 한 번 망가졌다.

"제가 잘못했어요. 선생님. 정말 죄송해요."

"옆에 미도 있니?"

털붓으로 전신을 훑어 내리는 듯 소름이 끼쳤다.

통화 내용을 듣고 있던 탐정단 아이들도 마찬가지였다. 성윤은 터져 나오는 사레를 겨우 진정시키고 아슬아슬하게 무호흡 상태를 유지하고 있었다. 가장 충격을 받은 것은 미도였다. 핏기가 허옇게 가신 얼굴로 앉아 눈동자만 끔벅이고 있었다.

"아…… 아뇨."

지체된 시간만큼이나 뻔한 거짓말이었다. 수화기 너머로 큭큭거리는 소리가 들렸다. 니들이 뛰어봤자지라고 말하는 듯했다.

"애들한테 안부 전해라. 그날 쇼, 재미있었다고."

전화가 끊겼다.

우주에서 복사 에너지가 유유히 전달되는 것처럼 아득한 침묵이 흘렀다. 선암여고에서는 전교생 중 그 누구도 프랑스 어 시간에 떠들지 못했다. 연준은 체벌을 가하지도, 소리를 지르지도 않지만 아이들은 그의 말이라면 꼼짝하지 못했다. 그는 천차만별인 인간상을 효율적으로 제어하는 방법을 알고 있는 남자였다. 신나게 밥을 먹던 탐정단 소녀들은 연준의 감에 질려 입맛을 잃었다.

20분이 지나지 않아 미도의 핸드폰으로 메시지 한 통이 전송되어 왔다. 라온이 입원해 있는 병원과 병실이 나와 있었다. 연준이 보낸 메시지였다. 아주 자상하게도 병문안을 위한 약속까지 잡아 줬다.

약속은 사흘 뒤 오후 3시였다.

* * *

학교에서 등교할 준비를 하는 건 지금 처지와는 반대로 즐겁고 신선했다. 화장실에서 간단히 씻고, 머리를 감고, 교복을 입으면 끝. 이대로 사무실에서 계속 지내보는 건 어떨까 싶을 정도로 간편했다. 밤을 보내는 것도 두렵지 않았다. 스테인드글라스 원형 창을 통해 내려다보는 도시는 채율을 매혹시키기에 충분했다. 어디선가 그녀를 욕하는 글들이 무자비하게 생산되고 있었지만 정작 본인은 따뜻한 코코아와 감미로운 음악을 들으며 호젓한 하룻밤을 보냈다.

물론 지난 밤, 미국에 있는 엄마와 오빠에게 한소리 들어야 했다. 오유진 여사는 혹시나 이 일이 자신의 명성에 해가 될까 봐 전전긍긍하고 있었다. 반면 채준은 동생의 수난을 나몰라 하며 즐기고 있었다. 실시간으로 인터넷상에서 생산되는 소설 아닌 소설을 읽으며 모순을 짚어 냈다. 동생에게서 구체적인 현장 정황을 듣고는 경찰의 수사에 의문을 표시하기도 했다.

"말도 안 돼. 적외선 안경을 쓰면 사람들이 움직이는 모습이 보일 뿐이야. 누가 누구라고 정확하게 식별하기는 힘들어. 더구나 정전 때문에 관람객들이 우왕좌왕했다면서? 그런 곳에서 어떻게 명중률도 떨어지는 권총으로 목표물을 맞혀? 목표물이 어디로 이동할지도 몰랐을 텐데 말이야. 사각지대로 이동했으면 어쩌려고? 포토그래퍼를 노렸다는 건 어디서 나온 확신이래?"

캐비닛에 들어 있는 드라이기로 머리를 말리며 라디오로 뉴스를 들었다. 특별히 채널을 고르지 않아도 세상은 온통 그 이야기였다. 스타성을 가진 젊은 사진작가에 관한 대중의 관심이 뜨거웠다. 이영광 수사팀장이 수사 중간발표를 하는 목소리도 들렸다.

"……사진작가 하라온의 인터넷 안티 카페에서 '페인트 풍선을 투척하자'는 취지의 글이 게시된 사실을 입수하였습니다. 카페 회원 다섯 명이 가담한 것으로 확인되며 용의자들은 일요일 내내 이어진 수사 시간 동안 범행을 일부 인정하였습니다.

현장에서 발견된 권총의 총번은 올해 2월 강원 모 총포사에서 도난당한 총기류 14정 중 하나로 밝혀져 판매루트를 수사 중입니다."

경찰은 인터넷 카페에 페인트 테러에 관한 글을 올린 장본인이자, 페인트 테러 용의자들에게 전시회 개막전 초대권을 넘겨준 '살바이 봉봉(Salbei Bonbon)'을 찾기 위해 노력하고 있었다. 입건된 용의자들은 사전 총격에 대해 전혀 알지 못했다고 진술했다. 경찰은 살바이 봉봉이 총격을 계획하고 실행했을 가능성이 높다고 보고 있었다. 그를 뒷받침하듯 살바이의 아이디는 도용된 주민 등록 번호로 만들어져 있었다. 카페에 접속할 때도 공용 PC를 사용해 신분이 드러나는 것을 철저히 감추었다. 페인트 테러에 가담했던 용의자들은 살바이를 만난 적이 없었다.

변조된 용의자의 목소리가 방송을 타고 흘러나왔다.

"누군가 재수가 없어서 붙잡힐 수 있잖아요. 그럼 그 사람이 경찰에 죄다 불 수 있다고. 그러니까 서로 사전 미팅도 하지 말고, 얼굴도 보지 말자고, 그게 제일 안전하다고. 살바이 그 사람이……."

채율은 뉴스를 껐다. 전열 기구의 전원을 끄고, 사무실 문을 잠근 뒤 3층으로 내려왔다. 자견관에는 학교로 곧바로 이어지는 구름다리가 있었다. 서리가 내려 주위에 있는 나무들이 은빛 상고대를 뽐내고 있었다.

학교에 들어서는 순간부터 사람들의 손가락질과 수런거림이 본격적으로 시작되었다. 보란 듯이 노려보는 인간들도 있었다. 아무렇지 않은 얼굴로 채율이 학교에 나타난 것이 믿기지 않는 분위기였다. 허리를 곧게 펴고 스스로 암시를 걸었다.

'나는 저격범이다. 불가능 범죄를 설계했고, 증거 불충분으로 풀려났다. 이 아이들은 날 두려워하고 있어.'

결백한 인간이 죄인 취급받는 것도 불합리한 일이었지만 기죽지 않기 위해 일부러 범죄자 행세를 하는 것도 아이러니한 일이었다. 하지만 말도 안 되는 일 때문에 학생의 기본 권리인 학습권을 침해받고 싶지 않았다.

채율은 사이코 살인자가 풍길 만한 분위기를 열심히 상상하고, 만들어진 이미지를 뒤집어썼다. 일단 암시가 통하고 나니 용감무쌍해졌다. 냉담하고 날카로운 시선으로 아이들을 노려보았다. 호기심에 둥글게 몰려섰던 아이들이 뒷걸음치며 길을 내주었다.

교실로 들어와서는 일부러 책가방을 탁 소리가 나도록 책상 위에 내 던졌다. 반 아이들은 그녀가 등교하기 전부터 그녀에 관한 화제로 이야기꽃을 피우고 있었다. 시선이 집중되자 채율은 자신을 바라보는 아이들을 하나하나 험악하게 노려보았다. 모범생 젠트리로 살아온 10년. 이런 식으로 새로운 계급을 시작하게 될 줄은 몰랐다. 문제아도 보통 문제아가 아니었다. 마음에 들지 않는다는 이유로 유명인을 총으로 쏴 버린 정신병자였다. 아이들은 겁에 질린 얼굴로 고개를 떨어뜨렸다.

학교가 파할 때까지 누구도 말을 걸지 않았다. 의외로 적성에 맞았다.

방과 후에는 곧바로 도서실로 갔다. 뉴스에서 살바이 봉봉(Salbei Bonbon)이란 단어를 들었을 때 번뜩 스치는 생각이 있었다. 원래 봉봉이라는 단어는 사탕을 뜻하는 단어였고, 사탕이라면 채율이 잘 아는 누군가의 시그니처 아이템이었다.

예상은 맞아떨어졌다. 프랑스 어가 아니라, 독일어였다는 점이 의외이긴 했지만 사전에는 살바이가 샐비어 꽃를 뜻하는 단어라고 나와 있었다.

여러 개의 꽃이 꽃대를 따라 줄지어 피어나는 꽃 샐비어. 꽃술을 빨면 꿀이 나오는 것으로도 유명한 꽃. 별칭은 세이지였다. 즉, 살바이 봉봉은 세이지 사탕이라는 의미였다.

교사라면 남의 주민 등록 번호로 손쉽게 아이디를 만들 수 있었을 터였다. 직업적으로 학생들의 주민 번호뿐만 아니라, 학부모 때로는 학생의 보호자인 조부모들, 졸업생의 주민 번호까지 손쉽게 알 수 있는 위치에 있었다.

그러나 분명 그는 자신의 혐의를 부정했었다. 전화 내용을 되새기며 채율은 생각에 잠겼다.

'아니야. 총으로 쏜 걸 부정했던 거지. 페인트 풍선을 던진 것을 부정하지는 않았어.'

그날 정전이 일어나기 직전 연준은 시계를 가리켰다. 마치 무슨 일이 일어날 것인지 예상한 사람처럼.

아침에 들은 뉴스에서도 용의자들이 범행을 일부만 시인했다고 하지 않았던가.

'저격과 페인트 테러가 별개의 사건이라면……'

머리가 지끈지끈했다. 여전히 풀리지 않는 수수께끼들이 많았다. 하연준이 무엇 때문에 조카의 전시회장을 엉망으로 만들려고 했는지, 그리고 왜 그 자리에 채율을 동행시킨 것인지 알 수 없었다. 정말로 라온이 연준의 치부를 드러내는 사진을 찍었던 거라면 자신의 목적을 숨기기 위해서라도 채율을 데려가지 말았어야 했던 게 아닐까 싶었다.

* * *

학교에서 먹고 자고 하는 가운데 시간은 흘러갔다. 기말고사가 끝나 단축 수업을 하고 있어서 급식실을 가지 않아도 된다는 것이 다행이라면 다행이었다. 매일 아버지에게 안부 전화를 하고, 탐정단 아이들이 싸 온 도시락, 편의점 주먹밥을 먹으며 근근히 버텼다. 그

246

리고 마침내 약속한 날. 라온이 입원한 병원으로 향했다.

하라온의 페이스북에는 절대 안정을 취해야 하는 상황이라 면회를 사절한다는 내용의 공지가 떠 있었다. 기자들도 입실이 불가능한 상황이라 해서, 아무리 면회 약속을 잡았다고는 하지만 걱정되었다. 하지만 라온의 매니저 이준우는 로비 앞에서 채율을 발견하고 병실까지 친절히 인도해 주었다. 병원이라고 하기에는 고급 요양소 같은 분위기를 풍기는 곳이었다. 혹시나 싶어 사 온 포도주스 박스가 초라해졌다.

문 앞에 서 있는 보디가드들을 지나 병실에 들어섰다. 각계각층에서 보내온 수많은 꽃다발이 입구 근처에 놓여 있었다. 프리지아 너머로 침대 옆 소파에 앉은 여자가 보였다. 전시회에서 마주쳤던 라온의 계모였다. 분홍색 폴라 티에 같은 컬러의 니트 카디건을 입고 있었다. 어떻게든 나이가 들어 보이기 위해 애쓴 옷차림이었다. 여자는 탐정단 아이들을 보고는 못마땅한 표정을 지었다. 얼음처럼 새하얀 이마에 주름이 살짝 생겼다 사라졌다. 그녀는 자기가 직접 깎아 놓은 사과가 담긴 접시를 테이블에 내려놓았다. 그리고 가볍게 인사를 하고 자리를 피해 주었다. 공기처럼 조용하고 가벼운 몸가짐이었다.

"이봐……."

채율이 라온을 부르려는 순간, 예희가 그녀의 입을 막았다.

'지금 뭐하는 짓이야?'

눈으로 화를 내며 예희를 돌아봤다. 그러나 예희의 시선은 채율을 보고 있지 않았다. 그녀는 잠들어 있는 아폴론을 응시하며 꿈꾸는

247

표정을 짓고 있었다. 가만 보니 하재와 성윤의 두 볼도 발그레 물들어 있었다. 그제야 채율도 눈앞에 있는 남자를 찬찬히 바라보았다.

그가 잠들어 있었다. 파란색 스트라이프가 들어간 하얀색 환자복을 입고, 반쯤 세워진 침대 위에 상체를 기대고 앉아 자고 있었다. 방금 전까지 창밖을 내다보고 있었던 모양인지 머리가 창쪽으로 살짝 숙여져 있고, 귀에는 이어폰이 꽂혀 있었다. 얼음처럼 희고 창백한 옆 얼굴선을 굽이치며 흐르는 머리칼이 밤바다처럼 검고 빛났다. 환자복 옷깃 사이로 엿보이는 쇄골과 가슴 근육. 사진을 찍는 사람이라고 하기에는 아깝다 싶을 정도로 사진가 본인이 좋은 피사체 그 자체였다.

병실까지 데려다주며 매니저가 했던 말이 떠올랐다.

"라온이가 1년 동안 벌어들이는 수입이 얼만지 아냐. 올해만 CF 네 개를 찍고, 카메라 조작법 DVD에, 책은 두 권 출판했어. 50여 만 부가 팔렸고. 거기다 작품 판매, 강연, 출연료, 저작권 해서 들어오는 수입도 만만찮아. 한국뿐만 아니라, 유럽에서 인기가 얼마나 많은데. 연예인이 아닌데도 우리 같은 전문 기획사가 나서서 매니지먼트 해줄 정도니까. 대충 계산해 봐도 올해 40억 넘게 벌어들였지."

"40억요?"

"고교생이니까 그 정도지, 나중에 사회인이 되면 갑절은 더 벌어들일 거야."

어리다고 할 수 있는 나이에 모든 사람들이 원하는 것을 얻은 인간이었다. 교만한 얼굴로 세상을 내려다본다고 해도 이상할 게 없었다. 그러나 잠들어 있는 얼굴은 우울하고 허무해 보였다. 무리도 아니었다. 총을 맞고, 병원에 실려 왔다. 더구나 범인은 아직도 잡히지 않았다. 누군지도 알 수 없었다. 불안해 보이는 것도 당연했다.

멤버들의 예술 작품 감상 시간이 길어지자 미도가 짜증을 냈다. 그녀는 잠들어 있는 라온을 흔들어 깨웠다.

"이봐요. 일어나요. 일어나라고요. 약속 잡아 놓고 자는 건 무슨 결례에요."

라온은 좀처럼 일어나지 못했다. 수면제를 먹었거나 수면제가 들어 있는 약을 처방받은 사람처럼 눈을 뜨고도 한참 동안 멍한 얼굴로 눈앞에 있는 아이들을 쳐다보았다. 눈앞에 있는 아이들이 왜 여기에 있는 건지 이해가 되지 않는다는 얼굴이었다.

그러다 채율을 발견하고 비로소 눈동자에 빛이 돌아왔다.

"너구나. 그래. 네가 온다고 했던 게 오늘이었어."

채율은 목소리를 가다듬고 말했다.

무슨 말을 해야 할지는 이곳에 오기 전부터 생각해 두었다. 라온은 팔짱을 끼고 그녀의 해명을 들었다. 자신이 총격 사건과는 전혀 무관한 보통의 여고생이고, 그를 저격하지도 않았다는.

말을 듣고 난 후에도 라온의 얼굴빛은 변함이 없었다. 무감각한 얼굴에 질린 채율은 굳이 하지 않아도 좋을 말까지 덧붙였다.

"저는 하연준 선생님과도 아무런 관련이 없어요. 그날은 어쩔 수 없는 사정 때문에 전시회에 갔던 거고요."

"아무런 연관이 없었다면 숙부가 널 데려왔을 리 없어."

"하지만 당신이 생각하는 그런 사이가 아니었어요."

"어떤 사이?"

느물거리는 미소를 지으며 그가 물었다. 채율은 혀를 깨물었다. 아직까지는 추정에 불과한 오해고, 말해 봤자 명예롭지도 못한 혐의였다. 언급해서 좋을 게 없다.

채율이 멈칫하는 모습을 보고 라온은 한쪽 입꼬리를 비틀어 올렸다. 완전히 무시하는 눈빛이었다. 그 시선에 압도당한 채율이 반사적으로 시선을 돌렸다. 방금 전 자리를 비켜주고 나간 계모의 자리에 미도가 앉아 있었다. 미도는 손가락으로 자신을 가리키며 눈을 반짝이고 있었다. 뒤로 물러서며 미도가 내민 손을 마주쳤다.

바통 터치.

"예전에 있었던 그분과 같은 '관계'를 말하는 겁니다."

미도는 너덜너덜해진 전시회 도록을 치켜 올렸다. 지난 사흘 동안 열심히 도록을 해부한 모양이었다. 말투에 자신감이 넘쳤다.

"이번 전시회의 숨은 주제가 되었던 바로 그분과 같은 관계 말이죠."

라온이 고개를 들어 미도를 쳐다보았다. 이건 또 뭐냐는 얼굴. 모든 사람들이 미도를 처음 만났을 때 짓는 그런 표정이었다.

"이번 전시회에 수록된 작품들을 보니 한사람이 반복적으로 출현하고 있더군요. 첫 번째, 「몽유(夢遊)」라는 작품에서 나온 소녀의 다리를 보면 무릎 부분에 꿰맨 듯한 흉터 자욱이 있어요. 그런데 여름 바다를 찍은 「하루(夏淚)」라는 작품 속, 파라솔에 가려진 여자 다리에 같은 상처가 있죠. 그 소녀는 왼쪽 팔에도 비슷한 모양의 검붉은 흉터가 있고, 7페이지에 수록된 「봉쇄 수도원」이라는 작품 속에서 수녀의 팔목을 잡고 있는 여학생도 마찬가지 흉터가 있죠. 또 옆 얼굴만 나와서 얼굴은 알 수가 없지만 귀 모양 역시 21페이지 「꽃상여」라는 작품 속에서 경대에 앉아 화장 하고 있는 여자와 똑같았어요. In Shot이라는 주제처럼 이번 전시회는 모두 한 여자가 우연히 찍힌 사진들만 골라내어 열었던 전시회였어요.

팸플릿에 적혀 있던 말을 생각해 보죠. '한 사람을 위한 전시회.' 그건 사진에 찍힌 이 여자를 위한 전시회라는 뜻이에요. 그렇지 않나요? 하라온 씨? 당신이 총격을 당한 것도 사실은 이 여자 때문이 아닙니까?"

말을 마치며 미도는 검지를 라온에게 내질렀다. 그리고 스스로 멋진 포즈라고 생각했는지 흘긋 뒤를 보았다. 탐정단 아이들 모두 감탄 어린 눈빛으로 대장을 보고 있었다. 마지막으로 미도의 눈이 채율에게 향했다. 대장이 제대로 한 몫 해 주는 걸 보니 마음이 시원했다. 채율도 엄지손가락을 곧추세웠다. 미도의 얼굴에 환한 미소가 번졌다.

"제법이긴 하지만 이번 전시회는 그 사람을 위한 게 아니었어. 그리고 너희들에게 그 사람에 대해서 이야기해 주고 싶지도 않고. 질문 끝났니?"

라온이 비아냥거리며 말했다. 하지만 자세는 탐정단 쪽으로 완전히 돌아서 있었다. 예희가 물었다.

"경찰은 당신 작품 속에 나온 여자에 대해서 알고 있어요?"

"아니. 말하지 않았어."

"왜죠?"

"이번 사건과 무관한 여자거든. 죽었으니까."

"죽었으니까, 관련이 있을 수도 있죠. 누군가 그 여자의 죽음에 대해서 당신에게 원한을 갖고……."

"아니. 그 죽음으로 원한을 품게 된 사람이 바로 나야."

거기까지 말하고 라온은 입을 꾹 다물었다. 쓸데없는 이야기를 한 걸 후회하는 눈치였다. 그러나 채율은 곧 이해할 수 있었다. 전시회장에서 있었던 하연준 선생님과 라온 사이의 의미심장한 대화. 라온의 사진 속에는 소녀가 선암여고 교복을 입고 있는 사진도 있었다. 그리고 하연준은 선암여고의 교사였다.

"……이번 토끼는 날 벗어나 도망칠 수 있을 거 같아?"

"왜요? 죽이시게요?"

과거, 선암여고 학생이던 그 누군가가 죽었다. 그녀가 라온과 모종의 관계가 있었고, 연준으로 인해 죽었다면……. 라온이 원한을 품은 대상은 숙부, 하연준인 것이 뻔했다.

"한 사람을 위한 전시회. 그거 하연준 선생님을 뜻하는 거죠? 사진전을 열어서 하연준 선생님을 협박하려고 했던 거 아니에요? 죽은 사람을 공개적으로 대중에게 보여서 무언의 압박을 주면서도 일부러 여학생의 모습을 퍼즐처럼 나누어 놓았어요. 관련 없는 사람들은 눈치 채지 못하게 말이죠. 당신과 하 샘은 친척이니, 직접적인 폭로는 할 수 없었을 거예요. 스스로의 얼굴에 먹칠하는 게 되니까."

핵심을 읽혔는지 하라온의 얼굴이 미묘하게 변했다. 하지만 곧 부정했다.

"네 말이 맞아. 하지만 숙부를 위한 전시회는 아니었어."

"하지만 범인은 하연준 선생님일지 몰라요. 전시회가 하 샘을 압박하기 위해 열렸던 거고, 거기서 충격 사건이 일어나 당신이 다치게 되었다면, 그건 누가 봐도 하 선생님 짓이에요."

"그래서 내가 경찰에게 그 이야기를 하지 않았던 거야."

"의심은 했다는 뜻이군요. 당신 생각이 어떻든 정말로 선생님이 범인일 수 있어요."

"그럴 리 없어."

"뭘로 확신하죠?"

"숙부가 날 노렸다면 난 정말 죽었어. 이렇게 너희들을 만나고 있지는 못할 거야."

그는 단언했다. 반론을 제기하고 싶었지만 라온은 그럴 기회를 주지 않았다.

"모두 쓸데없는 짓이야. 경찰도 못 찾은 범인을 너희들이 무슨 수로 찾아? 학생답게 집에 가서 EBS나 봐. 학비를 대주시는 부모님께 죄송하지 않아?"

아주 오래전에 고등학교를 졸업한 사람 같은 말투였다. 귀찮은 팬들을 떼어 버리듯 거만하게 말하고 있었다. 그의 팬들 때문에 온갖 곤욕을 치르고 있던 채율은 화가 났다.

"아뇨, 우리는 잡을 수 있어요. 잡을 거고요."

라온의 표정이 달라졌다. 피부에 체온이 사라지면서 뱀처럼 싸늘해졌다.

"그래? 그럼 어디 한 번 잡아서 데려와 봐."

"데려오면 어쩔 건데요? 그럼 저희를 무시한 태도를 사과해 주실 래요?"

"물론이야. 정식으로 사과할게. 하지만 만약에 데려오지 못하면 너희는 어떡할래? 나는 말뿐인 인간들을 경멸하거든."

"어떻게 해 드릴까요?"

"해체할 수 있겠어? 학생답게 공부나 하라는 말이야."

두 사람은 마치 키스라도 할 것처럼 서로를 바라보며 부드럽게 웃었다. 옆에 있는 탐정단원들이 당황할 정도였다.

"그럼 저희가 밑지잖아요. 이쪽이 해체해야 한다면 하라온 씨도 은퇴 정도 해 주셔야죠. 사과로는 부족하다고요."

"삼류 고등학교 이름 없는 탐정단 해체하는 거랑, 대한민국에서 모르는 사람들이 없는 포토그래퍼가 은퇴하는 거랑, 어떻게 같겠어? 학교에서 부등식도 안 배웠어?"

"포토그래퍼도 포토그래퍼 나름이죠. 솔직히 당신 윌리엄 이글스 턴의 아류잖아요. 이번 전시작들도 모두 재활용품……. 예술가입네 하고 싶겠지만 아무도 그렇게 생각하지 않아요. 조금 이색적인 아이 돌일 뿐이죠. 얼굴 반반한 걸로 개성이 빈곤한 걸 감추는 게 몇 년이 나 갈 것 같아요? 솔직히 당신 정도 재능 있는 사람 이 나라에 많아 요. 우리 학교에도 한 백 명 정도 있고요."

미풍처럼 산뜻한 어조로 채율이 말했다. 연준에게 들었던 독설이 도움이 되었다. 창백하던 라온의 얼굴에 핏기가 돌면서 붉으락푸르 락 변해 갔다. 아이들은 숨도 쉬지 못하고 눈만 껌벅이고 있었다. 탐 정단을 대변하는 채율이 고마우면서도 동시에 탐정단을 위기로 몰아넣는 그녀를 어떻게 판단해야 할지 몰라 머뭇거리고 있었다.

그녀를 잡아먹을 듯 노려보고 있던 라온의 입에서 한마디 말이 터져 나왔다.

"1년! 너희가 범인을 잡아오면 내가 1년 동안 카메라를 잡지 않을 게. 공식적인 작품을 발표하지 않겠다는 말이야. 뭐 그럴 일도 없겠지만."

"에이. 너무 소심하신 거 아니에요? 1년이면 몸 나으실 때까지 감안해서 사실상 몇 개월일 텐데, 여고생들의 사는 낙을 빼앗는 대가로는 턱없이 부족하죠. 더구나 저희 인원이 몇 명인데요. 수업 시간에 부등식도 안 배우셨나?"

"좋아, 2년. 너희들 졸업할 때까지 나도 사진작가로서 휴업하겠어. 대신, 날 쏜 범인을 잡아오지 못하면 그날로 해체하는 거야."

"그럼요. 물론이죠."

채율은 미소를 머금었다. 어찌되든 그녀에게 이득인 거래였다. 범인을 잡아서 하라온을 휴업시켜 버리면 자신을 괴롭힌 팬들에게 잔혹한 복수를 감행하는 것이었고, 범인을 못 잡으면 학교생활 편하게 할 수 있는 길이 열리는 것이었다.

"자자, 두 분 다 너무 흥분하신 것 같은데. 처음부터 냉정하게 이야기를 해 보죠."

미도가 중재에 나섰다. 하지만 라온과 채율, 누가 먼저랄 것도 없이 그녀를 보며 말했다.

"왜에? 자신 없어?"

"왜? 자신이 없나?"

"자…… 자신이 없다기보다는 그렇게 극단적이 될 필요가 있냔 말이죠."

"물론 있지. 학생이 학생답게 공부나 해야지. 위험할지도 모를 일에 왜 나서?"

당연하다는 듯 라온이 말했다. 채율이 싱긋 웃으며 대답했다.

"제 말이 그 말이에요. 하라온 씨. 곧 시작될 대학 생활, 리포트나 쓰면서 학생답게 보내게 해 드릴게요."

두 사람은 모두가 보는 앞에서 악수를 나눴다. 돌이킬 수 없는 거래가 성사되었다.

* * *

다음 날 탐정단은 사건이 일어났던 갤러리 랑(稂)을 찾았다. 기말고사가 끝나고 방학식 전까지 단축수업을 하고 있어 가능한 일이었다. 개막전일 때는 선별된 인사들에게 뿌려진 초대권이 있어야 들어갈 수 있었지만 이후로는 표를 사면 언제든지 들어갈 수 있었다. 표값이 비싸 그동안 모아둔 회비를 깨야 했다. 파인더 Ⅲ 지문 감식 키트를 사기 위해 저축해둔 돈이었다.

그러나 전시회장은 호랑이 굴이나 마찬가지였다. 입구에 들어서자마자 채율을 알아본 골수팬들이 그녀를 포위했다.

학교에서처럼 사나운 눈빛 몇 번 보내서 수습될 상황이 아니었다. 사람들은 마치 스크럼을 짜듯 채율을 둘러섰다.

얼굴도 모르는 사람들이 그녀에게 살의에 가까운 적대심을 표현하고 있었다. 무서웠다.

탐정단 아이들이 나서 낯선 사람들에게 둘러싸인 채율을 구해냈다. 그러는 와중에 몸싸움이 시작되었다. 군중들 중 한 사람이 하재를 세게 밀쳤다. 동료가 넘어지는 것을 보고 성윤이 고함을 지르며 덤벼들었다. 처음으로 보는 성윤의 무에타이 실력은 놀라웠다. 빛의 속도로 사지를 휘둘렀지만 그녀의 손발은 사람들의 몸을 아슬아슬하게 비껴갔다.

"저기, 잠깐만요."

소란이 커지려고 할 때였다. 사람들 틈을 비집고 머리카락이 없는 남자가 나타났다.

갈색 뿔테 안경에 호리호리한 몸. 홍매색 배기팬츠에 검은색 재킷. 그는 군중 사이에서 탐정단 아이들을 빼내 갤러리 사무실로 끌고 들어갔다. 사무실 안에 있는 책상 위에는 큐레이터 오명진이라고 하는 아크릴 네임 판이 놓여 있었다.

문을 닫자마자 그는 두 손을 꼭 쥐고 턱밑에 갖다 댔다.

"너희 탐정단 애들 맞지? 나 그날 봤어. 얘들아. 완전 감동이었잖아."

혼이 날 줄 알았던 아이들은 눈을 끔벅였다.

명진은 자신이 하라온의 'In shot' 전시회의 담당 큐레이터이며 총격이 있던 날 현장에서 탐정단 아이들의 활약을 직접 보았다고 말했다. 아이들에게 일일이 악수를 청하면서 웃기까지 했다. 여고생들을 귀여워하는 기색이 역력했다. 현장을 다시 한 번 조사하기 위해 왔다는 말을 듣고 명진의 얼굴이 밝아졌다.

"그래? 내가 뭘 어떻게 도와줄까?"

미도는 고개를 돌려 가늘게 뜬 눈으로 단원들을 바라보았다. 의미심장한 눈빛이 스파크처럼 오갔다. 그녀들은 로비를 아는 여자들이었다. 사무실을 옮길 때도 며칠에 걸친 어깨 안마와 상큼한 미소로 동아리 실에 금지된 전열 기구를 몇 개나 들여 놓았다. 지도교사 노진권은 탐정단의 밥이었다.

개관 시간이 지나고 관람객들이 빠져나간 뒤. 갤러리 안은 오빠를 부르는 소리로 쉴 새 없이 메아리쳤다.

"오빠, 이건 뭐예요?"

"전시관 도면 좀 주시면 안 돼요, 오빠?"

"이런 기획을 전부 오빠가 하시는 거예요? 대단해."

"오빠, 이쪽으로도 와 주세요."

예희의 허스키한 섹시미가 살아 있는 오빠. 성윤의 씩씩한 사촌 동생 같은 오빠. 채율의 조금 차가운 면이 있는 오빠. 미도의 깜찍한 오빠. 그러나 명진의 젊은 마음을 가장 뒤흔들어 놓았던 것은 하재가 얼굴을 붉히며 말하는 수줍은 오빠였다.

전시실은 채율이 처음에 왔을 때처럼 쾌적하게 복원되어 있었다. 벽에 남은 총흔만 아니었다면 그런 일이 있었다는 게 믿어지지 않을 지경이었다. 채율은 탐정단 아이들과 함께 본격적으로 전시실 내부를 살펴보았다. 예희가 가지고 온 카메라로 다시 한 번 전시실 모습을 찍기 시작했다. 명진이 말했다.

"갤러리 입장에서는 오히려 그 일이 호재였어. 관람객이 벌 떼같이 몰려 왔거든. 그날 전시되었던 작품들은 전부 다 판매 예약된 상태야. 군중 심리라는 게 참 묘하지. 다들 전시장에서 사건 흔적들을 찾으려고 혈안이 되어 있어. 구매자들도 페인트 자국을 지우지 말아달라고 안달이야."

명진은 음악이 흘러나오는 스피커 쪽 벽으로 걸어갔다. 몸을 굽혀 송풍구를 열었다.

"총이 발견되었던 송풍구야. 너희가 지적했던 방향에 정확하게 위치해 있었지."

미도는 팔짱을 끼고 송풍구 안을 자세하게 들여다보았다. 쳐다보는 것으로는 성이 안 찼는지 성윤을 시켜 직접 들어가 보게 했다. 성윤은 휴대폰의 라이트 기능을 켜고 안으로 들어갔다.

"아무리 작은 거라도 좋으니까, 단서가 될 만한 것들이 있으면 이야기해."

"오케."

대답 소리가 동굴 속처럼 메아리쳐 들렸다. 채율이 물었다.

"근데 오빠. 송풍구에서 나온 지문이랑 유전자는 어떻게 되었나요?"

"둘 다 우리 갤러리에서 일하는 청소부의 걸로 나왔어.

박 씨 아저씨 말이 라온의 전시회가 있기 며칠 전에 누가 자기 로커 위에다 메모를 붙여 놨더래. 어디서부터 어디까지의 송풍구를 깨끗이 청소하라고.

가끔 특정한 곳을 청소해야 할 필요가 있을 때 직원들이 로커에 메모를 붙여 두거든. 박 씨 아저씨는 송풍구 안을 청소했지."

총격 사건이 일어나던 당시 박 씨는 동료와 함께 수원 천천동에서 사우나를 하고 있었던 것으로 밝혀졌다.

경찰은 청소부 박 씨의 진술을 토대로 로커 속 유니폼을 조사했다. 유니폼 바지 주머니 속에서 송풍구를 청소하라고 적힌 구겨진 메모가 나왔다. 문서 감정 결과 메모는 박 씨의 필적과는 다른 것으로 판명되었고, 종이의 뒷면에 묻은 접착제의 건조 정도도 박 씨의 진술을 뒷받침했다.

"오빠는 어쩜 그렇게 자세히 아세요?"

어딘지 선정적인 느낌이 나는 예희의 목소리에 명진은 얼굴을 붉혔다.

"경찰이 와서 직원들 전체를 상대로 필적 감정을 했으니까."

결국 직원들 중에 메모와 같은 필적을 사용하는 사람은 없는 것으로 나왔다.

채율이 뒤를 돌아보니 하재가 벽을 뚫어져라 응시하고 있었다. 총알이 박혔던 구멍을 앞에 두고 참배객처럼 신성한 몸가짐으로 서 있었다. 구멍은 열차와 플랫폼 사이에 있는 어둠처럼 아찔하고 캄캄했다. 사건 당시 느꼈던 당황스런 감정이 되살아났다. 비명 소리. 총성. 라온을 지혈하던 연준. 셔츠에서 배어나오던 선혈.

"누군가의 사념이 벽에 흔적을 남겼어. 범인이 염사(念寫) 능력자인 것 같아."

하재는 손가락으로 벽을 가리키며 말했다. 총흔에서 15cm쯤 윗부분에 생긴 특이한 형체가 보였다. 고통에 몸부림치는 사람의 얼굴처럼 일그러져 있었다. 보는 각도에 따라서는 사람의 얼굴이 아니라 구상 성단처럼도 보였다.

"그냥 주변 먼지가 달라붙어 생긴 거 아냐?"

"염사야. 먼지를 끌어들일 정도로 범인의 원념이 컸던 거야."

하재가 강조했다. 두 사람이 나누는 대화를 듣고 다른 멤버들이 다가왔다. 미도는 형체를 보자마자 집게손가락으로 중앙을 쓰윽 훑어 내렸다. 먼지들이 밀려나며 형체가 반 토막 났다.

"으윽."

하재가 앓는 소리를 냈다. 미도는 검지와 엄지를 붙였다 뗐다 반복했다.

"끈적끈적한데? 접착제가 붙었던 것처럼."

그날 들렸던 총성은 세 번. 두 발이 벽으로 빗나갔고, 한 발만이 라온의 허벅지에 맞았다. 탐정단은 벽면에 생긴 다른 총흔으로 이동했다. 미도는 총흔 주변을 면밀히 살폈다.

"예희야, 그것 좀 줘 봐. 왜, 그거 있잖아. 너 얼굴 허옇게 만들 때 쓰는 거."

단어가 기억나지 않는지 머리를 긁적이며 미도가 말했다. 예희는 알았다는 듯 메고 있던 크로스백을 뒤적거렸다. 그리고 튜브처럼 생긴 BB 크림 통을 미도의 손에 쥐어 주었다. 미도가 황당하다는 표정으로 BB 크림을 바라보았다.

"아무렴 대장이 지금 그게 필요해서 너한테 달랬겠냐?"

송풍구 안을 뒤졌지만 아무 것도 건지지 못한 성윤이 예희에게 다가와 크로스백을 빼앗았다. 그러고는 가방 속에서 자외선 차단 크림을 찾아 미도에게 내밀었다.

오른손에는 BB크림, 왼손에는 자외선 차단 크림을 들고 미도는 전시실 천장을 하염없이 올려다보았다. 금방이라도 눈물을 흘릴 것처럼 외로운 눈동자였다.

보다 못한 채율이 콤팩트와 화장 솔을 꺼내 넘겨주었다. 미도는 화장 솔에 파우더를 묻히고 총흔 위 벽면을 살살 문지르며 올라갔다.

총흔에서 정확히 2뼘 정도 되는 위치에 보드라운 가루가 뭉쳐졌다. 아까 봤던 일그러진 얼굴과 달리 버터링 쿠키 같은 모습이었다. 둥글게 소용돌이치는 버터링 쿠키. 손을 대 보니 이번에도 끈적끈적했다. 미도는 손가락에 침을 묻혀 다시 버터링 쿠키 모양을 훑어냈다. 그냥 손을 댔을 때보다 점도가 훨씬 강해졌다.

"시료 채취해."

분석을 마친 미도가 하재에게 명령했다. 선암여고 미스터리 탐정단 감식계원 하재는 가방을 열어 시료 채취 키트를 꺼냈다. 키트래 봤자, 비닐봉지와 면봉이 다였다.

하재는 면봉에 약간의 물을 묻혀 흔적을 문지르고는 작은 비닐백에 넣었다. 먼지가 뭉친 흔적 옆으로 크기 비교를 위해 머리핀을 올려놓고 사진도 찍었다. 곰돌이 푸가 그려진 견출지를 비닐 백에 붙였다.

사건명: 시건방 사진작가 총격 사건
채취년월일: 201×년 12월×일
채취장소: 갤러리 랑(稂)

옆에 서 있던 명진이 놀랍다는 듯 눈을 크게 떴다.

"시료 분석해 줄 사람도 있어?"

채율의 눈도 같이 커졌다. 전혀 알지 못했던 사실이었다. 두 사람을 보고 미도가 코웃음을 쳤다.

"분석 따원 필요 없어요. 이건 분명 접착 성분이거든요."

"그럴 거면 뭐 하러 채취해?"

"이게 다 소중한 추억인 거야!"

미도는 소리를 바락 질렀다.

콤팩트가 엉망이 된 걸 보고 예희는 울상을 지었지만 대장은 무시했다. 오히려 핸드폰까지 빼앗아 그날 찍은 사진들을 일일이 체크했다. 볼을 부풀리고 찍은 예희의 셀카 사진이 우수수 지나간 뒤에야 당시 사진들이 나왔다. 그러고는 명진의 노트북을 빌려 사건 당일 촬영된 하라온의 텔레비전 인터뷰 동영상도 검색해 확인했다.

미도가 말했다.

"내 추측이 맞는다면 우리 모두는 범인에게 놀아난 거야. 범인은 송풍구에 숨어 있지 않았어. 그리고 벽에 박힌 총흔은 우리가 있었던 그때 생긴 게 아닐 수도 있어. 미리 총흔을 만들어 두고 순간접착제 같은 걸로 리본을 붙여 가려 뒀던 거지.

잘 봐. 인터뷰 동영상 속에 찍힌 전시실. 사건 후 총흔이 만들어진 두 곳에 리본 띠가 붙어 있잖아. 그런데 사건 직후 예희가 찍은 사진 속에서는 리본이 사라져 있어."

성윤의 눈이 휘둥그레졌다.

"그렇다면 그때 들었던 총성은?"

"송풍구 위에 스피커가 있었잖아. 거기에서 총성이 나와서 방향을 착각했을 수도 있어. 범인은 일부러 그걸 노렸을 거야. 그리고 미리 총을 송풍구에 놔둔 거지."

스피커는 정지되어 있었다. 정전 중에도 작동되어야 마땅한 스피커가. 역시 범인은 전시회장 스피커를 조작할 수 있었던 거였다. 어떤 방법을 사용했든 간에.

채율이 반론을 제기했다.

"경찰에서는 탄알과 총의 강선이 일치했다고 했어. 하라온은 정전되었을 때 총을 맞은 게 확실해."

"그럼, 마지막 총성만 그때 쐈나? 아니야. 세 발 다 송풍구 쪽에서 들렸었는데…… 그건 확실해. 아, 그렇구나. 세 발 모두 녹음된 총성을 들려주고 사진작가를 쏠 때는 소음기를 부착해서 쐈던 거야. 그리고 송풍구 쪽으로 이동해 권총을 숨긴 거지. 소음기를 빼 놓은 상태로 말야."

"네 말대로라면 범인은 정전된 아수라장 속에서 하라온을 쏘고 총흔을 가리고 있던 리본들을 떼고, 송풍구로 다가가 총까지 숨겼다는 이야긴데. 열이 감지되는 적외선 안경을 써도 그 많은 사람들 속에서 라온을 찾기 힘들고, 송풍구나 리본은 열을 발산하지 않으니까, 더더욱 포착되지 않아. 무엇보다 그날 경찰이 관람객들 몸수색을 했을 때 소음기 같은 건 나오지 않았어."

"총성이 나온 스피커가 방향을 알려 주는 이정표 역할을 했겠지. 아니면 사전에 이곳에 와서 연습을 많이 했던 것일 수도 있어. 사람들이 어둠 속에서 핸드폰 라이트를 켰던 거 기억나지? 그 정도 불빛이면 충분히 가능하다고 보는데?"

"하지만 스피커는? 정전인데 스피커가 어떻게 작동해?"

마치 탁구공을 주고받는 것처럼 열띠게 토론하는 두 사람의 이야기를 탐정단과 큐레이터는 흥미진진한 표정으로 듣고 있었다. 미도가 아차 싶은 얼굴로 말을 멈추자 명진이 손을 번쩍 들었다.

"작동할 수 있어. 왜냐하면 우리 갤러리 스피커는 모두 무선이고, 내장형 배터리를 사용하거든. 선이 보이면 디스플레이가 깔끔하지 않아서."

미도가 만족스런 얼굴로 미소를 지었다. 채율이 물었다.

"오디오 본체는 어디 있나요? 관리하는 사람이 누구죠?"

만약 미도의 말대로라면 그날 들었던 총성은 스피커 본체에 저장되어 재생되었을 것이다.

"이곳 전시실은 내가 관리해."

명진은 개인 사무실에서 스피커 컨트롤러를 가지고 왔다. PDA라고 해도 믿을 것 같은 작은 사이즈였다. 선명한 LCD 화면에 원형 알루미늄 휠이 부착되어 스크롤 할 수 있게 되어 있었다. 그는 즉석에서 스피커 전원을 켜고, 본체에 삽입된 메모리 카드로 음악을 재생시켰다. 타이스의 명상곡, 트로이메라이, 베토벤의 월광 등등. 사건 당일 들었던 편안한 클래식 음악이 텅 빈 전시실 안을 가득 채웠다.

"오빠 말고 본체를 만질 수 있는 사람 있어요?"

"없어. 난 항상 퇴근할 때 책상 열쇠를 잠그고 나가거든."

"기술만 있으면 책상 열쇠 정도는 쉽게 열고 닫을 수 있어요. 누군가 오빠 사무실에 몰래 잠입했던 게 아닐까요?"

얼마 전 추모관에서 안치단 문을 쉽게 열었던 미도를 생각하고 채율이 물었다. 명진은 손을 흔들었다.

"내 사무실에 잠입한 사람이 있었다면 경찰이 수색하러 왔을걸?

갤러리 CCTV 기록까지 모두 가져갔으니까. 무엇보다 이 메모리 카드 음악은 하루에도 몇 번씩 리플레이 시킨단 말이야. 그 다음 날에도 전혀 이상 없이 작동했어. 총성이 녹음되어 있었다면 사건 직전에 저장해 놓았다가 사건 직후에 지워야 해. 도대체 누가."

미도가 고개를 설레설레 저었다.

"그렇다면 어쩔 수 없군요. 오빠가 범인이에요. 최성윤 대원, 신고해."

지시가 떨어지자마자 성윤이 품속에서 핸드폰을 꺼냈다. 퇴근 시간이 지나고도 계속해서 탐정단을 도와주었던 명진은 황당하다는 얼굴로 핏대를 세웠다.

"그게 무슨 소리야? 내가 그런 짓을 왜 해? 범인이었으면 너희를 도와주었겠어? 더구나 난 곧 결혼을 앞두고 있는 몸이야. 장인어른이 경찰이라고. 안 그래도 처가에서 반대가 심했는데 이상한 오해받으면 난 끝이야."

"오빠 결혼해요?"

아이들은 우르르 그의 옆으로 달라붙었다. 결혼을 축하드린다는 둥, 예식은 언제 어디서 하냐는 둥, 약혼녀 사진을 보여 달라는 둥, 질문을 퍼붓고는 핸드폰에 저장된 웨딩 사진을 보며 시시덕거렸다.

채율은 한숨을 쉬며 벽에 걸린 스피커를 올려다보았다. 전시실에 달린 스피커는 단순히 디자인만 독특한 것이 아니라 음향적인 측면에서도 뛰어난 것이라고 했다. 전시실 어디를 가더라도 순수한 음을 들을 수 있도록 설계되었고, 원본 리코딩에 가까운 음질을 재생하는 기능도 있다고 했다.

기억을 더듬어 보면 그날, 정전되었던 12분 동안 음악 소리는 분명 들리지 않았다. 내장형 배터리를 사용하고 있는 오디오라면 정전 중에도 여전히 저장된 음악 파일을 재생하고 있어야 했다. 미도의 말이 맞았다. 범인은 스피커를 조작했다.

"범인이 나중에 총성 파일을 삭제했다면 그 기록이 남지 않았을까요?"

채율은 명진에게 물었다.

"충분히 있을 수 있는 일이야."

약혼녀의 사진을 보여 주던 그는 고개를 끄덕이며 핸드폰을 치웠다. 그러고는 컨트롤러 속 메모리 카드 접근 기록을 확인했다. 하지만 최근 한 달 사이에 영구 삭제된 파일은 없었다. 지루한 이야기가 계속되자 성윤이 짜증을 냈다.

"경찰이 그랬다며? 범인이 지능범이라고. 접근 기록 자체를 지웠겠지. 아님, 자기가 스피커를 가지고 왔을 수도 있잖아. 요즘 핸드폰에 연결해서 쓰는 작은 스피커들이 시중에 얼마든지 있다고."

"그 사진작가……. 정전되었을 때 총을 맞은 건 확실한 거야?"

음악을 듣다가 논점을 놓쳐 버린 하재가 물었다. 예희가 고개를 끄덕였다.

"그건 확실해. 내가 계속 그 사람 주변에 계속 있었는걸. 정전 전에는 아주 건강했어."

두 사람의 문답을 듣는 중에 전광석화처럼 채율의 머릿속을 스쳐 가는 착상이 있었다. 그가 총을 맞은 건 총성이 들렸던 때가 아니었다. 하지만 라온은 경찰에 그 이야기를 하지 않았다. 총성과 총상을 입은 순간이 불일치한다는 걸 아는 유일한 사람임에도.

'하지만 왜 입을 다물었을까? 범인이 자신과 가까운 사람이라서?'

채율의 머릿속에 연준의 모습이 떠올랐다.

7시 59분. 손목시계를 가리키며 웃던 연준. 연준의 어깨 너머로 보이던 라온. 거리는 고작해야 이삼 미터 정도였다. 적외선 안경이 없이도 겨냥할 수 있는 간격이었다.

목덜미가 땀으로 축축해지는 기분이었다. 연준은 분명 장갑을 끼고 있었다. 지문을 감추기 위해서.

* * *

방학이 다가오고 있었다. 자율 학습도 하지 않고 정규 수업도 단축되어 오전 수업만으로 끝이 났다. 덕분에 탐정단은 사건 해결에 총력을 기울일 수 있었다. 대장 미도는 단원들을 2개 조로 나누어 잠복 조사 및 적극적 감시를 명했다.

"정보가 너무 부족해. 이번 사건을 해결하려면 하라온에 관한 주변 정보를 최대한 수집해야해."

라온은 유명인이라 도처에서 그에 관련된 정보를 얻을 수 있었지만 그것은 공개된 정보일 뿐 정말 필요한 사적인 정보는 접근하기가 매우 어려웠다. 잠복 수사의 장소도 한정적이었다. 라온의 집이 있는 연희동은 경비가 삼엄하고 담이 높아서 접근하기가 힘들었고, 기자들이 많이 포진하고 있어 갈 수가 없었다. 잠복할 만한 장소로 거론된 곳은 라온의 병실이 있는 병원과 그를 매니지먼트하는 기획사

두 군데였다.

"난 병원 쪽을 택할래. 어떤 사람들이 문병을 오는지 보면서. 용의자들을 추려 보겠어."

범인이 인척이라고 확신하고 있는 채율은 병원을 택했다. 잠복의 파트너로 하재를 골랐다. 하재는 병원이라는 말을 듣고 울상을 지었다. 병원은 그녀에게 있어 이승과 저승의 중간 지대였다.

"나도 대장 따라 그 기획사인지 뭔지 가면 안 돼?"

미도는 단칼에 거절했다.

"안 돼. 잠복은 2인 1조가 원칙이야. 한쪽이 화장실에 가면 대신 자리를 지킬 누군가가 필요하다고."

미도, 성윤, 예희는 라온이 소속된 MJ엔터테인먼트에 잠입하기로 했다. 겨울 방학 시즌이라 MJ엔터테인먼트에서 기획하는 대규모 오디션이 있었다.

학교가 끝나자마자 채율과 하재는 라온이 입원한 병원으로 향했다. 인터넷에서 얼굴이 알려져 있어 간단하게나마 변장을 해야 했다. 무는 남자가 했던 것처럼 안대를 끼고 털모자를 내려 썼다. 하재는 왼쪽 팔에 깁스를 하고 나타났다. 직접 압박 붕대를 감고, 석고를 칠해 만든 깁스였다. 나중에 저걸 어떻게 깨려나, 걱정이 될 정도로 그럴싸해 보였다.

두 사람은 라온이 있는 VIP 병실 복도 근처에 앉아 시간을 때우며 내방객들을 확인했다. 사건 당일 찍어 두었던 사진을 크게 확대 출력해서 A4로 뽑아 들고 일일이 얼굴을 대조해 보기도 했다. 그러나 사람들은 생각보다 많이 오지 않았다. 면회사절이라는 걸 확실히 알린 모양이었다. 병실 문은 팬클럽 임원진이나 원로가 왔을 때에나 어쩌다 열렸을 뿐, 기자들이 올 때면 철저히 닫혀 있었다.

그런 상황이다 보니 인맥을 파악하려고 하던 당초의 목적은 이룰 수가 없었다. 기껏해야 하루 종일 라온의 병실에 들어가는 간호사들의 얼굴을 보고, 그가 무슨 치료를 받고 있는지에 대해서만 들을 수 있을 뿐이었다. 간호사들은 대부분 여자들이었기 때문에 수시로 라온의 이야기를 했다.

"VIP실 꽃돌이 말이야. PTSD(외상 후 스트레스 장애, post traumatic stress disorder)라면서?"

"불쌍해 죽겠어. 밤새도록 잠도 제대로 못 자고, 눈 좀 붙였다 싶으면 비명 지르면서 깨어나. 꿈에서 그 일이 계속 리플레이 된다나봐. 큰소리만 났다 하면 경련을 일으키고. 새어머니라는 젊은 여자가 있으면 좀 나아지는데."

"새어머니를 걱정시킬 수가 없으니까 참는 거 아냐? 착하기도 하지."

"한번은 텔레비전 채널을 틀다가 전쟁 영화가 나왔거든. 총소리를 듣고는 그대로 기절해 버리더라."

"미친놈들이 멀쩡한 인간들 다 망쳐 놓는다니까."

간호사들이 혀를 차며 지나갔다.

떠도는 말들 속에서 라온의 상태는 날로 악화되고 있었다. 병실에서 보았던 기세등등한 모습이 워낙 인상에 남아서 기절을 했다든가, 비명을 질렀다는 말이 거짓말처럼 들렸다. 하지만 채율은 알지도 못하는 타인에게 목숨을 위협당하는 공포가 어떠한지 이번 소동으로

270

잘 알게 된 터였다. 테러범 여고생으로 찍히고 나니 어디를 가든 극도의 불안감에 시달려야 했다. 어디서 계란이 날아들지 알 수 없었다. 그러나 라온과 채율의 입장은 결정적으로 달랐다. 범인은 총까지 준비해 가며 치밀하게 그의 목숨을 노렸다. 경찰이 범인을 잡지 못한다면 평생 라온은 두려움에 사로잡혀 살아야 했다.

포털 사이트에 검색을 해 보니 라온은 2남 1녀 중 셋째라고 나와 있었다. 친누나는 뉴욕에서 인정받는 웨딩드레스 디자이너였고, 아버지는 집안의 수백억 대 재산을 관리하고 있는 유명한 사업가 겸 자산가였다. 그리고 30대 중반의 청초하고 고혹적인 외모를 가진 세 번째 부인 최민경이 있었다. 라온의 친어머니는 불륜을 저질러 일본으로 도망가 버렸다는 소문이 인터넷상에 파다했다. 큰형은 첫 번째 부인 소생으로 나이 차이가 많이 났다. 그에 대한 별다른 정보는 없었지만, 분위기로 보아 부친의 사업을 돕는 것 같았다.

'혹시 유산 문제로 형이 동생을……'

미스터리 소설에 흔히 나오는 패턴을 생각하며 채율은 핸드폰 화면을 만지작댔다. 화면에는 3년 전 모 월간지에 소개된 색소폰 동호회가 나와 있었다. 하라온의 팬이 블로그에 수집해 놓은 자료였다. 동호회에서 소개한 회원이 하라온의 형, 하라인이라는 설명이 달려 있었다. 삼국지의 조조를 연상시키는 얼굴 생김을 가진 남자였다. 외모만 보고 판단해서 안 될 말이지만, 돈 문제로 사람 한둘 죽이는 건 어렵지 않게 여길 사람 같았다.

형제들이 병원을 찾아오지 않는 것도 이상했다. 어째서일까.

대신에 한 시간이 멀다하고 누군가가 보낸 꽃과 화분과 과일바구

니들이 도착했다. 어디어디 협회, 팬클럽 회원, 무슨 사진작가, 방송국 피디 등이 보낸 선물들이었다. 가끔 병실 문이 열릴 때면 침대에 누워 있는 라온의 모습을 스치듯 볼 수 있었다. 지점토처럼 새하얀 얼굴은 마치 꽃 더미에 묻힌 시체 같았다.

"자칫하다가는 공황 장애가 올 수도 있습니다."

담당 의사가 복도에서 라온의 새어머니와 이야기를 나누고 있었다. 민경은 그 이야기를 듣고 고통스러운 표정을 지었다.

며칠 전부터 병원을 기웃거리며 알게 된 일이지만, 라온을 간호하는 친족은 그녀 한 사람 뿐이었다. 병원에 소속된 의사와 간호사 외에는 누구도 병실에 들어올 수 없었다. 잠을 자지 못한 민경의 피부는 늘어진 스타킹처럼 탄력을 잃었다.

이상한 일이라고 채율은 생각했다.

'왜지? 돈도 많이 벌었다면서 왜 다른 사람을 쓰지 않는 거야? 그만큼 의붓어머니를 신뢰한다는 뜻인가. 아니면, 그녀 외에는 누구도 믿을 수 없다는 뜻? 주변 사람들을 모두 의심해야 할 만큼 불안한 상황인 걸까?'

결국 민경의 체력은 바닥을 드러냈다. VIP실에서 나와 엘리베이터를 기다리다가 그대로 기절을 해 버렸다. 그녀를 주시하고 있던 하재가 발 빠르게 뛰어 나갔다.

"아줌마, 괜찮으세요?"

혹시라도 얼굴을 알아볼까 채율은 나설 수가 없었다. 하재가 그녀를 안고 있는 동안 간호사들이 달려왔다. 그리고 지인에게 연락을 해 주기 위해 그녀의 코트 속에서 핸드폰을 꺼냈다. 그 서슬에 주머니 안에 있던 민경의 은회색 장갑이 빠져나왔다. 밍크 털이 손목을 감싸 주는 장갑이었다.

아주 짧은 순간이었지만 채율은 보았다. 장갑 위에는 핏방울처럼 붉은 페인트가 점점이 묻어 있었다.

* * *

대한민국 청소년들의 장래 희망은 공무원 아니면 연예인.

선암여고 상담교사 임용순의 말을 증명이라도 하듯 MJ기획사 앞에는 수많은 소년소녀들이 대기해 있었다. MJ 엔터테인먼트에서 제작하는 영화에 출연할 신인 연기자들을 뽑는 오디션 기간이었다. 로비에 있는 멀티비전에서는 MJ 소속 유명 걸그룹 슈가걸즈의 뮤직비디오가 상영되고 있었다. 늘씬한 각선미와 몸매를 뽐내는 그녀들의 모습은 예희의 우상이었다.

예희는 제자리에서 폴짝폴짝 뛰며 좋아했다. 이미 세 사람은 인터넷으로 원서를 접수한 상황이었다. 참가번호는 미도와 성윤, 예희가 각각 942번, 1052번, 1266번이었다. 세 사람이 쓴 원서는 개인 정보가 다를 뿐, 원서 속 사진은 모두 예희였다. 예희는 오늘을 위해 전혀 다른 세 벌의 옷과 가발을 준비했다.

"심리학에 '에펠탑 효과'라는 게 있어. 에펠탑은 살풍경한 철탑이지만 많은 사람들이 멋있다고 생각하잖아. 어렸을 때부터 많이 봐왔으니까. 예뻐서 자꾸 보는 게 아니라, 자꾸 보다보면 예쁘게 보이는 법이지. 이예희, 네가 이번 오디션에 합격하기 위해서는 바로 이

점을 이용해야 해.

일단 처음에는 나 윤미도의 이름으로 오디션장에 들어가. 면접관들의 성향을 파악할 수 있을 거야. 두 번째는 살짝 변장을 하고 성윤이의 이름으로 면접을 봐. 그럼 다른 애들보다 훨씬 충실하게 오디션 과제를 해석할 수 있을 거야. 그리고 마지막에는 너 자신의 이름으로 시험장에 들어가서 모든 잠재력을 쏟아내 버려. 그때쯤에는 면접관들도 무의식중에 너를 친숙하게 생각하게 될 거고, 높은 점수를 주지 않고는 못 배기게 되겠지."

한쪽으로 높게 머리를 틀어 올린 예희는 미도의 말이 심사위원장의 말이라도 되는 양 경청했다. 단순히 생각해도 다른 지원자들과는 다르게 3번의 기회를 갖게 된 것이니, 월등히 유리했다. 세 사람은 파이팅을 하고 헤어졌다. 예희가 면접을 보는 동안 미도와 성윤은 위층으로 진입할 계획이었다.

5층으로 세워진 MJ엔터테인먼트 본사는 1층 로비, 2·3층 사무실, 4층 식당 및 스튜디오 5층 연습실로 이루어져 있었다. 연예 관련 사무실은 2층, 3층에는 비 연예인들을 매니지먼트 하는 사무실로 이용되었다.

화장실의 한 쪽 칸에는 청소용구들을 둔 곳이 있었다. 미도와 성윤은 그곳에서 재빠르게 미리 준비해 놓은 유니폼으로 갈아입었다. 머리에는 수건을 두르고, 입에는 마스크를 썼다. 사전에 사생팬(유명 연예인들의 사생활까지 침해하는 악성 팬)들이 모이는 인터넷 카페에서 MJ의 청소 용역을 맡고 있는 회사의 유니폼을 알아 두었다. 청소회사 유니폼은 대체로 비슷하기 때문에 비슷한 색깔의 천을 구해서 어렵지 않게 만들 수 있었다. 두건을 쓴 앞머리에는 살짝 치약을 바르고 빗질을 해서 흰머리처럼 보이게 했다. 입술이 창백해 보이도록 파운데이션을 바르고, 갈색 눈썹연필로 검버섯도 만들었다. 미도는 평소보다 두꺼운 안경을 썼고, 성윤은 앞머리로 최대한 눈을 가렸다.

성윤과 미도는 조심스레 청소용 카트를 밀어 가면서 엘리베이터를 탔다. 회사 직원으로 보이는 사람이 탔지만 그녀들에게는 관심을 기울이지 않았다. 엘리베이터는 3층에 멈췄다.

바깥으로 나온 두 사람은 주춤거리며 밖으로 나왔다. 오디션 지원자들로 소란하던 로비와 달리 조용하고 차분했다.

통유리로 된 전면창으로 햇살이 물보라처럼 눈부시게 들어오는 중앙의 홀이 보였다. 고무나무나, 관상용 야자나무를 심은 화분과 차를 마실 수 있는 테이블이 놓여 있어 옥상 정원 같은 느낌을 주는 홀이었다. 홀을 중심으로 꽃게의 다리처럼 양옆에 다섯 개씩 각기 다른 부서들이 위치해 있었다.

둘은 무작정 청소용 카트에서 걸레를 꺼내 대리석 벽을 닦았다. 어디로 진입해야 하며, 무엇을 찾아내야 할지 알지 못하는 상태였기 때문에 일단 청소를 하며 동태를 살피는 수밖에는 없었다. 학교에서 청소 시간마다 농땡이를 부렸던 대가를 치르는 것 같았다. 봉사활동 확인서도 받을 수 없는 무보수 노동을 손목이 시큰거릴 때까지 계속했다. MJ 소속 슈가걸즈가 크리스마스를 앞두고 발매한 캐럴 앨범 「Romantic World」가 사무실 스피커에서 흘러나오고 있었다.

청소를 하는 4시간 동안 두 사람은 연예계 온갖 가십을 엿들을 수 있었다. 유명 기업가의 자제가 MJ 소속 모델 남예리와 톱스타 송민

주를 저울질한다는 이야기. 잘나가는 댄스 그룹 가수 신민희는 청순한 이미지와는 달리 같은 그룹 멤버인 신유정과 조한새를 자주 구타한다는 이야기. 평소 여전사 이미지의 조한새를 동경하고 있었던 성윤의 충격은 이루 말할 수 없었다.

"나 오늘부터 신민희 안티다, 안티."

"저런 말 너무 믿지 마."

그들이 청소를 멈춘 것은 모퉁이 사무실에서 들리는 통화 소리를 포착하고 난 후였다.

"기사 보셨죠? 총 맞아서 병원 가면서도 카메라 찾던 녀석이에요. 원고 펑크 안 내요. 어머님께 전화 드려 보니까, 불면증에 시달리면서도 컴퓨터 붙잡고 있다고 하던데요? 의사가 말릴 정도라고 합니다."

벽 너머로 위치를 확인하니 창문 쪽에서 4m 정도 떨어진 책상이었다. 파티션 너머로 병원에서 보았던 라온의 매니저가 보였다. 미도는 조심스럽게 유리창 닦는 도구를 가지고 안으로 들어갔다. 매니저는 태블릿 PC를 두드리고 있었다.

미도는 책상 주변을 닦는 척하다가 위에 놓여 있던 커피 잔을 엎질렀다. 매니저의 셔츠에 커피가 튀었다. 매니저가 신경질을 내며 일어섰다. 시선이 마주치지 않을까 걱정했지만 그는 자신이 입은 브랜드 셔츠에만 주의를 기울였다.

"아, 아줌마. 뭐하는 거예요? 이게 얼마짜린 줄 알아요."

미도는 죄송하다는 얼굴로 주위 사람들을 향해 굽실거렸다. 직원들의 눈빛이 순식간에 이쪽으로 쏠렸다. 매니저는 날카로운 시선으로 청소부를 노려보았다. 세탁비라도 청구할 기세였다. 미도는 머리를 조아리고 들지 않았다. 자칫하다가는 변장이 들킬 수 있었다.

다행히 팀장이라는 사람이 한마디 했다.

"준우 씨. 어르신한테 뭐하는 말버릇이야. 얼른 화장실 가서 적당히 닦고 와."

준우는 투덜거리며 화장실로 향했다. 직원들은 고개를 숙이고 다시 일에 전념했다. 미도는 재빨리 걸레를 집어 들었다.

준우의 책상 위에는 방금 전까지 사용하던 태블릿 PC가 놓여 있었다. 스케줄 프로그램이 활성화되어 있었다. 미도는 재빨리 PC를 안고 책상 밑에 주저앉았다. 파티션이 가림막 역할을 해 주었다.

이번 전시회 후로는 라온은 어떤 스케줄도 잡혀 있지 않았다. 내년에는 뉴욕으로 유학을 갈 예정이었고, 동시에 미국 유명 정신 병원에 장기 진료가 잡혀 있었다. 전시회 전인 11월 말에 이미 입원 수속이 완료되어 있었다.

'우울증이라도 앓고 있었나?'

검지로 일정을 계속 넘겨보았다. 내년과 달리 내후년에는 다양한 스케줄이 잡혀 있었다. 미국과 프랑스에서 전시회를 열 계획이었다. MJ와 라온의 계약이 완료되는 5년 뒤까지 스케줄은 빈틈없이 잡혀 있었다.

'회복과 치료의 기간'이라고 적힌 내년만 예외였다. 그러나 내년 말에도 에세이 출판은 예정되어 있었다. 컨셉은 '반전(反戰)을 꿈꾸는 젊은 예술가'였다.

'총격을 당한 건 열흘 전. 보통 출판 계약은 훨씬 전에 이루어져 있기 마련이지. 반전이라니, 너무 공교로운 컨셉인데? 따로 예정된

컨셉이 있었는데 이번 사건으로 수정한 걸까?'

복도에 있던 성윤이 기침을 하는 소리가 들렸다.

미도는 재빨리 아이패드를 책상 위에 올려놓았다. 그리고 이번에
는 매니저의 서랍을 뒤지기 시작했다. 성윤이 얼른 나오라고 팔을
휘둘렀지만 그녀는 아랑곳하지 않았다. 첫 번째 서랍에는 문구 용품
들이 가지런하게 정리되어 있었다. 두 번째 서랍에는 DSLR, 계산기,
줄이 꼬인 이어폰과 CD들이 한 번에 쓸어 담은 것처럼 담겨 있었다.
무심코 세 번째 서랍을 열려 했던 미도는 멈칫 행동을 멈췄다. 파티
션 벽에 붙어 있는 초록색 종이가 눈에 띄었다. 종이에는 50여 개 정
도 되는 인터넷 아이디와 각각의 패스워드가 인쇄되어 있었다.

'스타들마다 댓글 알바가 있다더니 정말인 모양이네.'

얼른 핸드폰 카메라로 종이를 촬영했다. 종이 하단부에는 관리하
는 스타들의 안티 카페 주소도 나와 있었다. 수시로 동향을 체크하
면서 여론을 읽는 모양이었다.

준우가 사무실로 들어오고 있었다. 미도는 재빨리 자리를 빠져나
와 정수기 쪽에 몸을 붙였다. 옆에는 직원용 간식이 놓인 공용 테이
블이 있었다. 슬그머니 호두 머핀을 집고 나오려는 순간 이상한 기
분이 들었다. 테이블 위, 캡슐 커피 보관함 속에.

"PDA 같지 않아?"

큐레이터 오명진이 말했던 스피커 컨트롤러가 비뚜름하게 고개
를 내밀고 있었다.

전율을 느끼며 미도는 머리를 들었다. 갤러리 랑에 있던 그것과 똑같은 기종의 스피커가 벽에 붙어 있었다. 사무실에 들인 지 얼마 되지 않은 모양인지 보호 필름까지 그대로 부착되어 있었다.

징글벨을 부르는 슈가걸즈의 목소리가 더없이 경쾌했다.

* * *

크리스마스이브가 될 때까지 하라온 사건 총기를 유통시킨 유통책은 잡히지 않았다. 보름이 지나도록 윤곽이 잡히지 않자 경찰은 수사를 잠정 중단했다. 매스컴의 관심도 점차 멀어졌다.

이제 대중은 라온을 쏜 저격범을 찾기보다 유명 여자 연예인이 몰래 낳았다는 사생아를 알고 싶어 했고, 교도소 탈옥 사건의 탈주자를 잡고 싶어 했다.

병원으로 향하는 지하철 안에서 채율은 핸드폰으로 하라온 관련 기사들을 검색해 보았다. 일주일 사이에 놀랄 만큼 기사량이 줄어 있었다. 일주일 전 M일보에 범죄 심리학자가 쓴 칼럼이 끝이었다. 이제 채율은 얼굴을 가리지 않아도 마음 놓고 바깥에 다닐 수 있었다. 집 앞에는 아직도 하라온의 팬들이 그녀를 잡기 위해 혈안이 되어 있었지만 그도 곧 마지막일 터였다.

역 내부는 크리스마스 시즌으로 탈바꿈한 광고판들이 가득했다. 막상 거리에 나오니 지하철 역보다 삭막했다. 이브인데도 캐럴은 들을 수 없고, 유행가만 쿵짝 댔다. 루미나리에도 점등되지 않았다.

"안 교수! 여기야. 여기."

분수대 뒤로 익숙한 목소리가 들렸다.

"뭐냐? 너희들?"

가까이 다가가 보니 가관이었다. 야상 점퍼에 스키니진, 닥터 마틴 부츠를 신은 성윤부터 케이프 코트에 미니스커트로 늘씬한 다리를 드러낸 예희, 평소와 비슷한 고딕스타일 코트를 입었지만 굵은 아이라인으로 눈매를 강조한 하재, 모직 반바지에 퍼 조끼를 입은 미도까지. 다들 화려한 빨간색 옷을 걸치고 있었다.

"오늘 우리가 산타 걸이잖냐? 이 정도는 입어 주어야지."

활짝 웃는 예희의 손에는 보잉 선글라스까지 들려 있었다. 루돌프 코가 눈부실까 봐 준비한 모양이었다.

병원에 도착해서는 로비에 세워진 거대한 크리스마스트리 앞에서 기념 촬영을 했다. 다들 핸드폰으로 돌아가며 사진을 찍었다. 달력 모델 포즈, 파워레인저 포즈, 셀카 포즈, 높이 뛰어올라 허공에 떠 있는 사진까지. 가운 라펠에 포인세티아 잎을 달고 지나가는 의사와 간호사들이 돌아볼 정도로 소란을 떨었지만 안타깝게도 제지하는 사람이 없었다. 자기가 무슨 포토그래퍼라도 되는 양 NG를 연발하는 미도 때문에 수차례 점프를 해야 했고, 종국에는 핸드폰 배경 화면까지 새로 설정해야 했다. 화면이 흔들리는 바람에 귀신처럼 나온 사진이었다.

울고 싶은 기분으로 엘리베이터를 타고, 병실에 이르렀다. 문 앞에는 경호원이 한 명뿐이었다.

"여고생들이라고 들었는데."

경호원은 아이들의 옷차림을 보고 의심스럽다는 얼굴로 쳐다보왔다. 가장 나이가 들어 보이는 예희가 상긋대며 학생증을 꺼냈다. 그제야 남자는 아이들을 들여보내 주었다.

병실 안은 지난번에 왔을 때보다 훨씬 허전했다. 입구에 산적해 있던 꽃바구니와 과일 바구니를 치웠기 때문이었다. 이제 병실 안에는 완쾌를 비는 호접란, 대국 화분들만이 놓여 있었다.

"아무도 없네."

성윤이 놀라며 물었다.

"아무도 없냐니. 난 사람도 아니냐?"

라온이 얼굴을 찌푸리며 말했다. 그는 환자복 위에 한 치수 큰 커피색 카디건을 걸치고 소파 의자에 앉아 있었다. 옆에 기대놓은 목발을 붙잡고 있는 팔은 소매 한 쪽을 팔꿈치까지 말아 올리고 있어 불뚝 솟은 힘줄이 두드러져 보였다. 생각보다 근육이 발달한 체격이었다. 그는 긴 손가락으로 테이블을 가리키며 앉으라는 몸짓을 했다. 테이블 위에는 선물로 들어온 까눌레(프랑스 전통 과자)와 여섯 개의 커피 잔이 놓여 있었다.

"범인을 알아냈다면서? 크리스마스이브 날 찾아와서, 산타 흉내라도 내려는 거야?"

"가족들은 없어요?"

하재가 물었다.

"연말 모임 하러 갔어. 연휴잖아."

김이 모락모락 나는 전기 포트를 들고 라온은 잔에 뜨거운 물을 부었다. 마치 남의 이야기를 하듯 담담한 어조였다. 입원해 있는 동안 그의 가족들은 한 번도 병문안을 오지 않았었다. 탐정단 아이들이 오지 않았다면 오늘도 혼자 지내야 했을 터였다. 하지만 커피를 마시는 라온의 얼굴에 그늘은 없었다. 강한 건지 둔감한 건지 감을 잡을 수가 없는 인간이었다.

"자, 이제 이야기 좀 해 봐. 범인은 누구야? 도대체 누가 나한테 총을 쏜 거지?"

"에…… 항상 범인은 주변에 있는 사람들이죠."

미도는 내키지 않는다는 얼굴로 입을 열었다. 라온의 눈이 커졌다.

"내가 아는 사람이란 말이야?"

"네. 한 명이 아니라 두 사람. 당신 새어머니와 매니저였어요."

그는 목발을 짚고 일어서 창가 쪽으로 몸을 돌렸다. 당혹스런 표정을 감추려고 하는 모양이었다. 돌아선 그의 어깨 너머로 땅거미가 진 거리가 보였다. 미도가 설명했다.

"페인트 테러와 총격은 서로 다른 사람에 의해 자행된 사건이었어요. 페인트 테러의 주동 인물인 살바이는 당신도 짐작하고 있듯이 하연준 선생님이셨죠. 자세한 사정은 아직 모르겠지만 당신 사진이 그분의 심기를 건드렸고, 그래서 안티 팬들을 선동했다는 사정인 것 같아요.

그날 불이 들어오자마자 찍은 현장 사진을 보면 장갑을 끼고 있었던 사람은 정확히 두 명이었어요. 보여 드리려고 현상해 왔어요. 이 사람과 이 학생. 모두 경찰 수사를 받았던 안티 팬들이에요. 풍선을 던진 사람들이죠. 장갑에 페인트가 묻은 게 보이시죠? 정전 시간 동안 풍선은 사방에서 터졌고, 그 덕분에 페인트가 장갑에 튄 거죠."

예희가 테이블 위에 출력한 증거 사진을 펼쳤다. 그녀는 붉은색 유성 펜으로 동그라미를 두 개를 쳤다. 커리어우먼 하나와 남자 고교생. 모두 경찰에 연행된 안티 카페 회원들이었다. 그들은 장갑 덕분에 풍선 표면에 지문을 남기지 않을 수 있었다. 더구나 장갑은 누구나가 사용하는 겨울 필수 아이템이다. 경찰 몸수색에서도 걸리지 않는다.

이번에 예희는 파란색 펜을 들어 세 명의 사람들의 얼굴에 동그라미를 쳤다. 안티 카페 회원으로 페인트 테러에 가담했지만 불이 들어오자 재빨리 장갑을 숨긴 사람들이었다. 채율의 신상이 탄로난 것처럼 그들의 신상 정보도 인터넷 상에 알려져 쉽게 찾을 수 있었다.

"당신 매니저는 사전에 정전이 일어날 것도, 페인트 테러가 일어날 것도 알고 있었어요. 그래서 그걸 이용해. 당신을 저격할 계획을 세웠지요."

"형이 알고 있었다고? 어떻게?"

"안티 카페에 살바이 봉봉이 글을 남겼거든요. 다른 스타 매니저들처럼 당신 매니저도 안티 카페의 회원이었죠. 매니지먼트를 잘하기 위해서는 자기가 맡은 인물이 대중에게 어떤 이미지를 가지고 있는지 확실히 알아야 하니까요. 사건이 일어날 시간과 방법을 알아내는 것도 어렵지 않았어요. 살바이 봉봉이 페인트 테러를 벌이려고 사람들을 모을 때 지원하면 되는 거니까."

"그래서?"

"보통은 그 선에서 경찰에 신고하죠. 하지만 그는 그렇게 하지 않았어요. 오히려 그걸 이용한 다른 계획을 짰죠. 소란한 틈을 타서 당신에게 총을 쏘기로 한 거예요. 공범자는 당신 어머니였고요. 경찰의 수사가 페인트 테러를 벌인 사람들에게 먼저 집중될 것을 노린 방법이었지요."

라온의 호흡이 거칠어졌다. 가습기에서 피어오르는 김이 안개처럼 공중에 흩어졌다. 미도는 테이블 위에 올려 놓은 사진을 그의 앞으로 가져갔다.

"잘 보세요. 우리가 여기에 표시한 사람들 말고 정전이 되었을 때 장갑을 끼고 있었던 사람이 있다면 그 사람은 당신을 쏜 범인일 거예요. 실내에서 장갑을 끼고 있는 사람은 없으니까. 더구나 그날 갤러리는 아주 더웠어요. 하지만 범인은 당신을 쏜 총을 송풍구 안에 숨겼고, 지문도 남기지 않았어요.

여기 사진을 보면 불이 들어온 후에 당신 어머니 최민경 씨가 맨손이라는 걸 확인할 수 있어요. 그녀는 화랑 안에서 한 번도 장갑을 끼지 않았죠. 당신도 기억날지 모르겠네요.

그런데 말이죠. 며칠 전 병원에서 최민경 씨가 기절했을 때 우리 대원들은 바닥에 떨어진 그녀의 장갑을 보았어요. 붉은색 페인트가 묻어 있었죠."

미도는 평소와 달리 신명이 나지 않는 목소리로 일의 전후를 설명했다.

불이 꺼지기 직전 최민경은 라온의 가장 지척에 서 있다가 정전이 된 틈을 타 양아들에게 총을 쏘았다. 마침 현장에 있던 안티 팬들도 무차별적으로 페인트 풍선을 던지기 시작했다. 그 와중에 장갑에 페인트가 묻은 것이었다.

총을 쏜 후 민경은 곁에 있던 매니저 이준우에게 총을 건네 송풍구 안에 숨겼다. 명진에게 전화로 확인한 결과 사진전이 열리기 전까지 라온의 매니저가 수시로 갤러리를 들락거렸다는 이야기를 들었다. 업무를 핑계로 송풍구의 위치를 파악하고 예행 연습을 했던 것이다.

"결정적으로 총 소리는 권총에서 난 것이 아니었어요. 미리 녹음을 해 놓고 오디오로 재생을 시켰던 거죠. 사람들을 착각하게 만들기 위해서였어요. 저격범이 송풍구에 숨어 있다가 당신을 쏘고 도망쳤다고 말이에요."

미도는 핸드폰으로 찍은 사진을 그에게 보여 주었다.

"이건 당신 기획사 사무실에서 찍은 사진이에요. 화랑에 있었던 스피커와 동일한 기종의 기기가 부착되어 있는 게 보이죠? 공교롭게도 스피커가 들어온 게 당신 전시회가 열리기 보름 전이더라고요.

그날 전시회장에 있던 사람들 중에서 MJ 기획사 사람은 단 한 명. 바로 당신 매니저였어요. 이준우 씨는 사무실에서 사용하던 리모컨으로 화랑의 스피커를 제어할 수 있었죠. 같은 회사에서 텔레비전을 동일 제품 리모컨으로 조종할 수 있는 것과 마찬가지예요. 정전이 되자마자 그는 스피커 작동을 멈추었고, 총성 파일을 재생시켰어요."

깊은 한숨이 라온의 입술 사이로 흘러나왔다. 그는 아이들이 차를 다 마시고, 까눌레를 모두 먹어 치울 때까지 한 마디도 하지 않았다.

"두 사람이 왜 나를 쏜 거지? 무엇을 얻으려고?"

미도가 고개를 들었다. 날카로운 눈빛이었지만 입가에 잔뜩 묻은 까눌레 부스러기 때문에 오히려 우습게 보였다. 미도는 양손을 펼쳐 탐정단 아이들을 가리켰다.

"하라온 씨 말대로 오늘 우리는 산타클로스에요. 당신에게 주려고 준비한 선물도 있어요."

"선물?"

"자수하세요. 크리스마스가 끝나기 전에요. 아니면 저희가 당신을 신고할 겁니다. 저희의 선물은 당신에게 자수할 기회를 주는 거예요."

"갑자기 무슨 말이야."

"진범은 당신이에요. 매니저와 새어머니를 종범으로 부리면서 이 모든 걸 배후에서 조종한 하라온 씨. 모든 것이 자작극이었어요. 최민경 씨와 당신이 뿌린 향수, 매니저의 몸에서 나던 역한 담배 냄새까지 모두 어둠 속에서 아군을 식별하기 위한 신호였죠."

라온은 목발을 내팽개치고 절뚝거리며 다가왔다.

"무슨 말을 하는 거야? 향수를 뿌렸기 때문에 내가 범인이라고? 너, 머리가 어떻게 된 거 아니냐. 자기한테 총을 쏘는 사람이 세상에 어디 있어?"

사흘을 굶은 사자가 발목을 삔 돼지를 보듯 포악한 시선으로 라온은 미도를 바라보았다. 겁에 질린 미도가 채율을 향해 손을 흔들었다.

바통 터치.

채율은 홍차가 담긴 커피 잔을 딸각 소리가 나도록 내려놓았다. 라온이 고개를 돌릴 만큼 거슬리게. 그의 시선은 여전히 난폭했지만 하나도 겁나지 않았다. 이번 사건 덕분에 전 국민을 적으로 돌렸던 채율이었다. 범죄자, 사이코패스, 테러리스트 취급까지 받았다. 더 이상 무서울 게 없었다.

"당신 사건은 많은 사람들의 관심을 끌었어요. 무리도 아니죠. 유명한 사진작가의 전시회 개막일. 각계각층의 사람들이 모인 리셉션. 정전과 갑작스런 총격. 화랑을 뒤덮은 붉은 페인트. 감쪽같이 사라진 범인. 정말이지 눈에 띄는 사건이죠. 다시 말해, 사람을 죽이기에는 비효율적이고 번잡스러운 방법들만 골라 사용되었다는 뜻이에요.

범인은 그날 권총의 소음기와 스피커의 컨트롤러를 감쪽같이 빼돌렸어요. 하지만 누가 그럴 수 있었을까요? 그날 저희는 현장을 완벽하게 통제했고, 경찰이 올 때까지 화랑 안에서 빠져나간 사람은 없어요. 다들 철저한 몸수색을 받았죠. 하지만 유일하게 경찰 수색 없이 소지품을 가지고 나간 사람이 있어요. 구급차에 실려 나가면서도 카메라 가방을 찾았던 하라온 당신. 이번 사건은 당신 도움 없이는 완료될 수가 없는 사건이었어요.

그리고 당신은 총성과 총상을 당하는 순간이 불일치한다는 걸 아는 유일한 사람이었어요. 하지만 당신은 경찰에게 그 사실을 말하지 않았죠. 당신 진술만 있었다면 경찰은 스피커를 조사했을 테고, 사건은 해결되었을 텐데 말이에요.

결론은 간단해요. 당신이 범인이었으니까."

"너는 아직도 내 질문에 대답하지 않았어. 내가 나한테 총을 쏠 이유가 뭐야? 내가 그런 짓을 왜 하느냐고."

그의 질문을 들은 그녀의 얼굴에 희미한 미소가 떠올랐다. 모든 것이 자작극이었다는 걸 알게 된 후에도 라온이 지금 묻고 있는 사건의 동기를 알 수 없었다. 그는 도대체 왜 그런 짓을 한 걸까? 대중의 관심을 받고 싶어서? 하연준을 곤경에 빠뜨리기 위해서? 그럴 거라면 최소한 총에 지문이라도 남겼어야 했다.

채율은 아이들이 알아낸 단서들을 노트에 적어가며 밤새도록 고민했다. 결론에 도달한 것은 오늘 새벽 해가 떠오를 무렵이었다.

"이번 전시회는 한 사람, 바로 당신 스스로를 위한 것이었어요. 총격은 대중을 설득시키기 위한 도구였고요. 뉴스에는 총에 맞았다고 방송되었으니 사람들은 당신 신변에 대해 과장된 상상을 했지만 실제 상처는 별로 심하지 않았죠. 당연하죠. 당신은 일반 권총이 아닌 공기총, 그것도 인명 살상용이라고도 할 수 없는 4.5구경에 맞았어요. 더군다나 총구는 몸이 아닌 핸드폰을 겨냥했죠. 요즘은 과학 감식이 발달해서 발사 거리를 추측하기 쉬운데 핸드폰에 맞으면 탄도 추측을 할 수 없게 되니까요. 몸이 받을 충격도 줄여 주고요."

"마지막으로 묻겠어. 내가 왜 그런 짓을 해?"

채율은 차갑게 웃었다. 자신을 무시하고, 탐정단을 무시한 그의 위선을 밝혀 낼 순간이었다.

"왜냐고요? 군대 면제를 받기 위해서요. 우리나라에서 군대 문제는 아주 민감한 사안이죠. 아무리 잘 나가는 톱스타라고 해도 이 문제 잘못 건드리면 즉결 처형이에요. 워낙 불법이 많다 보니, 아무리 합리적인 사안으로 면제 받아도 대중들은 색안경을 쓰고 보죠. 이번 쇼는 그걸 극복하기 위해 벌인 일이었어요.

극성팬에 의해서 요란한 총격을 받은 후, 그 후유증으로 정신 병원 신세까지 지게 된다면 사람들은 면죄부를 줄 테죠. 범인이 잡히지 않았다는 것도 당신에게는 이점이 돼요. 모두 당신을 동정하겠죠. 언제 범인이 다시 당신을 노릴지 모르니까요."

병실 공기는 무거워졌고, 적막이 가라앉았다. 모든 이야기를 듣고 라온은 소파에 주저앉았다. 깍지를 낀 두 손을 팔 아래에 대고 한참 동안 무언가를 생각하는 표정이었다. 탐정단을 회유하기 위해서 고민하고 있는 것처럼도 보였다. 하지만 그럴 경우를 대비해 채율은 아이들에게 당부를 해 두었다. 그가 돈을 제시하거나, 어떤 편익을 준다고 해도 넘어 가지 말자고. 이번 사건은 탐정단의 프라이드와 즉결된 내기까지 걸려 있어서 모두들 그녀의 이야기에 동의했다. 하지만 그의 입에서 나온 이야기는 회유도, 협박도 아니었다.

"그래, 내가 졌어. 너희들 말대로야. 범인은 나였어. 용케 알아냈구나? 숙부가 데리고 다닐 만하네. 생각보다 자질이 뛰어나."

순순히 패배를 시인하고 자백을 하는 것처럼 보였던 순간, 그는 내리깔았던 눈을 들어 탐정단 소녀들을 똑바로 응시했다. 연준처럼 사람을 홀리는 기운이 서려 있는 눈동자였다.

"하지만 너희는 나를 신고할 수 없어. 증거가 없으니까. 그리고 신고해서는 안 돼. 나는 너희들 편이니까."

"무슨 뜻이죠?"

"이제 말해도 될 것 같아. 내가 전시회를 연 목적 말이야. 총격 사건을 일으킨 목적은 군 면제를 위해서였지만, 전시회의 목적은 애초에 쟤를 위해서였어. 저 녀석을 구하기 위해서였다고."

그의 집게손가락이 탐정단 아이들 가운데 채율을 향하고 있었다. 영문을 몰라 하는 아이들을 위해 라온은 지갑 속에서 한 장의 사진을 꺼냈다.

사진 속에는 교복을 입은 소녀가 있었다. 그녀, 무릎과 팔에 기다란 흉터가 있는 소녀. 전시회 작품들 속에서 조각조각 나뉘어져 있던 미스터리의 소녀가 비로소 온전한 형체로 웃고 있었다.

채율은 이 사진을 본 기억이 있었다.

연극부 별실. 연준의 책상 뒤에 걸려 있는 바로 그 사진이었다. 팔에 있는 흉터가 있는 소녀가 나무 그림자 아래에서 미소 짓고 있는 사진. 아름다운 얼굴은 아니었지만 환하게 웃는 모습 속에서 활력이 느껴졌다. 지갑 속에 넣고 다닐 정도라면 라온에게 무척 소중한 사람이었음에 틀림없었다.

"4년 전까지 선암여고를 다녔던 학생이야. 숙부가 죽였지. 누나는 살아 있을 때 나에게 부탁했어. 만약 나중에 숙부가 후배들 중 누군가에게 다시 마수를 펼치거든 무슨 수를 써서라도 그 아이를 구해 달라고. 그리고 자기 이야기를 전해 달라고.

'한 사람을 위한 전시회'란 말은 바로 안채율 너를 뜻한 거야. 알겠어? 악마에게 붙들린 불쌍한 어린양 씨."

깊고 심원한 눈빛이 채율을 주시했다. 채율은 자기도 모르게 숨을 멈추었다.

분위기가 이상하게 돌아가고 있었다. 성윤은 미도의 팔을 잡고 호소했다.

"말려들지 마. 대장. 물타기라고. 일부러 우리를 혼란스럽게 만드는 거야. 범죄자의 말 들을 필요 없어."

그러나 미도의 눈은 테이블 위에 놓인 사진에 고정되어 있었다. 예희도, 하재도, 채율도 마찬가지였다. 모두 사진 속 소녀에게서 눈을 뗄 수가 없었다. 마치 소녀가 살아 있어서 움직이며 말을 걸고 있는 것만 같았다.

무엇인가에 홀린 사람처럼 미도는 사진을 집어 들었다. 그것은 신호탄과도 같았다. 탐정단이 맡게 될 다음 사건이 무엇인지 알려주는 작은 몸짓.

사진에 여전히 눈길을 주며 미도가 말했다.

"우리가 제대로 된 증거를 가지고 있지 못하다고 하셨던가요? 하라온 씨. 하긴 맞는 말이죠. 당신 전화 한 통이면 최민경 씨도 장갑을 소거할 테고, 기획사에서도 스피커를 없애겠죠. 그래서 저희도 오면서 대비를 했어요."

미도의 말이 끝나자마자 채율이 코트에서 핸드폰을 꺼내들었다. 보이스 레코드 기능이 돌아 가고 있었다. 하재도 테이블 위에 놓아두었던 가방을 열어 캠코더를 보여 주었다. 역시 녹화되고 있었다.

그러나 정작 라온의 얼굴에는 표정 변화가 없었다. 그는 소파를 잡고 일어서 가습기 옆에 놓아 둔 카메라 가방을 끌어당겼다.

"앞으로 한동안 카메라를 잡지 못하게 될 테니, 너희를 찍어도 될까? 너희들이 내기에 이긴 기념으로 말이야."

떨떠름한 얼굴로 앉아 있던 소녀들이 그의 손짓에 차례차례 일어섰다. 갑자기 사진 촬영을 하려는 저의를 알 수 없었다. 병실 창문을 등지고 서서 그가 손짓하는 대로 자리를 잡았다. 찰칵. 찰칵. 아이들이 불만스러운 눈빛으로 카메라 렌즈를 보고 있었지만 라온은 묵묵히 셔터를 누를 뿐이었다.

"자수하기 전에 한 가지 부탁이 있어."

카메라를 얼굴에 대고 있어서 표정이 보이지 않았다.

"4년 전 그 사건을 너희들에게 의뢰해도 될까?"

누가 대답을 하기도 전에 성윤이 버럭 소리를 질렀다.

"범죄자의 의뢰는 받지 않아요."

예희도 고개를 저었다.

"우리를 회유하려고 하는 거죠?"

찰칵. 셔터 소리가 멈추었다. 라온은 카메라를 눈에서 뗐다.

"이번 일로 너희들 솜씨는 잘 확인했어. 너희들이라면 4년 전 대체 무슨 일이 있었는지, 경찰보다 확실하게 수사해 줄 수 있을 거야. 선암여고 재학생들이잖아. 정말 숙부가 미래 누나를 죽였는지, 그리고 정말 죽였다면 그 증거도 잡고 싶어. 너희들도 손해 볼 것 없잖아. 너희 친구를 구하게 될 테고, 또 무엇보다 이번 사건도 해결하게 될 테니까. 너희가 내 의뢰를 받아들여 주면 난 자진해서 군대에 가겠어."

"그 말 정말이에요?"

성윤이 번쩍 고개를 치켜들었다.

"어차피 내기에서는 내가 졌고, 2년 동안 사회에서 일을 못하게 될 바에야 군대에나 갔다 오는 게 나아. 내가 약속을 지키지 않으면 그 녹음 파일 경찰에 갖다 줘."

아이들은 그에게서 몸을 돌리고 둥글게 이마를 마주 댔다. 대체 라온이 무슨 꿍꿍이인지 알 수 없었다. 시간을 벌기 위해서 이런 제안을 한 것일까?

"말도 안 돼. 총까지 맞으면서 군대를 가지 않으려고 했잖아. 그런 사람이 이렇게 순순히 군대에 가겠다고 말하다니. 이상해."

"맞아. 맞아."

"하지만 우리 학교에서 일어난 일이야. 살인 사건이라고 했어. 용의자가 하연준 선생님이고. 정말로 채율이의 신변에 무슨 일이 생기면 어쩌지?"

미산가 팔찌를 한 다섯 개의 손목들이 엎치락뒤치락 한참을 쑥덕대다가 마침내 결론에 도달했다.

라온은 탐정단 임시회의가 끝날 때를 기다리며 병실에 마련된 컴퓨터를 켰다. 부팅 음이 들려올 무렵이었다. 하재가 탐정단 대표로 입을 열었다.

"물어볼 게 있는데요. 어째서 군대에 가지 않으려고 한 거예요? 답을 들어봐야……."

"내가 속한 계급에서는 말이야. 군대는 돈 없고 빽 없는 놈들이나 가는 곳이야. 가는 게 창피한 일이지. 그리고 군대처럼 폐쇄된 곳에서 살게 되면 사람은 누구나 바깥세상과 가족들, 사랑하는 사람을 그리워하게 돼. 나한테는 그런 게 없어. 하나도."

간조한 대답이었지만 진심이 느껴졌다. 라온이 입원해 있는 동안 가족들은 한 번도 병문안을 오지 않았다.

탐정단 아이들은 다시 한 번 이마를 맞대고 수군댔다.

그의 자백이 담긴 파일이 그녀들의 수중에 있는 한, 일이 잘못되어도 언제든지 라온을 신고할 수 있을 터였다. 무엇보다 탐정단 멤버의 안녕을 위해서도 수사에 착수할 필요가 있었다. 미도가 비장한 표정으로 고개를 끄덕였다. 탐정단 아이들은 누가 먼저랄 것도 없이 다시 소파 의자에 앉았다.

컴퓨터에서 라온은 출력된 기사를 뽑아 소녀들에게 넘겨주었다. 창밖은 눈이 내리는 고요하고 거룩한 밤. 살인에 대한 이야기를 듣기에는 더 없이 좋은 밤이었다.

문제 5

무한급수의 레플리카가 수렴하는 합을 구하고
살인자를 판별하라

열여섯 살과 열일곱 살은 뭐가 다를까.

해가 바뀌는 날이었지만 채율은 별다른 이벤트 없이 정해진 시간에 잠이 들어서 정해진 시간에 눈을 떴다. 일어나기가 죽기보다 싫었지만 아버지 안홍민이 그녀를 흔들어 깨웠다. 집안일을 봐주는 아줌마도 어제까지 대청소를 해치우고 오늘부터 한 달간 휴가를 받게 되었다.

잠을 자도 잠을 잔 것 같지 않았다. 벌써 며칠째 숙면을 취하지 못했다. 그만큼 크리스마스이브, 라온에게서 들었던 이야기는 충격이었다.

그날 라온은 병실에 있던 노트북으로 신문 기사를 검색해 아이들에게 보여 주었다.

"K신문사에서 하는 장편 소설 공모전 말이야, 너희들도 알지? 상금도 크고, 명예도 상당하지. 하지만 4년 전에 이례적으로 당선된 작가가 수상을 거부한 적이 있어. 심사의원들과 편집자들이 달라붙어 끈질기게 설득했지만 소용없었어. 결국 그해 대회는 당선작 없이 마무리가 되었지."

본지 1억원 고료 K문학상
결국 당선작 없음

올해 총 212편이 응모되어 성황리에 종료되었던 12회 K문학상이 당선작 없이 종료되었다.

본심을 통과한 작품을 5편 가운데 수상작으로 결정되었던 「아비의 만가도(輓歌圖)」는 당선자 개별 연락을 취하던 중 투고 과정상 불미스런 정황이 포착되었다.

작품을 쓴 당선자와 투고자가 달랐던 것이다. 이미 기성문인으로 문단에서 이름이 높았던 H 작가는 작품을 투고할 의사가 전무하였고, 수상 소식을 듣기까지 원고의 분실 여부도 알지 못하고 있었다.

물론 K문학상 심사 대상은 신인에 한정되어 있지 않다. 또한 표절이나 대필 등 심각한 문제가 없는 작가의 순수 창작물이라면 수상을 철회할 결격 사유도 되지 못한다.

수상자는 지난 주 월요일, 사측에 정중한 사죄의 편지를 보내왔다.

"아직 작품은 미완이며 발표를 목적으로 쓴 글이 아님에도 (……중략……) 졸문이 유출된 과정을 모르는 것 역시 분명한 본인의 과(過)인 바, 이 일로 문학상의 권위가 실추되지 않길 바라며 상을 내려놓습니다."

작가의 변을 접한 심사위원(오계인, 안수석, 박희중, 김창태, 이종식)들이 다시 소집되어 장시간 회의를 거쳤다. 2시간에 이르는 격론과 무기명 투표 끝에 다른 작품에 상을 돌리기에는 마땅치 않다는데 뜻이 모였다.

올해 K문학상은 수상작이 없는 것으로 한다.

K일보 2010년 9월 2일자 기사였다. 하단에는 「아비의 만가도(輓歌圖)」를 비롯한 다른 작품들의 심사평이 간략하게 적혀 있었다.

「아비의 만가도」는 한 남자가 말러의 가곡 '킨더 토텐 리더(Kindertotenlieder)'에서 비롯된 개인적 허상(虛像)을 현실에 재구축하는 과정을 그려낸 수작이다. 강렬한 살의에 사로잡힌 남자가 소녀들을 정신적으로 종속시키고 살해하는 일련의 과정을 일기체 형식으로 기록하고 있다. 감각적 묘사와 수려한 문장이 이미 신품(神品)의 경지에 이르렀다는 평가를 받았다.

기사를 접한 탐정단 아이들은 영문을 모르겠다는 얼굴로 고개를 갸웃했다. 살인 사건을 이야기해 준다고 하더니 어째서 문학상 관련 기사를 보여 주는 것일까.

"상을 받아야 했던 사람이 하연준 선생님이라는 거예요?"

"그래."

못 믿겠다는 표정으로 아이들은 눈을 부릅떴다. 사정이 어찌되었든 1억원을 포기한다는 건 그녀들의 사전에 있을 수 없는 일이었다.

"그럼 투고자는 설마……."

"맞아. 그건 나였어."

잠깐 동안 그는 자신의 유년기 이야기를 했다. 과거 어머니가 떠난 이후 천덕꾸러기가 된 자신을 맡아 준 건 숙부 하연준이었다고. 탁월한 감식안을 가졌고 카리스마 넘치는 숙부의 권유로 카메라를 잡았고, 실력을 쌓아 갔다는 이야기. 행복한 시절을 회상하던 그의 얼굴에는 곧 그늘이 드리웠다.

"내가 어렸을 때 가끔씩 집으로 숙부가 가르치는 학생들이 놀러 왔어. 원래 숙부는 사람들과 막역하게 지내는 분이 아니야. 선을 넘는 행동을 하지도 않고, 하지만 몇 년에 한 번씩 제자를 데려왔고,

종종 놀러오면서 아주 즐겁게 지냈어. 나랑 친해진 사람도 몇 있었지. 누나들은 하루가 멀다 하고 놀러 오다가 어느 날 갑자기 발걸음을 끊었어.

처음에는 졸업한 모양이라고 생각했어. 숙부도 그렇게 이야기했었으니까. 하지만 내가 사리를 판단할 수 있을 만큼 성장했을 때 알게 되었던 거야. 그녀들이 하나같이 자살을 했다는 걸."

처음에는 라온도 모든 것이 우연이라고 생각했다. 잔혹한 운명의 장난일 거라고. 꺼림칙한 느낌은 있었지만 그는 연준을 의심조차 하지 않았다.

"하지만 미래 누나가 나타나고부터……. 미래 누나를 만나고 나서 다시 생각하게 되었어. 어쩌면 내가 알지 못하는 뭔가가 숙부에게 있을지도 모른다고."

최미래. 그것이 사진 속 여학생의 이름이었다.

연준은 지금까지의 소녀들과는 비교가 되지 않을 정도로 각고의 노력을 기울이며 미래를 교육했다. 그리고 그녀가 돌아가고 나면 다른 소녀들이 왔을 때처럼 혼자 서재에 틀어박혔다. 아들과 마찬가지인 라온도 들어오지 못하게 했다.

밖으로 나올 때면 그의 눈은 광기로 번뜩이고 있었다.

"마지막 가을이 되었을 때 미래 누나는 더 이상 집에 놀러오지 않았어. 전화를 해도 우울한 목소리로 힘없이 받을 뿐이었지. 나는 알수 있었어. 곧 누나에게 무슨 일이 생길 거다.

누나는 내가 처음으로 마음을 열었던 타인이었어. 무슨 일이 있어도 잃고 싶지 않았어. 나는 무언가에 홀린 사람처럼 숙부가 서재에 숨겨 놓은 일기, 표지에 「아비의 만가도」라 적힌 노트를 훔쳐 냈어. 노트는 모두 5권으로 이루어져 있었지만 어디에서도 앞부분 2권은 찾을 수 없었어.

하지만 내가 찾은 일기만으로도 충분했지. 숙부의 기괴한 취미 생활을 파악하는 데는 말이야. 그 일기를 읽었던 날을 지금도 잊을 수 없어. 내 세계가 무너졌던 날이었으니까. 아버지처럼 여겼던 사람이 사실은 미친 살인자였던 거야."

"대체 무슨 내용이었는데요?"

궁금해진 성윤이 재촉하듯 물었다.

"숙부는 일종의 실험을 하고 있었어. 최면과 암시를 통해 사람을 조종해서 자기가 원하는 대로 행동하게 하고 나중에는 목숨까지 스스로 버리게 만드는 거였어. 경악한 나는 그 즉시 누나를 찾아갔지. 누나는 도무지 내 말을 듣지 않았어. 일기장은 보려고도 하지 않고. 이미 숙부라는 독에 깊이 중독되어 나락으로 빠져들고 있었어.

궁리 끝에 나는 가끔 집에 찾아오던 문인 분께 숙부의 일기를 맡겼어. 한 권 분량이 되게 정리해 달라고 말이야. 숙부의 추종자였던 그분은 숙부가 새로운 작품을 썼다는 걸 알고는 반색을 하면서 원고를 받아 가셨어. 정서된 원고는 K문학상에 투고했지."

라온은 일기의 내용을 만천하에 폭로하고 싶었다. 연준이 자기가 가르치던 학생들에게 무슨 짓을 했는지 알리고 미래를 보호하고 싶었다.

"숙부는 우리나라 연극계의 독보적인 희곡 작가야. 어중간한 소설들이 따라오지 못할 정도로 문장력이 비범하고 재능도 뛰어나지. 당선은 당연한 결과였어. 하지만 그때 나는 너무 어렸고, 인간의 마음을 너무 몰랐어. 진실을 안 미래 누나가 얼마나 충격을 받을지 예상조차 하지 못했어. 설마 학교에서 몸을 던질 거라고는⋯⋯."

작품은 세상의 빛을 보지 못했고, 미래는 자살했다. 라온은 금방이라도 눈물을 흘릴 것처럼 위태로운 표정을 지었다. 자기 장래를 위해서 대중을 농락하고, 다리에 총을 박아 넣은 냉혈한이 한없이 동요하고 있었다.

"나 때문에 누나가 죽었어. 내가 등을 떠민 거나 마찬가지야."

비로소 이해가 되었다. 성공 가도를 달리고 있으면서도 그의 눈빛이 어두웠던 이유, 연준을 보면 잡아먹지 못해 안달을 하는 이유.

"그 일기, 읽을 수 없어요?"

"어디서도 읽을 수 없어. 숙부는 신문사에서 원고를 찾아와서 일기장과 함께 태워 버렸거든. 누나가 죽고 나서 얼마 후였지."

그의 이야기는 거기까지였다. 곧 새어머니가 문을 열고 나타나 환자의 안정을 핑계로 소녀들을 내쫓았다.

"굳이 마중 갈 것 뭐 있어? 자기들 발로 오라고 해."

"짐이 많을 텐데 어떻게 그래. 엄마 성격 알잖아."

밤새 쌓인 눈이 자동차 보닛 위에 소복했다. 플라스틱 긁개로 눈을 치우면서 홍민은 툴툴 대는 딸도 함께 달래야 했다. 채율은 아버지의 성화에 못 이겨 억지로 차에 탔다. 잠을 제대로 자지 못해서 연신 하품이 나왔다.

크리스마스 시즌부터 연초까지 인천 공항은 끔찍하기 이를 데 없다. 각국에서 오가는 사람들로 북적거리는 모습이 스머프 마을을 연상시켰다. 게이트 앞에서는 영화 「러브 액츄얼리」의 엔딩 장면이 촬영되고 있었다. 서로 껴안고, 입 맞추며 행복해한다. 보고만 있어도 속이 거북해지는 풍경이었다.

보스턴발 비행기의 도착 안내 방송이 나오고도 유진과 채준은 한참 동안 꾸물거린 후에 게이트에서 나왔다.

"저기 있네! 채율아! 여보!"

화이트 톤의 트위드 투피스를 차려입은 오유진 여사가 두 사람을 발견하고 소리를 질렀다. 홍민은 감격적인 표정을 지으며 아내에게 달려가 번쩍 껴안고는 그 상태에서 두 바퀴를 돌았다. 아내에게 조련당한 결과였다. 이 정도 액션은 보여 줘야 뒤탈이 없었다.

그 뒤로 놈이 나오고 있었다. 모직 재킷에 남방, 검정색과 겨자색이 반반 섞인 목도리. 일부러 아이비리그 학생 같은 스타일로 입고 온 게 뻔했다. 일본 공항에 입국하는 배용준처럼 환한 미소를 지으며 동생을 바라보았다.

"올, 마이 테러뤼스트 쉬스털!"

채율은 이를 사려물었다.

'3주만 참자. 그러면 저놈은 떠난다.'

유진은 집에 돌아오자마자 집 안을 휘둘러 봤다. 시차로 인한 피로가 상당할 텐데도 냉장고부터 베란다까지 한 바퀴 돌아다니며 거침없이 잔소리를 해 댔다. 집안일을 봐주는 아줌마가 말끔히 정리를 하고, 화초에 물까지 흠뻑 주었음에도 열심히 흠을 잡으며 자신의 존재를 과시했다. 홍민은 그 기세가 싫지 않은 듯 내내 입가에 엷은 미소를 머금고 있었다. 가족들이 전부 모인 것만으로 기쁜 모양이었다. 방에 들어가 짐을 정리하고 나온 채준은 작은 상자를 들고 텔레비전을 보는 아버지 옆에 앉았다. 지난 학기 사냥한 전리품들을 하나하나 탁자 위에 올려놓았다.

교포 신문에 난 인터뷰, 학교 신문에 투고했던 기사, 미국 내 젊은 수학자를 위한 대회에서 입상한 결과물들. 설명하는 채준의 말투에는 자연스럽게 영어 억양이 묻어나고 있었다. 홍민은 흡족한 표정으로 아들의 머리를 쓰다듬었다. 어머니는 옆에서 깎은 사과를 남편, 아들, 본인, 딸 순으로 건네주었다. 채율은 마지막으로 사과를 받아 들었고, 앞으로의 신변에 대한 통고도 함께 들었다.

"우리가 온 이유 알지? 오빠 논문 바쁜데도 굳이 귀국한 거야. 조만간 학교 찾아갈 테니까, 그때 자퇴서 제출하자. 알았지? 들어갈 때는 너도 우리랑 같이 가는 거야."

며칠 전까지는 유학에 관해 일언반구 말도 없었다. 유진은 능숙하게 불평을 차단했다.

"근데 넌 어쩌자고 그런 누명을 썼던 거니? 그 사람이 홈페이지에 호소문을 올려 줬으니 망정이지. 안 그랬으면 너 학교나 제대로 다녔겠어? 근데, 그 사진작가라는 애 정말 멋있더라. 인물도 훤하고. 배우라고 해도 믿겠더라."

'대충 넘어가지 마. 지금 중요한 게 그게 아니잖아.'

다시 한 번 사과 조각이 입안으로 날아들었다.

아버지는 입을 삐죽 내밀고는 기다렸다는 듯 경찰서에서 고생한 사연을 하소연했다. 유진은 남편의 엉덩이를 툭툭 두들기며 한 마디도 빼놓지 않고 들어 주었다. 쯧쯧. 딸이 친 사고를 뒷수습하느라 정

304

말 수고 많았군요. 채준도 한마디 했다.

"그래도 책은 더 잘 팔렸잖아요. 출판사에서 한 권 더 쓰시라고 전화까지 왔고. 채율이한테 그런 재주가 있는 줄 몰랐다니까요. 이런 걸 뭐라고 불러야 하나. 살신성인 마케팅?"

한바탕 폭소가 거실을 휩쓸고 지나갔다.

'웃어라. 제물이 있어야 웃을 수 있는 불쌍한 존재들이여. 내가 사라지고 나면 어찌 웃을 수 있으리.'

솟구치는 가출 욕구를 억누르며 채율은 슬그머니 일어섰다. 어젯밤 미도가 소집 문자를 보냈다. 이번 사건에 대한 영상 자료를 입수했다고 했다. 오빠 방 책상 위에 놓인 미국 과자들을 모두 챙겨 밖으로 나갔다.

새해가 되었지만 도시는 어제와 전혀 다를 것이 없었다. 바뀐 것이 있다면 지하철 광고판에 붙은 새해맞이 상품 소개 포스터 정도였다. 새해 복 많이 받으세요. 한복을 입은 연예인이 절을 하며 웃고 있었다.

탐정단실에 도착해서 보니 정작 사무실 문은 잠겨 있었다. 문 저편에서 하재의 떨리는 목소리가 들려왔다.

"이…… 이 문을 통과하려면 주어진 문제를 맞혀야 합니다. 대장님께서는 멤버들이 뛰어난 추리 능력을 갖도록 매일 능력을 갈고 다듬어야 한다고……."

황당했다.

"언제부터?"

"아…… 오늘부터 그렇게 하라고 했어."

문 안쪽에서 "존댓말을 써야지!" 하고 타박하는 미도의 목소리가 들려왔다.

"성윤이도 맞췄어?"

"최성윤 씨는 힘으로 열고 들어왔습니다. 체력도 능력의 하나라고 여겨 통과 처리 되었습니다."

"예희는?"

"간식을 가져 왔습니다. 귀중한 식량을 제공하여 통과 처리 되었습니다."

"나도 과자 가지고 왔는데? 이제는 돈 주고도 못 사는 트윙키."

하재는 잠시 멈칫하더니 다시 대사를 읊었다.

"그래도 너는 문제를 맞춰야 합니다."

그러니까 채율만을 위한 전용 트레이닝인 모양이었다. 그녀의 한숨과 동시에 문제가 시작되었다.

"여덟 칸 격자를 상상해 주십시오. 각각의 칸에 숫자가 채워져 있습니다. 1부터 8까지 한 번씩만 사용되었고, 다음의 조건들을 만족시키고 있습니다.

먼저 4는 5보다 앞서지 않는다. 7은 2보다 세 칸 앞에, 6은 7의 두 칸 뒤에 있다. 3은 5보다 네 칸 뒤에 있다. 1은 4의 한 칸 뒤에, 8은 1의 다섯 칸 뒤에 있다.

이 여덟 자리 숫자는 무엇일까요? 제한시간은 1분입니다."

간단한 문제였다. 채율이 눈을 감고 머릿속에서 숫자들을 배열했다. 갑자기 등 뒤에서 저음의 소리가 들려왔다.

"54173628."

"와, 대단해! 2초밖에 걸리지 않았어."

감탄하는 목소리와 함께 철컥 문이 열렸다. 불길한 예감이 폭포수처럼 온몸을 관통했다.

아니었다. 채율이 맞춘 게 아니었다.

그러나 너무 무서워서 차마 뒤를 돌아볼 수가 없었다.

문을 연 탐정단 아이들은 채율의 뒤에 서 있는 그 무엇을 보고 경직되었다. 귀청을 찢는 비명이 이어졌다.

열렸던 문은 세차게 닫혔고 닫힌 문 뒤로 공황 상태의 비명이 계속해서 울렸다. 톱스타가 왕림하셨다 한들 이보다 더 극적인 반응을 얻어낼 수는 없을 것 같았다. 소녀들이 분주히 오가는 발자국 소리가 들렸다.

어리석었다.

미행당할 걸 예상했었어야 했다.

귀국 전부터 채준은 미도를 만나게 해 달라고 쉼 없이 졸랐었다. 이리저리 핑계를 대며 미루어 왔지만 결국 멍청한 천재는 비극을 자초했다.

"왔냐?"

"헤헤헤."

뒤를 돌아보니 모든 것이 우월한 부드러운 갈색머리의 생명체가 무안한 미소를 보이며 동생을 내려다보고 있었다. 이제 곧 만나게 될 여자 친구 후보를 상상하며 해죽해죽 웃기까지 했다.

문은 한참 뒤에야 열렸다. 방금 전만 해도 책상 위에 과자부스러기와 옷가지들이 지저분하게 놓여 있었건만 다시 열렸을 때는 마치 환경 미화 심사 2분 전의 교실처럼 청결했다. 뿐만 아니었다. 아까 스치듯 보았던 미도는 부스스한 머리에 올이 풀린 체육복을 걸치고 남성미 넘치는 포즈로 여드름을 짜고 있었다. 그러나 지금은 안경 벗은 맨 얼굴에 머리에는 리본 핀까지 꽂고 청순한 몸가짐으로 서 있었다.

"방송에서 본 거랑 굉장히 다르시네요?"

"아…… 예. 키가 좀 컸죠. 머리도 기르고."

"훨씬 보기 좋으세요. 오호호."

오가닉 순면 생리대처럼 보드라운 존댓말이 탐정단 멤버들의 입에서 흘러 나왔다. 어느새 채준은 사무실 안에 모셔져 국빈 대우를 받고 있었다. 채준은 마치 왕자비를 간택하는 왕자처럼 탐정단실 안에 서 있는 소녀들을 하나하나 바라보았다. 손에는 작은 쇼핑백까지 들려 있었다. 시선이 닿을 때마다 소녀들의 체온이 올라갔다. 성윤까지 수줍어 어쩔 줄 모르겠다는 얼굴로 몸을 꼬고 있었다. 구석에서 팔짱을 끼고 상황을 바라보는 건 채율 뿐이었다.

바야흐로 안채준 현상이 일어나고 있었다. 그를 만나는 남자들은 기가 죽고, 여자들은 얼굴을 붉히는 현상.

카이스트에 다니던 학사 시절. 그의 별명은 슈반이었다. 블랙홀의 경계라고 할 수 있는 '슈바르츠실트 반지름'을 줄인 말이었다. 어떤 여자라도 일정 반경 안에서 안채준을 만나면 블랙홀에 빛이 빨려들 듯 맥을 못 춘다는 데서 나온 별명이었다. 여자들은 초콜릿을 발음하듯 감미롭게 '우리 슈반이'를 불렀고, 남자들은 비슷한 발음의 욕설을 내뱉듯 야멸치게 '저놈 슈반이'를 불렀다.

"슈반이는 우리 과, 아니 우리 카이스트의 블랙홀이야. 부드러운 남자의 매력이 초고밀도로 응축된 존재지. 여자들은 너희 오빠만 보면 무장 해제가 되었어. 학부생, 연구생, 교수 할 것 없이 모두. 슈반이를 귀여워하거나, 좋아하거나, 동경하거나, 아끼거나 하는 식으로 호의를 뿜어내게 되지. 너희 오빠가 매번 A학점을 받는 건 머리가 좋은 탓만은 아닌 거야."

조교에게 들었던 말이 새삼스럽게 생각났다.

이윽고 '저놈 슈반이'가 활짝 웃으며 소녀들 중 한 사람에게 다가갔다. 미도는 과호흡 증후군으로 기절하기 직전처럼 숨을 몰아쉬고 있었다. 4차원 같던 평상시 모습은 온데간데없이 실물의 아우라에 압도되어 어쩔 줄 모르고 있다. 영락없는 사춘기 소녀였다.

'그럼 그렇지. 너라고 다를 게 뭐 있겠어?'

나이 차이가 많이 나는 대학생 누나들까지도 버터처럼 녹아내리게 한 마력의 소유자를 기망하며 전화와 메일을 주고받은 대가를 곧 치르게 될 것이라고 생각하니, 갑자기 미도가 불쌍해졌다.

"보고 싶었어. 미도야. 갑자기 온 거 미안해. 널 놀라게 해 주고 싶어서."

채준은 아리따운 그녀에게 빈티지 원석 펜던트를 내밀었다. 은으로 세공된 프레임 안에는 샛노란 얼룩무늬 돌이 박혀 있었다.

한국인 유학생들과 함께 뉴욕에 갔다가 브루클린 플리마켓에서 산 것이라고 했다. 전혀 예상치 못한 선물을 받은 그녀는 눈을 크게 떴다. 놀란 것은 그녀만이 아니었다. 뜻밖의 상황에 탐정단 모두 굳어 버렸다.

명징한 진리만을 추구하는 수학자의 한 사람으로서 안채준은 소녀들을 둘러보다, 가장 예쁜 예희를 보고 그녀가 미도라고 단정을 내린 거였다. 잘못된 추론도 무리는 아니었다. 지금의 미도와 홈페이지에 올려놓은 사진 속 미도는 꼴뚜기와 다이아몬드 정도의 차이가 있었다.

상대가 아무런 반응이 없자 채준은 다시 한 번 필살 미소를 보냈다.

"셉타리안 원석 안에 장미 모양 보여? 자연적으로 생긴 거야. 네이름 미도의 '미'가 장미 미(靡)라고 해서."

보통 여자들이라면 무너졌을 테지만, 예희는 아빠 같은 스타일에만 반응하는 아줌마스러운 남성관을 가지고 있었다. 그녀에게 있어 안채준은 안채율의 잘생긴 오빠요, 미도의 남자친구 후보, 나중에 아들을 낳는다면 꼭 저런 아이로 낳아야지 생각하게 만드는 성공 모본일 뿐이었다. 호의는 있었지만 연심은 없었다.

예희는 얼떨떨한 표정으로 목걸이와 미도를 번갈아 바라보았다. 미도는 고개를 푹 숙이고 서 있었다. 사랑하는 공주의 시선이 다른 쪽으로 향하는 것을 보고 왕자도 덩달아 눈길을 돌렸다. 진짜 미도를 코앞에 두고도 뭐가 잘못되었는지 모르겠다는 얼굴이었다.

슬프고 힘든 일이 닥치면 반사적으로 웃음을 터트린다는 점에서 미도는 방송인 노홍철과 비슷한 타입이었다. 자의식이 붕괴되어 버린 소녀는 스스로 자기 이름을 연호하며 예희의 등을 두드리고는 채준 쪽으로 살짝 밀었다.

"하하. 정말 예쁜 목걸이네. 한번 목에 걸어 봐. 미도야. 네 생각하며 산 거라잖아."

비참해도 이보다 더 비참할 수는 없었다.

예희가 어쩔 수 없이 목걸이를 걸었다. 채준은 예희의 가슴에서 반짝이는 목걸이를 보고 진심으로 즐거워했다.

"요즘은 무슨 사건 수사해? 나도 같이 하면 안 돼? 하루 종일 연구실에서 논문만 파고 있으려니까 지쳤어. 자유로울 수 있는 너희들이 부럽다."

"그래 주신다면야 영광이죠. 미도도 기쁠 거예요. 저도 이렇게 기쁜 걸요. 아하하하하."

우는지 웃는지 모를 얼굴로 미도가 말했다.

어느 때보다 어수선한 분위기 속에서 새해 첫 탐정단의 회의는 시작되었다.

하재가 형광등 스위치를 내렸다. 성윤이 오빠에게 빌려 온 노트북에 빔 프로젝트를 연결하고 벽 위로 불빛을 쏘았다. 페인트 벽 위로 놀랄 만큼 선명한 영상이 펼쳐졌다. 6년 전에 선암여고 연극부에서 자체 촬영한 공연 영상이었다.

한여름밤의 꿈. 연극부 27기. 자막이 중앙에 떴다.

미도는 이번 사건의 대강의 줄거리를 채준에게 알려 주었다. 4년 전 연극부였던 학생이 자살을 했고, 그 배후에 현직 교사 하연준이 있다는 제보가 들어 왔다고. 그가 채율을 노리고 있다는 이야기는 하지 않았다. 불필요하게 채준을 걱정시킬 이유가 없었다.

"오베론 역할을 맡은 사람이라고 했지?"

예희의 오른편에 앉은 채준이 부드럽게 물었다. 왼편에 앉은 성윤의 눈이 커졌다.

"근데 오베론이 누구냐? 축구 선수?"

"요정의 왕."

"우와, 그럼 호빗도 나오겠네."

예희가 귀찮다는 듯 노트북을 조작했다.

"그냥 보고 있어. 내가 찚어 줄 테니까."

최미래.

하연준 미스터리의 핵심이라고 할 수 있는 인물이 이 영상에 있었다. 죽은 뒤에도 하라온을 움직여 전시회까지 열게 만든 사람이었다.

예희의 설명에 의하면, 최미래는 연극부에서 전설로 남은 선배였다. 연기도 했고, 스태프로 일하기도 했지만 가장 두각을 나타낸 부분은 창작이었다. 희곡 장르로 청소년 문학 공모전을 제패하고, 그녀를 등에 업은 선암여고 연극부가 연극제마다 작품상, 희곡상을 휩쓸게 만들었다.

일찌감치 국내 최고 명문 대학교에 합격이 결정되었다. 예정대로라면 전도유망한 연극도로 교수들의 사랑을 받았을 거였다.

'죽지만 않았다면 말이야.'

채율은 쓴웃음을 지었다.

"아, 나왔다. 저 사람이야."

예희가 동영상을 정지시키고 손가락으로 화면을 가리켰다. 모두 화면 속 인물을 바라보았다.

백발 가발에 나뭇잎을 이어 붙인 왕관을 쓴 사람이었다. 붉은색 눈 화장이 강해서 원래 얼굴을 알아볼 수가 없었다. 기대와는 다르게 존재감이 없는 밋밋한 연기가 이어졌다. 딱딱한 대사 처리. 소심한 몸짓. 작은 목소리. 어쩌자고 저런 사람이 연극부에 지원했을까 싶을 정도로 참담했다. 오히려 퍽의 연기를 맡은 배우가 열연을 펼치고 있었다.

마우스 포인터가 화면 속에서 다음 작품 영상을 클릭했다.

최미래가 고등학교 3학년이 되던 가을. 죽기 몇 달 전에 촬영한 작품이었다.

제목 「오메가 일렉트릭」. 극본 최미래.

학생 창작 작품을 보기는 처음이었다.

"우와. 재미있다."

지루한 표정으로 연극을 감상하던 성윤이 자세를 고치며 앉았다. 놀라기는 다른 아이들도 마찬가지였다.

"대단하지? 어떻게 사람이 2년 사이에 저렇게 변할 수가 있니?"

예희의 눈에는 동경의 빛이 가득 떠올라 있었다.

작품은 한 순간의 실수로 원조 교제에 빠진 여고생이 순수를 회복하기 위해 발버둥치는 내용이었다. 뼈살이꽃, 피살이꽃, 살살이꽃 모티브로 한국 전통 설화의 판타지적인 이야기 구조를 차용하여 펑크적인 무대 연출을 했다. 고교생답지 않은 세련된 감각이었다.

미래가 맡은 역할은 주인공을 타락으로 유혹하는 자퇴생 선배. 오베론을 맡았던 그 사람이라고 믿을 수 없을 정도로 사악한 여자의 분위기가 풍겨 나오고 있었다. 대사와 행동은 극적으로 친절했다.

"이건 상업 무대에 올라도 되겠다. 고교생이 썼다는 게 안 믿겨."

채준도 감탄했다.

"정말로 전문 극단에서 한 달 정도 상연을 했대요. 극본이 입상하자마자 심사위원들이 나서서 무대에 올렸다고 하던데요. 호평도 많이 받았어요."

예희가 대답했다.

"그래?"

어둠 속에서도 은근히 미소 짓는 채준의 치아가 보였다. 친오빠의 음흉한 애정 행각을 지켜보려니 위 점막에 아토피 염증이 돋았다.

'서로 존댓말 쓰지 마. 제발. 우리 오빠 너보다 한 살 어리다고.'

외치고 싶었지만 그럴 수가 없었다. 그와 쌍둥이인 채율도 탐정단 아이들보다 한 살이 어렸다. 분명 남매를 뒷조사한 보고서엔 나와 있을 내용이었지만 아직 인지를 못한 모양이라 잠자코 있는 중이었다. 자칫 약점을 잡혔다가는 초등학교 유머를 구사하는 성윤에게 두고두고 놀림을 받을 게 뻔했다. "앞으로 성윤 언니라고 불러라. 큭큭큭." 하는 식으로.

옆에서는 영혼이 빠져나간 미도가 쓸쓸히 스크린을 응시하고 있었다. 정면을 보고 있지만 귀를 쫑긋 세우고 두 사람의 대화를 엿듣고 있다는 걸 느낄 수 있었다.

다른 아이들은 여전히 최미래 선배의 영상을 집중해서 보고 있었다. 프로젝터 불빛에 알록달록 얼굴이 물든 하재가 말했다.

"배역이나 분장에 따라서도 사람이 달라 보일 수 있는 거잖아. 거기다 엄청난 연습을 한 게 틀림없어."

"절대 그렇지 않아. 지식은 배울 수 있지만 센스나 감정은 깨우치기가 어려워. 천성적인 거라고. 재능이라는 말이 괜히 있겠어? 저봐. 저 연기를 보라고. 배역과 혼연일체가 되어 그 사람처럼 연기하고 있잖아."

지난번 엔터테인먼트 오디션에서 떨어진 것이 큰 충격이었는지 예희는 거품을 물었다. 세 번이나 오디션 장에 들어갔지만 엔터테인먼트 심사위원들은 그녀의 얼굴을 기억하지도 못했다. 세 명의 각기 다른 심사위원들은 그녀가 들어갈 때마다 "미모가 딸리네.", "재능이 안 보이네요.", "끼가 부족한 것 같다."라는 말을 순서를 바꾸어 가며 말해 주었을 뿐이었다.

그동안 예희는 자신이 연극부에서 괄시를 받는 이유가 미모를 시기하는 선배들 때문이라고, 탐정단과 겸업을 하고 있어 미운털이 박힌 거라고 변명해 왔다. 그러나 이제 누구도 그 말을 믿지 않았다. 학교 연극부에서 예희를 1년 내내 의상 소품 담당으로만 부리는 이유가 있었던 거였다.

불이 켜졌다.

미모도 재능도 끼도 없는 여자가 주먹을 쥐고 분연히 자리에서 일어섰다.

"나, 이번 사건을 철저히 파헤칠 거야. 선배는 주옥같은 명작들은 2학년에서 3학년 사이에 남겼어. 미래 선배가 어떻게 재능을 꽃피울 수 있었는지 속속들이 파헤쳐서 내 것으로 만들고 말겠어."

"나도 힘닿는 데까지 도울게."

곁에 있던 채준이 환히 웃었다.

선암여고 탐정단과 안채준 박사(과정)의 공조 수사가 시작되던 날이었다.

* * *

다음 날도 그 다음 날에도 채준은 당연한 듯 수사에 참여했다. 미도에게 배운 '미행 따돌리는 법'을 사용해 도망쳐도 먼저 사무실에 가 있었고, 학교가 아닌 다른 곳에 갈 때면 미도에게 전화를 걸어 집합 장소를 물었다.

직접 만나면 예희가 어색한 대역을 해야 해서 살가운 분위기가 없었지만 미도와 전화 통화를 할 때면 채준은 희희낙락 웃음을 멈추지 않았다.

미국에 가 있는 동안 외로움에 지쳤는지, 대학교에서 만난 외국인 연상녀들에 물린 탓인지, 조작된 사진이 그토록 자신의 이상형이었는지, 아니면 미도의 대화술이 뛰어난지 도통 감을 잡을 수 없었다. 여자와 전화를 하면서 즐거워하는 오빠가 신기하기만 했다.

'그래도 목소리를 들으면 알 수 있지 않나?'

예희가 나긋나긋하고 애교 넘치는 목소리라면 미도는 발성 안 된 어린애처럼 카랑카랑한 목소리였다.

'그렇군. 그 녀석. 코맹맹이 소리로 대화한 거야.'

사진도 제작한 놈이었다. 목소리라고 온전하게 냈을 리 없었다.

탐정단 사무실에 들어가면 아이들은 과장된 환영 인사를 하며 채준을 반겨 주었다. 찬밥 신세가 된 채율은 하재와 함께 탐정단 구석에 쭈그려 앉아 일이 돌아가는 모양을 살펴야 했다.

예희는 미도의 감시 아래 대장처럼 연기하고, 채준은 그런 예희를 사랑스럽다는 표정으로 지켜보고 있었다.

316

그리고 두 사람의 다정스런 모습을 가슴 아픈 시선으로 바라보는 미도.

성윤은 미도를 지켜주지 못해 안타까워하고…….

하재는 사무실 내에서 벌어지는 일일 드라마가 사건 자체보다 더 재미있는 모양인지 초롱초롱 눈을 빛내며 시청했다. 그러나 채율은 하나도 재미가 없었다.

예전에는 아이들이 알아서 다가와 주었고, 자연스럽게 그녀에게 맡겨진 역할을 수행하면 되었다. 롤플레잉 게임처럼 모든 것이 간명하게 굴러갔다. 그런데 지금은 다들 채준에게 정신이 팔려 채율은 뒷전이었다. 채율은 더 이상 탐정단 고문이 아니었다. 안채준의 동생일 뿐.

"지금 뭐하는 거야? 얼른 오빠한테 사실대로 이야기해. 언제까지 우리 오빠를 기만할 셈이야? 아니면 깨끗하게 포기하든가."

짬이 났을 때 대장을 끌고 나가 힐책했다. 등을 돌린 미도는 마리아나 해구에서 열수가 뿜어져 나오는 듯한 깊은 한숨을 내쉬었다. 어깨가 파르르 떨리고 있었다.

"시누이!"

아차 하는 순간, 그녀가 채율을 덮쳤다. 비염 걸린 코알라처럼 채율에게 매달려 훌쩍이며 서러움을 쏟아냈다.

"이런 감정 처음, 밤새도록 고민했어, 나답지 않다는 건 알지만…… 나…… 너희 오빠 사랑한다."

숨을 쉴 수 없었다. 꽉 껴안긴 탓인지, 폭탄선언에 놀란 탓인지 헷갈렸다.

"나도 내가 이럴 줄은 몰랐어. 이 정도 감정에 휘둘리는 약한 여자일 줄은 몰랐다고. 하지만 친구여, 나는 깨닫고 만 거야. 사랑이 무엇인지. 그 사람은 내가 누군지도 알아보지 못하지만. 괜찮아, 친구여. 그런 눈으로 날 동정하지는 말아. 잘 봐. 난 이렇게 웃고 있잖아. 그를 볼 수 있어 행복하다고. 그 이상을 바라지 않을 거야."

쫄딱 망한 무명 가수의 앨범에 나올 법한 가사를 읊는 미도를 달래느라 본전도 건지지 못했다.

사무실에 돌아가 보니 웬일로 착실하게 사건 이야기만 하고 있었다. 평소 대장만 사라지면 손톱 손질을 하거나, 만화를 보거나, 목도리를 뜨거나 하던 아이들이었다. 가만 보니 말을 하고 있는 것은 채준 혼자뿐이었다. 교생 선생님 실습처럼 다른 아이들은 일방적으로 듣고 있었다.

"우선 최미래와 함께 학교에 다녔던 사람들을 만나야 해. 저번에 동영상 볼 때 보니까, 미도가 연극부 활동도 겸하는 것 같던데, 졸업생 명부 같은 거 보관하지? 볼 수 있을까?"

"아, 제가요. 그렇죠. 그래요."

무의식중에 막 미도를 돌아보았던 예희가 주섬주섬 일어나 연극부실로 내려갔다.

몇 분 뒤 그녀는 1cm 정도 두께를 가진 페이퍼 제본 책을 가지고 왔다. 재작년에 만들어진 인명록에는 작년에 졸업한 선배들의 연락처도 붙어 있었다.

탐정단과 채준은 미래의 기수인 25기를 중심으로 23 · 24기와 26 · 27기까지의 선배들을 나누어 할당하고 핸드폰으로 연락을 취했다. 졸업생들 중에는 전화번호가 바뀐 사람들이 많았다. 이메일도 답이 없어, 마흔두 명의 사람들 중에서 접촉할 수 있었던 사람은 반도 되지 않았다. 기껏 연결이 되어도 최미래라는 이름을 들은 선배들은 달갑지 않은 태도를 취했다. 오지랖 넓게 다른 사람 일에 끼어든다며 훈계를 하는 선배도 있었다. 최미래에게 직접 지도를 받았던 26기들이 특히 엄격했다. 동경하던 선배의 자살에 큰 충격을 받은 모양이었다. 기수가 낮은 선배들은 말하기를 꺼려했고, 기수가 높은 선배들은 아는 게 없었다.

"굉장히 숫기가 없었던 애야. 나중에 걔가 극본을 쓰고, 상까지 받았다고 후배한테 듣고 얼마나 놀랐는지 몰라. 우리가 다닐 때만 해도 특별한 건 없었어. 겨울 방학 정도 되니까, 연기력이 좀 좋아진 정도? 발음은 정확했던 것 같다."

23기 강유진의 말이었다. 다른 선배들은 아예 미래를 기억하지 못했다. 거의 포기하고 싶을 때쯤에야 겨우 한 사람과 연결이 되었다. J대 연영과에 진학한 27기 선배였다.

대학로에 위치한 스타벅스에서 약속을 잡았다. 예희에게 잘 보이고 싶었던 채준이 자진해서 지갑을 열었다. 화이트 핫 초콜릿, 마블 파운드케이크, 마카다미아 쿠키 등등 아이들은 사양하지 않고 채준의 친절을 마음껏 받아들였다.

선배는 약속 시간이 훨씬 지나 도착했다. 예희 혼자서 접대를 했지만 두 사람의 대화 내용은 한 뼘 통화 기능(핸드폰의 온후크 기능)을 통해 점포 2층에 앉은 탐정단원들에게 실시간으로 전달되었다.

연극부 근황, 대학교에 대한 궁금증 등 잡담이 끝난 뒤에야 본론이 나왔다.

"미래 선배? 아, 하 샘이랑 엄청 친했던 선배 말이지."

"친했다는 건 구체적으로 어떻게?"

"한 마리 강아지였지. 선생님이 어디를 가든 따라다녔으니까. 점심시간에도 밥을 먹자마자 졸졸졸. 방과 후에도 함께 시간을 많이 보내는 것 같았고. 오죽했으면 우리 기수들이 모두 최 선배가 선생님 친척인 줄 알았겠니?

반면에 하 샘은 그 선배를 굉장히 귀찮아했었어. 싫어하는 것처럼도 보였고. 어떤 때는 좀 막 대하기도 했지."

"이상한 소문이나 그런 거 들으신 적 없나요? 최미래 선배가 죽게 된 이유가 사실 하연준 선생님 때문이라든지."

"말도 안 돼. 그 샘이 뭐 때문에?"

프라프치노를 마시던 선배가 입을 떡 벌렸다. 자바칩 조각들이 치아 사이사이에 끼어 추레하기 이를 데 없었다.

"너 알지? 왜 작년 여름에 대형 히트한 영화 「임의 수사」. 그거 시나리오 쓴 최영채 감독도 원래 연극인부터 출발했거든. 하연준 선생님 이름 대면 끔벅 죽어. 내가 선생님 제자라고 하니까 오디션 그냥 합격시켜 주더라. 다음 영화에 단역 출연하기로 했지롱."

"어머머머머. 대단하세요."

예희는 타고난 애교로 으스대는 선배의 장단을 열심히 맞춰 주었다. 한차례 설교가 이어졌다. 학교 다닐 때는 하연준 선생님을 단순

320

히 카리스마 있는 괴짜 선생님으로만 생각했었다. 그러나 졸업하고 연극영화로 전공을 삼게 된 후 하연준이라는 이름 석 자가 얼마나 위력적인지를 알게 되었다. 지금 유명해진 배우나 연출자들 중에서 연준의 이름을 모르는 사람은 거의 없더라 등등.

"그 선생님 말씀 잘 들어. 다 뼈가 되고 살이 될 테니까."

연극이나 영화판은 다른 곳보다 기가 센 사람들이 많기로 유명한 곳이었다. 그런 사람들이 일개 고교 교사에게 연연한다는 게 의아했다. 믿어지지 않았다.

"대체 그 선배는 왜 자살한 걸까요?"

만남의 가장 핵심적인 질문으로 들어갔다.

"다들 그걸 궁금해 했지. 일요일에 학교에까지 일부러 와서 뛰어내렸잖아. 학교 내에서도 별 이상한 소문이 다 돌았어. 애를 가져서 그랬다는 둥. 병에 걸렸던 거라는 둥. 대본이 표절이었는데 그게 들통날까 봐 그랬다는 둥. 그중에서도 걸작은 「악마의 대본」 소문이었지."

"'악마의 대본'요?"

"미래 선배와 라이벌이었던 윤경 선배가 했던 말인데……."

심윤경은 연극부 부장이었던 만큼 다른 부원들에게 절대적인 신뢰를 받고 있는 인물이었다. 성실하고 고지직해서 거짓말을 만들어낼 사람이 아니었다.

"죽기 전에 미래 선배가 윤경 선배를 찾아와 이런 이야기를 했대. 자기가 대본 한 편을 완성해 놓았으니까 나중에 무슨 일이 생기면 그걸 꼭 찾아 달라고."

"찾아 달라고요? 어디서요?"

"몰라. 학교 안이라는 것 외에는. 제목이 「악마의 대본」이라고 했어. 그걸 찾으면 자기가 가졌던 재능의 비밀과 죽는 이유를 알게 될 거라고 했대."

미래가 그런 말을 할 때 심윤경은 그것이 농담이라고 생각했다. 재능이니 자살 운운하며 무능한 자신을 놀리고 있는 거라고. 하지만 미래는 며칠 뒤 투신자살했고, 심윤경은 정신 나간 사람처럼 아이들에게 '대본' 이야기를 했다. 소문은 연극부 바깥으로까지 퍼져나갔다. 부원이 아닌 아이들까지 대본을 찾으려고 난리를 쳤다.

"웃기지 않니? 완전히 만화 「원피스」였다니까."

"그래서 그 대본은 찾았나요?"

"아니. 누구도 못 찾았어. 심윤경 부장까지도."

대본은 여전히 학교 안에 잠들어 있었다.

* * *

악마의 대본.

죽은 이가 남긴 메시지가 있다는 사실은 탐정단 아이들을 고무시켰다. 선배가 과에서 하는 세미나를 위해 카페를 떠나자마자 예희가 머리카락을 휘날리며 뛰어 올라왔다.

"재능의 비밀이라고! 재능의 비밀이 거기 있다고 했어!"

진짜 미도는 조신한 몸가짐으로 채준을 바라보았다.

마치 이제 어떻게 할까요 하고 묻는 듯한 눈빛이었다. 대장이 그

322

런 식이니 탐정단 아이들도 자연스럽게 채준의 지휘를 기다렸다.

지휘봉을 넘겨받은 안채준 임시 수사반장은 이전에 복사해 둔 연극부 졸업생 명부를 가방에서 꺼냈다. 심윤경 선배의 자택으로 직접 찾아가자는 뜻이었다. 윤경에게 전화를 걸었던 하재가 질색을 했다. 그녀는 탐정단이 연락을 취했던 졸업생들 중 가장 완강하게 통화를 거부했던 사람이었다. 하지만 다른 방법이 없었다.

주소지에 적힌 대로 찾아가 보니 성당 근처에 있는 다세대 주택이 나왔다. 본인을 만날 수는 없었다. 가족들에게 물어 보니 노량진에서 공무원 시험을 준비하고 있다고 했다.

"집에 거의 안 들어와. 거기 고시원에서 숙식 해결하면서 공부 중인데."

"죄송하지만 주소를 알 수 있을까요? 꼭 만나야 할 일이 있어서."

평상시라면 낯선 학생들에게 딸이 사는 곳을 알려 줄 리 없었지만 윤경의 어머니는 잘생기고 해사한 남학생에게 마음을 빼앗겨 버리고 말았다. 처음 방문한 곳에서 따뜻한 수정과와 귤까지 대접받은 탐정단은 윤경이 산다는 고시원으로 향했다.

1호선을 타고 노량진으로 가는 내내 성윤은 멀미를 하는 사람처럼 헛구역질을 해 댔다. 노량진은 성윤의 오빠 성오가 2년 동안 교사 임용고시를 준비했던 곳이었다. 그는 하나밖에 없는 여동생이 학업에 관심이 없자 극약 처방으로 고시를 준비하는 자신의 모습을 며칠 보여 주었다. 결과는 역효과였다. 사람들이 정신병자처럼 공부만 하는 현장을 본 성윤은 아예 배움에 뜻을 접었다. 채준이 의아하다는 듯 물었다.

"왜 그렇게 무서워해요?"

"모르는구나. 하긴 미국에서 오래 생활을 했으니, 그럴 수도 있지. 거기 완전 막장이에요. 서울 출신이든 지방 출신이든 개미 떼처럼 몰려와서 공부만 해요. 새벽부터 강의실이 꽉꽉 차고요. 제대로 씻지도 않고, 자지도 않고, 눈 까뒤집고 공부만 하는 사람들이 태반이에요. 밥 먹는 시간도 아까워서 책을 볼 정도라니까요."

"다음 역은 노량진, 노량진 역입니다."

밖으로 나오니 과연 성윤의 말대로였다.

수많은 고시원과 학원들이 밀집해 있는 모습은 마치 폴리스처럼 독립적인 도시 국가를 이루는 듯했다. 학원마다 대표 선수로 내세우고 있는 강사들의 모습이 담긴 대형 현수막이 걸려 있었고 강사들은 패잔병들을 구원할 장군처럼 무용 넘치는 포즈로 서 있었다. 이번에 합격한 학생들의 명단이 부적처럼 달려 있는 곳도 있었다.

거리에는 교육학이나 형법 같은 두꺼운 수험서들을 품에 안은 사람들이 부산히 오갔다. 추리닝을 입고 머리를 질끈 묶은 여자들, 화장기가 없는 부스스한 얼굴로 두꺼운 안경을 쓰고 있는 모습. 입시에 시달리는 고3들과 비슷한 외양이면서 눈빛은 더 비장했다. 남자들도 수염도 제대로 깎지 않고, 모자를 깊게 눌러쓰고 다녔다. 기력을 모두 빨린 텅 빈 눈동자로 거리에 서서 담배를 피우고 있는 사람도 있었다. 세미한 연기가 무자비한 겨울바람 속에 산산이 흩어졌다.

내부가 비치는 패스트푸드 점, 커피 전문점에서도 제각기 앉은 수험생들이 책에 빨려 들어갈 것처럼 공부하고 있었다. 몇몇이 모여 잡담을 하는 풍경도 자세히 보니 탁자 위에 프린트와 노트를 펼치고 있는 스터디 그룹이었다. 절박하고, 우울하고, 권태롭고, 필사적인 공기가 도시 전체를 옥죄고 있었다. 동생과 달리 한 번도 사교육을 받아 본 적이 없었던 채준은 충격을 받았다.

"저승에 온 것 같아."

고시텔에도 윤경은 없었다. 혹시나 고시텔 총무 일을 보는 학생에게 물어보니 다행히 심윤경을 알고 있었다. 친해서가 아니라 고시텔에 있는 학생들 중 윤경이 가장 장수생인 탓이었다. 아침 일찍 나가서 고시텔이 문을 닫을 시간에야 돌아온다고 했다. 밤까지 기다리기에는 시간이 너무 많이 남아 있었다.

"지금쯤 김민희 행정법 강의를 들으러 갔을 거야. 끝날 시간 다 됐다. 얼른 가 봐."

아이들은 총무가 일러 준 학원으로 뛰었다. 도착했을 때는 이미 500여 명이 넘는 학생들이 수업을 마치고 쏟아져 나오고 있었다. 탐정단은 윤경의 얼굴을 알지 못했다. 새해 첫날 졸업생들의 연극 작품 영상을 보았을 때 스치듯 얼굴을 보았던 것이 다였다. 목이 쉴 정도로 이름을 부르며 뛰어다녔지만 윤경을 찾을 수는 없었다.

강의실에 남아 다음 수업을 준비하던 조교가 복도에서 소란을 피우는 탐정단을 제지했다. 어떻게든 「악마의 대본」을 찾고 싶었던 예희는 기습적인 울음을 터트렸다. 조교가 깜짝 놀라 이유를 물었다. 하재가 아이들에게 떠밀려 조교 쪽으로 나아갔다.

"얘네 언니가 며칠 째 전화도 안 받고, 문자도 대답이 없어요. 다 같이 찾으러 와 봤는데, 고시원도 며칠 째 안 들어왔더라고요. 언니가 연락이 두절되거나 할 사람이 아니거든요. 어쩐지 자꾸 안 좋은 생각이 들어서……."

노량진에서 자살 사건이 심심치 않게 일어났다. 짜증스럽다는 기색을 감추지 않던 조교는 얼굴을 바꾸고 곧바로 원무부에 전화를 넣었다.

"보통 수강신청 할 때 아는 사람들이랑 같이 하거든. 신청 기록 뒤져서 앞뒤 번호 알려줄 테니까 한번 연락해 봐. 언니 핸드폰 번호가 뭐라고?"

그 즉시 원무부에서 연락처 다섯 개가 올라왔다. 한 사람은 핸드폰 전원이 꺼져 있었고, 두 사람은 강의를 듣는 모양인지 전화를 받지 않았다. 네 번째 전화를 걸었을 때 겨우 전화가 연결이 되었다. 잔뜩 목소리를 낮춘 여자가 물었다.

"누구세요?"

사정을 간략히 설명하고, 혹시 심윤경을 아느냐고 물었다.

"아, 윤경이 언니요? 지금쯤 아마 점심 먹고 있을 거예요. 공원에 한번 가 보세요. 산 올라가기 직전에 있는 벤치에요."

시간은 벌써 오후 3시가 지나 있었다. 밥을 먹기에는 늦은 시간이었다. 강의 시간에 맞춰 사느라 끼니를 제대로 챙기지 못하는 게 분명했다.

겨울 공원은 황량했다. 산비탈에 마련된 계단으로 지역에 사는 노인 분들 몇몇이 산을 타고 있었다. 머리를 잔뜩 세우고 화장을 짙게 한 불량 청소년들이 운동기구 옆에서 낄낄대고 있는 모습도 보였다.

"혹시, 저 사람이야?"

채율이 손가락으로 경사진 산길을 가리켰다. 주변 나무가 잎을 벗어버려 등산로 어귀에 위치한 벤치가 아래에서도 분명하게 보였다.

철 지난 파카를 입은 여자가 웅크려 앉아 밥을 먹고 있었다. 한 손에는 단어장만 한 수첩을 쥐고 보온 도시락에서 연신 밥을 퍼서 꾸역꾸역 집어넣고 있었다.

영상 속에서 보았던 윤경의 모습과 너무나도 다른 모습이었다. 심윤경은 연극부 부장까지 했던 재원으로 후기 영상에서도 당돌하게 자신의 포부를 밝혔다.

"저는 한국에서 가장 위대한 연출가가 될 것입니다."

탐정단은 누가 먼저랄 것도 없이 고개를 떨어뜨렸다. 보지 말아야 할, 인간의 고독한 소묘가 거기 있었다.

탐정단은 윤경이 밥을 다 먹고 벤치에서 일어나 공원으로 내려올 때까지 천천히 기다렸다.

"저, 혹시 심윤경 선배님이세요?"

핸드폰으로 시간을 체크하며 내려오던 윤경은 낯선 사람들이 다가오자 경계했다. 선암여고 재학생이라고 밝혀도 믿을 수 없다는 표정이었다. 미도가 「악마의 대본」이라는 키워드를 읊조리자 비로소 그녀의 걸음이 멈췄다.

"아, 니들이구나. 저번에 나한테 전화를 했던 애들. 탐정단이니 뭐니 하면서 미래에 관해 물었지?"

송곳같이 예리한 비웃음이었다. 겨우 20대 중반밖에 되지 않았음에도 표정은 나이가 많이 든 어른들과 비슷했다. 대본의 행방을 묻는 질문을 단칼에 무시하고 설교를 시작했다.

"너희들 시기는 정말 중요한 때야. 정신 똑바로 차리고 공부해야지. 왜 쓸데없는 일에 시간을 낭비하니?"

"쓸데없는 일이라뇨? 미래 선배는 그 대본에 목숨을 걸었어요. 지금이라도 찾아야 해요. 말은 그렇게 하셔도 부장님도 계속 미래 선배를 생각하고 계셨죠? 저희를 한번 믿어 보세요."

미도가 간절하게 호소했다. 손을 펼쳐 채준을 가리키면서 그가 누구인지, 얼마나 머리가 좋은 사람인지에 대해서도 언급했다. 평범한 여고생들을 믿지 못하던 윤경은 몇 번이나 텔레비전 방송에 나온 천재 소년을 앞에 두고 동요했다.

"내가 아니라 누구라도 그걸 찾을 수는 없을 거야. 그 아이가 죽고 난 후에 나는 학교 안을 샅샅이 뒤졌어. 수능도, 실기 시험도 내게는 모든 게 무의미했어. 어떻게든 미래의 억울함을 풀어 주어야겠다고 생각했지. 재수를 하면서도 몇 번이나 망령에 이끌린 것처럼 학교로 찾아가기도 했어. 내가 공부머리는 없지만 누구보다도 철저한 성격이야. 앙숙 같은 사이였지만 미래와 제일 많은 시간도 보냈어. 하지만 끝까지 찾지 못했어. 왜인 줄 아니? 처음부터 대본은 없었거든."

"없……었다구요?"

"미래가 말했어. 혹시 대본을 못 찾겠거들랑 동생을 찾아가라고. 그 아이에게 열쇠를 남겨 놓을 거라고 했어. 하지만 미래는 동생이 없었어. 외동이었거든. 미래는 내 인생을 망치기 위해 대본 운운하는 이야기를 했던 거야. 그 아이는 날 질투했어. 죽어서도 내가 망가

328

지기를 바랐던 거야."

그녀의 목소리가 점점 히스테릭하게 변했다.

"정신 똑바로 차려! 인생은 짧아. 연극이니 스타니, 사건이니, 탐
정이니 꿈꿔 봤자, 결국 헛된 일이야. 졸업하면 곧 알게 될 거야. 산
다는 게 얼마나 무서운 건지.

날 봐. 이 비참한 모습을. 그 아이가 죽은 이후로 도무지 시간이
흐르지를 않아. 나이가 벌써 스물셋인데 아직도 고3이라고. 수능인
지 공무원 시험인지 분간이 안 될 정도로 똑같은 과목, 국사, 국어,
영어를 눈에서 핏발이 설 때까지 보면서 창문도 없는 고시원에서 살
아야 해."

윤경의 절규는 어떤 선생님의 훈계보다도 파장이 컸다. 탐정단 아
이들은 세상에 몸을 숨긴 채 혼자서 밥을 먹던 모습을 떠올리며 기
가 죽었다. 작년 이맘때쯤 고교 입시에서 낙방했던 채율에게는 실감
의 강도가 달랐다.

귓가에 어머니 말이 스쳐지나갔다.

"조만간 학교 찾아갈 테니까 그때 자퇴서 제출하자. 알았지? 들어갈 때
는 너도 우리랑 같이 가는 거야."

지갑 속에는 지금도 어머니가 건네준 학교 소개 팸플릿이 들어
있었다. 그때까지만 해도 집을 나가 혼자서 공부할 생각이었지만 윤
경을 보니 그럴 엄두가 나지 않았다. 고시원을 전전하며 학비로 고
생할 자신의 미래가 손에 잡힐 듯 보였다. 그렇다고 중학교 3학년

329

때와 같은 비인간적인 수험 생활을 또다시 반복할 자신도 없었다. 대학에 들어가서 살인적인 스펙 경쟁을 벌일 힘도 없었다. 그렇게 살아남은들 무엇이 남게 될 건지도 의문이었다.

공원을 빠져 나가면서 윤경이 채준을 돌아봤다.

"그 나이에 벌써 박사 과정을 밟고 있다고요?"

입시 지옥을 가볍게 떨치고 승천한 우수한 두뇌의 소유자는 얼떨 떨한 얼굴로 고개를 끄덕였다.

"좋겠네."

천재 주변에 서 있던 소녀들은 말에 숨어 있는 깊은 반향을 느낄 수 있었다.

* * *

그날 밤, 혼곤히 잠을 자던 채율의 핸드폰으로 전화가 걸려왔다. 라온이었다.

그는 수사에 도움이 될 이야기를 떠올렸다면서 하연준의 과거 이 야기들을 많이 들려주었다. 장남은 아니었지만, 기질이 영특해서 가 문의 기대를 한 몸에 받은 총아였다는 것, 부드럽고 사려 깊은 성격 을 지녀 만나는 사람마다 그에게 매료되었다는 것 등. 도무지 지금 과는 어울리지 않는 이야기들이었다.

"그럼 왜 그렇게 괴팍하게 변한 거죠?"

"나도 어렸을 때 일이라 잘 기억은 안 나는데. 소령이 누나, 그러 니까 숙부의 딸이 어려서 교통사고로 죽었거든. 숙모도 그 일로 자

책하다가 정신 병원에서 주는 약물을 과다 복용하고 돌아가셨어. 가족이 모두 죽었으니 얼마나 충격이었겠어? 아마 그 일로 인격이 변한 것 같아. 하지만 그렇다고 살인자가 된다는 게 말이 돼?"

대화는 곧 방향을 잃고 신변잡기로 넘어갔다. 라온은 고등학교 졸업 기념으로 차를 사려고 하는데, 차종은 어떤 게 좋겠으며, 무슨 색깔이 좋겠느냐고 물었다.

"성별이 여자인 사람에게 의견을 묻는 거야. 답변해 주면 영화 보여 줄게."

"됐어요."

"부담 갖지 마. 이번에 시네마테크의 친구들이 영화제 하거든. 네가 좋아할 만한 작품도 상영해."

전화를 끊고 싶어도 워낙 달변이라 틈을 주지 않았다.

병원에서 생활하기가 지독하게 따분하거나, 아니면 저격 사건에 대한 자신의 고백이 담긴 녹음 파일을 빼내기 위해 마수를 펼치고 있는 게 분명했다.

"이런다고 내가 넘어간다고 생각하면 곤란해요. 난 파일을 당신에게 넘기지 않을 거예요."

"파일……? 아, 파일."

라온은 말을 들었는지 말았는지 자신의 이야기만 계속했다. 하루 종일 수사를 하느라 피곤했던 채율은 그대로 잠이 들어 버렸다.

* * *

　윤경과 만난 이후 탐정단 아이들은 수사에 대한 의욕을 잃어버렸다. 대본이 존재하든, 아니든, 시간을 이렇게 보내서는 안 된다는 각성이 아이들을 일깨운 거였다. 며칠간 혼자만의 시간을 보내던 그녀들을 다시금 불러 모은 것은 안채준 수사반장이었다.

　"대본은 분명히 있었어. 지금도 이 학교 안에 있다고."

　안 반장의 선언에도 소녀들은 아무런 반응을 보이지 않았다. 탐정의 혼은 자취 없이 사라지고, 남은 것은 학생이라는 껍데기뿐이었다.

　"최미래의 죽임이 단순한 자살이라고 가정해 보자. 그렇다면 죽기 전에 복잡한 다잉 메시지를 남길 필요가 없어. 대본이라느니, 찾아 달라느니, 동생에게 힌트를 남겼다느니 하면서 말이야. 할 말이 있었다면 그냥 유서를 남기면 돼. 심윤경이 말한 대로 최미래가 원한을 품고 있었던 거라면 대본 이야기 할 필요 없이 유서에 써 놓으면 그만이야. 괴롭힘을 당했다고 하면서 말이야. 유서에 언급된 것만으로도 그 사람 자퇴 처분을 받았을걸? 그게 상대방의 인생을 파멸시키는 보다 확고한 방법 아니야?"

　미농지처럼 희미한 목소리로 미도가 반론을 제기했다.

　"하지만 그렇다고 타살이라고 단정지을 수도 없어요. 정말로 연준 선생님께 목숨을 위협받고 있었던 거라면 죽임을 당한 뒤에 자신의 메시지가 쉽게 발견될 수 있도록 해야 하지 않나요? 더구나 대본이라뇨. 목숨을 빼앗긴 억울함을 표현하는데 굳이 문학 형식을 빌 필요가 뭐 있어요? 최후의 메시지를 자신과 친하지 않은 사람에게 맡긴 것도 이상해요. 결정적으로 윤경 선배가 그랬잖아요. 미래 선배에게 동생은 없었다고요."

"좋은 지적이야. 예희야."

놀랍다는 얼굴로 채준이 그녀를 바라보았다. 연모하는 남자의 시선을 받은 미도는 얼굴이 벌겋게 달아오르고 말았다. 그는 말을 계속 했다.

"「아비의 만가도(輓歌圖)」. 「악마의 대본」. 「아비의 만가도」가 공식적으로 수상 취소된 것은 그해 9월 2일. 최미래가 자살한 것은 수능이 치러지기 한 달 전이라고 했으니까, 빨라도 10월 중순. 「악마의 대본」이 쓰인 것은 9월부터 10월의 한 달 사이였어.

목숨을 빼앗긴 자신의 억울함을 표현하는데 굳이 문학적 형식을 사용할 필요가 있었느냐고 물었지? 어쩌면 그래야만 하는 이유가 있었는지도 몰라. 적어도 죽은 최미래 자신에게는 말이야. 「악마의 대본」은 「아비의 만가도」의 답가였거든. 근거가 뭐냐고? 작품 제목들이 서로 애너그램(Anagram) 관계에 있다는 거지. 최미래는 심혈을 기울여 작품을 쓰고 제목을 붙였어."

「악마의 대본」 속 자음은 오름차순으로 "ㄱㄴㄷㅁㅂㅇㅇ"으로 「아비의 만가도」의 자음 구성과 같았다. 모음은 "ㅏㅑㅐㅡㅣ". 이중 모음 "ㅐ"가 단모음 "ㅏ, ㅣ"로 나누어질 수 있다고 가정하면 모음의 구성 역시 동일했다. 미도와 채율이 시선을 맞췄다. 우연이라고 할 수 없는 일이었다.

성윤이 애너그램이 뭐냐는 표정으로 채준을 바라보았다.

"쉽게 말해 철자 바꾸기야. 안채율이라는 이름 속 자모음을 재배

333

치해서 '차이나 룽'이라는 단어를 만드는 식이지. 우연히 두 저작의 제목이 애너그램 관계에 있을 확률은 제로에 가까워. 더구나 우리말처럼 구조상 애너그램화 하기가 힘든 언어는 말이야. 제목부터가 대본의 존재를 증거하고 있어. 하연준 선생님이 최미래의 죽음과 연련이 있다는 뜻도 돼.

최후의 메시지를 친하지 않은 사람에게 전달했던 이유도 대본이라는 형식을 감안하면 어느 정도 추리할 수 있어. 심윤경 씨는 연극부 부장이었잖아. 후배들을 이용해서 「악마의 대본」이라는 작품을 공연할 수도 있는, 자신이 졸업한다고 해도 다음 후배들을 설득해서 그 대본이 학교 무대에 오르게끔 유도할 수 있는 영향력을 가진 위치였어. 최미래가 죽음과 맞바꾼 어떤 '메시지'를 전파할 수 있는 입장이라고."

"햄릿……."

하재가 신음했다.

"맞아. 햄릿처럼. 연극을 통해 무언가를 고발하고 싶었던 거야."

슬럼프에 빠져 있던 탐정단이 서서히 몸을 일으키기 시작했다. 호기심. 탐정의 기본 자질이 회복된 거였다.

"근데 「아비의 만가도」가 대체 무슨 뜻이야? 난 들어도 도통 모르겠어."

성윤도 흥미를 보이며 질문했다. 답변한 것은 채율이었다.

"심사평에서 언급된 말러의 가곡을 검색해 봤는데 말이야. 킨더토텐 리더(Kindertotenlieder)는 우리말로 '죽은 아이를 그리며 부르는 노래'였어. 가곡을 작곡한 말러와 작시한 리퀘르트는 둘 다 딸을 잃

은 비극을 겪었고. 만가라는 말도 상엿소리를 뜻하는 말이지. 거기
에 그림 도(圖)가 붙었으니, 아비의 만가도는 아버지가 자식을 잃고
서글픈 장송곡을 부르는 모습이 담긴 그림, 내지는 그 모습을 글로
그려낸 저작이라고 볼 수 있어."

동생의 말이 끝나자 천재는 엄숙한 표정으로 헛기침을 했다.

"아직 내 동생이 너희들에게 이야기하지 않은 모양인데……. 이
번 사건을 반드시 해결해야 할 이유가 하나 더 있어. 채율이, 이번
겨울에 나랑 미국에 들어갈 거야. 거기서 학교 다니면서 공부하게
돼. 이번 사건은 채율이가 맡은 마지막 사건이야."

"뭐라고요?"

당했다. 이번에도 오라비는 동생을 제물 삼아 목적한 바를 달성하
려 하고 있었다. 즐거운 여가 생활과 여자 친구라는 두 마리 토끼를.

아이들은 충격을 받은 얼굴로 그녀를 바라보았다. 믿어지지 않는
다는 표정이었다. 그녀가 시험지 유출을 고발한 밀고자임을 고해했
을 때와는 또 다른 반응이었다. 로드킬(road kill)로 어미를 잃은 아기
고양이들처럼 금방이라도 눈물을 터트릴 것 같은 얼굴로 주변에 몰
려들었다.

"미국 가는 거, 왜 얘기 안 했어?"

"너무 갑작스럽잖아!"

아직 결정된 게 아니야 하고 하마터면 변명이 나올 뻔했다. 하지
만 결정하지 않았을 뿐, 갈 수도 있는 상황이었다.

"너 가고 나면 우린 어쩌지? 네가 들어온 이후 진짜 탐정단 같아
졌는데……."

하재의 말을 듣고 콧날이 시큰해졌다. 다들 오빠에게 정신이 팔려 있다고 생각했는데 그래도 소속감은 역시 채율에게 느끼고 있었던 모양이었다.

미도가 다시 한 번 이상 행동을 보였다. 상황과 맞지 않는 호탕한 웃음을 지으며 대원들의 어깨를 두드렸다. 잘 보여야만 하는 남자가 눈앞에 있었지만 머릿속 회로가 고장 난 사람처럼 과잉 행동을 했다.

"이번 사건은 꼭 해결하자! 안 그러면 우리 고문님 미국에서 잠이나 제대로 자겠냐? 수사 끝나고 나면 송별회 한번 제대로 하자고."

도브 비누처럼 작고 하얀 손이 채율의 손을 잡았다. 탐정단에 들어오라고 말했을 때와 같았다.

"물론이지. 고맙다. 대장."

무심코 미도의 눈을 본 채율의 심장이 쿵 하고 내려앉았다. 강아지처럼 맑은 눈에 눈물이 그렁그렁 고여 있었다. 여느 때처럼 따뜻한 손이었다.

* * *

죽은 최미래의 개인 정보가 필요했다. 주소라든지, 연락처를 알아내면 가족과 접촉할 수 있을 것이었다. 윤경이 말한 동생을 찾으려면 어떻게든 그녀에 대한 정보를 알아내야 했다.

"동생이 꼭 친동생을 의미할 필요는 없지. 친척이라든지, 이웃집 동생이었을 수도 있잖아."

연극부 인명록에는 죽은 선배의 연락처는 기록되어 있지 않았다.

혹시나 싶어 도서관에서 그해 졸업생 앨범을 찾아보았지만 미래 선배의 사진조차 수록되어 있지 않았다. 미래 선배의 당시 담임은 현재 선암 중학교에 부임해 있었고, 심지어 방학 중에 이루어지는 우수 교원 해외 연수에 참가 중이었다.

대안으로 선택된 것은 탐정단 담당 교사 노진권이었다. 교무부 소속 문서 계원인 진권은 학내에서 만들어지는 문서에 대한 접근 권한을 가지고 있었다.

안타깝게도 전화 연결이 되지 않았다. 미도는 핸드폰을 내려놓고 하재에게 손을 까닥댔다.

"잠깐 네 핸드폰 좀 줘 볼래?"

"응? 왜?"

영문을 알 리 없는 하재는 핸드폰을 넘겨주고도 불안한 표정을 지었다. 하지만 하재의 번호로 전화를 걸어도 역시 진권은 전화를 받지 않았다. 짜증스럽다는 듯 미도가 중얼거렸다.

"너무 텀이 짧았군."

채준과 탐정단 아이들은 커피 한 잔의 여유를 즐긴 뒤 구름다리를 건너 선암여고 본관 교무실로 갔다. 방학이라도 원서를 쓰는 고3들 때문에 교무실은 상시 열려 있었다.

교사 몇 명이 교무실 안으로 들어오는 1학년생들을 바라보다 채준을 발견했다. 즉각적인 환호성이 터졌다. 어머니 유진의 연설 때문에 채준은 교사들 사이에서도 유명인사였다. 채율 남매는 붙잡히다시피 접객용 테이블에 앉혀졌다.

"안 그래도 너희 어머니께 전화 왔었다. 학교 그만둔다면서? 담임 선생님께 인사하려고 왔니?"

학생들의 전출입 업무를 전담하는 학적계 지인하 선생이 채율에게 알은체를 했다.

"네, 뭐."

덕분에 미도는 아무런 저항 없이 학교 전화기를 집어들 수 있었다. 이번에는 벨이 울리고 세 번만에 연결이 되었다.

집에서 여유롭게 텔레비전을 시청하다가 무심코 통화 버튼을 누른 진권은 상대가 미도라는 걸 알고 소파에서 굴러 떨어지고 말았다. 일부러 전화를 피한 것이냐는 제자의 힐책에 말까지 더듬으며 부정했다. 중년 교사는 미도를 두려워하고 있었다. 어른들의 속사정을 꿰뚫고 약점까지 잡는 제자를 어찌 두려워하지 않을 수 있을까. 실제로 미도는 진권을 교무실에 파견해 놓은 스파이 정도로 생각하고 있었다. 밤낮으로 전화를 걸어 이것저것 질문을 던지고, 이리저리 이용하고는 요리조리 단물을 빨아갔다. 이번에도 다짜고짜 물었다.

"최미래라고 아세요? 4년 전에 자살한 우리 학교 학생. 연극부였는데……."

미도가 소리를 높인 순간이었다.

채율 남매와 이야기를 나누던 교사들이 일제히 전화기 쪽을 바라보았다. 자리에 앉아 다른 업무를 보던 교사들도 전화기 주변을 힐끔댔다. 이상한 기류. 교사들도 모두 그 사건을 알고 있는 게 분명했다.

"그래서 지금 저희가 선생님 댁으로 가려고요. 괜찮으시죠?"

"웃…… 웃기지 마. 절대 안 돼."

"사양하지 마세요. 어차피 사모님도 출근하셨잖아요. 혼자서 놀면

뭐해요. 저희가 놀아드릴 테니까."

"안 된다니까. 싫어."

"이번에 새로 사신 낚시 도구 일체 저희 사무실에 놓고 가셨던데, 왜 그러셨어요? 왜 그러셨어야만 했나요? 사모님이 아시면 안 될 이유라도 있었던 겁니까?"

"집으로 오는 게 안 되니까, 내가 학교로 간다는 거야. 조금만 기다려."

"그럼 오실 때 붕어빵요. 손님도 계시니까, 푸짐하게. 빨리 와요. 여봉."

"푸짐하게? 으응. 오케."

진권은 30분이 채 지나기 전에 학교에 도착했다. 채준에게 학교 구경을 시켜 주던 탐정단은 진권의 SUV가 운동장을 진입하는 것을 보고 달려들었다. 탐정단 담당 교사는 차문을 열자마자 새끼 펭귄들에게 둘러싸여 붕어빵 한 마리씩을 물려 주어야 했다. 횡렬의 마지막에는 처음 보는 낯선 남학생이 있었다.

"채율이 오빠예요."

우물우물 붕어빵을 씹으며 하재가 소개했다.

"그, 그러니까, 미국에서 공부하고 있다는 그……."

우아하면서도 산뜻한 외모. 굳이 천재일 필요가 없는 미남자가 진권의 눈앞에 있었다.

"안채준이라고 합니다. 안녕하세요?"

채준이 꾸벅 고개를 숙였다. 연유 캔디처럼 보들보들한 목소리였다.

진권은 손에 쥐고 있던 종이봉투를 가만히 내려다보았다. 유명인 앞에서 실추된 체면이 모락모락 냄새를 풍기고 있었다. 진권은 소리를 바락 내질렀다.

"교내에 남학생을 데리고 들어오는 거 교칙 위반인거 모르냐. 너희들 모두 벌점이다. 알았냐?"

붕어빵이 틀 위에서 구워지길 기다릴 때만 해도 셜록 티쳐의 마음은 확고했다.

'절대 말하지 말자.'

우경에게 이야기를 들은 후로 그는 방학 내내 번민해 왔다. 연준이 탐정단 아이들 중 누군가를 노리고 있다는 의심이 들었지만 그게 누군지 알 수가 없었다. 섣불리 탐정단 아이들에게 그의 이야기했다가 잘못된 소문이 퍼지게 되면 그야말로 낭패였다.

그러나 평민들 사이에서 겸손하게 붕어빵을 뜯고 있는 천재 소년을 지켜보고 있노라니 생각이 점차 달라졌다. 채준은 진권의 마음을 꿰뚫기라도 한 것처럼 살며시 웃었다.

"걱정하지 마세요. 제 여동생이 다니는 학교니까, 조심스럽게 수사하겠습니다. 어떤 결과가 나오든 함구할 거고요."

이 정도 아우라를 가지고 과거에 태어났다면 메시아 취급을 받든가, 왕이 되든가 했을 것 같았다. 마음에 평화가 번지고, 신뢰가 생겼다. 입이 저절로 움직였다.

"그 약속 지킬 수 있지?"

붕어들이 모두 사라지고 난 후 셜록 티쳐는 아이들을 데리고 본관 지하에 마련된 기록물 보관소로 향했다. 서무실에서 받아온 열쇠를 돌리자 두꺼운 자물쇠로 잠겨 있던 문이 열렸다.

먼지가 쌓인 내부는 생각보다 쾌적했다. 학교에서 생산한 기록물들이 손상되는 것을 막기 위해서 수시로 담당자가 확인하고 제습기를 가동한 덕분이었다.

이스터 섬의 모아이 석상처럼 붙임성 없게 생긴 캐비닛들이 육중하게 사면 벽을 채우고 서 있었다. 창문까지 가리고 선 때문에 햇볕도 잘 들지 않았다. 캐비닛들 중에는 입구에 날짜를 적어 놓은 용지가 붙어 봉인된 것들도 있었다. 사람들이 잘 오지 않는 곳 특유의 서늘한 냉기도 흘렀다.

"영안실에 온 기분이야."

하재가 머리를 움츠리며 말했다. 채율도 그 표현에 공감했다. 졸업한 학생들의 예전 기록들이 담긴 곳이니 어떤 의미에서는 시체들을 모아 놓은 영안실이라고 할 수도 있었다.

진권은 찬찬히 둘러보다가 한 캐비닛 앞에 섰다. 그는 망설임 없이 철제 표면 위에 부착된 봉인지를 잡아 뜯었다. 일전에 우경에게 하연준 이야기를 들었을 때 진권은 혼자 와서 예전 기록을 확인해 보았다. 그때 알아 두었던 비밀번호로 다이얼을 돌리자 덜컹 캐비닛 문이 열렸다. 안에는 정연하게 정리된 파일들이 기호별로 나뉘어 수납되어 있었다.

어묵처럼 두툼한 손가락이 파일들 표면을 훑었다.

"얘기를 시작하기 전에 당부해 둘 말이 있다. 나는 전근 온 지 3년밖에 되지 않았어. 그러니까 내가 들은 건 학교 내에서 떠도는 소문, 단순한 험담일 수 있어. 너희들도 다 아는 얘기겠지만 우리 학교는 하씨들이 잡고 있잖니? 그렇다 보면 시기하는 사람들도 있기 마련이야. 선생들이라고 해 봤자 결국 인간이고. 무고한 사람을 모함하려고 안달하다 보면 허황된 이야기도 나오는 거야. 너희들은 그걸 감안해서 내 이야기를 들어줬으면 한다. 절대 절대로 비밀이다."

손가락이 멈췄다. 다른 파일들보다 유달리 얇고 낡은 장부가 셜록 티처의 검지 아래 있었다.

제적 학생부.

"이건 여러 가지 사정으로 학교를 그만 둔 학생들의 기록을 모아 두는 비공식적인 장부야."

"비밀 장부라는 거죠?"

성윤이 침을 꿀꺽 삼켰다. 다분히 곡해된 해석이었지만 신비한 기분을 맛보기는 다른 사람들도 마찬가지였다. 그동안은 알지 못했던 학교 내의 비밀 공간. 그 안에 있는 과거의 기록. 이곳을 스쳐지나간 수많은 선배들. 시공을 초월해 금기에 도전하는 느낌이었다. 짜릿했다.

장부는 시간 순서대로 1인당 두 장 정도의 분량으로 간결하게 정리되어 있었다. 앞장에는 이름과 증명사진, 간단한 인적 사항이 나와 있고, 제적의 종류와 이유가 기록되어 있었다.

"1년에 한두 명씩은 학업을 중단하는 학생들이 생겨. 병으로 자퇴를 한다거나, 품행 문제로 권고 자퇴를 당한다거나. 빠른 진학을 위한 대입 검정고시 합격도 있고. 운이 없으면 물가에서 익사하기도 하고, 교통사고를 당하기도 하지."

증명사진 속 소녀들은 지금과 똑같은 교복을 입고 있어 동급생들처럼 보였다. 유행이 지난 헤어스타일, 종이의 낡은 정도만이 시간의 흐름을 알 수 있게 해 주었다.

진권의 손은 한 장의 서류에서 멈췄다.

미래였다.

탐정단이 찾던 바로 그녀였다.

"결론부터 말하자면 하 선생은 미래를 죽이지 않았어. 적어도 자기 손으로는 말이야. 미래가 자살했던 그날 그 시각 하 선생은 학교 앞 식당에서 학부모 중 한 사람과 식사를 하고 있었어. 학교 건물 안으로는 한 번도 들어가지 않았다더라고."

그날은 일요일이었지만 학교에 나와 자율 학습을 하고 있던 고3 학생들이 많았다. 학생들이 저녁을 먹으러 삼삼오오 빠져나오던 6시쯤, 미래는 옥상 난간 위로 올라갔다. 밑에 있던 아이들이 소리를 지르며 말렸지만 소용없었다.

자율 학습 감독 교사가 부랴부랴 옥상으로 올라갔을 때 그녀는 허공에 몸을 던졌다.

"요컨대 하연준 선생님의 알리바이는 완벽하다 이런 뜻이군요."

"그럼 그 선생님은 왜 그런 의혹을 받게 된 거죠? 소문이라는 게 아무런 근거 없이 떠돌지는 않잖아요? 더군다나 학생들도 아니고 교사들 사이에서 도는 소문이라면."

"그 학생이 죽고 한 달쯤 뒤에 원양 어선을 타고 멀리 나가 있었던 학생 아버지가 학교로 찾아와 난리를 쳤어. 하연준 멱살을 잡고 감옥에 쳐 넣겠다느니 했다나 봐. 그런데 하 선생이 보통내기야? 표정 하나 변하지 않고 귓속말로 몇 마디 했대. 그랬더니 그 학부형이

343

갑자기 땅바닥에 주저앉아서는 대성통곡을 했다는 거야."

"대성통곡을요? 왜요? 무슨 말을 했기에?"

"낸들 아냐. 그런데 워낙 이 부분에 대해서는 사람들마다 말이 달라. 누구는 돈을 쥐어 준 거라는 말도 하고. 내가 여기 부임하기 전에 계셨던 분한테 물어보니까, 더 이상한 부분이 있더라? 그분은 최미래 학생이 입학하던 당시 교무부에서 장학금 관련 업무를 전담했던 분이야. 원래 최미래는 우리 학교 입학 대상자가 아니었대. 주소지가 달라서 다른 학교에 가야 했고, 불우 학생 장학금 신청도 받을 수 없는 입장이었다는 거야. 너희들도 알다시피 우리 학교 학비 지원은 기초 생활 수급자에 한해서 동사무소 추천을 받아서 운영해. 미래네 집은 형편이 어렵기는 했지만 부양 능력이 있는 아버지가 살아 계셔서 대상자는 될 수 없는 입장이었거든. 그런데 우리 학교 교사 하나가 직접 집까지 찾아가서 할머니를 설득시켰어. 장학금을 줄 테니 진학하라고 말이야. 정말 부자연스러운 이야기지."

"입학을 권유했다는 그 선생님은 누구예요? 당시 상황을 여쭈어보면……."

"그때만 몇 달 채용했던 계약직 교사였대. 사정도 모르고, 위에서 시키니까 그냥 불우학생 돕는 얘기인가 했겠지."

거기까지 이야기하고 진권은 제적 학생부를 펼쳤다. 한 장 한 장 서류가 넘어갔다. 진권의 손은 그중 한 장에 다시 멈췄다.

조주민. 긴 생머리를 한 예쁘장한 여학생이었다.

진권은 주민의 기록을 아이들에게 두루 보여 주고는 다시 서류를 넘겼다. 몇 장 지나지 않아 또 손이 멈췄다.

오미람. 포니테일로 머리를 묶은 여학생이 덧니를 드러내며 웃고 있었다.

진권은 세 명의 파일 사이사이에 손가락을 끼워 넣고 아이들에게 다시 한 번 찬찬히 파일을 보게 해 주었다.

오미람. 자살.

조주민. 자살.

최미래. 자살.

학생부에는 세 학생이 어떤 식으로 목숨을 버렸는지 방법까지는 적혀 있지 않았다.

"10대는 워낙 질풍노도의 시기라 평균치보다 자살률이 높아. 하지만 이 학교는 다른 학교보다 이상할 정도로 자살하는 아이들이 많은 편이야. 상담 선생님은 베르테르 효과(모방자살 효과) 때문이라고 하시지만 과연 그럴까? 하 선생이 부임하기 전에는 다른 학교보다 비율이 오히려 낮았는데 말이야.

어쨌든 이 세 명. 하연준 루머의 핵심이라고 할 수 있는 세 학생은 특히 비슷한 패턴을 보이고 죽었어."

"패턴요?"

"모두 하 선생에게 총애를 받았지. 아이들은 거의 홀린 듯이 빠져들었고. 존경이나 동경을 넘어선 숭배하는 듯한 분위기였다더라. 하지만 결국 하 선생에게 내쳐졌고, 모두 자살했어. 그래서 생긴 하 선생 별명이……."

진권은 목소리를 최대한 낮춰 말했다.

"……제자 잡아먹는 교사였어."

탐정단 아이들은 경청하며 고개를 끄덕였다.

크리스마스이브 날. 라온에게 들었던 이야기와 비슷한 내용이었다.

진권은 제적 학생부에 담긴 세 학생의 기록을 사본으로 만들어 탐정단에게 넘겼다. 그러고는 총총히 겨울 방학의 뒤안길로 사라졌다.

마침내 피해자들의 개인 기록을 손에 쥐었다. 제대로 된 탐문 수사를 시작할 수 있게 되었다는 의미였다.

다시 한 번 수사 회의를 열고 앞으로의 수사 방향을 확립했다.

먼저, 채준은 학생부에서 추출된 정보를 토대로 피해 학생들의 공통점을 지적했다.

"모두 결손 가정이야. 오미람은 편모 가정, 조주민은 소녀 가장이었고, 최미래는 할머니와 함께 살았어. 범인의 취향이라고 할 수도 있고, 아니면 단순히 다루기 손쉬웠는지도 몰라. 애정 결핍증을 가진 아이들은 조그마한 호의에도 쉽게 무너지니까. 또 살인자라는 입장에서 생각해면 부모가 없는 아이들 쪽이 문제가 생길 여지도 적어. 지금 우리가 가장 먼저 해야 할 일은……."

구석에 조용히 앉아 오빠의 말을 들으며 채율은 자신의 입장을 생각해 보았다. 그녀의 집은 결손 가정이 아니었다.

'아니지. 넓은 의미에서는 포함될지도……. 기러기 가족이니까.'

"여기에 기록된 연락처를 토대로 죽은 학생들이 목숨을 끊었을 때의 정황을 조사하는 거겠죠."

교사의 지시에 반응하는 모범생처럼 미도가 말을 받았다. 채준이 빙긋 웃으며 손을 들었다. 하이파이브 소리가 경쾌하게 울렸다. 미도는 기절하기 직전처럼 흥분해 있었다. 수사의 지휘권을 완전히 상실했음에도 전혀 괘념치 않았다. 예희가 짜증을 냈다.

"하지만 먼저 미래 선배의 동생을 찾아야 해. 그래야 「악마의 대본」을 찾을 수 있을 테니까."

"네 말이 맞아. 미도야. 그것도 잊어서는 안 돼지."

채준이 이번에도 예희를 향해 손을 들었다. 예희는 미도의 감시와 질투의 시선을 온몸으로 받으며 소심하게 손바닥을 마주쳤다.

"그러나 또 한 가지 마음에 걸리는 게 있어."

안채준 강력반 반장의 리더십은 절정에 올랐다. 희고 긴 손가락으로 가볍게 테이블을 짚고 일어서서 자애로운 미소로 우매한 대중을 깨우치는 질문을 했다.

"하연준 선생님은 왜 교사가 된 거야? 지난번 졸업생이라는 사람도 말했잖아. 하 선생님이 예술계에서 지금도 알아 주는 인물이라고. 자기 재능도 포기하고, 교사가 된 이유가 뭘까? 학생들 연극이나 지도하면서 만족할 수 있었을까? 죽은 학생들에 대해 수사하는 것만큼이나 하연준 선생님에 대한 정보가 필요해. 그래야 학생들을 노리는 이유를 해명할 수 있을 테니까. 누가……."

"내가 할게."

채율이 손을 들었다. 아이들이 순간 숨을 멈추었다. 머리칼을 꼬고 있던 예희도 팔을 쳐들었다.

"아니야. 내가 조사할 게. 내가 연극부니까, 선생님이랑 이야기하도 편하고, 또……."

가짜 미도 역할하기도 힘이 든단 말이야. 차마 말로 하지 못하는 말을 눈빛으로 전달하며 비서실장이 호소했다. 하지만 채율의 결심

347

은 확고했다.

"너희들은 계속 학교를 다닐 거잖아. 혹시라도 잘못해서 그 선생님의 약점이라도 알게 되는 날에는 학교생활이 편하지 않을 거야."

이유는 또 있었다. 하연준 선생님이 다른 아이들의 접근을 허용할 리가 없었다. 심리적인 경계를 허물지 못한다면 수집할 수 있는 정보에 구멍이 생길 터였다. 하지만 자신이 나선다면 보다 개인적인 사안들을 알아낼 수 있을 것이었다.

"그건 너무 위험해. 너도 알잖아. 선생님이 노리는 건……."

하재가 거기까지 이야기하고 입을 손으로 막았다. 채준이 눈앞에 있다는 사실을 깜빡했던 모양이었다. 아직 채준은 하연준 선생님이 동생을 노리고 있다는 사실을 몰랐다. 동생이 위험에 노출되어 있다는 걸 알게 되면 채준은 당장 채율을 보호하려 할 거였다. 수사가 미완으로 끝나더라도 이제 한국을 떠나게 될 테니, 더 이상 하연준과 얽일 일도 없을 거였고.

'차라리 그 편이 나을까?'

채율이 직접 하연준 선생님을 조사한다니 이건 도를 넘어서는 일이었다. 호랑이 굴로 걸어 들어가는 꼴이 아닌가 싶어 아이들은 모두 걱정스럽다는 얼굴이었다. 대장 미도의 얼굴에도 그늘이 드리워졌다. 채율이 대장을 보며 어깨를 으쓱거렸다.

"괜찮아. 위험한 일이 생기면 곧바로 연락할게."

"안 돼."

"괜찮다니까."

"그래, 내 동생 믿어도 괜찮아. 이 녀석이 얼마나 신중하고, 꼼꼼

한데. 그치?"

아무 것도 모르는 채준이 동생을 살짝 껴안았다. 채율도 이번만큼
은 오빠를 마주보며 웃었다.

아이들을 설득하느라 시간은 걸렸지만 결국 회의는 그녀의 뜻대
로 진행되었다. 채율은 하연준을 담당하고, 채준과 탐정단이 죽은
세 소녀들에 관해 조사하기로 수사 방향이 정해졌다.

본격적인 수사가 시작되려 하고 있었다.

* * *

다음 날 아침. 채율은 더 없이 고요한 정적 속에서 눈을 떴다. 집
에 아무도 없었다. 아버지는 회사에, 어머니는 강연에, 채준은 미도
의 전화를 받고 현장 수사를 위해 나가 있었다.

핸드폰을 확인해 보니 부재 중 통화가 3통 와 있었다. 전부 라온
이었다.

'백날 전화해 봐라. 녹음 파일을 넘겨주나.'

반쯤 탄 토스트와 귀리 시리얼로 아침을 때웠다. 식사를 마치고
난 후에는 곧바로 서초 역으로 향했다.

라온이 말하길, 젊은 시절 하연준은 문명을 떨치던 연극인이었다
고 했다. 그 말대로라면 어딘가에 그 자료들이 남아 있을 터였다.

찬연히 빛나는 아침 햇살을 맞으며 국내 최고의 장서를 자랑하는
국립 중앙 도서관으로 향했다. 1층에 마련된 정보 봉사실. 하연준의
이름을 입력하자 자료들이 주르륵 검색되어 올라왔다. 깜짝 놀랄 정

도로 많은 양이었다. 그와 관련된 일반 단행본만 해도 77권에 육박
했고, 세미나 자료, 학술 기사, 신문에 수록된 기사들까지 하면 오늘
하루 전부 조사해 보는 게 불가능하다고 여겨질 정도로 양이 많았다.

'은퇴한 지 20년 가까이 되었다면서? 무슨 자료가 이렇게 많아.'

혹시 그와 같은 이름을 가진 동명이인에 의한 저작이나, 관한 저
술이 아닌지 살펴보았지만 그런 건 한 편도 없었다. 전부 연출가이
자 희곡 작가 하연준에 대한 자료들이었다.

혁명적 실험성과 3인의 연출가들/김진아/ 연극과 인생/201×······
희곡읽기2 국내편/오영미/연극과 인생/2011/201×/8082.82.-11-1
한국 연극의 해외진출사/민우진/2012/792.0957-10-3/1층 대출대
80년대 연극의 미학과 흐름/북창/2011/792.0951-9-11/1층 대출
하연준 공연대본전집3/연극과 인생/2010/811.2081ㅎ822ㅎ/1층
하연준 연극작업 대담집/평운사/2010/792.0951ㅎ822.ㄴ/
한국 극작가론 /김갑수 외 저/청삼사/

　　　　　⋮

하연준 연극연구론/황준서/고려재/1988

　　1980년대부터 나오기 시작한 단행본이나 연구서들이 지금도 현
재 진행형으로 계속해서 쏟아지고 있었다. 잡지들에 수록된 기사만
읽어도 그의 발자취가 얼마나 컸는가를 알 수 있었다. 하연준은 전
설적인 원로 차범석이 총애한 희곡 작가였고, 이윤택과 쌍벽을 이루
는 80~90년대 한국 연극계의 젊은 기둥이었다. 흥행에도 성공해 그

가 동원한 관객 기록은 아직도 깨어지지 않았다. 한국 작가로는 최초로 일본에 작품이 번안되어 대성공을 거두었고, 현재에도 그의 작품은 새롭게 해석되어 매년 무대에 오르고 있었다. 그가 창단한 극단 사람들은 현재 충무로를 주름잡는 중견 영화인이 되었다. 유명 드라마의 원작도 그의 작품이었다.

'이…… 이렇게 대단한 분이었던 거야?'

신문 기사를 뒤적거리다 보니 하연준의 결혼 기사도 읽을 수 있었다. 1990년 8월 23일자 지역 신문 단신 기사였다. 다음 달 발간된 《한국 연극》에는 결혼 사진도 수록되어 있었다. 젊은 시절 그의 얼굴은 놀라울 정도로 부드럽고 맑았다. 카리스마와 총기가 여전했지만 한결 말 걸기 편안한 인상이었다. 사진 밑으로 신부의 이름이 나와 있었다.

조각가 오상미(28).

채율은 오상미에 대한 자료도 찾아보았다. 조각전 광고와 인터뷰 기사가 알토란처럼 검색되어 나왔다. 전형적인 미인상은 아니었지만 세련된 도시 여성이었다. 여성지에 실린 인터뷰 기사 속에서 가정생활을 언급한 부분이 눈에 들어왔다.

"남편이 딸아이를 얼마나 예뻐하는지, 제가 끼어들어들 틈을 안 줘요. 좀 혼을 내려고 해도 너무 싸고돌고, 서로 다른 교육관 때문에 자주 다투죠."

기사가 실린 시기는 1998년 3월. 8살 때 교통사고로 죽었다고 했으니까, 사고가 난 그해 인터뷰한 내용이었다. 가슴 한 편이 싸했다.

다음에 그녀의 이름을 찾은 곳은 일간지 부고란이었다. 날짜는

2000년 4월 2일이었다.

가설이 머릿속에서 움트고 있었다. 채율은 진권에게 문자를 보
냈다.

하 샘이 우리 학교 부임한 게 몇 년도인지 아세요?

10분도 지나지 않아 답장이 왔다.

우리나라에서 월드컵 열렸던 해라고 했으니까 2002년.

아내가 죽고 나서 2년 뒤의 일이었다. 하연준의 마지막 작품 발표
도, 작품 연출도 01년까지만 이루어졌다. 마지막 연출작 「검은 개의
이빨 자국」은 중간에 연출자가 바뀌는 소동을 겪었다.

딸이 사망하고 난 뒤 아내가 죽었고, 연준도 은퇴했다. 펜을 꺾은
직접적인 원인이 가족의 죽음이라고 보아도 무방할 듯했다. 라온의
말대로였다.

그러나 여전히 의문이 들었다.

'왜 교사가 된 거지?'

하연준 선생님이 부자라는 사실은 선암여고 사람들이라면 누구
나가 알고 있었다. 어디에 건물이 몇 채니 하는 이야기도 심심찮게
들려왔다. 생계를 위해 직업을 가질 필요가 없는 계급의 인간이었다.

'하지만 그는 교사가 되었어. 그리고 제자들을 잡아먹기 시작했지. 왜?'

자료를 수집해 추리할 수 있는 건 여기까지였다. 이제부터는 발로 뛰어야 했다.

채율은 한숨을 다섯 번 정도 내쉬고 핸드폰을 집었다. 버튼을 누르는 것만으로도 위장이 요동쳤다.

"안채율?"

수화기 저편에서 익숙한 목소리가 들려왔다. 학교에서 매일 마주치던 선생님의 목소리였다. 하지만 예전처럼 편하게 대할 수가 없었다. 방금 전까지 그를 칭송하는 방대한 양의 글줄을 읽고 나니 사람을 달리 보였다.

"예, 선생님, 잘 지내셨어요?"

운동을 하는 중인지 수화기 저편으로 공 튀는 소리가 들렸다. 그의 목소리는 심드렁했다.

"너 유학 간다면서? 나쁜 녀석, 기미도 안 보이더니."

"아. 그것 때문에 선생님께 좀 상의드릴 게 있어요. 지금 좀 뵐 수 있을까요?"

연준은 한동안 말을 하지 않았다.

"만나자고?"

"꼭 좀 부탁드릴 게 있어서."

"안채율이가 나한테 부탁을 할 게 있다?"

어이가 없다는 웃음이 말 뒤에 따라붙었다. 손바닥에 진땀이 흥건히 맺혔다.

"내일부터 며칠 페루에 가 있을 거야. 30분 정도밖에 시간 못 줄 텐데, 괜찮겠어?"

"예, 그거면 충분해요. 어디 계세요? 제가 갈게요."

"내가 갈게. 너 어디 있니?"

30분도 지나지 않아, 그가 모는 벤츠가 도서관 주차장으로 들어왔다. 은회색 빛이 감도는 CL클래스였다.

그는 입구에 서 있는 채율을 발견하고 차를 세웠다.

방학 후 처음으로 만난 연준은 머리칼이 짧아져 한층 젊어 보였다. 다운재킷을 입고 있어 스포티한 느낌도 풍겼다. 그는 차에서 내리자마자 곧바로 용건을 물었다.

"할 말은?"

"그러니까……."

어려서부터 채율은 거짓말에 서툴렀다. 특히 연준처럼 촉이 좋은 상대에게 말을 꾸며내다 보면 더듬기까지 했다. 그래서 그녀가 택한 전략은 진실 말하기였다.

"저 미국에 가기 싫어요. 선생님. 그렇다고 한국에서 학교 다닐 자신도 없고요. 지난번에 저한테 하셨던 제안, 아직도 유효한가요? 저에게 진짜를 가르쳐 주고 싶다고 하셨잖아요. 이제 쓰레기 같은 것들을 배우는데 질렸어요. 정신적인 족쇄에 결박되지 않고 살려면 대체 어떻게 하면 되죠? 가르쳐 주세요."

손목시계를 보며 시간을 확인하던 연준의 얼굴에 허탈한 기색이 어렸다. 탐색하는 듯한 예리한 시선이 그녀에게 향했다.

"선생님이 하라고 하시는 건 다 해 볼게요. 네?"

신간을 적재한 택배차가 두 사람 사이를 지나갔다. 날씨는 추웠지만 바람이 불지 않아 상대적으로 온기가 느껴졌다.

"정말이냐? 그 말 진심이야?"

"예."

"진짜란 말이지?"

"그렇다니까요!"

"좋아, 그럼 입문 시험을 치러야겠군."

아직 방심할 수 없다는 얼굴이었지만 연준은 품속에서 지갑을 꺼내들었다. 그러고는 채율에게 카드 한 장을 넘겨주었다. 영문으로 연준의 이름이 인쇄된 체크카드였다. 그녀가 카드를 받아들자, 장갑을 벗고 핸드폰으로 모바일 뱅킹 앱을 실행했다. 일이 돌아가는 상황을 알지 못하는 그녀는 설명을 해 줄 때까지 기다리는 수밖에 없었다.

"3000만 원 넣어 놨으니까, 내가 돌아올 때까지 전부 쓰도록 해."

"예?"

"일주일 뒤에 돌아올 거야. 그때 우리 집으로 와. 참. 네 계좌로 돈을 계좌이체 해 놓는다든지 투자를 한다든지 하면 안 돼. 조목조목 다 사용해서 잔고 0원으로 만들어 놔. 알았지?"

"예?"

"왜? 액수가 적어? 5000만 원 맞춰 줘? 기다려. 더 넣어 줄게."

연준이 다시 한 번 핸드폰을 꺼냈다. 100% 진담인 모양이었다. 채율은 자기도 모르게 그의 팔목을 덥석 잡았다.

침묵이 흘렀다.

"선생님, 왜 이러세요? 저랑 원조 교제하고 싶으세요? 그래서 이러시는 거예요? 전 절대 그런 짓 안 해요. 절대로……. 전 정말로 순수하게."

당황한 나머지 주절주절 말을 떠들어 대는 어린 제자를 연준은 가여운 시선으로 내려다보았다. 그의 입술은 비웃음으로 일그러져 있었다.

"네 보잘 것 없는 몸뚱아리가 그 정도 경제적 가치가 있을 거라고 생각해?"

연준은 주차시켜 놓은 차를 향해 걸어갔다. 그의 손가락이 창문을 두드리자, 짙게 썬팅 된 유리가 내려가고 안에 앉아 있는 사람의 모습이 보였다.

경제적 가치. 그 말이 무엇을 뜻하는지 온몸으로 보여 주는 미인이 안에 있었다. 연준이 채율을 가리키자, 이쪽을 보고 나긋이 손을 흔들어 주었다. 여자가 봐도 반할 정도로 우아했다.

페루에 간다더니, 혼자 가는 게 아닌 모양이었다.

"하지만 이건……."

'받아서는 안 돼. 이 정도 금액을 받게 되면 무의식중에 선생님이 원하는 대로 행동하게 될 거야. 세상에 무상의 친절은 없는 거라고.'

"정말로 내 제자가 될 마음이 있고, 내 수업을 받고 싶다면 진심을 보여. 내가 하는 말에 죽는 시늉이라도 하라는 말이야. 난 어중간한 녀석은 가르치지 않아. 그럼 돌아오는 날 보자."

연준은 그대로 차에 올랐다. 뒤늦게 정신 차린 채율이 내달리며 차체를 두드렸지만 소용없었다. 벤츠는 기분 좋은 배기음을 내며 사라져 버렸다.

한동안 넋이 나간 채 서 있었다.

집 앞에 있는 ATM기에 가서 카드를 넣고 그가 알려 준 비밀번호를 입력했다.

거짓말이 아니었다. 정말 카드에는 3000만 원이 들어 있었다.

* * *

다음 날, 채율은 탐정단 멤버들과 다시 만났다. 하지만 회의 시간 내내 온통 주머니에 들어 있는 3000만 원짜리 직불카드를 생각하며 번뇌에 잠겼다.

정말이지 사람을 쥐락펴락하는 데 놀라운 재주를 가진 선생님이었다. 지난번에는 시험지를 통째로 던져 주며 밤새도록 고민하게 만들더니, 이번 문제도 그에 못지않았다.

쓰면 안 된다는 것이 일반론이지만, 쓰지 않으면 죽은 소녀들의 비밀을 밝힐 수 없었다. 그렇다고 돈을 쓰면 연준의 술수에 말려드는 꼴이니 나중에 그의 죄악을 알게 되더라도 공범자 꼴이 됐다. 이제 와 탐정단 아이들에게 털어놓기도 미묘했다. 그 아이들이 어떤 식으로 나올지 뻔했다.

'당장 수사부터 그만 두라고 하겠지.'

그러나 궁금했다. 시대를 일깨우는 예술가, 인생을 읽는 현자라는 평가를 받았던 그가 도대체 자신에게 무엇을 가르쳐 줄지, 비밀 수업의 내용은 무엇인지, 그리고 진짜 교육이란 것은 무엇인지. 유학을 망설이는 또 다른 이유는 거기서도 여기서와 같은 문제로 번민하게 될까 두렵기 때문이었다. 그렇게 생각하면 어떻게든 연준의 지도라는 것을 받아 보고 싶었다.

채율이 도서관에서 알아온 내용을 먼저 발표하고, 아이들이 수사 내용을 보고했다. 겨우 이틀 떨어져 있었을 뿐이었지만 미도와 탐정단은 많은 내용을 조사해 왔다. 운 좋게도 오미람과 조주민의 집이 과거 주소지와 같았던 데다, 채준이 한 시간 간격으로 연락을 주고받으며 아이들의 수사를 지도한 덕분이었다.

"노진권 선생님 말씀대로야. 세 명에게는 공통된 패턴이 있었어. 처음 학교에 들어올 때는 조용한 학생이었다가 하연준의 눈에 들게 된 후부터 180도 바뀌는……."

미도의 설명을 흘려들으며 채율은 고개를 끄덕였다. 자신도 마찬가지였다. 처음 선암여고에 들어와서는 입시에 실패한 충격과 도피 유학을 향한 갈망으로 아이들과 교제를 하지 않았다. 입을 굳게 다물고 가구처럼 교실 구석에 앉아 있을 뿐이었다.

"그리고 2학년이 되면서 어마어마한 두각을 나타냈어. 최미래는 연극이라는 부문에서 그랬지만, 조주민은 성적, 오미람은 미술에서 출중한 실력을 나타냈지."

연준은 특유의 통찰력으로 학생들의 적성을 간파했을 것이었다. 그리고 아낌없이 지원해 주었을 터였다. 채율의 지갑 속에 들어 있는 카드가 그 증거였다.

"셋이 문제가 터진 시기도 비슷해. 3학년 1학기 끝 무렵이었어. 세 명 다 그 시점에서, 인생에서 가장 중요한 시기에 하연준 선생님

께 버림받게 되었어. 그 후, 오미람은 자기 방에서 목을 맸고, 조주민
은 집에서 동맥을 끊었지. 아아, 잔혹한 운명이여."

다분히 연극적인 톤으로 예희는 보고를 마무리했다.

미도가 눈짓하자 하재는 가방에서 A4용지 뭉치를 꺼냈다.

"그건 조주민 선배가 썼다고 하는 일기의 사본이야. 친언니의 허
락을 받고 복사해 왔어. 모두 자살하기 며칠 전에 쓴 일기들이야."

채율은 소녀 가장의 일기를 집어 들었다.

선생님이 도대체 무슨 일 때문에 내게 이러시는지 모르겠다.

내가 무엇을 잘못한 걸까.

이제 더 이상 선생님께 전화가 걸려오지 않는다. 얼굴을 보면 화가 난
듯 외면해 버리신다.

지난 2년이 아예 없었던 시간처럼 대하는 태도가 비수처럼 가슴에 꽂
힌다.

요동치는 내면을 반영하듯 글씨체도 흔들리고 있었다. 다음 장에
는 또 이런 말이 적혀 있었다.

난 그분 없이 살 수가 없다. 선생님은 이 거친 세상에서 내가 유일하게
발견했던 빛이었다. 그분의 지지 안에서 힘을 낼 수가 있었고 새로운
세상을 볼 수가 있었다. 좋은 성적을 받고 싶다고 결심한 것도 오로지
선생님 칭찬을 듣고 싶었기 때문이다. 그러나 이제는 모든 게 틀려 버
렸다.

종교적인 신앙 고백을 방불케 하는 내용이었다.

"친언니 말로는 주민 선배가 선생님을 친아버지처럼 따랐었대. 일기만 봐도 자살의 직접적인 이유가 선생님과 사이가 소원해진 탓이라는 걸 알 수 있지 않아? 미람 선배도 똑같아."

이번에도 하재가 가방에서 복사본을 두 장 꺼내 주었다.

"그녀가 남긴 유서야."

죽은 아버지에 대한 구구절절한 그리움과 인생에 대한 허무함으로 점철된 앞장이 끝나고 뒷장 끝 마지막 무렵에 연준에 대한 언급이 나왔다.

하연준 선생님, 죄송해요. 용서해 주세요. 선생님만 이해해 주시면 괜찮아요. 저는 선생님께 미움 받는 건 지옥에 가는 것보다 더 두려운걸요.

"미람 선배 어머니는 이 구절을 자살을 하게 되어 죄송하다는 의미로 받아들인 모양이야. 미람 선배는 조울증을 의심할 만큼 감정적인 변화가 컸던 사람이라서 중학교 때도 여러 번 자살 미수 사건을 일으킨 바가 있었어."

채율은 천천히 미람의 유서를 음미했다.

다시 읽어 보면 마치 사이가 멀어진 하연준에게 죽음으로 용서를 비는 염원이 담긴 것처럼 생각되었다.

오미람은 방문을 걸어 잠근 상태에서 목을 맸다. 미람의 숨이 끊어질 무렵 어머니는 딸이 죽는 줄도 모르고 거실에서 텔레비전을 보고 있었다고 했다. 조주민이 자살할 무렵 연준은 외국 연수를, 오미람이 죽던 날은 국제 청소년 연극제에 참석하느라 지방 출장 중이었다.

"살인이라고 의심할 만한 결정적인 증거는 없었다는 거네. 심리적으로 괴롭혀서 자살을 유도했다. 그런 줄거리인가."

과연 그다운 살해 방식이었다. 목을 조르지도, 약을 먹이지도 않는 교묘한 심리 살인. 누구도 그를 법정에 세울 수는 없을 거였다. 살의만으로는 처벌할 수 없으니까. 채준도 동생의 말에 공감을 표하며 고개를 끄덕였다.

'하지만 왜? 한국 연극계를 뒤흔들던 남자가 왜 교사가 되어 학생들을 죽이는 일에 골몰했을까? 증거조차 남기지 않으면서.'

"원한."

미도가 조심스럽게 한마디 했다. 마치 호수에 돌을 던지는 것과 같은 파문이 탐정단 사무실을 퍼져 나갔다. 누구도 들여다볼 수 없었던 한 남자의 심연 속, 부패해 가던 죄악이 수면 위로 떠오르려 하고 있었다.

"죽은 선배들이 하 샘에게 잘못을 저질렀다는 거야?"

성윤이 이해가 되지 않는다는 얼굴로 머리를 긁적였다.

그녀의 질문에 대답을 한 것은 안채준 박사였다.

"혹시나 해서 노진권 선생님께 부탁드려 놓은 게 있었어. 오미람과 조주민이 재학하던 중에 장학금 수혜 상황을 알아봐 달라고. 결론부터 말하자면 두 사람은 장학금을 미끼로 입학을 권유받은 일이 없었대. 소녀 가장인 조주민은 정상적인 절차를 받아 장학금 수혜자가 되었고, 오미람은 나중에 특기자가 되어 세 차례 장학금을 받았다고."

그의 말이 뜻하는 바를 아직 이해하지 못하고 아이들은 안채준 박사를 쳐다보았다. 채준은 참담한 표정으로 이마를 어루만졌다. 무엇인가 곤란한 말을 해야 할 때 나오는 그의 버릇이었다.

"연습이었을지도 몰라. 두 사람은. 진정한 복수는 아마도 최미래를 향한 것이겠지. 그가 교사가 된 것도 그녀를 죽이기 위해서였을 거야."

프랑스 어 교사 하연준은 까다로운 선생이었다. 수업을 잘했고, 학생들을 다룰 줄 알았으며 간파할 수 있는 사람이었다. 선암여고 학생들은 그를 동경했고, 다가가기 어려워하면서도 호의를 품었다. 기본적으로 아이들의 마음속에는 그가 선생님, 좋은 교사라는 의식이 있었다. 그랬던 아이들이었기에 수사가 진행되어 가면서 그에 대한 어두운 비밀에 접근해 갈수록 모두들 더욱 깊은 상처를 받았다. 안전할 줄만 알았던 자신들의 세계도 사실은 악의에 잠식되어 가고 있었다는 것이 공포로 다가왔다.

"말도 안 돼. 그럴 리 없잖아. 하연준 선생님이 복수를 위해서 교사가 된 거라니……. 선생님이 정말 살인자야?"

연극부로 활동하며 연준에게서 많은 지도를 받았던 예희가 무너졌다. 씩씩하게 수사를 하면서도 내심 연준의 결백을 믿었던 그녀였다. 채준이 다가가려고 했지만 성윤이 한 박자 빨랐다. 듬직한 팔로 울먹이는 친구를 품에 안고 머리를 도닥여 주었다.

아직 해명되지 않은 게 있었다.

'왜 선생님은 미래 선배를 죽이려 했을까? 두 사람 사이에 무슨 악연이 있었던 거지? 그리고 미래 선배는 「악마의 대본」을 어디에

숨긴 걸까.'

궁금했다. 호기심이 들끓듯 일어나 온몸을 익혀 버리는 것만 같았다.

'아아……안 되겠어. 이번만큼은.'

회의가 끝난 후 채율은 지하철을 타고 종로로 향했다. 주머니 속에 들어 있는 카드를 완전히 써 버릴 작정이었다.

* * *

연준은 잘 그을린 피부로 돌아왔다. 함께 갔던 여자는 며칠 더 페루에 머물러 있기로 했다고 한다. 제자를 위한 기념품이라며 알파카 털로 짠 머플러를 안겨 주었다.

연준의 집은 강변에 위치한 브랜드 아파트 단지에 있었다. 최고층이라 베란다 밖으로 한강의 모습이 훤히 내려다보였다. 유유히 겨울 강물을 타고 지나가는 유람선이나 선착장 위에 줄지어 정박되어 있는 수상 택시들도 잘 보였다.

거주자의 인격이 투영되어 있는 인테리어는 전체적으로 미니멀한 스타일이었다. 군더더기가 없는 간결한 선들. 도처에 라온의 사진 작품들이 걸려 있었다. 라온이 찍은 사진도 있고, 라온을 찍은 사진도 있었다. 만나면 으르렁대는 사이면서 어째서 조카의 사진을 사방에 붙여 놓은 것인지 알 수가 없었다. 방패연을 들고 있는 어린 라온과 그의 어깨를 잡고 있는 연준의 모습은 영락없는 아버지와 아들이었다.

"숙제는?"

"여기."

채율은 연준에게 카드와 출력해 온 명세서를 내밀었다. 무엇에 어떻게 돈을 썼는지는 궁금하지도 않은 모양이었다. 0으로 찍힌 활자만 대충 확인하고는 종이를 구겨 휴지통에 넣어 버렸다.

"너 장래희망이 뭐냐?"

"4년제 대학 교수요."

"네 꿈이야? 부모님한테 이식받은 거야?"

의심스럽다는 얼굴로 연준이 물었다. 무어라 대답하기 난감했다. 어려서부터 시답잖은 공부만 하고 사느라 세상도, 자기 자신도 알지 못하고 있었다. 그냥 막연한 이미지를 장래희망이라 신앙하고 있을 뿐이었다.

그는 앞서서 서재로 들어갔다. 서재의 문이 열리고, 집 안에 또 다른 집이라는 생각이 들 정도로 아름다운 복층 서재가 모습을 드러냈다. 기울어진 네 개의 천창에서는 푸른 하늘과 뜬구름이 지나는 경로를 볼 수 있었다. 안락의자와 책상, 하얀색 소파가 미색 러그 위에 놓여 있었다. 소파 위에 쉬고 있던 골든 리트리버가 주인을 반기며 뛰어 왔다. 리트리버의 목덜미를 쓰다듬으며 연준이 물었다.

"저기 있는 책들 중에서 읽은 책 있니?"

그가 턱짓으로 가리킨 책장은 벽면에서 살짝 도드라져 나온 유리장이었다. 안에 있는 책들의 제목을 한 차례 훑어보는 것만으로 어떤 류가 선별되어 있는지 알 수 있었다. 『고문진보』, 『일리아스』, 『국가』, 『역옹패설』, 『의무론』 등등. 논술 과외를 받으면서 지겹도록 명성을 들은 인문 고전들이었다. 시간이 날 때마다 오빠 채준이 열심히 탐독하는 책들이기도 했다. 머리가 아파왔다.

"왜 대답이 없어?"

"이런 거 배우는 거예요?"

"못 하겠니?"

못 하겠냐기보다는, 하고 싶지 않았다. 난이도가 너무 높았다. 중학교 시절 채율을 울게 만들었던 밀의 저작 『자유론』도 책장 안에 있었다. 이걸 다시 읽느니, 차라리 엄마와 단둘이 무인도에서 2년 동안 표류하는 게 낫다 싶었다.

하지만 연준의 눈은 미동도 없었다. 논술 교사들이 흔히 하는 것처럼 요약본을 나눠 주고, 해설집을 대충 암기하는 식으로는 지나가지는 않을 거라는 깨달음이 왔다. 그러면 두들겨 패서라도 책장 안에 있는 모든 책들을 읽고, 쓰고 암송하게 만들 터였다.

'어쩌면 선배들이 죽은 진짜 이유는 이게 아닐까?'

"아뇨. 그게 아니라."

그녀가 읽은 것은 주로 『삼국지』와 『무지개』, 『죄와 벌』, 『부활』, 『악의 꽃』, 『까라마조프가의 형제들』과 같은 문학 서적들이었다. 연준은 채율이 책 제목을 댈 때마다 그것이 어느 출판사에서 나온 어떤 책이었는지, 번역자는 누구였는지 꼬치꼬치 물었다. 청소년을 위해 쉽게 나온 책이나, 만화책으로 본 『서유기』 등은 쳐 주지 않았다.

읽은 책들을 모두 말하자 이번에는 한 권 한 권 얼마나 이해하고 있는지 질문을 퍼부었다. 오래전에 읽어서 주인공 이름도 가물가물했지만 피해갈 재량이 없었다.

"그리스도가 대심문관의 취조에도 끝까지 침묵을 지킬 수밖에 없었던 이유를 말해 봐."

"네가 미국에 가기 싫어하는 거랑 싯타르타의 아들이 아버지에게서 도망치는 거랑, 뭐가 다른 거냐?"

"『1984』 마지막 부분에서 윈스턴이 말한 승리는 무슨 뜻이야?"

두 시간 동안 바늘 위에 서 있는 것처럼 고문당해야 했다. 한마디도 쉬운 질문이 없었다.

첫 수업이 끝날 때쯤에는 완전히 녹초가 되어 있었다. 연준은 책장에 있는 도서 가운데 한 권을 던져주었다. 홍자성의 『채근담』이었다.

"지금 네 수준에는 그나마 읽기 편할 거다. 한 글자 한 글자 제대로 읽어 와."

책을 받아드는 기분이 묘했다. 다른 소녀들도 한 번씩 이 책을 안고 밖으로 나갔으리라.

* * *

수업은 과제, 독서, 토론으로 이루어졌다. 연준은 채율이 무엇을 이야기하든 반대편에 서서 그녀의 논리를 자유자재로 반박했다. 가끔 그에게 전화가 올 때나 손님이 찾아올 때 겨우 숨을 돌릴 수 있었다. 채율은 집 안 이곳저곳을 염탐하고 다녔다. 비로소 돌아볼 수 있었다. 거실 콘솔 위에는 딱 한 장 남은 가족사진이 놓여 있었다. 젊은 시절의 선생님과 팔짱을 낀 아내, 그 사이에서 웃고 있는 딸.

'똑같네.'

채율은 감탄했다. 전체적인 얼굴형이나, 입매가 어머니보다는 아버지를 닮은 아이였다. 자신만만한 표정까지 닮아 있었다. 한 대 쥐어박아 주고 싶었다.

진도가 『논어』에서 『관자』로, 『군주론』에서 『국가』를 거쳐 『유토피아』에 이르렀을 즈음에는 사건과 관련된 결정적 자료를 발견할 수 있었다.

극본들만 따로 보관하는 책장에서였다. 극작가 오영진과 오태석의 작품들 사이에 최미래라는 이름으로 묶인 제본이 2권 있었다. 저자 이름에 따라 정리된 책들 중에서 유일하게 법칙을 벗어난 책이었다.

목차를 보니 「오메가 일렉트릭」, 「야자수 향기」, 「왕은 잠들고」 같은 익숙한 제목들이 있었다. 연준이 손님을 돌려보내고 서재로 돌아올 때까지 시간이 가는 줄도 모르고 극본에 빠져들었다. 열여덟 살짜리가 썼다고 믿을 수 없을 만큼 훌륭한 작품들이었다. 얼마나 대단한 사람이기에 라온의 눈에 든 걸까 궁금했는데 납득이 되었다. 홀릴 만한 재능이었다.

"재미있니?"

막 내린 드립커피가 채율 옆에 놓였다. 연준은 채율이 옆에다 놓아둔 대본집 1권을 들어 목차를 보여 주었다. 그러고는 제목을 하나하나 짚어가며 이건 무슨 상을 받았고, 저건 무슨 상을 받는지 설명을 해 주었다. 덤덤한 어조였지만 대견해하는 기색이 전해졌다.

"일부러 미래 선배 작품만 모아서 따로 제본하신 거예요?"

"아니. 그 녀석이 제본을 해서 가지고 왔어. 나한테."

"언제요?"

"죽기 며칠 전에."

자른 도토리묵처럼 말끔한 대답이었다. 채율은 눈을 가늘게 떴다. 혹시나 하는 마음으로 다시 한 번 목차를 확인해 보았다. 두 권 다 확인했지만 「악마의 대본」이라고 쓰인 작품은 없었다. 목차 속 작품들을 가로로 읽고 세로로 읽어 보아도 마찬가지였다.

"이 빨간 줄들은 뭐예요? 선생님이 직접 퇴고 보신 건가요?"

두 번째 권 후반에 있는 볼펜 자국을 보고 채율이 물었다. 동글동글 귀여운 게 남자의 글씨체 같지는 않았다.

"누구였더라. 그때 연극부 부장이었던 애가 교열해 놓은 거야. 불필요한 말이나, 대사 어색한 부분을 체크해 놓은 거지."

"혹시 심윤경 선배요?"

"이야, 졸업생들 이름을 잘도 알고 있네."

연준이 능글거리며 웃었다. 그녀가 무슨 이유로 수업을 시작했는지 이미 간파하고 있는 사람 같았다. 채율은 재빨리 대본집에 얼굴을 묻고 표정을 숨겼다.

심장이 두방망이질 쳤다. 최미래는 죽기 전 자신의 작품을 모아 둔 대본집을 연준에게 넘겼다. 그 대본집의 존재는 심윤경도 이미 알고 있는 것이었다. 본인이 퇴고까지 했던 것이니까.

최미래는 이렇게 계산하지 않았을까. 윤경에게 「악마의 대본」을 찾아 달라고 부탁하면 자신과 본인과의 접점인 이 대본집을 떠올릴 거라고, 자신이 퇴고해 놓은 부분에 힌트가 있음을 깨달을 거라고.

그러나 논리적인 얼개가 엉성했다.

최미래는 대본집을 자신의 손으로 연준에게 가져다주었다. 심윤경이 이 대본집을 찾기 원했다면 그녀에게 대본집의 행방을 알려 주었어야 했다.

'아니야. 선생님이 먼저 가로챘던 거야. 윤경 선배가 이 제본책을 얻지 못하도록.'

연준의 입장에서는 대본집을 숨겨야만 하는 이유가 있었다. 「악마의 대본」에 담겨 있는 자신의 죄악을 은폐하기 위해 대본을 직접 찾아 폐기하든지, 최소한 다른 아이들이 찾지 못하도록 방해 공작을 펴야 했다.

"커피 다 마실 때까지 잠깐만 읽어도 돼요?"

"그러렴."

기분 나쁠 정도로 선선한 허락이었다.

채율은 눈에 불을 켜고 퇴고된 부분을 찾아 읽어나갔다. 대본 가운데 유일하게 형광펜으로 덧칠된 부분이 있었다.

「그대가 가장 사랑하는 곳에 그 추악한 비밀을 묻겠소.」

남자 주인공이 자신을 배신한 여자 주인공에게 하는 대사였다. 여기서 '그대'는 두말할 필요도 없이 하연준일 터였다. 그렇다면 연준이 가장 사랑하는 곳이란 어디일까? 경계는 학교 안일 터였다. 추악한 비밀이란, 「악마의 대본」일 거고. 불현듯 연준이 이미 대본을 찾아서 가지고 있을지 모른다는 생각이 들었다. 여유롭게 커피를 마시던 그는 제자의 시선을 의식하고 마주보았다. 혀끝이 간질거렸다.

"혹시……."

"전화 오는 거 아냐?"

정신을 차려 보니 어느새 다가온 골든 리트리버가 책가방을 코로 뒤적이고 있었다. 안에서 웅웅 대는 소리가 났다.

엄마였다.

"여권하고, 증명사진 어디다 뒀어?"

여권은 옷장 속에, 증명사진은 새로 찍어야 했다. 유진은 딸의 대답을 듣더니 돌아오는 길에 사진을 찍어 오라고 명령했다. 평상시라면 고압적 어투에 발끈했겠지만, 지금은 달랐다.

「그대가 가장 사랑하는 곳에 그 추악한 비밀을 묻겠소.」

곧 대본을 찾을 수 있으리라는 기대에 손끝이 떨려왔다. 전화를 끊은 채율은 커피를 마시고 있는 연준의 옆모습을 가만히 바라보았다. 연준과 함께하는 수업은 힘들긴 해도 놀라울 정도로 즐거웠다. 지금껏 그 누구에게서도 배울 수 없는 것들을 말하고 이야기 나눌 수 있었다. 하지만 그와 함께 있으면 종종 오금이 저려왔다.

죽은 소녀들이 아직도 집 안을 돌아다니고 있는 느낌. 등 뒤에 서서 목덜미를 쓰다듬고 있는 기분이 들었다. 죽은 소녀들의 질투가 피부로 느껴졌다. 얼른 수사를 마치고 그에게서 떨어지고 싶었다.

'어딜까? 선생님이 가장 사랑하는 곳은.'

* * *

"오늘부터는 바빠."

미래의 대본집을 빌려 간 이후, 갑자기 다음 날부터 연준의 수업 스타일이 바뀌었다. 과제를 주고, 토론을 하는 건 동일했지만 토론 자들이 늘게 되었다.

"홍대 홀리오 12시."

"광화문 모락 6시."

"청담동 레쓰뿌아 2시."

수시로 문자가 오고, 그에 맞춰 나가면 연준과 함께 식사를 하고 있는 사람들을 만날 수 있었다. 모두 자기 분야에서 이름을 날리는 사람들이었다. 오금이 저려 밥이 잘 넘어가지 않았다. 아침은 유명 작가와 먹고, 점심은 영화배우, 저녁은 시사 프로 PD와 함께 먹었다. 다음 날은 국방부 차관, 어느 날은 대형 은행 임원, 외국계 기업 한국 지사장을 만났다. 그 다음 날은 외국인 노동자들과 미혼모들과 급진적인 정치 성향을 가진 시민 단체 사람들을 만났다. 마르크스의 『자본』을 읽고 난 후에는 같은 또래의 새터민 소녀를 만났다.

죽은 학생들이 하연준을 존경한 이유를 알 수 있었다. 그는 제자를 왕재(王才)처럼 대했다. 돈을 아끼지 않았고, 시간을 아끼지 않았고, 사람을 아끼지 않았다. 태어나서 이런 대접을 받으며 공부해 보기는 처음이었다. 이런 공부를 해 보기도 처음이었다. 연준은 마치 제자의 식견과 의지에 따라 수많은 사람들이 죽고 살기라도 할 것처럼 세심하게 그녀의 생각을 다듬어 나갔다.

단 며칠이 지나지 않았음에도 마음속에서 악마의 유혹이 꿈틀대기 시작했다. 유학을 가는 것보다, 이 사람 옆에서 3년 버티는 게 훨씬 보고 배울 게 많을 터였다. 「악마의 대본」이니 탐정단이니 훌훌 떨어 버리고, 이대로 하연준의 제자가 될까 싶었다. 그럴 수 있다면 원하는 것은 무엇이든 될 수 있으리라는 확신이 마음속에서 물결쳤다.

'까짓 거 2년 뒤에 자살하지 않으면 될 거 아냐!'

목숨을 담보 삼아서라도 곁에 있고 싶었다.

그러나 곧 수업은 예상치도 못한 일로 막을 내렸다.

서울 교외의 저택. 연준과 친척 관계인 하종원 의원이 여는 신년회에 참석했던 날이었다. 다들 성장(盛裝)을 한다고 협박을 하는 바람에 어쩔 수 없이 연준이 주문한 제비꽃 빛깔의 짧은 공단 드레스와 밍크숄을 입어야 했다.

저택에 가 보니 중앙에 있는 커다란 돌연못과 다리를 중심으로 명사들이 모여 있었다. 여당의 국회의원들이나 고위직 공무원들, 국내 유수의 대학의 교수들, 문화 예술계 인물들, 요즘 신문 지상에 자주 나오는 건축가와, 얼마 전 예술의 전당에서 공연을 마무리한 발레리나의 모습도 보였다. 선거가 있을 때마다 하 의원이 속한 당의 홍보요원으로 뛰는 연예인들도 보였다. 비밀 조직의 회합에 참석한 기분이었다.

그들은 연준과 다정하게 이야기를 나누면서 옆에 있는 채율에게도 관심을 보였다.

"제 조카입니다."

"굉장히 똑똑하게 보이는 아가씨네요."

『청소년을 위한 한국 미술』의 저자 우홍민 교수와 함께 한참을 즐겁게 이야기를 나누고 있다가 주위를 둘러보니 연준이 사라지고 없었다.

'어디 가셨나? 이제 슬슬 돌아가야 하는데…….'

정원은 아주 넓어서 숲에 가까웠다. 야기(夜氣)를 머금은 나무들 사이에서 별이 빛나고 바람이 불 때마다 풀 내음이 그윽하게 풍겨왔다. 가든파티라도 도처에 놓인 실외 히터 덕분에 전혀 춥지 않았다.

아무리 찾아도 연준은 보이지 않았다. 별채 쪽으로 넘어가는 후원에는 불빛이 미치지 않고 있었다. 보통 이런 큰 집에서는 개를 여러 마리 키우는 법이라 어두운 쪽으로 가기가 두려웠다. 하지만 시간은 점점 지나가고 있었다. 핸드폰을 확인해 보니 부재 중 전화가 다섯 통이나 와 있었다. 모두 어머니였다.

'잠깐쯤은 괜찮겠지.'

채율은 숨을 깊이 들이쉬고 발걸음을 옮겼다.

후원으로 가는 돌길을 따라 가 보니 과연 멀찍이 서 있는 사람 그림자가 보였다. 어둠에 잠긴 남자가 고개를 숙인 채 달빛이 미치는 작은 석상을 내려다보고 있었다. 버섯 모양을 한 조그마한 의자였다. 한걸음 다가설수록 달그림자가 물러가고 남자의 얼굴이 드러났다. 금방이라도 무너질 것처럼 처연하고, 공허한 얼굴이었다. 평상시와는 전혀 다른 그의 모습을 채율은 홀린 듯 훔쳐보았다.

시간이 얼마나 흘렀을까. 뒤에서 누군가 그녀의 팔을 잡아 당겼다. 순식간에 별채 안으로 끌려갔다. 이전에도 무는 남자에게 비슷한 일을 당했던 적이 있던 그녀는 성윤에게 배운 호신술을 사용해 상대를 밀어냈다. 우당탕 소리와 함께 어둠 속의 적은 뒤로 넘겨졌다.

"아픈 사람한테 너무 한 거 아니야? 공주처럼 차려 입은 주제에 힘은 머슴이네."

곧 불이 들어왔다. 감색 니트에 셔츠 칼라를 꺼내 입은 라온이 패브릭 소파의 등 받침을 잡고 서서 다리를 두드리고 있었다. 손에 들고 있던 형광등을 켜는 리모컨을 탁자에 내려놓고 목발을 짚었다. 갑작스러운 출현에 어리둥절해하는 채율에게 라온은 설명을 해 주었다.

"얼마 전에 퇴원해서 할아버지 주치의한테 치료 받고 있거든."

마지막으로 보았을 때보다 혈색이 좋아져 있었다. 그는 커튼을 친 창을 가리키며 채율을 힐책했다.

"근데 너, 숙부랑 같이 왔지? 내가 이야기 해 준 건 잊었어?"

"명심하고 있어요. 이것도 수사의 일환으로."

"당장 그만 둬. 연극계에서 활동할 때도 사람들 심리를 너무 잘 읽어서 배우들이 진저리를 쳤던 분이야. 네가 무슨 목적에서 접근했는지 숙부가 모를 거라고 생각해? 위험해질 거야."

예상은 하고 있었지만 라온의 입에서 직접 확인을 받으니 맥이 풀렸다. 채율은 「악마의 대본」에 대해 털어놓았다. 미래가 남긴 대본에 대해서 알지 못했던 모양이었다. 그의 눈이 커졌다.

"……누나가 대본을 남겼단 말이지."

누나. 두 사람 사이에 있었던 정서적인 교류가 묻어나는 살가운 용어였다. 갑자기 의문이 풀렸다. 최미래는 외동딸이었다고 했다. 동생이 없었다. 하지만 친동생처럼 여기는 사람이 있었을 수는 있었다.

"왜 그래?"

"혹시, 최미래 선배가 죽기 전쯤에 뭔가 맡긴 거 없었어요?"

대본이 완성된 건 그녀가 죽기 한 달 전이었다. 대본을 숨기고 실마리를 남겼다면 역시 그 즈음이어야 했다. 라온은 고개를 갸웃했다. 혹시나 싶어 대본집에서 형광펜으로 체크되어 있던 대사를 읊어주었다. 겨울바람이 정원수로 심겨진 구상 나무를 뒤흔들고 지나갔다. 라온이 멈칫했다.

"아, 그래. 마지막으로 누나랑 작업을 했었어. 문학상 수상이 결정된 후에 내가 누나를 찾아갔을 때, 부탁을 받았었어. 사진을 찍어 달라고. 연작으로 찍은 사진이었는데, 제목이 그거였어. '그대가 가장 사랑하는 곳'."

온몸의 아드레날린이 솟구쳤다. 대본에 있었던 대사 그대로였다. 미래가 말한 동생은 라온이었다.

"그 사진 볼 수 있을까요? 꼭 봐야 해요."

"알았어. 지금 당장 작업실로 가서 찾아볼게."

라온은 작별 인사를 하고 사라졌다. 수풀 속에서 나온 채율은 다시 연준을 찾았다. 이미 후원에서는 사라진 뒤였다. 집을 한 바퀴 빙돌아보고 나서야, 연못의 다리 위에서 사람들과 즐겁게 웃고 떠드는 그를 찾을 수 있었다. 석상을 바라보던 신산한 표정은 흔적도 없이 사라져 있었다.

그는 채율과 눈이 마주치자 손가락을 까닥였다. 돌아가자는 뜻이었다. 겨울 수련이 내려다보이는 목조 다리를 함께 걸으며 질문을 던졌다.

"저번에 그런 말씀을 하셨죠? 하라온은 진짜가 아니라고. 그럼 최미래는 진짜였나요?"

타인의 평가에 인색한 이 사람이 죽은 제자를 어떻게 평가할지 궁금했다. 연준은 가볍게 고개를 끄덕였다. 긍정이었다. 다음 질문이 자연스럽게 흘러나왔다.

"그럼 조주민은요? 그리고 오미람은요?"

손에 들고 있던 와인 잔을 입으로 가져가며 연준이 돌아보았다. 이렇게 노골적으로 물어올 줄은 몰랐는데, 괜찮겠어? 하고 말하는 듯한 표정이었다. 상관없었다. 하지만 그녀의 진지한 시선에도 대답은 주어지지 않았다. 채율은 침묵을 부정으로 해석했다.

"그럼 저는요? 저는 진짜인가요?"

"진짜는 다른 사람에게 그런 걸 묻지 않아."

"제가 가짜라는 말이군요."

"수업이 다 끝나 봐야 알겠지."

"진도가 얼마나 남았죠?"

"거의 다 끝나 가. 수업을 시작한 동기가 불순해서 속성으로 끝내고 있거든."

그는 웃으며 저택 정문 쪽을 손가락을 가리켰다. 기울어진 와인 잔의 유리 곡면으로 걸어오는 사람의 모습이 왜곡되어 비쳤다. 씩씩거리는 걸음걸이가 아주 익숙했다.

'엄마?'

오유진 여사였다. 이곳을 어떻게 알았는지 모르지만 씩씩거리며 채율을 찾고 있었다.

유진은 석등이 놓인 돌길을 지나 정원으로 올라오다가 예쁜 드레스를 입고 뜰 어귀에 서 있는 딸을 발견했다. 눈이 마주침과 거의 동시에 달려오기 시작했다. 기세에 눌린 채율은 자기도 몸을 움츠렸다. 하지만 그녀가 노린 것은 딸이 아니었다.

철썩.

뺨을 때리는 소리가 바로 옆에서 들려왔다.

유진은 언제나 학교 선생님들에게 굽실거리며 촌지를 두둑하게 바치던 사람이었다. 학원 선생님에게는 수시로 전화를 걸어 땍땍대는 소리를 하면서도 학교 선생님들에게는 싫은 내색 한 번 없이 시험 감독을 하고, 환경 미화를 돕고, 자모회 활동에 전념했다. 미국에 가기 전까지만 해도 그랬다. 채율은 눈앞에서 벌어진 상황이 믿어지지 않았다. 그러나 유진은 연준의 따귀를 때린 걸로는 성에 차지 않았던 모양이었다. 들고 있던 토드백 안에서 작달만한 플라스틱 상자들을 꺼내 그에게 내던졌다.

"당신, 우리 딸한테 무슨 짓했어?"

순금 목걸이와 금반지들이 케이스 채로 연준의 몸에 부딪혀서 떨어졌다.

'아뿔싸.'

열린 케이스에서 나온 목걸이와 금반지들을 보고 채율은 상황을 파악했다. 얼마 전 여권이 어디 있냐고 묻던 전화도 생각났다. 유진이 옷장 안 서랍을 뒤지다가 채율이 숨겨 둔 순금 목걸이와 반지들을 발견한 모양이었다. 금붙이들과 함께 놓아둔 보증서를 보고 구매한 곳을 알았을 것이고, 가게에서 누구의 카드로 결제되었는지도 알 수 있었던가 보았다. 채율은 연준이 준 돈을 모두 썼지만 사실 한 푼도 쓰지 않았다. 가장 환금성이 큰 귀금속 순금으로 바꾸어 두었다. 수업을 끝나면 모두 돌려줄 생각이었다. 물론 세금이 붙겠지만, 그건 불온한 거래를 제안한 연준이 응당 치러야 할 손해라고 생각했다.

"흥분하지 마. 엄마가 생각하는 그런 일은 하나도 없었어."

"넌 가만히 있어."

소란이 일어나자 사람들의 시선이 이쪽으로 쏠렸다. 그러나 하나같이 귀하신 분들이라 다가오지는 않고 경호원들을 손짓할 뿐이었다.

연준은 유진이 흥분하거나 말거나, 아무 것도 변명하지 않고, 그녀를 내려다보고 있었다. 상황을 더욱 악화시키는 태도였다. 예상이 맞아 떨어졌다고 생각한 어머니는 더더욱 발광을 하며 그의 멱살을 잡았다. 놀란 채율이 두 팔을 잡고 매달렸다.

"아니야. 그런 거 아니라니까. 도대체 왜 이래. 내 이야기는 하나도 듣지 않고. 아무 일도 없었어. 나 잘못한 것 없다니까."

"엄마가 너한테 1년만 참으라고 했잖아. 조금만 있으면 이 미친 나라에서 대학 안 가도 되는데, 그 사이를 못 참고 이런 일을 벌여? 넌 어떻게 매번 엄마를 실망시키니? 응?"

"넌 어떻게 매번 엄마를 실망시키니?"

말이 비수가 되어 채율의 심장에 꽂혔다.

끝까지 유진은 딸을 믿지 않고 있었다. 한 번도 믿지 않았으면서 실망을 말했다. 자신의 기대. 자신의 환상이 무너질까 봐. 가슴 속이 얼음처럼 싸늘하게 식어갔다. 흥분이 사라지면서, 오히려 마음이 냉정해졌다. 채율은 잡고 있던 팔을 놓았다.

"정말 잘못한 건 엄마잖아. 엄마가 교장 선생님한테 돈을 줘서 시험지를 사지 않았으면 이런 일은 없었어."

딸의 말을 듣고 유진은 소스라치게 놀랐다. 그녀는 연준을 잡고 있던 손을 뗐다. 잠깐이지만 변명을 말할 것처럼 보였다. 그러나 이내 완고한 얼굴로 변했다.

"그랬구나. 그걸 빌미 삼아서 이 사람이 널 협박했던 거야. 그렇지? 넌 아무 잘못도 없었는데, 엄마를 보호하려고 어쩔 수 없이 이 사람이 하자는 대로 했던 거야. 이런 나쁜 인간!"

"아니라니까!"

경비원들이 다가오고 있었다. 연준은 끝까지 입을 굳게 다물고, 두 사람의 싸움을 보고 있을 뿐이었다. 채율은 흥분하는 어머니와 나물라 하는 연준 사이에서 무엇을 어떻게 해명해야 할지 알지 못하고 멍하니 서 있었다. 뛰어오는 경비원들 너머로 화려하게 차려입은 명사들이 보였다. 우아한 그네들은 이쪽의 소란을 비웃으면서 자신들의 대화를 이어나가고 있었다. 평상시라면 어머니도 저들 틈에 무람없이 섞여 들어가 그들처럼 행동하고 있을 거였다. 그러나 지금은 예의와 상식을 훌훌 내던지고 얼굴까지 벌겋게 변해 발을 구르고 있었다. 자신이 인생을 걸고 만들어 낸 꼭두각시 인형에게 무슨 일이 생겼을까 봐. 제멋대로 착각하고, 제풀에 흥분하고, 화를 내고 있었다.

괴물 같았다.

아니, 괴물이었다.

흡혈귀.

두 사람을 번갈아 바라보던 채율은 불현듯 깨우쳤다.

'흡혈귀들 같아. 사람들을 잡아먹고 자신과 비슷한 존재로 만들어 버리는 괴물들. 주위 사람들의 온기를 탐하지 않고는 몸을 덥힐 수 도 없는 존재들.'

두 사람 모두 채율이 어떤 인간인가 하는 것에는 관심이 없었다.

어떻게든 채율을 통째로 먹어치우고 자기와 똑같은 것을 만들려 하고 있었다. 그 틀이 작고 크냐의 차이일 뿐. 구역질이 났다.

두 사람을 뒤로 한 채 도망치듯 밖으로 뛰기 시작했다. 연준이 준 숄과 파우치를 내던지고, 구둣발에 차이는 금반지와 목걸이 케이스 를 밟고, 온몸이 땀으로 흠뻑 젖을 만큼 채율은 뛰고 또 뛰었다. 그 날 그녀는 집으로 돌아가지 않았다.

* * *

라온의 메시지는 아침에야 도착했다. 미래와 함께 찍은 사진 파일 이 첨부되어 있었다. 핸드폰에는 밤새 유진이 건 수십 통의 부재 전 화와 협박 메시지도 있었지만, 깔끔히 무시했다. 지금은 집으로 돌 아가고 싶지 않았다.

원형 창 스테인드글라스를 뚫고 들어온 햇살이 의자 위에 걸쳐진 미니드레스를 비추었다. 체육복을 입고 잠이 들었던 채율은 소파에 서 일어나 기지개를 켰다. 어제 일을 생각하면 머리가 지끈지끈 아파왔다.

성윤의 책상 서랍에서 찾은 칼로리 바란스를 씹으며 라온이 보낸 사진을 보았다.

사진은 모두 3장이었다.

첫 번째는 중앙 현관에서 찍은 사진이었다. 중앙 현관으로 들어가서 오른쪽에 있는 신발장. 정면에 보이는 중앙 계단과 숙직실, 그 사이에 걸려 있는 괘종시계. 시간은 4시 15분을 가리키고 있었다. 미래는 괘종시계 바로 밑에 서서 정면을 응시하고 있었다.

두 번째는 자견관 3층에서 4층에 이르는 나선 계단에서 찍은 사진이었다. 그녀는 계단에 앉아서 옆 창문을 바라보고 있었다. 턱을 괴고 다리를 꼰 모습.

세 번째 사진은 학교 운동장에 있는 벤치에 앉아 찍었다. 등 뒤로 학교 교문이 보였다. 이번에도 시선은 정면.

아무도 없는 사무실 안에서 오전 내내 죽은 사람의 얼굴을 뚫어져라 들여다보고 있으려니 으스스한 기분이 들어 견딜 수 없었다. 하지만 어떻게든 이 사건을 해결하고 말리라는 각오가 불길처럼 뜨겁게 일어났다. 심장이 뛰고 있었다.

노트를 펼쳐 놓고 떠오르는 단어들을 차근차근 적어 내려갔다. 사진에서 유추할 수 있을 만한 숫자들, 이를 테면 시간이나, 미래가 쥐고 편 손가락 개수, 우연히 찍힌 사람들의 수를 더하고 빼 보기도 했다. 연준이 연극을 좋아하니 자견관 안에 있는 연극부실이나, 연극 무대가 아닐까 하는 생각이 들었다. 하지만 3층으로 내려가 샅샅이 뒤져 봐도 대본은 나오지 않았다.

지금이라도 연준에게 전화를 걸어서 "대체 학교 내에서 제일 좋아하시는 장소가 어디예요?" 하고 묻고 싶은 생각도 들었다. 하지만 어젯밤 유진이 그의 뺨을 때리던 장면이 자꾸 떠올라 전화를 걸 수가 없었다.

머리도 식힐 겸 강당 밖으로 나갔다. 방학이라도 아침부터 징집되어 공부하는 예비 고3들 때문에 학교 본관은 활짝 열려 있었다.

일단 핸드폰에 저장된 사진이 촬영된 장소를 직접 찾아가 보기로 했다. 4년의 시간이 흘렀다고 해도 풍경은 거의 달라져 있지 않았다. 괘종시계가 바뀐 것, 자견관 내 유리창 틀을 칠한 페인트 색깔이 달라진 정도였다.

'아아, 모르겠어.'

채율은 절망적인 심정으로 나선 계단에 주저앉았다. 벽을 타고 전해져오는 서늘한 냉기가 야금야금 체온을 빼앗아갔다.

계단과 이어진 퇴창 너머로 운동장을 걸어오는 예비 고3의 모습이 보였다. 점심이 지나서 나오는 걸 보니 학교를 좋아하는 인간은 아닌 듯했다. 고개를 푹 수그리고 땅만 보며 걷는 걸음걸이가 몹시도 무거워 보였다. 유학을 가지 않는다면 앞으로 12개월 후, 채율도 꼭 저런 모습으로 등교를 할 것이었다.

심윤경이 했던 말이 귓전을 스치고 지나갔다.

"정신 똑바로 차려! 인생은 짧아. 사건이니, 탐정이니 꿈꿔 봤자, 결국 헛된 일이야. 졸업하면 알게 될 거야. 산다는 게 얼마나 무서운 건지."

헛된 꿈. 자신을 조종하려 드는 어머니와 연준에게 반감을 느끼는 것도 좀 더 자유로운 삶을 꿈꾸는 것도 치기 어린 헛된 꿈일까. 정말로 지금 보는 이 모든 풍경이 장래에 아무짝에 도움이 안 되는 시간 낭비에 불과한 걸까.

핸드폰을 들어 창밖을 찍었다. 찰칵 소리와 함께 열일곱의 시선이 카메라에 담겼다.

뇌 속에 시원한 돌풍이 불었다. 몸을 나른하게 했던 무력감이 거짓말처럼 말끔하게 가셨다.

'어쩌면⋯⋯.'

채율은 라온이 보낸 사진을 다시 들여다보았다. 지금 그녀가 앉아 있는 곳은 미래가 사진 속에서 앉아 있던 곳과 같았다. 채율은 사진 속 미래를 흉내내며 그녀와 똑같은 포즈를 잡았다. 그리고 이번에는 그녀의 시선을 사진에 담았다.

뛰어 내리다시피 본교 중앙 계단으로 내려왔다. 괘종시계 앞. 미래와 같은 위치에 서서 카메라 셔터를 눌렀다. 찰칵.

마지막도 마찬가지였다. 교문과 가까운 벤치, 미래가 앉았던 벤치에 앉아 같은 자세로 사진을 찍었다.

세 장의 사진 파일을 비교하니 겹쳐지는 대상이 있었다.

자견탑. 학교의 교표인 가시나무를 기본으로 만들어 놓은 청동 조각물. 등하교 할 때마다 무심히 지나치던 자견탑이 세 장에 모두 찍혀 있었다. 심장이 벅차오르는 것을 억누르며 운동장을 내달렸다.

'이곳이 선생님이 가장 사랑하는 곳이라고? 왜지?'

가까이서 보니 울창한 청동 나무 가지에 돋아있는 빼곡한 가시들이 공격적으로 보였다. 마치 악독한 세상으로부터 소중한 것을 보호하려는 듯.

앞에 놓인 조그마한 표지석이 박혀 있었다. 조각물을 설치한 일자와 만든 사람의 이름을 대리석에 새겨놓은 것이었다. 표지석에 따르면 조각물은 20여 년 전에 제작된 것이고 만든 사람의 이름은 오상미였다.

'선생님의 사모님 이름이야.'

겨울이라 땅은 많이 얼어 있었다. 채율은 숙직실에서 노진권 선생님의 이름을 대고 삽을 빌려와 표지석 주변을 파기 시작했다.

4년 전 최미래는 이곳에 모든 비밀을 봉인한 채 죽었다. 그것이 자살이었는지, 아니면 타살이었는지 이 밑에 숨겨져 있는 유고가 밝혀 줄 것이었다.

예비 고3들이 하나 둘 건물에서 나오기 시작할 때쯤 아래에 묻힌 물건을 찾을 수 있었다. 타조알 모양의 타임캡슐이 나왔다. 코발트 빛이 감도는 30cm 크기로 알약처럼 타원형 모양을 하고 있었다. 채율은 무릎을 굽혀 손으로 흙을 털어 냈다. 캡슐 중앙에 난 틈새를 축으로 회전시켜 뚜껑을 열었다. 밀봉되어 있던 주스를 열 때처럼 공기 빠지는 소리가 났다. 안에는 돌돌 말려진 책이 네 권이나 들어 있었다.

「악마의 대본」이라고 인쇄된 책이 2권, 「아비의 만가도」라고 쓰인 노트 2권.

크리스마스이브. 라온이 했던 말이 떠올랐다.

"누나는 내가 처음으로 마음을 열었던 타인이었어. 무슨 일이 있어도 잃고 싶지 않았어. 나는 무언가에 홀린 사람처럼 숙부가 서재에 숨겨 놓은 일기, 표지에 「아비의 만가도」라 적힌 노트를 훔쳐 냈어. 노트는 모두 5권으로 이루어져 있었지만 어디에서도 앞부분 2권은 찾을 수 없었어."

캡슐 안에 들어 있는 연준의 일기는 말하고 있었다.

'미래 선배는 그때 이미 선생님의 일기를 읽은 후였구나. 그래서 하라온이 가지고 온 일기장을 보지 않았던 거야. 그녀가 죽은 건 하라온의 잘못이 아니었어.'

미래가 어떻게 연준의 일기를 손에 넣었을까 하는 것은 알 수 없었다. 하지만 그녀가 3년 동안 연준의 집을 들락거렸고, 열렬한 추종자로서 그의 일거수일투족을 주시했다면 일기를 손에 넣는 것도 무리는 아니었을 터였다. 채율의 경험만 봐도 과외 수업은 언제나 서재에서 이루어졌다.

「악마의 대본」 역시 한 권이 아니라 두 권이었다. 한 권은 그녀의 친구이자 연극부 부장이었던 심윤경을 위한 것이었고, 또 하나는 놀랍게도 채율을 위한 것, 미래에 있을지 모를 또 다른 자신을 위한 것이었다. 수취인에 따라 약간씩 버전을 다르게 한 대본이었다.

감탄이 절로 나왔다. 그녀가 진짜라고 말했던 연준의 판단은 이런 면에 근거한 것일지도 몰랐다. 그녀는 죽은 후에도 사람의 행동을 예측하고 있었다. 연준이 심윤경에게 가야 할 극본 선집을 가로챌지 모른다고 생각해 또 다른 힌트를 라온에게 남겨 두었다. 연준이 혼자서「악마의 대본」을 찾고, 불태우는 것을 막기 위해서였다.

'하라온의 사진은 안전 장치였구나. 하긴 미래 선배에 관한 일로 두 사람 사이가 완전히 틀어져 버렸으니 사진에 대해 이야기를 나눌 일은 없었을 거야.'

심윤경이 대본을 찾는 일에 실패한다면 다음 탐색자는 연준이 미래에 선별할 또 다른 소녀가 될 수밖에 없었다. 대본을 2권으로 완성해 만약에 대비한 것도 그런 이유였다.

"4년 전까지 선암여고를 다녔던 학생이야. 숙부가 죽였지. 누나는 살아 있을 때 나에게 부탁했어. 만약 나중에 숙부가 후배들 중 누군가에게 다시 마수를 펼치거든 무슨 수를 써서라도 그 아이를 구해 달라고 했어. 그리고 자기 이야기를 전해 달라고.

'한 사람을 위한 전시회'란 말은 바로 안채율 너를 뜻한 거야. 알겠어? 악마에게 붙들린 불쌍한 어린양 씨."

그 소녀가 대본을 찾을 수 있도록 미래가 마련해 둔 방어책도 라온이었다. 라온이 소녀에게 자신에 관한 이야기를 한다면 소녀는 과거의 일을 조사하게 될 것이고, 미래가 남긴 대본에 대해서 알게 될 거라 생각한 거였다.

'만약 그 소녀가 실패한다면 그 다음에 선별된 또 다른 소녀가 그 역할을 맡았겠지.'

대본을 손에 쥐고 한 장 한 장 넘겨가는 채율의 손이 떨려왔다. 무서운 집념이었다. 그만큼 최미래가 이 대본을 무대에 올리기를 원했다는 의미였다.

'하지만 누구를 위해서?'

채율은 타임캡슐을 안고 탐정단 실로 올라갔다.

* * *

"자나 본데?"

"아직도? 깨울까?"

"조금만 더 내버려 둬. 독립 운동 하느라 정신적 피로가 장난 아닐 테니까."

"정말로 채율이가 미국 안 갈 수도 있는 거야? 우리랑 같이 2학년 올라갈 수도 있어?"

"안 갈지 못 갈지는 모르겠어. 이번 일로 엄마가 화가 많이 났거든. 유학 자체를 없던 걸로 할지도 모르고, 아예 동생을 집에서 내쫓을지도 몰라."

'오케이. 거기까지.'

채율은 눈을 번쩍 떴다. 백설공주의 난쟁이들처럼 쇼파 주위에 빙 둘러서 서 있는 다섯 얼굴들이 보였다. 채준은 채율과 눈을 마주치자 움찔했다.

"엄마한테 전해. 아들이랑 사이좋게 고 투 아메리카 하시라고. 집에는 안 들어가. 이제 더 이상 부모님 신세는 지지 않겠어. 내가 학교 기숙사에 들어갈 성적 정도는 되거든. 여기서 먹고 살면 돼. 그리고 그 집이 뭐 엄마 집이야? 파출부 아줌마 집이지. 냉장고에 뭐가 있는지 알지도 못하는 주제에."

네 명의 소녀가 입을 떡 벌렸다.

"그게 정말이야?"

"나중에 무르기 없기다."

아이들은 채율을 둘러싸고 돌아가며 환호했다. 어쩐지 식인종 부족에게 사로잡힌 포로가 된 느낌이 들었지만 지금은 뭐든 상관없었다. 채준만이 심각한 표정으로 어머니에게 보고하겠다며 사무실 밖으로 나가 버렸다.

그가 유진과 통화하고 있는 동안 미도와 아이들은 조잘대며 그동안의 경과를 보고했다. 그동안 탐정단은 채준과 함께 미래의 친족과 만나기 위해 전국을 뛰어다녔다. 생전에 그녀를 키워 준 할머니는 중증 치매에 걸려 대전에 사는 큰 아들 내외가 보살피고 있었다. 죽은 손녀에 대해 말을 해 줄 수 있는 상태가 아니었다. 미래의 아버지 최강석은 남대서양에서 조업 중이라 만날 수 없었다. 하지만 미래의 큰 아버지에게서 결정적인 이야기를 들을 수 있었다.

"우리의 예상이 맞았어. 하 샘의 딸을 친 사람이 바로 미래 선배의 아버지였다고 해. 이름은 최강석. 사고가 일어난 건 소령이가 다니던 학교 앞이었대. 하 샘 사모님이 딸의 손을 잡고 횡단보도를 건너는 중이었다는 거야. 심지어 미래 선배의 아버지는 음주 운전을 했대."

스쿨존, 횡단보도, 음주운전. 11대 중과실 중에서 세 가지나 해당됐다.

"감옥에 가지 않으려면 합의를 해야 했는데, 금액이 어마어마했대."

"합의를 해 준 게 기적이지."

예희가 정색을 하며 말했다. 하씨 가문도 부유층이지만, 부인인 오상미도 만만치 않은 가문이었다. 부고란에 있던 그녀의 아버지가 회사 오너였다는 사실을 되새기며 채율은 동감했다. 감옥에 가지 않았지만 평생 동안 그 돈을 마련하며 살아야 했다. 감옥이나 다름없는 망망대해 위에서 가족을 만날 수도 없이. 아내는 빚을 견디다 못하고 도망가 버리고, 딸은 늙은 어머니에게 맡겨야만 했다.

전화를 끝마친 채준이 사무실 안으로 들어왔다. 표정이 좋지 않았다.

"마녀가 뭐래?"

"일단 집으로 돌아오래. 회담을 요청하셨어."

가출을 한 효력이 있었던 모양이었다. 채율은 한쪽 입을 비틀어가며 웃었다.

"받아들이겠다고 전해."

아이들은 다시 한 번 환호했다. 채율은 손을 들어 아이들을 저지하고 입을 열었다.

"사고가 나던 날. 미래 선배의 아버지는 야간 근무 2교대를 마치고 새벽녘이 되어서야 집에 돌아왔어. 돌아오기 전 동료들과 함께 술을 한 잔 걸친 상태였지. 방에 들어와 보니 구석에서 희미한 신음 소리가 들렸어.

일곱 살짜리 어린 딸이 넘어진 유리 장식장에 깔려 있었던 거야. 아내는 늦어지는 남편의 귀가를 기다리다가 식당에 일하러 나간 상태였고. 아이 혼자 장난을 치다가 기울어진 유리장에 세워둔 버팀목을 빼냈던 거야.

선배네가 살던 동네는 도로 상황이 열악해서, 불이 나도 소방차가 진입하지 못했어. 앰뷸런스도 마찬가지였지. 선배 아버지는 아이를 안고 뛰쳐나가, 옆집으로 갔어. 트럭으로 청과물 행상을 하던 옆집 부부는 가장의 지병이 도져 얼마간 장사를 쉬고 있었거든. 선배 아버지는 포터를 빌려 직접 운전을 해서 병원으로 달렸어.

술은 별로 마시지 않았지만 딸이 다친 충격과 잠을 못 잔 피로감이 눈앞을 어지럽게 했겠지. 아이의 작은 몸에서 피는 계속 배어나와 차 시트를 적시고, 숨소리는 점차 잦아들어가는 거야. 동석한 옆집 아줌마는 아기가 죽을지도 모른다고 여기고 훌쩍이기 시작해.

'혹시 벌써 죽은 게 아닐까?'

아주 잠깐 그가 딸에게 시선을 돌린 순간, 쾅! 무언가 바퀴에 짓이겨지는 느낌이 들었어.

사고를 냈다는 자각조차 없이 선배 아버지는 차에서 내렸어. 모든 것이 꿈처럼 몽롱했어. 차바퀴 아래에서는 짓뭉개져 버린 어린 여자아이가, 차 안에는 거의 숨이 끊어져 가는 딸이 있었으니까.

사고를 목격한 녹색어머니회가 앰뷸런스를 불렀어. 아이러니하게도 그 차를 타고 목숨을 건진 것은 미래 선배였어. 차에 치인 아이는 즉사했거든. 너희들도 짐작하다시피 죽은 아이는 하 선생님의 딸 하소령이야."

아이들은 숨도 쉬지 못하고 채율의 이야기를 듣고만 있었다. 채준도 마치 다른 사람을 보는 것처럼 채율을 보고 있었다.

책상 아래 놓아 두었던 타임캡슐을 꺼내 모두가 보는 앞에서 뚜경을 열었다. 안에서 나온 책들의 제목을 보고 모두 얼음처럼 굳었다. 딱 한 사람, 성윤을 밀치고 나온 예희는 예외였다.

"악마의 대본?"

그녀는 제일 먼저 책을 움켜잡았다.

* * *

극이 시작되기 전, 탐정단은 「악마의 대본」 한 권을 노량진에서 공부하고 있는 심윤경에게 등기로 보내주었다. 그녀가 대본을 찾지 못했던 이유도 적은 간단한 메모도 동봉했다. 메모는 작은 당부로 끝났다.

최미래 선배는 마지막 작품을 심윤경 부장님이 연출해 주시길 원했어요. 그만큼 선배님의 실력과 재능을 신뢰했던 거죠. 꿈을 포기하지 마세요.

그녀가 대본을 읽고 다시 재기할 수 있기를 탐정단원들은 진심으로 바랐다.

특별 초대 관객은 라온이었다. 그는 대본을 찾았다는 소식을 듣자마자 학교로 달려왔다. 4년 전, 미래가 투신한 건물에 오르는 그의 모습은 무척 심란하고 착잡해 보였다.

다음은 배우를 섭외할 순서였다. 채율은 연준에게 전화를 걸었다.

"학교로 오세요. 본관 옥상으로요. 선생님께 드릴 게 있어요."

"줄 게 있다고?"

"찾았어요. 최미래 선배가 남긴 「악마의 대본」요."

거기까지 말하고 가만히 전화를 끊었다. 그 역시 미래의 대본을 찾고 있었으니 제안을 거절하지 못할 터였다.

연준이 오기 전까지 연극 준비를 완료했다. 방학이라 사복을 입고 있는 그녀를 위해 예희는 연극부실에 비치된 동복 교복을 조달해 주었고, 하재는 대본 리딩을 도와주었다. 채준과 성윤은 앰프와 조명기기를 옮겼고, 전기설비와 휴대용 마이크를 연결한 것은 라온이었다.

연준이 학교에 도착했을 때 해는 이미 저물어 있었다. 사방이 어둠에 쌓여 그는 눈앞에 있는 제자도 알아보지 못했다. 딸칵. 조명이 켜지고 옥상 중앙에 서 있는 채율을 비추었다.

최미래의 작품 「악마의 대본」은 한 소녀가 고등학교에 입학해 악마 선생을 만나는 것으로 시작되었다. 친절한 얼굴을 하고 자신에게 접근하는 악마에게 소녀는 친숙해진다. 하지만 갑자기 나타난 어린 천사가 경고를 한다.

「그는 악마야. 그와 친하게 지낸 소녀들은 모두 죽었어.」

천사는 마지막 희생자가 쓴 「악마의 대본」에 대한 이야기도 들려준다. 천사가 준 단서를 길잡이 삼아 소녀는 마침내 대본을 손에 넣는다.

소녀는 대본 속에서 마지막 희생자와 조우한다.

유령은 말한다.

유령: 네가 날 발견했다는 건 내가 죽었다는 이야기겠지. 만나서 반가

워. 나의 죽음.

소녀: 당신은 누구야?

유령: 악마를 탄생시킨 자궁. 그는 나 때문에 인성을 잃었고, 악마가 되었지. 그리고 나를 위한 덫을 만들었어.

소녀: 그가 나도 죽일까?

유령: 그렇지는 않을 거야. 복수는 완료되었으니까.

유령은 악마의 복수가 어떻게 시작되었는지를 보여 준다. 유령의 아버지가 악마의 딸을 죽이는 장면이 소설처럼 상세히 서술된다. 교통사고로 어지러운 상황. 유령의 아버지는 목청 높여 외친다.

"그럼, 내 딸을! 내 딸을 살려 주세요! 내 딸은 아직 살아 있어요!"

유령은 목숨을 건졌지만 아버지는 떠돌이 신세가 된다. 남자 혼자서 아이를 키우기 어려웠고, 보상금을 지불하기 위해 해기사가 되었다. 유령은 아버지와 헤어진다.

소녀: 그럼 다른 소녀들은 뭐였어?

유령: 나를 죽이기 위한 심리 실험의 실험체들. 몇 명인가 더 실험체가 있었던 모양이지만, 성공한 케이스가 죽은 소녀들이었어. 악마 선생은 내가 자신의 학교에 들어올 때까지 연거푸 실험을 계속해 갔지. 통찰력을 가진 사람이라서 사춘기 여자 아이들의 마음속을 실핏줄처럼 선명하게 들여다 볼 수가 있었어.

소녀: 이 이야기의 끝은 어떻게 되지?

유령: 나와 그를 만나게 해 줘. 내가 죽은 그곳에서.

"늦으셨네요?"

옥상문을 열고 들어오는 연준을 보고 채율이 말했다. 추운 겨울 밤. 검정색 야상 점퍼에 베이지색 머플러를 두른 차림새였다.

연준은 채율을 노려볼 뿐 입은 열지 않았다. 그의 시선은 채율이 들고 있는 대본에 고정되어 있었다.

사실 채율은 지금까지 그의 관심이 싫지 않았다. 막무가내로 들이붓는 특이한 애정이 입시 실패로 상처 입은 자존심을 만족시켜 주었다. 너는 전교생 중에서 유일하게 특권을 누릴 자격이 있는 존재라고 높이 평가해 주는 그 말은 너무도 달콤했다.

'그러나 결국 나는 레플리카에 불과했지.'

레플리카 노릇에는 이력이 나 있었다. 평생을 천재 소년 안채준의 모조품으로 살아 왔다. 그리고 지금 들고 있는 대본을 실행시키기 위해서는 최미래의 레플리카 노릇을 해야 했다. 과연 진품은 존재하는 걸까. 뫼비우스의 띠처럼 이어진 레플리카와 레플리카와 레플리카들 속에서. 오미람과 조주민은 최미래를 위한 레플리카였고 최미래는 하소령의 레플리카가 되기를 원했다.

"시작할까요? 선생님과 대화하는 건 마지막 부분이에요."

대본에 표기된 대로 채율이 직접 유령의 대사를 읽어 내렸다. 소녀가 유령이 남긴 유언을 읽는 것이 대본의 결말이었다.

"지금 우리가 여기서 만난다는 건, 결국 끝까지 저를 구하러 오지 않으셨다는 뜻이죠?"

대본에는 연준이 무슨 대답을 할지는 적혀 있지 않았다. 연준의 대사는 공란으로 처리되어 있고, 이쪽의 대사만이 적혀 있었다. 그러니까 이 연극은 오로지 한 번의 시연을 위해 써진 셈이었다.

"제가 죽었으니 선생님의 복수는 끝이 났겠네요. 더 이상 선생님께 미움을 받을 이유가 없어요. 죽은 선생님 딸처럼 생명이 없는 존재가 되었죠. 그러니 정직한 대답만을 제게 주세요. 이 아이는 대체 왜 여기에 있는 거죠? 왜 제 목소리를 읽고 있는 거죠?"

이 아이는 채율이었다.

진품을 살해한 대상을 모조품으로 만들어 소모하는 것이 연준의 복수였다. 딸을 죽음으로 몰아넣은 미래를, 가짜 딸로 만들어 유린하다가 버리는 것이었다. 복수가 완료되었다면 더 이상 모조품은 필요 없을 터였다.

그러나 연준은 미래가 죽고 난 후에도 채율이라는 또 다른 모조품을 생산했다. 어째서? 유령, 즉 미래는 장래를 예측하고 대본을 쓴 거였다. 그가 다시 새로운 딸을 찾을 것을 예상했다.

좀처럼 대답은 돌아오지 않았다. 연준은 대사를 듣고만 있을 뿐이었다. 채율은 다음 대사를 읽었다.

"제가 설명해 볼까요? 저는 알고 있었어요. 선생님이 제가 죽고 난 후에도 놀이를 계속할 거라는 걸.

왜냐하면 선생님, 저를 가르치실 때 진심으로 즐거워 보였거든요. 본인은 부정하실지 모르지만 저는 느꼈어요. 선생님도 인정하셨듯 제 감은 정확하죠.

선생님은 저를 사랑하셨어요. 스승이 제자를 아끼듯, 아버지가 딸을 아끼듯. 진심으로.

복수심에 눈이 멀어 깨닫지 못하고 있었을 뿐이죠. 여기에 있는 이 아이가 그 증거예요. 선생님은 저를 보고 싶어 해서 모조품을 만들어 냈어요. 하소령이 아니라, 저를 그리워하게 된 거죠."

"그만해."

연준이 처음으로 입을 열었다. 스트레스 때문인지 숨을 몰아쉬고 있었다.

"대본을 내놔. 안채율."

"안 돼요. 아직 대사가 많거든요."

"너……."

"마지막으로 만났을 때 선생님은 말씀하셨죠. 용서를 비는 제 앞에서. 그동안의 모든 친절이 오로지 복수를 위해서였다고. 그동안의 악행을 하나 하나 고백하셨어요. 정서가 예민한 아이들을 상대로 자살을 결심할 만큼 강한 심리적인 충격을 준 일들이나 아버지가 배를 탈 수밖에 없도록 뒤에서 손을 썼던 내용이나.

선생님은 눈을 부릅뜨고 저를 향해 말씀하셨어요.

난 네가 죽기를 원해. 내 딸을 죽이고 살아난 네가 망가지기를 원해.

선생님의 입에서 진실을 들었을 때, 너무 큰 충격을 받았어요. 일기장을 읽었을 때와는 비교도 되지 않을 만큼.

하지만 한편으로는 이해가 가지 않았어요. 선생님답지 않잖아요. 정말로 저를 죽이려고 했다면 좀 더 교묘한 말을 하셨을 거예요. 부드럽고, 감미로운 말들을요.

저는 깨달았어요. 선생님의 진심이 무엇인지. 선생님은 저를 살리고 싶으셨던 거죠. 진상이 이 모양이니 어서 도망치라고 말하고 싶었던 거죠. 가슴을 속박하고 있던 살의에서 벗어나고 싶었던 거예요.

그래서 저는 이 대본을 썼어요.

선생님을 구원하기 위해서.

그동안 저를 죽였다는 생각 때문에 괴로워하셨죠?

아니요. 선생님. 이것만은 확실히 알아 두세요. 선생님은 저를 죽이지 않았어요. 저를 죽인 건 저 자신이지 선생님이 아네요.

마지막 편지 기억하시죠? 저는 선생님을 협박했어요. 학교 옥상에서 기다릴 테니 올라와 달라고, 그렇지 않으면 뛰어내리겠다고. 선생님께서 올라오시면 지난 2년 동안에 조금이라도 진심이 있었다는 뜻으로 알고, 선생님을 용서하겠다고 말했었어요. 하지만 정말 모든 것이 복수의 일환이었다면 오지 말아 달라고. 그 복수를 제가 완료하겠다고 했었어요.

하지만 선생님은 오지 않으셨고, 결과는 지금처럼 되었죠.

마음 같아서는 평생 선생님을 괴롭히고 싶어요. 선생님이 괴로워하다가 망가져 버렸으면 하는 마음도 제 안에는 있어요. 저는 영원히 열아홉이고 아직도 어리거든요.

하지만 아무래도 알려드려야겠어요. 가련한 선생님을 위해서.

제가 뛰어내렸던 진짜 이유는 따로 있어요. 저는 선생님이 저를 구하러 오지 않으신다는 사실에 절망해서 뛰어내린 게 아네요. 제게 복수하려 했던 선생님을 원망해서 뛰어내린 것도 아니고요.

몇 년 동안 괴로우셨겠지만, 사실 저는 알고 있었어요. 선생님이 오지 않을 거라는 걸. 이미 너무 큰 대가를, 너무 많은 피를 흘린 뒤였으니까. 저를 만나고 복수가 부질없는 짓이라는 걸 알고 난 후에도 복수에서 놓여날 수는 없었죠.

제가 죽지 않는 한.

선생님.

제게 아버지는 한 사람이에요.

지금도 먼 바다 어딘가를 떠돌고 있는 그분요. 저를 살리려다가 선생님 딸을 죽게 만든 그분이 제 유일한 아버지예요.

선생님은 제게 아버지가 되고자 하셨죠? 하지만 저는 선생님을 아버지라고 생각해 본 적이 없어요. 한 번도 그래 본 적 없어요.

이미 알고 계셨잖아요. 제 진심을.

저는 이 학교를 사랑했어요. 학교를 떠나고 싶지 않았어요. 영원히 여기 남아 선생님 곁에 있고 싶었어요. 소녀가 첫사랑에 빠진 소녀로 지낼 수 있는 이 처연하도록 아름다운 시절을 사랑했어요. 자라고 싶지 않았어요.

그게 제가 죽은 진짜 이유에요."

철썩.

뺨이 불에 데인 것처럼 얼얼했다. 어느새 지척에 다가온 연준이 채율의 뺨을 때렸다.

"바보 같은 녀석. 그런 이유로 죽었단 말이야!"

비명도 나오지 않을 만큼 아팠다. 하지만 어둠 속에 숨어 있는 관객들을 위해 마지막 대사를 해야 했다.

"선생님. 그러니까 제게 들려주세요. 선생님은 그날 왜 올라오지 않으셨나요? 마지막까지 저는 혹시나 하는 마음으로 기다리고 있었어요. 마지막으로 이 눈에 선생님의 모습을 담은 채 죽고 싶었어요. 하지만 선생님은 오지 않으셨잖아요. 왜죠?"

연준은 잠시 망설이다 입을 열었다.

"안채율. 이게 내가 너와 하는 마지막 수업이다. 잘 듣고 대답해 봐. 내가 최미래를 죽였는지 아닌지. 내가 지금까지 수업을 진행한 건 미래가 남겨 놓은 대본을 찾고, 또 너에게 대답을 듣기 위해서였다. 너희들이 뭘 찾고 있는지, 무얼 수사하고 있는지 나는 다 알고 있었어. 그러니 대답해다오. 최미래와 같은 나이이고, 또 비슷하게 총명한 너라면 대답할 수 있을 거다."

갑자기 연준의 입에서 이름을 불리자 채율은 깜짝 놀랐다. 이 연극 무대에서 안채율은 최미래라는 배역을 연기하도록 캐스팅되어진 존재 그 이상도 그 이하도 아니었다.

하지만 연준은 달랐다. 그는 죽은 자가 써 놓은 대본에 말려들지 않았다. 그는 죽은 자가 아니라 살아 있는 소녀의 눈동자를 똑바로 바라보고 있었다.

"지금부터 내가 하는 이야기는 순전한 진실이다.

나는 그날 최미래의 편지를 받았다. 그 편지에는 앞서 네가 대본에서 읽은 대로 목숨을 담보로 한 호소가 담겨 있었지."

선생님 딸을 죽이고 살아난 저를 용서해 주세요. 죄된 운명을 용서해 주세요.

만약 저를 용서하신다면 오늘 오후 해질 때까지 학교 옥상으로 와 주세요. 하지만 저를 용서하지 못하시겠다면. 여전히 복수를 꿈꾸고 계신다면, 오늘 소원대로 제 시체를 보게 되실 거예요.

"나는 그날 옥상으로 올라오고픈 충동을 억누르느라 갖은 애를 썼다. 그 건방진 대본에 적힌 대로야.

미래는 내가 다른 학생들처럼 무감각하게 대할 수 있는 아이가 아니었어. 그 아이는 나를 쏙 빼닮아 있었어. 그 아이가 새로 극본을 써 올 때마다 나날이 성장해 가는 연기를 볼 때마다 나는 진짜 내 딸을 만나는 기분이었어. 아니, 소령이가 되살아나 내 손으로 키운다고 해도 그 정도로 뛰어난 아이가 되었을지 자신이 없어.

그러나 가슴 속에서 깊은 애정을 느끼면 느낄수록 나는 되새겨야 했다.

저 아이는 내 딸이 아니다. 내 딸의 뼈와 살을 찢고 태어난 악마에 불과하다.

알고 있지? 나는 그때 여러 학생을 죽인 후였어. 직접적으로 손발을 사용하지 않았지만 살의만큼은 진심이었다. 원한도 없으면서 순전히 누군가를 죽이고자 연습장 삼아 주민이와 미람이를 대했어. 다른 아이들을 대했어. 진짜 애정이 개입되었던 적은 단 한 번도 없었다. 그러니까 그토록 냉정하게, 나약한 아이들의 정신과 심성을 옥죌 수 있었던 거야. 주민이가, 미람이가 그리고 다른 아이들이 죽었다는 소식을 들었을 때도 나는 눈 하나 깜짝하지 않았다. 성공했다고 생각하고 좋아했던 날도 있다.

그런데 미래를 만나고, 그 아이가 보낸 편지를 받고 처음으로 그 아이들의 얼굴이 떠올랐다. 내가 지금 미래를 구하러 가게 되면 죽은 아이들은 뭐가 되는 거지? 미래를 죽이기 위해 그 아이들의 목숨을 빼앗았다. 이미 내 선에서 멈출 수는 없게 되어 버렸던 거야.

400

그래서 나도 내기를 하기로 했다. 미래가 자기 운명을 두고 도박을 한 것처럼. 나 역시 같은 방법으로 응수하겠다 생각했어. 만약 미래가 뛰어내린다면 그건 그 아이의 한계인 거야. 내가 올라가서 구할 필요가 없는 인간인 거지. 고작 다른 사람의 판단에 자신의 목숨을 맡기다니 얼마나 한심한 짓이냐? 내가 올라가서 사정하면 다시 살아 보겠다고? 그런 나약한 인간이라면 내 손을 쓰지 않아도 언젠가는 인생 쓴 파도에 무릎 꿇게 돼. 그런 인간 때문에 내 딸이 죽었고 내 아내가 죽었다고 생각하면 설령 미래를 구한다고 해도 평생을 찜찜함 속에서 살아야 하겠지.

나에게는 나를 설득시킬 명분이 필요했어. 그 아이를 살릴 명분이. 그 아이를 진정한 내 딸로 인정할 만한 명분이.

그날 나는 하루 종일 내 진심과 얼굴을 맞대고 있었어. 내가 얼마나 그 아이를 아꼈는지를 가시처럼 날카롭게 흐르는 시간 속에서 몸서리를 칠만큼 깨달았다.

만약 미래가, 내가 올라가지 않아서 나한테 버림받은 걸 깨닫고도 삶에 대한 미련을 가지고 자기 발로 계단을 내려온다고 한다면……비겁하고 못난 자신의 꼴을 민망하게 여기며 그래도 살아 보겠다고, 살고 싶어서 지상으로 내려온다면…… 그 모든 것을 용서하기로 하자. 그 아이와 내 앞에 놓인 운명을 용서하기로 하자. 그 아이에게 용서를 빌기로 하자.

나는 학교 밖에서 초조하게 기다리며 결과를 점쳤다. 나는 지금도 내 판단이 틀렸다고 생각하지 않는다. 그러나 그 아이는 싸늘한 시체로 발견되었고, 내 가슴은 아픔으로 터질 것만 같았지. 소령이가 죽은 이후, 아내가 죽은 이후로 처음 느끼는 인간의 고통이었다. 하지만 그때도 내 판단이 틀렸다고 생각하지 않았어. 나는 그런 인간이니까.

자, 대답해 봐. 안채율.

네 눈앞에 서 있는 나는 살인자냐, 아니냐?"

구름에 가려져 있던 달이 모습을 드러내듯 악마의 얼굴이, 아니 하연준의 얼굴이 보였다. 죄의식의 수렁에 빠진 인간의 모습이 보였다.

채율은 한동안 아무 말도 없이 서 있었다.

대본 속 대사는 있었지만 그건 최미래의 말이었다. 지금 존재하지 않는 사람의 말이었다. 하연준이 바라는 채율의 목소리가 아니었다.

난간 너머로 도시가 보였다. 형형색색의 불이 켜진 도시는 앞으로 살아 나가야 할 도망칠 수 없는 가시밭길이었다. 며칠 전 연준과 나누었던 대화가 떠올랐다.

"저는 진짜인가요?"

"진짜는 다른 사람에게 그런 걸 묻지 않아."

이제 두 번 다시 그런 대화를 나눌 기회는 돌아오지 않을 터였다. 혹여 온다고 해도 채율은 이미 대답을 알고 있을 것이었다.

연준은 채율의 눈을 주시하고 있었다. 갓 태어난 신생아의 얼굴을 살피는 의사처럼 용의주도한 시선이었다.

채율은 입을 열었다.

"제 개인적인 생각을 듣고 싶으시겠지만 선생님께 말씀드릴 마음이 없어요. 선생님이 저를 어떻게 생각하시든, 어떻게 평가하셔서 저를 선생님 수업 놀이에 끌어 들이셨든. 저는 그 동안 선생님 장단에 맞춰드리느라 무척 피곤했거든요. 사건의 전모를 안 이상 저는 선생님께 관심이 없어져 버렸고요.

선생님 덕분에 저는 그동안 보통의 제 나이가 감당할 수 있는 수준 이상의 것들을 봐야 했고, 알지 말아야 할 것들까지도 알게 되었어요. 그것이 선생님이 제게 해 주셨던 과외의 수업료를 상쇄하고도 남는다는 생각이 드네요."

채율은 마이크를 내려놓았다. 그리고 손에 들고 있던 대본과 그가 쓴 노트를 넘겨주었다. 연준의 얼굴은 평상시의 표정으로 돌아와 있었다. 그는 가만히 대본을 받아들었다.

채율은 옥탑방처럼 우뚝 솟은 계단 입구의 철문을 열었다. 문틈 사이로 연극을 지켜보고 있던 탐정단 아이들이 조명과 앰프를 정리하기 위해 나왔다. 그들이 모든 걸 정리하고 채율과 함께 건물을 내려갈 때까지 라온은 옥상 위에서 홀로 남은 연준을 묵연히 바라보았다.

옥상 위에 더 이상 악마는 남아 있지 않았다. 고독한 인간이 서 있을 뿐이었다. 라온은 목발을 절뚝이며 한 걸음씩 연준에게 다가갔다. 숙부가 소녀들을 죽였던 사실을 여전히 용서할 수 없었지만 그렇다고 두 번이나 딸을 잃은 그를 외면할 수도 없었다. 이제 라온마저 등을 돌리면 그는 정말로 혼자가 될 것이었다.

'숙부에게는 하나쯤 그리워할 만한 게 있어야 해. 그리고 나에게도.'

철문이 닫힌 후, 라온은 연준을 부둥켜안았다.

"역시 하연준 선생님은 살인범이었어. 제자의 자살을 방조했잖아. 현란한 이유에 속으면 안 돼."

옥상을 내려와 자견관으로 넘어가는 구름다리를 위에서 아이들은 자신의 의견을 피력하기 시작했다. 앰프와 조명을 들고 비틀거리면서도 용케 조잘조잘 떠들고 있었다.

"그게 말이 되냐? 피해자가 남긴 유언을 직접 들었잖아? 최미래가 죽은 건 어른이 되고 싶지 않다는 소망 때문이었어. 왜? 하연준 선생님을 사랑했으니까. 이게 다 선생님 넘치는 매력 때문에 일어난 일인 거야. 하 샘은 아무런 잘못이 없어."

"나는 성윤이 말이 맞다고 생각해. 학생들을 살의를 가지고 대했다는 건 문제가 있어."

"세상에 살의 없이 사람을 대하는 게 몇이나 되겠어? 그런 이유로 살인범이 된다면 나는 우리 학교 샘들 전부 몰살 시킨 연쇄살인범이다. 하연준 선생님이 살의를 품었어도, 죽지 않은 소녀들도 있었잖아. 결국 죽은 선배들은 자기 갈 길을 간 거야."

"말을 너무 함부로 한다. 어쨌든 선생님은 학교를 떠나야 해. 교직에 있기에는 너무 위험해. 내쫓을 방법을 강구해 보자."

다섯 명은 쉴 새 없이 조잘대며 의견을 주장했다. 시선은 갑자기 채율에게 집중되었다.

"너는 어떻게 생각해?"

"안채율, 그래, 네 생각을 말해 봐."

모두의 눈이 한곳으로 집중되었다. 채준도 고개를 들고 동생을 쳐다보고 있었다. 채율은 피식 웃었다. 다들 자신의 생각을 궁금해 하고 있었다. 오빠의 의견이 아닌 자신의 의견을.

"하연준 선생님은 결손 가정의 아이들만 골라서 접근했어. 하연준 선생님도 역시 결손 가정의 구성원이고. 선생님이 제자들에게 보여 준 헌신은 일반적인 사제 관계에서 보일 수 있는 애정을 훨씬 뛰어 넘어. 하 선생님이 진정으로 원했던 건 아마……."

"아버지가 되는 것?"

언제나처럼 미도가 끼어들었다. 채율은 팔을 들어 미도와 손바닥을 마주쳤다. 짝 하는 소리가 청량했다.

"선생님은 불의의 사고로 딸과 아내를 잃었어. 강렬한 복수심만큼이나 잃어버린 것들을 향한 그리움이 컸을 거야. 그토록 사랑하던 연극 무대를 버리고 고교 선생님이 될 수밖에 없었던 원초적인 원인은 그 안에 있어. 다른 복수의 길이 많았음에도 말이지.

선생님은 죽은 딸을 대신할 레플리카를 만들길 원했어. 부성을 갈망하는 연약한 소녀들을 선별해 딸을 양육하듯 아낌없는 지원을 했지. 모조품 딸들이 자신의 가능성을 발견하도록. 정서적으로 성장하도록. 그의 지원을 받은 학생들은 명철한 스승의 지도 아래서 하루가 다르게 발전했지. 그대로만 끝났다면 얼마나 좋았겠어. 하지만 딸들이 졸업해야 하는 고3이 되자 하 샘은 절망하게 된 거야.

저들이 가짜라는 것. 결국 영원한 가족은 될 수 없다는 것. 절망한 그는 가짜 딸들이 고3 무렵이 되었을 때 완전히 태도를 바꿔 버려. 자신을 버리고 천국에 간 아내와 딸에 대한 무의식적인 복수심이었을지도 몰라."

성윤이 바락 소리를 질렀다.

"에이, 씨. 돌려 말하지 말고, 결론만 이야기해. 그래서 살인자라는 거야, 아니라는 거야?"

채율은 손가락을 들어 자신을 가리켰다.

"하 샘이 진정 복수를 원했다면 최미래에서 모든 일은 마무리 되었어야 하지. 하지만 그는 여전히 학교에 남아서 나 같은 대체품을 찾았어. 진실이 복수가 아닌 '딸 찾기'였다는 걸 뒷받침하는 근거야. 미래 선배가 하 샘에게 알려 주고 싶었던 사실도 그것이었을 거야. 이제 본인도 진실을 완전히 알아 버렸고. 앞으로도 선생님은 이상적인 제자, 내지는 딸을 찾을 때까지 학교에서 탐색을 계속할 거야. 앞으로 우리 학교에서 인재들이 많이 나오지 않을까?"

"……찾게 되면 하연준 선생님의 영혼은 편안해질까?"

하재가 조용히 읊조렸다.

"배고프다."

성윤도 가만히 읊조렸다.

* * *

그날 밤. 집으로 돌아온 채율은 어둠속에서 자신을 기다리고 있던 어머니를 만났다. 불도 켜지 않고 소파에 앉아 눈을 부라리고 있었다. 저승사자를 만난 기분이었다. 숨을 크게 들이쉬고 옆에 앉았다.

"한국에서 학교 다닐래."

"그 선생 때문에?"

어머니의 시선이 날카로웠다. 채율은 고개를 저었다.

연준 때문이 아니었다. 여기서 사는 게 재미있어졌다. 학교에서 수준 떨어지는 수업을 받는 건 정말이지 고역이지만 그래도 재미있는 일들이 많았다.

"친구들도 좋고."

"친구들?"

채율은 그동안 있었던 일들을 하나 둘 털어놓았다. 무는 남자에 대한 이야기부터, 자신이 어떻게 시험지 유출 비리 사건을 알게 되었는지, 연준에게 시험지 뭉치를 받았던 일까지. 유진은 눈을 크게 떴다.

"그래서 바보같이 그걸 거절했어?"

'어쩜 이렇게도 속물적일까?'

탐정단 아이들과 똑같은 반응이었다.

"겨우 그런 일가지고 놀라지 마. 이제부터 시작이니까."

채율은 그동안 있었던 사건 이야기를 오유진 여사에게 털어놓았다. 유진은 딸이 하는 말들을 들으며 경악했다. 어른들이 납득할 수 있게끔 적당한 선에서 사실을 편집할 수도 있었지만 하지 않았다. 어째서인지 모르지만 어머니가 놀라 뒤로 넘어가는 모습을 보고 싶었다. 아기들의 골분을 묻고, 왕따 사건을 수사하고, 사진작가를 노린 테러범이 되었다가 연쇄 자살 사건을 일으킨 용의자의 집에 혈혈단신 뛰어들었다.

시시콜콜하리만큼 자세하게 털어놓은 이야기 속에서 전하고 싶었던 진짜 메시지는 하나였다.

'난 엄마가 걱정할 만큼 약하지 않아. 어디서든 잘 지낼 수 있거든.'

과연 그녀의 예상대로 유진은 충격을 받았다. 말도 제대로 하지 못하고 눈만 끔벅거릴 뿐이었다. 날이 밝을 때가 되자 채율은 이야기를 마무리했다.

"그래서 한국에 남아 있으려고."

"미쳤어? 내가 그런 괴상한 애들 있는 데다 너를 남겨둘 것 같아?"

"시험지를 유출해서 딸에게 넘기는 엄마랑 사는 것보다야 여러모로 건강하지. 참, 아빠한테 말한다는 걸 깜박했네. 엄마가 과외 선생한테 돈 줘 가면서 시험지 빼돌렸다는 사실."

"너……!"

"아, 아니다. 오빠한테 먼저 말하는 게 순서겠구나."

유진은 뒷목을 잡았다. 1년 동안 딸은 몹시도 강해져 있었다. 고등학교에 떨어진 충격으로 소심해져서 마음껏 내두를 수 있었던 아이가 아니었다.

* * *

"이름 안채준. 이번 사건에 공헌한 당신의 눈부신 활약에 감사하며 당신을 우리 선암여고 탐정단의 명예 반장으로 임명합니다."

예희는 탐정단의 상징, 미산가 팔찌를 채준의 팔에 직접 묶어 주었다. 양쪽에 서 있던 대원들에게서 박수가 터져 나왔다. 인천 공항. 출국을 앞둔 채준은 소녀들의 배웅이 감격스러운지 눈물을 훔쳤다.

"영…… 영광이야."

"돌아가신 뒤에도 가끔씩 전화로 저희 사건에 대해 조언해 주셨으면 좋겠어요. 명탐정 홈즈 씨."

예희가 가식적인 미소를 지으며 말했다. 채준의 얼굴이 토마토처럼 붉어졌다. 말에 담긴 진의를 간파하고 채율이 쓴웃음을 지었다.

'홈즈는 평생 미혼이었다. 여자 친구도 없었지.'

"쟤 연기력이 많이 늘었다. 그 대본 덕분인가?"

성윤이 하재에게 귓속말을 했다. 밤을 새워 팔찌를 꼬느라 잠을 제대로 자지 못한 하재가 작게 하품을 했다.

"예희 연기력을 늘려 준 건 미도랑 채율이 오빠잖아. 속 시원히 말하고 싶은 데 말할 수 없는 고통. 하지만, 결과적으로는 대본을 찾기 위해 함께한 거니까."

"대본 덕분이네, 아무렴."

성윤이 팔짱을 끼며 결론을 내렸다.

눈물이 그렁그렁해진 미도는 차마 고개도 들지 못하고 서 있었다. 모처럼 입은 모직 원피스가 아쉬웠다.

"조심해서 잘 가셔야 해요."

가지 말라고 말하고 싶지만 차마 붙잡지 못하는 심정. 한국 여인의 이별의 정한을 온몸으로 보여 주는 대사였다.

"이제 정말로 들어가야 해."

짐을 맡기고 온 유진이 아들을 독촉했다. 그녀는 마치 채율의 친구들이 벌레들이라도 되는 양 뒤로 몸을 빼고 다가올 생각조차 하지 않았다. 마음 같아서야 당장이라도 금쪽 같은 아들을 빼내오고 싶지만, 그랬다가는 흥분한 여고생들이 인터넷에 자신에 약점을 폭로할까 두려웠다.

채준은 등을 돌리고 있는 예희에게 다가갔다. 껴안기라도 할 것처럼 가까운 거리였다. 예희는 목덜미에 닿는 손길을 느끼고 깜짝 놀랐다. 유진의 눈도 더불어 커졌다.

"미안, 내가 실수한 게 좀 있어서 말이야."

「악마의 대본」을 학교 옥상 위에서 공연하던 날, 채준은 라온과 대화를 많이 나누었다. 연준이 도착할 때까지 또래 남자 둘이 여고생들 틈에서 함께 있다 보니 친해지게 되었다. 처음에 라온은 채준이 누군지 몰라 경계하는 눈치였지만, 채율의 오빠라는 걸 알고는 무척이나 살갑게 대했다.

"와. 역시 프로의 작품은 다르군요."

그가 들고 온 사진을 보았을 때, 채준은 순수하게 감탄했다.

크리스마스이브, 라온의 병실에서 찍은 탐정단 아이들의 모습은 잡지 화보처럼 근사했다. 특히 사진 속 예희의 모습은 전문 모델 저리 가라였다.

"정말 예쁘네요."

"나도 그렇게 생각해."

라온이 동감이라는 듯 대답했다. 그 순간 채준은 예전까지 한 번도 느껴본 적 없던 불쾌한 기분을 맛보았다. 배우처럼 멋지게 생긴 이목구비에, 잘 다듬어진 체격. 여자들을 홀릴 만한 조건을 모두 갖춘 사람이 눈앞에 있었다.

'이 사람이 혹시 미도에게 관심을 갖는 거라면……'

"누가 예쁘다는 거죠?"

"누구기는. 네 여동생 말이야. 이중에서 예쁜 애가 개밖에 더 있어?"

"네에? 무슨 말씀을. 아무리 봐도 미도가 제일 예쁘잖아요."

"누구?"

"미도요. 윤미도."

그의 대답을 듣고 라온의 눈썹이 활처럼 휘었다. 지구와는 전혀 다른 문화권에서 온 외계 생명체와 맞대면한 표정이었다. 라온은 놀랍다는 듯 읊조렸다.

"세상에 사랑이라는 게 정말로 존재하는구나."

채준은 자신을 별종 취급하는 그를 이해할 수 없었다. 그래서 손가락으로 사진 속 미니스커트를 입은 미도를 가리켰다.

"아니, 객관적으로 봐도 제일 낫잖아요. 이 각선미만 봐도. 예술 아니에요?"

"걔는 예희잖아."

"무슨 소리예요? 미도라니까요."

"예희라니까. 미도는 얘야. 얘."

라온은 검은색 퍼 조끼를 입은 3등신 레고 인형을 가리켰다. 말도 안 되는 이야기였다. 채준은 품속에서 핸드폰을 꺼내 미도의 사진을 보여 주었다. 뷰티풀하고, 가녀리며, 사랑스러운 미도의 사진을. 앨범에 담긴 사진들을 하나하나 넘겨 보며 라온은 감탄했다.

"이야아, 작품이네. 내가 찍어도 이 정도는 안 나오겠다."

사진 판독을 끝낸 전문 포토그래퍼는 하나하나 이목구비를 뜯어 가며 검증에 들어갔다. 핸드폰 사진 파일 속 미도의 눈과 옥상에서 돌아다니고 있는 실물 미도의 눈. 사진 속 미도의 귀와, 옥상에서 뛰놀고 있는 미도의 귀. 사진 속 미도의 코와 옥상에서 혼잣말하는 미도의 코. 사진 속 미도의 입과 옥상 위에서 껄껄 대는 미도의 입.

"결국 모든 가능성을 제하고 남는 게 진실인 법이지. 아무리 아닌 것 같아도."

라온은 홈즈를 인용하며 검증을 마쳤다. 수학자인 채준이 보기에도 말끔한 증명이었다. 몸서리 쳐질 만큼.

"잠깐만."

채준은 예희의 목에서 팬던트를 조심스럽게 빼냈다. 이제 목걸이가 진짜 주인을 찾을 순간이었다.

"채준 씨."

"미안해. 내가 널 알아보지 못했어."

그는 어머니 유진이 질투로 손가락을 물어뜯고 있는 것도 알지 못한 채 미도의 목에 팬던트를 걸어 주었다. 셉타리안을 목에 건 소녀는 믿을 수 없다는 눈동자로 왕자님을 바라보았다. 왕자는 카제인 나트륨을 뺀 밀크 커피처럼 부드러운 눈빛을 하고, 그녀를 응시하고 있었다.

"채준 씨……."

진실을 알게 된 직후. 채준은 동생에게 다가가 하소연했다. 속았다느니. 탐정단 아니라 사기꾼 집단이라느니. 탐정이 아니라, 꽃뱀이라느니. 그러나 일생일대의 연극 무대를 준비하고 있는 동생은 야멸차기만 했다.

"바보야. 그건 네가 알아보지 못한 탓이잖아. 오죽하면 미도가 다른 애를 내세웠겠어? 속은 것만 억울해? 오빠 앞에서 다른 사람인 양 행세해야 했던 개 마음은 모르겠어?"

채준은 미도의 작은 손을 움켜잡고 그윽이 눈을 응시했다. 가까이서 보니 정말 즐거운 눈코입이었다. 남자다운 행동에 놀란 미도는 사지가 풀어져 버렸다.

"내가 너를 좋아했던 건, 너와 이야기를 하면 재미있고 즐거웠기 때문이었어. 지금까지 단 한 번도 누군가에게 그런 마음을 느껴 본 적이 없었지. 널 알게 된 건 정말 행운이었어."

그건 진심이었다. 다른 여자아이들과는 다르게 미도와 이야기하고 있노라면 채준은 시간 가는 줄 모르고 웃고 떠들었다.

채준의 감격적인 고백을 듣고, 성윤과 하재, 예희는 감동에 빠져들었다. 그에 비해 오유진 여사는 선암여고에 채율을 진학시킨 과거의 선택을 저주했다. 그 학교에 보내고 난 후 그녀는 딸을 잃었고, 아들을 잃었다.

예상치 못한 전개에 낙심하기는 채율도 마찬가지였다. 이래서야 결말을 기다려 온 보람이 없었다.

채준은 미도의 머리칼을 부드럽게 쓰다듬었다.

"그러니 좀 더 자신을 가져. 넌 충분히 아름다울 수 있는 아이야."

"채준 씨이⋯⋯."

"네가 나에게 보낸 사진을 보면 앞으로도 점점 더 예뻐질걸? 내가 보장한다니까. 세상은 넓고, 방법은 많잖아."

오유진 여사의 얼굴이 밝아졌다. 실망하던 채율의 눈에도 초점이 맺혔다. 그러고 보니 오빠 안채준은 뼛속까지 부드러운 남자, 가정

교육을 너무 잘 받은 탓에 남에게 아쉬운 소리를 할 수 없는 우유부단한 남자였다. 미도는 님의 눈을 그윽하게 바라보았다.

"앞으로 내가 많이 바빠질 것 같아. 논문도 완성해야 하고, 앞으로의 진로도 고민해야 해. 미도도 공부하느라, 사건 수사하느라, 바쁘겠지? 당분간 연락이 안 될지도 몰라."

"괜찮아요. 저는 참고 기다릴 수 있어요."

"그래? 이해해 줘서 정말 고마워. 역시 넌 마음이 예쁜 아이구나."

채준은 게이트로 들어가며 두 팔을 흔들었다. 유진도 떨떠름한 얼굴로 딸에게 손을 흔들었다.

사랑하는 님의 모습이 시야에서 사라지자 미도는 바닥에 주저앉았다.

"잘가요, 여보……."

목에 걸린 펜던트를 소중하게 그러쥐고 이별의 눈물을 흘리는 그녀의 모습은 드라마 속의 여주인공처럼 애틋했다.

채율은 두 사람이 사라진 쪽을 한참 동안 바라보다, 예희의 돌아가자는 말을 듣고서야 발걸음을 옮겼다. 일주일만에 변비가 해결된 것처럼 뒤가 후련했다.

* * *

'아아, 또야?'

겨울 방학이 끝나고 처음으로 등교하는 아침. 셔츠 칼라 사이에 달린 리본이 무서울 만큼 말끔하게 묶였다. 거울에 비치는 리본을 가만히 노려보던 채율은 손가락으로 리본을 둘둘 말아 코트 주머니에 찔러 넣었다.

머리 위에는 황금빛 권층운이 파란 하늘을 가득 메우고 있었다. 그녀는 하늘을 올려다보며 아름다움에 경탄했다. 새벽에 풀다 만 수학 문제들도, 아침을 먹으면서 읽었던 영자 신문의 표제도 그 순간만큼은 머릿속에서 완전히 사라졌다.

지하철 역은 아파트 정문이 가까운 편이지만, 채율은 언제나 후문 근처 호젓한 오솔길로 다녔다.

"저기요, 아가씨."

길이 끝나고 도로가 시작되는 인도 변에서 누군가 그녀를 불렀다.

백마처럼 새하얀 BMW에 기대서서 라온이 이쪽을 보며 손을 흔들고 있었다. 밤마다 전화를 걸어 일일이 차종을 설명해 가며 귀찮게 하기에 농담처럼 BMW라고 대답하고 끊었던 게 일주일 전이었다. 이럴 줄 알았으면 모닝이나 소울을 부를 걸 그랬다는 후회가 들었다.

"타. 태워다 줄게."

"아직 다리도 다 낫지 않았잖아요?"

그는 대답 대신 가벼운 턱짓으로 운전석을 가리켰다. 핸들을 잡고 있는 건 매니저였다.

"됐어요. 애들이 오해해요."

"괜찮아. 난 스캔들 신경 안 써."

"그쪽이 아니라……."

"나 아직 환자야. 감기 걸리면 안 돼."

그는 절뚝거리면서 다가와 차문을 열어 주었다.

"이…… 이게 뭐에요?"

좌석에는 무지막지하게 큰 선물 상자가 놓여 있었다. 아직도 녹음 파일에 대한 미련을 버리지 못한 모양이었다. 라온은 극구 부인하며 그녀를 차 안에 우겨 넣었다. 학교로 가는 길. 불편한 표정을 지으며 선물 상자를 개봉했다. 라온은 숨소리가 들릴 만큼 가까이에 앉아 그녀가 포장을 뜯는 모습을 지켜보았다. 안에서 나온 것은 꽃다발도, 인형도, 목걸이도 아니었다.

"이게 뭐예요?"

"보면 모르겠어? 편지지하고, 봉투, 우표들이야. 한 박스 가득이지. 내가 군대에 가 있는 동안 한 장도 남김없이 모두 써서 보내라고."

"왜요?"

채율은 그를 노려보았다. 라온은 눈 하나 깜짝하지 않았다.

"왜냐니. 지금 네가 살아서 숨 쉬는 건 내 덕분이야. 생명의 은인이 입대해 계시는데, 편하게 공부만 하고 있을래?"

학교에 도착할 때까지 라온은 구석구석 차 안을 구경시켜 주기도 하고, 교외 맛집 카달로그를 보여 주었다가, 얼마 전 내한한 리처드 용재 오닐의 콘서트 티켓도 내밀었다. 가지 않겠다고 거절했더니, 배은망덕 운운하며 완전히 토라졌다.

차는 학교 내로 진입해 자견관 바로 앞에 섰다.

"그날 데리러 갈 테니까 전화하면 나와. 알았지?"

"안 간다니까요!"

"오지 않을 수 없을걸? 날 바람 맞혔다가는 엄청난 벌점을 받을 테니까. 나 요즘 숙부랑 매일 저녁 먹는다.”

협박을 뒤로 하고 채율은 비틀거리며 계단을 올랐다. 안에는 먼저 도착한 검고 음습한 무리들이 진을 치고 있었다. 그녀들은 채율의 손에 상자를 보고 기뻐하며 달려들었다가 먹을 것이 아니라는 걸 알고 실망하며 떠나갔다.

“야, 우리 그냥 하라온 녹음 파일 인터넷에 공개해 버리자. 응?”

미도가 학을 뗐다.

“미쳤어? 유일한 물주를 곤란하게 할 셈이야? 저기, 그분이 내리신 은총이 보이지 않아?”

대장의 손가락 끝에는 이번에 마련한 장비들이 놓여 있었다. 현장 촬영 표시 키트, DNA 증거물 수집 키트, 잠재 지문 키트, 블루맥스 법과학 광원까지. 모두 최미래 사건을 마무리해 준 답례로 라온이 기부한 물품들이었다. 성윤도 라온이 선물한 진품 수갑을 받고 그의 편이 되어 버렸다. 요즘 탐정단은 틈만 나면 사무실에 모여 수술용 라텍스 장갑을 끼고 CSI 놀이를 즐겼다. 채율의 편을 들어 주는 사람은 아무도 없었다.

“고문님, 미안하지만, 지금 그런 한가한 소리나 하고 있을 때가 아냐. 너 2학년부터 선암관에서 생활할 거지? 요즘 거기 난리 났어. 귀신 나온다더라.”

자리에 앉아 머리를 묶고 있던 예희가 답답하다는 듯 말했다.

“귀신이라니?”

“봐. 기숙사생이 직접 찾아와서 사건 의뢰했으니까.”

성윤이 다가와 채율의 손에 한 장의 프린트를 넘겨주었다. 상자를

417

내려 놓고 의뢰서를 받아들었다. 선암관은 상위 3%에 해당하는 우수생들만 입사가 허가되어 있는 소수 정예 기숙사였다. 이제 곧 사생이 될 예정인 채율에게는 불길한 소식이었다.

'어쩐지 오늘따라 리본이 잘 묶인다 싶더니.'

사무실 의자에 주저앉으며 채율은 작게 불평했다. 그녀의 코트 밖으로 리본 가닥이 살짝 빠져나와 있었다.

끝

이 책이 나오기까지 정말 많은 분들의 도움이 있었다.

2010년 처음 「무는 남자」라는 단편을 황금가지 『한국 추리 스릴러 단편선 3』에 수록하게 되었을 때 최혁곤, 정명섭 선배님으로부터 연작으로 써 보라는 조언을 받았다. 정명섭 작가님은 인물에 관한 장문의 메일까지 주셨다. 그분들이 없었다면 선암여고 시리즈는 세상에 나오지 못했을 것이다.

장편 원고가 처음으로 완성되었을 무렵 '선암여고'는 남학생의 숨결이 전혀 미치지 않는 여학생들만의 파라다이스였다. 황금가지 편집부에서는 마침 블랙 로맨스 클럽을 새로 시작하고 있었고, 김준혁 편집장님으로부터 로맨스적 요소를 덧붙여 보자는 제안을 받았다. 하지만 단편에서 장편으로, 수정안으로 변모해 오는 과정에서 출산과 육아로 시간이 많이 지체되었다. 최고운 에디터님의 밀고 당기는 지혜로운 조련이 없었더라면 절망해서 원고를 포기했거나, 아직도 진행 중이었을 것이다. 편집하시고 교열하는 와중에도 발랄상큼한 아이디어를 많이 제공해 주셔서 많이 웃었다. 좋은 편집부를 만나 즐거운 코지 미스터리를 쓸 수 있었던 것 같다. 감사드린다.

또, 언제나 감사한 김지아, 송시우 작가님, 서미애 선배님, 김유철 선배님, 손선영 사무국장님, 추리 작가 협회 강형원 회장님과 작가님들.

친우 김아리, 백민정, 김상은, 배정은, 이번에 면사포 쓰는 서미영 양, 영적인 멘토 남하현 전도사님, 남상하 목사님, 글을 쓰는데 여러 가지 영감을 준 봉명 초등학교 하순아, 윤정희, 박해오, 이여주, 박창순 선생님, 봉명 중학교 유혜정 선생님, 전체적인 감수를 봐 주신 율량 중학교 박종미 선생님과 셋째 형님. 원고가 급할 때마다 아이를 봐 주신 금보다 소중한 우리 부모님, 아픈 아내를 위해 다크포레스트할리치노를 사다 주는 멋진 남편. 귀한 인연들을 많이 허락하시고 자주 아팠던 몸을 탈고까지 지켜 주신 하나님께 감사드린다.

책을 읽어 주신 독자님들께도 행운과 사랑과 미스터리가 평생 함께하길.

선암여고 탐정단: 방과 후의 미스터리

1판 1쇄 펴냄 2013년 1월 18일
1판 10쇄 펴냄 2022년 8월 12일

지은이 | 박하익
발행인 | 박근섭
편집인 | 김준혁
펴낸곳 | 황금가지

출판등록 | 2009. 10. 8 (제2009-000273호)
주소 | 06027 서울 강남구 도산대로 1길 62 강남출판문화센터 5층
전화 | **영업부** 515-2000 **편집부** 3446-8774 **팩시밀리** 515-2007
홈페이지 | www.goldenbough.co.kr

도서 파본 등의 이유로 반송이 필요할 경우에는 구매처에서 교환하시고
출판사 교환이 필요할 경우에는 아래 주소로 반송 사유를 적어 도서와 함께 보내주세요.
06027 서울 강남구 도산대로 1길 62 강남출판문화센터 6층 민음인 마케팅부

박하익 © ㈜민음인, 2013. Printed in Seoul, Korea

ISBN 978-89-6017-503-7 03810

㈜민음인은 민음사 출판 그룹의 자회사입니다.
황금가지는 ㈜민음인의 픽션 전문 출간 브랜드입니다.

Black
Romance
Club

블랙 로맨스 클럽을 열며

로맨스 소설에도 흐름이 있다. 한참 인기를 지속하던 칙릿 이후 10대에서 출발해서 무서운 속도로 영역을 넓혔던 인터넷 소설 시장에 이어, 과히 광풍이라고 부를 수 있을 정도로 전 세계를 평정한 뱀파이어 소설이 최근의 주류를 이루고 있다. 하지만 한 작품이 인기를 끌고 나면 그 뒤로는 아류작이 쏟아져 나오는 시장의 특성상, 너무나 천편일률적인 작품들이 유행에 따라서 서점을 채우고 있다.

블랙 로맨스 클럽은 바로 이 획일화 되어 있는 로맨스 소설 시장에 대한 고민에서 출발했다. 사실 로맨스 소설은 다 비슷한 게 당연한 것 아니냐고? 천만의 말씀. 그냥저냥 잘생긴 남자랑 예쁜 여자가 만나서 악역 조연들에게 시달리며 오해를 겹겹이 쌓아가다가 어느 순간 너를 너무 사랑하니까 하고는 결혼에 골인하면 되는 거 아니냐고? 부디 블랙 로맨스 클럽을 통해 그 편견을 버려 주시길 바란다.

블랙 로맨스 클럽 편집부는 로맨스라면 흔히 떠올리는 소재나 플롯 등에서 벗어나 다양한 소재를 다룬 신선한 소설, 탄탄한 이야기 구조를 기반으로 재미와 감동을 전해 주는 소설만을 엄선하고자 한다. 시리즈의 작품들은 하나 같이 기존의 로맨스 소설의 공식을 깨는 개성 넘치는 작품들로, 시대를 초월한 재미를 추구하는 작품만을 선정했다. 추리, 호러, 스릴러, SF, 판타지, 역사, 좀비 등 소설에서 기대할 수 있는 모든 이야기에 로맨스라는 양념이 덧붙여진 종합 선물 세트와 같은 다양한 소설들로 독자들에게 색다른 재미를 드리고자 한다. 블랙 로맨스 클럽의 '블랙'은 하얀색, 분홍색, 빨강색 등의 색조로 흔히 표현되는 로맨스 소설을 뒤집어 개성 넘치는 로맨스 소설을 담고자 하는 출판사의 마음을 담고 있다.

선암여고 탐정단 : 탐정은 연애 금지

박하익 지음 | 416쪽

"맡겨만 주십시오! 무엇이든 해결해 드립니다."
한층 강해지고 한 단계 업그레이드 된
지상 최고 똘기 충만 여고생 탐정단이 돌아왔다!

2학년이 되며 더욱 다양한 사건을 해결하게 된 탐정단의 이야기가 펼쳐진다! 기숙사
에 귀신이 나온다고? 2학년이 된 탐정단이 처음 해결하게 된 사건은 성적 우수생들만
들어갈 수 있는 기숙사의 귀신 출몰 사건. 새벽 2시, 기숙사에서 공부하던 채율이 창
밖에서 안을 들여다보는 귀신과 눈이 딱! 마주치게 되는 사건이 발발한다. 이성적이고
냉철하기로 소문한 안 교수였지만 벌벌 떨며 미도에게 뛰어와 사건을 해결하라며 닦
달하기에 이르고…… 미도는 학교 내에서 영 능력자로 이름을 알리게 된 하재의 지위
를 이용하여 귀신에 관한 정보를 수집한다. 그리하여 기숙사 화장실 벽에 붉은 피로
쓴 글씨, 창문 밖의 여자 머리카락, 기숙사 내를 돌아다니는 낯모르는 여자의 뒷모습
등등 그동안 드러나지 않았던 온갖 목격담이 탐정단 앞으로 모여든다. 과연 미도와 채
율은 학사 내의 여학생 귀신에 얽힌 진실을 밝힐 수 있을 것인가?